中华好诗词

陈斐　主编

宋诗三百首

钱仲联　选
钱学增　注

浙江教育出版社·杭州

图书在版编目（CIP）数据

宋诗三百首 / 钱仲联选；钱学增注. -- 杭州：浙江教育出版社，2025.1. -- （中华好诗词 / 陈斐主编）. -- ISBN 978-7-5722-8781-7

Ⅰ. Ⅰ222.744

中国国家版本馆 CIP 数据核字第 2024KP2816 号

中华好诗词 宋诗三百首
ZHONGHUA HAO SHICI SONG SHI SANBAI SHOU
钱仲联 选 钱学增 注

责任编辑	赵清刚
美术编辑	韩 波
责任校对	马立改
责任印务	时小娟
产品监制	王秀荣
特约编辑	田 颖
装帧设计	郝欣欣
出版发行	浙江教育出版社
	地址：杭州市环城北路177号
	邮编：310005
	电话：0571-88900883
	邮箱：dywh@xdf.cn
印 刷	天津盛辉印刷有限公司
开 本	880mm×1230mm 1/32
成品尺寸	145mm×210mm
印 张	11.5
字 数	386 000
版 次	2025年1月第1版
印 次	2025年1月第1次印刷
标准书号	ISBN 978-7-5722-8781-7
定 价	45.00元

版权所有，侵权必究。如有缺页、倒页、脱页等印装质量问题，请拨打服务热线：010-62605166。

总序

今天，我们和诗词打交道的方式，大致可概括为"说诗"和"用诗"两种。对于这两种方式，王国维在《人间词话》中做过区分、说明。他用晏殊、欧阳修等人写爱情、相思的词句，比拟"古今之成大事业、大学问者，必经过"之"三种境界"，可视为"用诗"。他所下的转语"然遽以此意解释诸词，恐为晏、欧诸公所不许也"，则承认了"说诗"的存在。

春秋时期，我国即有了频繁、成熟地引用《诗经》来含蓄、典雅地抒情达意的"用诗"实践。"用诗"可以"断章取义"，将诗句从原先的语境剥离出来，另赋新意。"说诗"则应以探求作者原意为鹄的，尽管作者原意可能并不是唯一的、封闭的，尽管探求的过程也需要读者"以意逆志"、揣摩想象，但不能放弃这种探求。正如仇兆鳌在《杜诗详注》自序中所云："注杜者必反覆沉潜，求其归宿所在，又从而句栉字比之，庶几得作者苦心于千百年之上，恍然如身历其世，面接其人，而慨乎有余悲，悄乎有余思也。"

通常，我们对诗词的阅读和研究，属于"说诗"，应尽量探求作者原意；在作文或说话时引用诗词，则是"用诗"，最好能符合原意，但也不妨"断章"。接触诗词，首要的是"说诗"，弄清原意；

然后举一反三、触类旁通地"用诗",让诗点化生活、滋养生命。

我们"说诗",应怎样探求作者原意呢?愚以为,必须遵从诗词表意的"语法",通过对文本"互文性"的充分发掘寻绎。《文心雕龙·知音》云:"夫缀文者情动而辞发,观文者披文以入情。""作诗"是抒志摛文、将情志外化为文字的"编码"过程;"说诗"则是沿波讨源、通过文字探求情志的"解码"过程。作者"编码"达意,有一定的"语法";读者"解码"寻意,也必须遵从这些"语法"。同时,作品是一个"意脉"贯通的有机整体,承载的是作者自洽的情意,反映在文本上,即是字、句、篇、题乃至诗词书写传统之间彼此勾连的"互文性"。这些不同层次的"互文性",构成了人们通常所说的"语境"。"说诗"应充分考虑文本的"互文性",理顺"意脉",重视作者言说的"语境"。凡此种种,既限定了阐释的边界,也保证了阐释的效力,将专家、老师合理的"正解"和相声、小品、脱口秀演员搞笑的"戏说"区别开来。

散文语言"编码"达意,比较显豁、连贯,诗词语言则讲究含蓄、跳跃,故"言在此而意在彼""言有尽而意无穷""无理有情""笔断意连"之类的话语常见诸诗话、评点。用书法之字体比拟的话,散文似楷书,诗词则是行书或草书。由于"五四"新文化运动的猛烈抨击,传统文体的书写和说解传统,在当下已命若悬丝。从小学到大学,哪怕是专业的中文系,也没有系统教授传统文体写作的课程。即使是职业的研究者,也普遍缺乏传统文体的书写体验。这种"研究"与"创作"的断裂,直接导致了今日的新生代研究者对诗词的感悟力和解读力普遍不高。因为诗词表意往往含蓄、跳跃，如果没有深切的创作体验，就很难把握住全篇的"意脉"，解说难免支离破碎、顾此失彼。就像一个人如果没有拿过毛笔，面对楷书还大致可以辨识，但如果面对的是一幅行书或草书，他连怎么写出来的（笔顺、笔势）都很难弄明白，更不要说鉴赏妙处、品评高下了。

说到这里，也许有朋友会说，现在社会上喜欢写诗词的人可是越来越多了呀！的确，这对于中华优秀传统文化的传承来说，是好现象。不过，很多朋友是因为爱好而写作，就他们自学的诗词素养，写出一首符合"语法"且"意脉"贯通的诗词来说，还有不小的距离。记得数年前，当能够"写"诗词的计算机软件被开发出来时，有朋友问我怎么看待？如何区别计算机和人创作的诗词？我说：我能区别计算机和古人创作的诗词，但没法区别计算机和今人创作的诗词，甚至计算机创作的比我看到的绝大多数今人创作的还要好，起码平仄、押韵没有问题。因为古人所处的时代，古典文脉传承不成问题，诗文书写是读书人必备的技能，生活、交际常常要用，他们所受的教育中有系统、大量的创作训练，既物化为教材，也可能是师友父子间口耳相传的"法门"、技巧。因此，古人写诗词，就像今人说、写白话文一样，不论雅俗妙拙，起码是符合"语法"且"意脉"贯通的。而在传统文体被白话文体大规模取代的今天，我们已成了诗词传统的"局中门外汉"（张祖翼《伦敦竹枝词》初版自署），不论是写作还是说解，如果不经过刻意、系统的训练，要做到符合"语法"和"意脉"贯通，都非常困难。想必大家都有过学习外语的体验,之所以感觉困难、进展缓慢,是因为缺乏"习得"这种语言的文化氛围。计算机"写"诗词,不过是根据事先设定的平仄、押韵程序,提取相关主题的关键词排列、拼凑,绝大多数今人也差不多,都很难做到符合"语法"且"意脉"贯通。以上是我数年前的回答。ChatGPT(人工智能的语言模型)的诞生,使我的看法略有改变,但它要写出合格的诗词作品,尚待时日。

今人对诗词的感悟力和解读力普遍不高,除了缺乏创作体验,还由于时势变迁,所受专业化的教育训练,使他们的国学素养一般比较浅狭。而诗词又是作者整个生命和生活世界的映射,可能涉及作者生活时代的社会风俗、礼乐制度、思想观念、地理区划乃至自然科学方面的知识。如果对诗词生成的文化背景缺乏了解,自然难以充分发掘文本的意蕴及其"互文性",无法还原作者言说的"语境",解说难免隔靴搔痒、纰漏百出。

今天,我们对传统文体的看法已经和"五四"先贤有了很大不同。很多人意识到,传统文体未必没有价值,未必不能书写、表达当代人的生活、情感。尤其是诗词,与母语特性、民族审美、文化基因的关系更为密切。最近几年,《中国诗词大会》《经典咏流传》等与传统文化相关的娱乐节目的热播,更是彰显了中华优秀传统文化根于人心、超越时空的永恒魅力。

那么,我们应该如何提升诗词创作和说解的水平呢?窃以为,就学术、教育体制而言,应该恢复诗词创作教学,适当修复"研究"和"创作"之间良好互动的关系。在古代,文学创作教学的传统源远流长,不仅指授诗文作法、技巧的入门书层出不穷,而且那些以传世为期许的诗话、文评,比如《文心雕龙》《沧浪诗话》等,也以提升创作能力为鹄的,带有浓厚的教科书特征;文学活动的主体,通常兼具创作者、评论者和研究者"三位一体"的身份。"五四"新文化运动打倒了传统文体,并从西方引进了一套崭新的现代文学研究和教育机制。这套机制将"研究"和"创作"断为二事,从此,中文系不以培养作家为使命,而以传授用西方现代文论生产出来的"文学知识"为主要职责。一定程度上说,这些知识不仅忽视了中国古代文学的"中国性"及其生成的古典语境,未能很好地阐发中国古代文学的文化基因、民族审美和母语特性,而且完全不涉及传统文体的创作。诚然,伟大的作家不是仅靠学校培养就能造就的,但文学创作的能力却是可以培养、提升的,中文系的研究和教学不应该放弃对文学创作能力的培养。职是之故,我们有必要修复"研究"和"创作"之间良好互动的关系,特别是亟待从创作视角阐释我们的文学遗产,并以研究所得去丰富、深化传统文体的创作教学。这既可以填补研究空白,推动学科、学术、话语这"三大体系"的建设,也可以反哺当代传统文体创作,是赓续中华文脉的当务之急!

就个人而言,细读、揣摩国学功底广博深厚、"研究"和"创作"兼擅的前辈名家的"说诗"论著,必不可少,特别是钱仲联、羊春秋等现代诗词研究泰斗。他们前半生接受教育的时候,诗词还以"活态"传承着,在与晚清民国古典诗人的交往中,他们"习得"

了诗词创作与说解的能力。同时，他们后半生主要在高校执教，颇了解当代读者的学习障碍和阅读需求。因此，由他们操刀撰写的诗词读物，往往深入浅出，言简意赅，既能传达古典诗词的神韵，又契合当下读者的阅读需要。

作为中华学人，我们对诗词的研究，毕竟不能像有些汉学家那样，偏重理论"演练"。我们有着赓续文脉的重任，必须将研究奠基于对作品的准确解读之上。这势必要求我们尽快提升对诗词的感悟力和解读力。另外，作为"80后"父亲，自从儿子出生以后，我的"人梯"之感倍为强烈，想从专业领域为儿子乃至普天下孩子的成长奉献涓滴。基于这两个方面的考虑，在编纂"民国诗学论著丛刊""名家谈诗词"等丛书之后，我计划再编纂一套"中华好诗词"丛书，把自己读过而又脱销的现代学术泰斗撰写的诗词经典选本，以成体系的方式精校再版，和天下喜欢或欲了解诗词的朋友分享。这个设想，得到了诗友、洪泰基金王小岩先生的热情介绍，以及新东方集团俞敏洪、周成刚和窦中川三位先生的垂青、支持！编校过程中，大愚文化的王秀荣、郭城等老师，付出了很大辛劳。我们规范体例、核校引文、更新注释中的行政区划，纠正了不少讹误，并在每本书的书末附录了一篇书评、访谈录或学案。对于以上诸位师友的热情襄赞，作为主编，我心怀感恩，在此谨致谢忱！

这套丛书，是我们抱着"发潜德之幽光，启来哲以通途"的传承目的编的，乃2024年度教育部哲学社会科学研究重大专项项目"古典诗教文道传统的当代阐释及教育实践"（2024JZDZ049）的阶段性成果。每个选本，都是在对同类著作做全面、详尽调查的基础上精挑细选出来的。选注者不仅在相关研究领域有精深造诣，而且许多人本身就是著名诗人。他们选诗，更具行家只眼；注诗，更能融会贯通；解诗，更能切中肯綮。每册包括大约三百首名篇佳作及其注释、解析，直观呈现了某一朝代某一诗体的精彩样貌。诸册串联起来，则又基本展现了从先秦到近代中华诗词的辉煌成就。读者朋友们通过这套丛书，不仅可以在行家泰斗的陪伴、讲解下，欣赏到中华数千年来最为优美的古典诗词作品，而且能够揣摩到诗词创作和欣赏的基本"法门"。而诗歌又是文学王冠上最耀眼的明珠，是所有文体中最难懂、表现手法最丰富的。诗歌读懂了，其他文体理解起来不在话下。诗歌表情达意的技法，也能迁移、应用到其他文体的写作中。缘此，身边的朋友不论是向我咨询如何提升孩子的阅读水平，还是请教怎样提高学生的作文分数，我开出的药方都是"好好儿读诗，特别是诗词"。

孔子说，"不学诗，无以言"，往极端说，甚至"无以生"。诗人不仅能说出"人人心中有，口中无"的话，还是人类感觉和语言的探险家。读诗是让一个人的谈吐、情操变得高雅、优美、丰富起来的最为廉价、便捷的方式。你，读诗了吗？

陈斐
甲辰荷月定稿于艺研院

前言

宋诗是继唐诗以后在中国诗学发展史上又一个仅次于唐的高峰。我国古代诗歌的发展，经过漫长的时期。用一个人的毕生来比喻，《诗经》时代是婴儿呱呱坠地之时，那时大量是四言诗体；汉魏六朝，像人的少年时期，由五言乐府进一步创造了五、七言古体，逐渐出现平仄对偶的新体。到了唐代，大量的作家吸收、运用了前代的成果并加以发展，除五、七言古体外，五、七言律绝的诗体都已完备。作家除了李、杜、韩、白等大家外，各种不同流派、不同风格的名家，"万紫千红"，"开满"了诗歌的园地。这是人的壮年时期，也是中国诗歌所达到的高峰期。唐以后是宋，仍然是壮年，虽已渐近老境，但青春活力仍未衰退，所以宋诗在继承唐诗的基础上又把唐诗没有开拓的余地加以发展，使自己具备了与唐诗不完全相同的特色。元、明以后，则渐入老境。元、明人主要模仿唐人，缺乏创新。清人惩明诗摹拟之失，力挽颓风，诗歌又出现复兴，大有欧阳修所说"譬如妖韶女，老自有余态"之势。他们大显"为霞尚满天"的身手，虽然不免使人有"夕阳无限好，只是近黄昏"的感觉，但毕竟还是"人间重晚晴"的。人的生命力一天存在，便一天不会死亡；诗歌内在的生命力一天存在，也是一天不会死亡。如果它的生命力已经枯竭，硬要叫它不死亡是不可能的。反是，硬要说它已经死亡，也是徒劳的。处于老年时期的清诗尚且是这样，何况是壮年时期的宋诗。

可是，人们对宋诗的评价却颇有分歧，而且是由来已久。潘德舆《养一斋诗话》卷四上说：

> 刘后村（克庄）云："宋诗岂惟不愧于唐，盖过之矣。"方正学（孝孺）诗云："前宋文章配两周，盛时诗律亦无俦。今人未识昆仑派，却笑黄河似浊流。""天历诸公制作新，力排旧习祖唐人。粗豪未脱风沙气，难诋熙丰作后尘。"李西涯（东阳）则云："宋人于诗无所得。宋诗深，去唐却远；元诗浅，去唐却近。顾元不可为法。""欧阳永叔（修）深于为诗，高自许与，然较之唐诗，亦门庭藩篱之间耳。杨廷秀（万里）学李义山（商隐），更觉细碎；陆务观（游）学白乐天（居易），更觉直率。概之唐调，皆有所未闻也。""宋、元诗，就其佳者，亦各有兴致，但非本色，只似禅家小乘，道家尸解。"以上诸说，余皆以为未也。唐诗大概主情，故多宽裕和动之音；宋诗大概主气，故多猛起奋末之音；元诗大概主词，故多狄成涤滥之音。元不逮宋，宋不逮唐，大彰明较著矣。且唐之高出宋、元者，又有故。唐一代以诗取士，人好尽力其间，故名家独多，多则风尚所渐被者远，虽未成家数、不著姓氏者，往往有一二诗足为绝调。宋、元校士，诗非所重，虽名家皆以余力为之，因此名家较少于唐，而不足名家者，更不待言。然则宋、元之逊于唐也，一以诗

所主者不同，一以诗成名者较少故耳。后村谓宋实胜唐，阿其本朝，固非实论；正学谓宋诗无匹，而天历大手仍不脱粗豪气，亦不免抑扬太偏。即西涯谓宋去唐远，元去唐近，又岂能自言其故哉！使能确言其故，元去唐近，何以不可法也？且宋人如欧、苏、陈、陆，元人如虞、杨、范、揭，即置之唐人中，岂易多得！特以宋、元如此数公者太少，故为唐绌。今必统一代而概谓之非本色，概谓之无所得，何其不近情、不达理至此！杨用修（慎）谓"唐诗固多佳篇，然如燕、赵虽产佳人，亦往往有疥且痔者，杂处其中"，语虽谐谑，却属平允之论。

潘氏引述对宋诗持褒义论和贬义论的两种说法，而加以分析判断，其基本论点仍属于唐胜于宋。当然，宋末严羽，明前、后"七子"的议论都属于这类。贬宋论的说法，不但在宋、明时代有，近代又有更进一步的偏论，如章炳麟《国故论衡》卷中《辨诗》说：

讫于宋世，小说杂传禅家方技之言，莫不征引。夫以孙（绰）、许（询）高言庄氏（周），杂以三世之辞，犹云风、骚体尽，况乎辞无友纪，弥以加厉者哉？宋世诗势已尽，故其吟咏情性，多在燕乐。

唐以后诗，但以参考史事存之可也，其语则不足诵。

王国维《宋元戏曲史·自序》说：

凡一代有一代之文学：楚之骚，汉之赋，六代之骈语，唐之诗，宋之词，元之曲，皆所谓一代之文学，而后世莫

> 能继焉者也。(清人焦循说略同)

这里，章从"吟咏情性"立论，王从"一代有一代之文学"的观点立论，都以为宋代文学的主流在词而不在诗。这是一种不同于前代贬宋论者的新说法。然而，所谓"唐诗""宋词"，只是指各别的文学样式所达到的高峰期。大家知道，宋以后还有清词，可与宋词匹敌，那么唐以后怎么可以说就没有诗，或虽有诗而不足与唐诗抗衡呢？即论唐诗，其中也有初、盛、中、晚各个阶段，有盛也有衰。潘德舆《养一斋诗话》卷五又说：

> 袁简斋（枚）谓"唐、宋者，历代之国号，与诗无与。诗者，各人之性情，与唐、宋无与"，隽语解颐，一空蔀障。简斋诗可议，此论不可废也。

也就是说，唐代国祚如果像周朝八百年那样，那么，整个宋代，还是唐朝，只能在其中划分几个时期，而不能指后面的三百年就逊于前期。主要的问题，是要看宋诗在唐以后到底有没有发展，发展了什么。发展是必须在继承的基础上进行的。如论唐诗，它就是继承汉、魏以来的传统，有所变化开拓，所以大诗人杜甫在《戏为六绝句》中，就说："不薄今人爱古人，清词丽句必为邻。窃攀屈宋宜方驾，恐与齐梁作后尘。""未及前贤更勿疑，递相祖述复先谁？别裁伪体亲风雅，转益多师是汝师。"在《偶题》中又说："后贤兼旧制，历代各清规。"既要继承旧制，又要发展，使各代有各代的清规。唐人于前代是这样，宋人于唐人也是这样。自从明"七子"倡言"诗必盛唐"，宋诗就被学诗者打入冷宫。但明人还有少数学宋诗的，如反对明"七子"的公安派就学苏轼，竟陵派五律就学"四灵"。不过声势不大。清初，钱谦益、黄宗羲大力提倡宋诗，吕留良、吴之振选《宋诗钞》以广泛传播宋诗，稍后，查慎行、厉鹗等人专学宋诗，清中期则钱载学山谷，姚鼐提倡山谷。一直到道、咸以后，掀起了以曾国藩、郑珍、莫友芝、何绍基、江湜诸人为首的"宋诗运动"。晚清又出现了学习宋诗各种流派的"同光体"，宋诗便又重新取得了它在文学史上应有的地位。且看"同光体"诗人是怎样评价宋诗的。"同光派"中"闽派"的首领陈衍《石遗室诗话》卷一记载与陈所推奉为"同光体"魁杰的沈曾植的共同议论：

> 余谓诗莫盛于"三元"，上元开元，中元元和，下元元祐也。君谓"三元"皆外国探险家觅新世界，殖民政策，开埠头本领……余言今人强分唐诗、宋诗，宋人皆推本唐人诗法，力破余地耳。庐陵（欧阳修）、宛陵（梅尧臣）、东坡（苏轼）、临川（王安石）、山谷（黄庭坚）、后山（陈师道）、放翁（陆游）、诚斋（杨万里），岑（参）、高（适）、李（白）、杜（甫）、韩（愈）、孟（郊）、刘（禹锡）、白（居易）之变化也。简斋（陈与义）、止斋（陈傅良）、沧浪（严羽）、"四灵"（徐照、徐玑、翁卷、赵师秀），王（维）、孟（浩然）、韦（应物）、柳（宗元）、贾岛、姚合之变化也。故开元、元和者，世所分唐、宋人之枢幹也。若墨守旧说，唐以后之书不读，有日蹙国百里而已。

这里勾画了一个宋诗是在唐诗基础上发展的轮廓，后来陈氏选《宋诗精华录》中说：

> 孟轲氏有言曰："由汤至于武丁，贤圣之君六七作。"又曰："武丁朝诸侯，有天下，犹运之掌也。"《诗·车攻》小序云："宣王能内修政事，外攘夷狄，复文武之境土，修车马，备器械，复会诸侯于东都。"此言殷、周二代之中兴也。其事虽大，可以喻小。诗文之中兴，何莫不然……唐诸大家，譬如殷之伊尹、仲虺、伊陟、巫咸，周之周公、太公、召公、散宜生、南官适。宋诸大家，譬如殷之甘盘、傅说，周之方叔、召虎、仲山甫、尹吉甫矣。

又说：

> 此录亦略如唐诗，分初、盛、中、晚。吾乡严沧浪（羽）、高典籍（棅）之说，无可非议者也。天道无数十年不变，凡事随之。盛极而衰，衰极而渐盛，往往然也。今略区元丰、元祐以前为初宋，由"二元"尽北宋为盛宋。王（安石）、苏（轼）、黄（庭坚）、陈（师道）、晁（补之）、张（耒）具在焉，唐之李、杜、岑、高、龙标（王昌龄）、右丞（王维）也。南渡茶山（曾几）、简斋（陈与义）、尤（袤）、萧（德藻）、范（成大）、陆（游）、杨（万里）为中宋，唐之韩、柳、元、白也。"四灵"以后为晚宋，谢皋羽（翱）、郑所南（思肖）辈，则如唐之有韩偓、司空图焉。

这一分期法，基本上也符合事实。我在这里要指出的，一般都把初宋的西昆体贬为形式主义诗派，而推崇苏舜钦、梅尧臣、欧阳修，以为挽救颓风，引导宋诗进入正轨。这是可以商榷的。西昆体的艺术精工，也是诗中一美，内容也有反映现实的方面，曾因此引起一个小小的文字狱风波（见陆游《渭南文集》的《西昆诗跋》），不应斥之为"形式主义"。苏（舜钦）、梅、欧阳三家，以朴质清畅为宗，但谭献《复堂日记》就曾指出欧阳集中也有好多首西昆体作品。三家作品，除梅尧臣成就独高外，苏舜钦、欧阳修都还不十分成熟。盛宋时期，出现了苏、王、黄、陈诸大家，其中突出的是江西诗派开始形成，打着杜甫的旗帜，秦观提出杜诗集大成之说。但这一时期的学杜，主要是在学杜的艺术。宋诗的转折点应该是南宋前期的中宋。它的特点是把江西派学杜艺术的路子，转到爱国主义的方面来。陈与义、吕本中都有这方面的作品，甚至并非学杜的杨万里，也有少数学杜的爱国诗篇。陆游是中宋时期以学杜著名的爱国主义大诗人。延伸到晚宋，爱国主义的光芒仍然强烈，文天祥、谢翱都是能学杜而得其精神。评论宋诗各时期的特点，除了要了解其不同的艺术流派特色外，更重要的是要抓住这一条干线。这正是宋诗内容高出于唐诗，至少不亚于唐诗的重点方面。唐代"安史之乱"时，杜诗反映的虽是带有国内民族矛盾性质的战乱，但那主要是军阀叛乱的事情。而南渡到宋末的诗，反映的却是国内民族矛盾的性质，而且是少数民族统治者侵扰中原的事情，这一时期爱国主义的内容和鼓舞人心的力量，就与杜诗有些殊异，而且是更进一步。谈论宋诗看不到这一点，而硬是贬宋襃唐，强调"吟咏情性，多在燕乐"，主张词胜于诗，分明只看到了问题的一面。当然，论宋词，也得重视辛弃疾、陆游、刘克庄、刘辰翁一派的爱国主义作品。只强调宋词的非主流的婉约阴柔而忽视壮健阳刚的一方面，显然是不可取的。

当然，诗歌脱离不了艺术，论宋诗，也要重视它的艺术，看到它与唐诗的同异所在，继承与发展所在。这才是内容、形式的统一论者。五十年前，我曾编选过一部《宋诗选》(《无锡国学专修学校丛书》之十五)，自序中说：

> 宋人之诗，导源于唐，而又出一奇。或托体于杜陵，或锻思于韩、孟，或问津于玉溪，或借径于右丞，或为香山之平易，或参玉川之吊诡，固不得限以一体，专以一派也。后人学宋，多乐为玉局（苏轼）、剑南（陆游）之坦迤，自姚惜抱（鼐）好言山谷，曾涤笙（国藩）张大其说，而风尚一变。同光体兴，标举宛陵（梅尧臣）、后山（陈师道），学者务为晦涩僻苦，钩章棘句，而风尚又一变。宋诗之门庭，至是而隘。陈丈石遗所谓"于五音中少宫商而多角徵"是也。甲戌秋，余来国专，为诸生说诗，既毕授汉魏六朝三唐之作，复继以宋诗。旧有选本，如《宋诗钞》《宋百家诗存》，卷帙既繁，不便讲授，《宋诗类选》《宋诗略》《宋诗别裁》诸选，又病其抉择未精。乃辑是编，不拘门户，一以精严粹美为归。宛陵、庐陵、半山、玉局、山谷、后山、简斋、石湖、剑南、诚斋诸家，所录较夥。西昆、"九僧""四灵"暨诸小家，略及之而不暇求备。诸家评论，广为采撷，以资启发。学者取径于是，进而泛览各家专集，以博其趣。宋人真面，不难全出，虽不足于瑰玮，而有余于琢炼。彼穷老尽

气,窘若囚拘,以嘶吟噍杀为宋诗者,亦可以幡然易辙矣。

这是从艺术的角度进行阐述的。人们论诗,以为宋诗尚"意",而唐诗主"情"。尚"意"并不是坏事,唐人也有尚意之作,宋诗进一步有所发展。又以为宋人"以文为诗""以议论为诗",这一贬斥,不适用于全部宋诗,宋人不论大家、名家、小家,好诗都是以诗为诗,重抒情,重意境,并不依赖议论。《击壤集》那样的理学诗,算不上诗。而且"以议论为诗""以文为诗",也不始于宋人,晋人玄言诗就是"以议论为诗",唐人如韩愈就曾"以文为诗"。"以文为诗",也要区别对待,有好的,也有坏的。上述各种说法,都只是从某一角度提出,值得商榷。我的选本,力避那种"以议论为诗""以文为诗"倾向的作品,还宋人本来面目。

宋诗的全部分,到现在还没有一部像《全唐诗》那样的总集,据以大概了解它的作家人数和作品篇数。清康熙四十八年(1709),玄烨曾命张豫章等编《御定四朝诗》三百一十二卷,其中宋诗是七十八卷,作者八百八十二人。这是选本性质,收录的并不算多。厉鹗的《宋诗纪事》,入选的作家达三千八百一十二人(据厉鹗序),比起《全唐诗》所收作者二千二百余人,已是多了。唐诗选本,有启蒙用的《唐诗三百首》,极大地展开了普及面。宋诗虽有我在上面序文中提到的几种选本,但是都不够理想。陈衍的《宋诗精华录》,同样是选录标准极为狭窄。为此,我在旧选《宋诗选》的基础上,进行了增删,编成这本《宋诗三百首》,为初学宋诗的读者,作一个入门阶梯的贡献。有名的作家,这里基本上都选到。小家作品中特别好的，也选进若干。因为要顾及内容、艺术的全面，在三百首这一小范围内，不可能大量选爱国主义作品。例如选陆游诗，就照顾到陆诗各方面的成就，但南渡以后突出的一些爱国诗歌，还是不曾放过。宋诗全部的发展情况，各种流派，各个代表作家，都在作者介绍中叙述，这里不再复述。为了便于初学者阅读，全书由我儿学增做了必要的注释。编注体例是：

一、按五古、七古、五律、七律、五绝、七绝六类编排。一类之中，大体按作家生活时间的先后排列。杂言的古诗，列于七古之中。

二、作者介绍载于首见一首的注释之前，介绍作家的仕历、诗歌风格流派，并加评论，兼引一些前人比较确当的评说。

三、各篇有的加以评论，有的引述旧说，多载于"题解"中，也有不载评论的。

四、选诗标准注意内容与艺术的统一，艺术性不高的不选。题材兼顾到抒情、叙事、写景、咏物、咏古各方面，特别注意到有关国事民生和具有爱国主义精神的作品，应酬、香奁之作不选。长篇组诗只选其中的个别一二首。

五、注释包括本事、地理、历史、典故、语源等，难读的字加拼音。典故出处，原文易懂者引原文，过长或难懂者用现代语概括。大部分诗句，做必要的串说。

钱仲联
1985年12月记于苏州大学

五言古诗

范饶州坐中客语食河豚鱼 / 梅尧臣 ... 003
汝坟贫女 / 梅尧臣 ... 005
正月十五夜出回 / 梅尧臣 ... 007
怀　悲 / 梅尧臣 ... 008
秋夜感怀 / 梅尧臣 ... 008
梦　感 / 梅尧臣 ... 009
戊子三月二十一日
殇小女称称三首（录二）/ 梅尧臣 ... 009
看山寄宋中道 / 梅尧臣 ... 010
水谷夜行，寄子美、圣俞 / 欧阳修 ... 011
和圣俞《庭菊》/ 苏舜钦 ... 014
苦　热 / 韩琦 ... 016
谢任泸州师中寄荔枝 / 文同 ... 018
杏　花 / 王安石 ... 019
余　寒 / 王安石 ... 020
自舒州追送朱氏女弟，
憩独山馆，宿木瘤僧舍，
明日度长安岭至皖口 / 王安石 ... 021
和子由《记园中草木》
十一首（录二）/ 苏轼 ... 022
西　斋 / 苏轼 ... 025
雨中过舒教授 / 苏轼 ... 027
庐山二胜 / 苏轼 ... 028
书晁补之所藏与可画竹（录一）/ 苏轼 ... 030
泛　颖 / 苏轼 ... 031

白水山佛迹岩 / 苏轼　　　　　　　　032
行琼儋间，肩舆坐睡，梦中得句云：
"千山动鳞甲，万谷酣笙钟"，
觉而遇清风急雨，戏作此数句 / 苏轼　035
新　居 / 苏轼　　　　　　　　　　037
大雷口阻风 / 黄庭坚　　　　　　　038
庚寅乙未犹泊大雷口 / 黄庭坚　　　041
劳坑入前城 / 黄庭坚　　　　　　　043
过　家 / 黄庭坚　　　　　　　　　044
次韵张询《斋中晚春》/ 黄庭坚　　045
题竹石牧牛 / 黄庭坚　　　　　　　046
离黄州 / 张耒　　　　　　　　　　047
送外舅郭大夫槩西川提刑 / 陈师道　049
别三子 / 陈师道　　　　　　　　　050
示三子 / 陈师道　　　　　　　　　051
张　求 / 唐庚　　　　　　　　　　052
风　雨 / 陈与义　　　　　　　　　053
夏日集葆真池上，
以"绿阴生昼静"赋诗，
得"静"字 / 陈与义　　　　　　　055
入　塞 / 曹勋　　　　　　　　　　057
明发陈公径，
过摩舍那滩石峰下（录一）/ 杨万里　058
十月十四夜月，终夜如昼 / 陆游　　060
平羌道中望峨眉山，慨然有作 / 陆游　062
过平望 / 范成大　　　　　　　　　063

效孟郊体 / 谢翱　　　　　　　　　065

七言古诗

煮海歌 / 柳永　　　　　　　　　069
庐山高，赠同年刘凝之归南康 / 欧阳修　071
春日西湖寄谢法曹歌 / 欧阳修　　　073
城南归，值大风雪 / 苏舜钦　　　　074
纯甫出僧惠崇画，要予作诗 / 王安石　075
河北民 / 王安石　　　　　　　　　077
莫饮吴江水，寄陈莹中 / 徐积　　　078
暑旱苦热 / 王令　　　　　　　　　080
王维、吴道子画 / 苏轼　　　　　　081
游金山寺 / 苏轼　　　　　　　　　083
月夜与客饮杏花下 / 苏轼　　　　　085
舟中夜起 / 苏轼　　　　　　　　　086
过江夜行武昌山上，闻黄州鼓角 / 苏轼　087
郭祥正家，醉画竹石壁上，郭作诗为谢，
且遗二古铜剑 / 苏轼　　　　　　　088
书王定国所藏《烟江叠嶂图》/ 苏轼　089
十二月二十六日，松风亭下梅花盛开 / 苏轼　091
戏呈孔毅父 / 黄庭坚　　　　　　　092
次韵子瞻《题郭熙画秋山》/ 黄庭坚　093
王充道送水仙花五十枝，欣然会心，
为之作咏 / 黄庭坚　　　　　　　095
武昌松风阁 / 黄庭坚　　　　　　　096

再和《马图》/ 张耒　　　　　　　　098

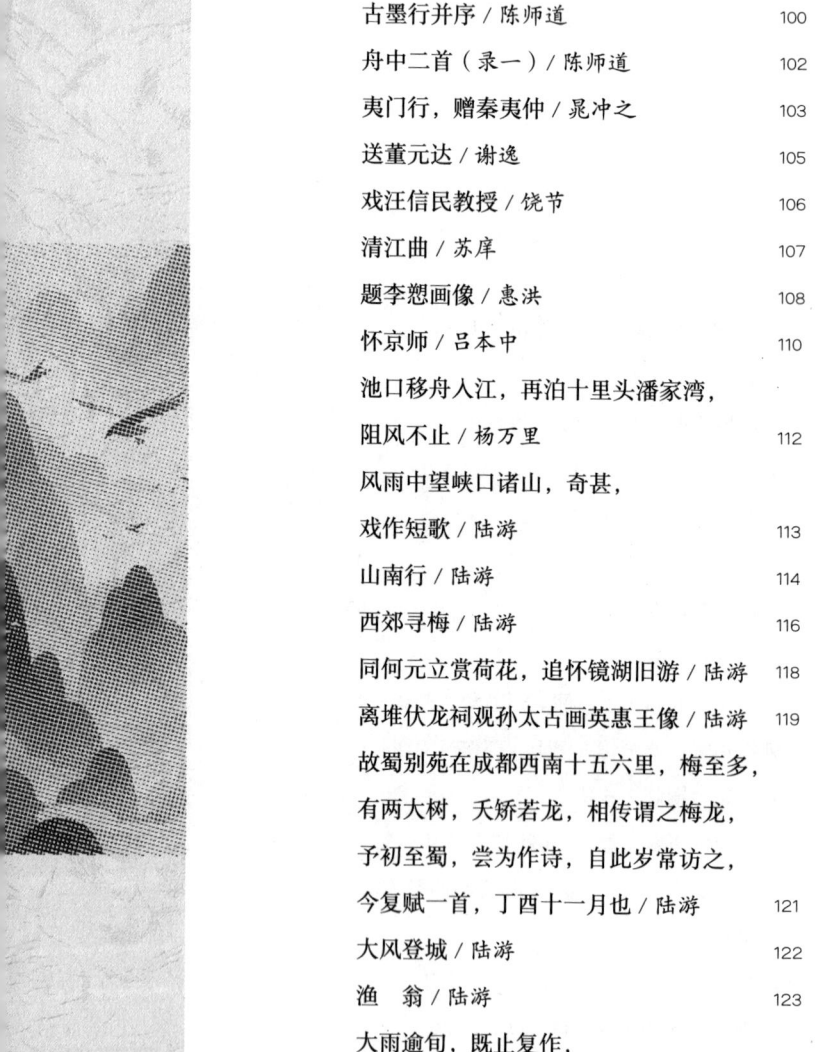

古墨行并序 / 陈师道　　　　　　　100

舟中二首（录一）/ 陈师道　　　　102

夷门行，赠秦夷仲 / 晁冲之　　　　103

送董元达 / 谢逸　　　　　　　　　105

戏汪信民教授 / 饶节　　　　　　　106

清江曲 / 苏庠　　　　　　　　　　107

题李愬画像 / 惠洪　　　　　　　　108

怀京师 / 吕本中　　　　　　　　　110

池口移舟入江，再泊十里头潘家湾，
阻风不止 / 杨万里　　　　　　　　112

风雨中望峡口诸山，奇甚，
戏作短歌 / 陆游　　　　　　　　　113

山南行 / 陆游　　　　　　　　　　114

西郊寻梅 / 陆游　　　　　　　　　116

同何元立赏荷花，追怀镜湖旧游 / 陆游　118

离堆伏龙祠观孙太古画英惠王像 / 陆游　119

故蜀别苑在成都西南十五六里，梅至多，
有两大树，夭矫若龙，相传谓之梅龙，
予初至蜀，尝为作诗，自此岁常访之，
今复赋一首，丁酉十一月也 / 陆游　　121

大风登城 / 陆游　　　　　　　　　122

渔　翁 / 陆游　　　　　　　　　　123

大雨逾旬，既止复作，
江遂大涨（录一）/ 陆游　　　　　124

狂　歌 / 陆游　　　　　　　　　125

九月一日夜读诗稿有感，
走笔作歌 / 陆游　　　　　　　126

后催租行 / 范成大　　　　　　128

开壕行 / 刘克庄　　　　　　　129

冬青花 / 林景熙　　　　　　　131

五言律诗

小隐自题 / 林逋　　　　　　　135

鲁山山行 / 梅尧臣　　　　　　135

半山春晚即事 / 王安石　　　　136

岁　晚 / 王安石　　　　　　　137

壬辰寒食 / 王安石　　　　　　138

自白土村入北寺二首（录一）/ 王安石　138

怀广南转运陈学士 / 希昼　　　139

秋　径 / 保暹　　　　　　　　140

太白山下早行至横渠镇，
书崇寿院壁 / 苏轼　　　　　　141

和外舅《夙兴》三首（录一）/ 黄庭坚　141

怀　远 / 陈师道　　　　　　　142

寄外舅郭大夫 / 陈师道　　　　143

除夜对酒，赠少章 / 陈师道　　144

岁　暮 / 饶节　　　　　　　　144

己酉乱后寄常州使君侄（录一）/ 汪藻　145

京城围困之初，天气晴和，
军士乘城不以为难也，因成四韵 / 吕本中　146

丁未二月上旬（录二）/ 吕本中　147

闻寇至，初去柳州 / 曾幾　148

岭　梅 / 曾幾　149

道中寒食（录一）/ 陈与义　150

雨 / 陈与义　151

渡　江 / 陈与义　152

登岳阳楼 / 萧德藻　152

虞丞相挽词三首（录二）/ 杨万里　153

宿兰溪水驿前 / 杨万里　155

南沮水道中 / 陆游　155

夏　日 / 陆游　156

道　中 / 范成大　157

雪 / 尤袤　157

十五日再登祝融，用台字韵 / 朱熹　158

梅　花 / 陈亮　159

访端叔提干 / 葛天民　160

雁荡宝冠寺 / 赵师秀　161

薛氏瓜庐 / 赵师秀　162

夜　意 / 林景熙　163

近体二首 / 谢翱　163

七言律诗

寒食中寄郑起侍郎 / 杨徽之　167

梅　花 / 林逋	167
汉　武 / 杨亿	168
吴　江 / 张先	171
寓　意 / 晏殊	172
落　花 / 宋祁	173
东　溪 / 梅尧臣	175
戏答元珍 / 欧阳修	175
九日水阁 / 韩琦	176
次韵酬朱昌叔三首（录一）/ 王安石	177
思王逢原三首（录一）/ 王安石	178
葛溪驿 / 王安石	179
病中游祖塔院 / 苏轼	180
有美堂暴雨 / 苏轼	181
祭常山回小猎 / 苏轼	182
送子由使契丹 / 苏轼	183
寿星院寒碧轩 / 苏轼	184
六月十二日酒醒步月，理发而寝 / 苏轼	184
六月二十日夜渡海 / 苏轼	185
寄苏内翰 / 刘季孙	187
题落星寺 / 黄庭坚	188
登快阁 / 黄庭坚	189
题息轩 / 黄庭坚	190
寄黄幾复 / 黄庭坚	191
和周廉彦 / 张耒	192
东山谒外大父墓 / 陈师道	192
春怀示邻里 / 陈师道	194

春日怀秦髯 / 李彭	195
次山谷韵二首（录一）/ 洪刍	195
次韵公实《雷雨》/ 洪炎	197
送以照上人 / 饶节	198
春晚郊居 / 吕本中	198
夜　坐 / 吕本中	199
雪中陆务观数来问讯，用其韵奉赠 / 曾幾	200
苏秀道中，自七月二十五日大雨三日，秋苗以苏，喜雨有作 / 曾幾	201
和李上舍《冬日书事》/ 韩驹	202
抚州邂逅彦正提刑，道旧感叹，辄书长句奉呈 / 韩驹	203
雨　晴 / 陈与义	204
除夜二首（录一）/ 陈与义	205
次韵尹潜《感怀》/ 陈与义	205
伤　春 / 陈与义	207
野泊对月有感 / 周莘	208
北　风 / 刘子翚	209
明发南屏 / 杨万里	210
秋晚登城北门 / 陆游	211
曳　策 / 陆游	212
南定楼遇急雨 / 陆游	213
六月十四日宿东林寺 / 陆游	214
九月三日泛舟湖中作 / 陆游	214
感　愤 / 陆游	215
书　愤 / 陆游	216

书　愤 / 陆游　　　　　　　　218

夜登千峰榭 / 陆游　　　　　　219

禹迹寺南有沈氏小园，
四十年前尝题小阕壁间，
偶复一到，而园已易主，
刻小阕于石，读之怅然 / 陆游　　220

闻蜀盗已平，献馘庙社，
喜而有述 / 陆游　　　　　　221

画工李友直为余作《冰天》
《桂海》二图，《冰天》画使
北虏渡黄河时，《桂海》画游
佛子岩道中也，戏题 / 范成大　　223

亲戚小集 / 范成大　　　　　224

夜宿田家 / 戴复古　　　　　225

新　亭 / 刘克庄　　　　　　226

九日约冯伯田、王俊甫、刘元辉 / 方回　　227

九　日 / 方回　　　　　　　228

过零丁洋 / 文天祥　　　　　228

石头城 / 汪元量　　　　　　230

金　陵 / 汪元量　　　　　　231

彭　州 / 汪元量　　　　　　232

五言绝句

咏白莲 / 王禹偁　　　　　　235

孤　雁 / 鲍当　　　　　　　236

江上渔者 / 范仲淹　　　　　　236
陶　者 / 梅尧臣　　　　　　　237
偶　题 / 李师中　　　　　　　238
望云楼 / 文同　　　　　　　　238
南　浦 / 王安石　　　　　　　239
江　上 / 王安石　　　　　　　240
蚕　妇 / 张俞　　　　　　　　240
离福严 / 黄庭坚　　　　　　　241
胡　笛 / 吕本中　　　　　　　242
绝　句 / 李清照　　　　　　　242
春寒二首 / 陆游　　　　　　　243
自君之出矣（录一）/ 徐照　　244
乐府二首 / 许棐　　　　　　　245
乍　归（录一）/ 刘克庄　　　246
寄江南故人 / 家铉翁　　　　　246
秋夜词 / 谢翱　　　　　　　　247

七言绝句

阙　题 / 郑文宝　　　　　　　251
行　色 / 司马池　　　　　　　251
呈寇公 / 蒨桃　　　　　　　　252
梦中作 / 欧阳修　　　　　　　253
别　滁 / 欧阳修　　　　　　　254
淮中晚泊犊头 / 苏舜钦　　　　254
春　草 / 刘敞　　　　　　　　255

团　扇 / 王安石	256
竹　里 / 王安石	256
初夏即事 / 王安石	257
送和父至龙安，微雨，	
因寄吴氏女子 / 王安石	257
北陂杏花 / 王安石	258
越人以幕养花，游其下二首（录一）/ 王安石	259
绝　句 / 刘攽	259
宿济州西门外旅馆 / 晁端友	260
临平道中 / 道潜	261
寒芦港 / 苏轼	262
东栏梨花 / 苏轼	263
南堂五首（录一）/ 苏轼	264
海　棠 / 苏轼	264
惠崇《春江晚景》二首（录一）/ 苏轼	265
题李世南所画《秋景》二首	
（录一）/ 苏轼	266
与莫同年雨中饮湖上 / 苏轼	266
赠刘景文 / 苏轼	267
淮上早发 / 苏轼	267
澄迈驿通潮阁二首（录一）/ 苏轼	268
会子瞻宿逍遥堂并引 / 苏辙	269
和陈君仪《读〈太真外传〉》	
（录三）/ 黄庭坚	271
寄　家 / 黄庭坚	272
病起荆江亭即事十首（录一）/ 黄庭坚	273

雨中登岳阳楼望君山二首 / 黄庭坚　　274

泗州东城晚望 / 秦观　　275

垂虹亭 / 米芾　　276

怀金陵（录一）/ 张耒　　277

放歌行二首 / 陈师道　　278

谢赵生惠芍药（录一）/ 陈师道　　279

绝　句 / 石懋　　279

九绝为亚卿作（录一）/ 韩驹　　280

谢人送凤团及建茶 / 韩驹　　281

和张规臣水墨梅五绝（录一）/ 陈与义　　281

春日二首（录一）/ 陈与义　　282

牡　丹 / 陈与义　　283

汴京纪事（录一）/ 刘子翚　　284

题盱眙第一山 / 郑汝谐　　284

初入淮河（录三）/ 杨万里　　285

舟过谢潭（录一）/ 杨万里　　286

过松源，晨炊漆公店 / 杨万里　　287

至后入城道中杂兴（录一）/ 杨万里　　288

记　梦 / 陆游　　288

剑门道中遇微雨 / 陆游　　289

花时遍游诸家园十首（录一）/ 陆游　　290

楚　城 / 陆游　　291

过灵石三峰二首 / 陆游　　291

采　莲（录一）/ 陆游　　292

闻　雁 / 陆游　　293

余年二十时，尝作《菊枕》诗，
颇传于人，今秋偶复采
菊缝枕囊，凄然有感二首 / 陆游　　　　294
小舟游近村，舍舟步归（录一） / 陆游　　295
沈园二首 / 陆游　　　　　　　　　　　　295
追忆征西幕中旧事（录三） / 陆游　　　　296
醉　歌 / 陆游　　　　　　　　　　　　　298
示　儿 / 陆游　　　　　　　　　　　　　299
州　桥 / 范成大　　　　　　　　　　　　299
龙津桥 / 范成大　　　　　　　　　　　　300
望乡台 / 范成大　　　　　　　　　　　　301
春晚二首 / 范成大　　　　　　　　　　　301
四时田园杂兴（录一） / 范成大　　　　　302
除夜自石湖归苕溪（录一） / 姜夔　　　　303
平甫见招，不欲往 / 姜夔　　　　　　　　304
盱眙旅舍 / 路德章　　　　　　　　　　　304
淮　客 / 朱继芳　　　　　　　　　　　　305
酬友人 / 严羽　　　　　　　　　　　　　306
吴中送客归豫章 / 严羽　　　　　　　　　307
伤　春 / 吴惟信　　　　　　　　　　　　307
武夷山中 / 谢枋得　　　　　　　　　　　308
题陆大参秀夫《广陵牡丹》
诗卷后 / 林景熙　　　　　　　　　　　　309
山窗新糊有故朝封事稿，
阅之有感 / 林景熙　　　　　　　　　　　310
湖州歌（录一） / 汪元量　　　　　　　　311

题王导像 / 汪元量　　　　　　311

瘦马图 / 龚开　　　　　　　　312

附录　经典选本的方法论启示
　　　——钱仲联《宋诗三百首》
　　探析 / 曾维刚　　　　　　313

五言古诗

范饶州坐中客语食河豚鱼

梅尧臣

春洲生荻芽[1],春岸飞杨花。河豚当是时,贵不数鱼虾[2]。
其状已可怪,其毒亦莫加[3]。忿腹若封豕,怒目犹吴蛙[4]。
庖煎苟失所[5],入喉为镆铘[6]。若此丧躯体,何须资齿牙![7]
持问南方人,党护复矜夸[8]。皆言美无度[9],谁谓死如麻!
吾语不能屈,自思空咄嗟[10]。退之来潮阳[11],始惮餐笼蛇[12]。
子厚居柳州[13],而甘食虾蟆[14]。二物虽可憎,性命无舛差[15]。
斯味曾不比,中藏祸无涯[16]。甚美恶亦称,此言诚可嘉[17]。

梅尧臣

(1002—1060)

字圣俞,宣州宣城(今安徽宣城)人。宣城古称宛陵,故世称梅宛陵。以父荫为河南主簿。历镇安(今广西德保)判官,仁宗召试,赐进士出身,为国子监直讲,累官尚书都官员外郎。针对宋初颓靡的诗风,他主张诗歌要继承《诗经》《楚辞》的优良传统,重视作品的内容,反映社会矛盾和民间疾苦,要以真情为诗,在技巧上重视细致深入,"必能状难写之景,如在目前,含不尽之意,见于言外,然后为至"。他的作品风格,平淡中见深意,颇能体现他的论诗主张,在当时诗坛上确能一扫颓风,独具风格。所以刘克庄称赞他是宋初诗的开山祖师。但后人对他过于追求平淡、有时不免流于板滞,也表示了不满。著有《宛陵先生集》。

◎ 题解

　　这是首以日常生活为题材的作品。欧阳修说:"梅圣俞尝于范希文席上赋河豚鱼诗云:'春洲生荻芽,春岸飞杨花。河豚当是时,贵不数鱼虾。'河豚常出于春暮,群游水上,食絮而肥。南人多与荻芽为羹,云最美。故知诗者谓只破题两句,已道尽河豚好处。圣俞平生苦于吟咏,以闲远古淡为意,故其构思极艰。此诗作于樽俎之间,笔力雄赡,顷刻而成,遂为绝唱。"时人戏呼为"梅河豚"。按:前四句写春水方生,正是吃河豚的好季节,写出河豚的珍贵。中间由河豚鱼的怪、毒,生出奇想,议论风生。最后归结出"甚美恶亦称"的具有哲理意味的结论,颇能体现诗人"平淡中见深意"的写诗主张。汪景龙评这首诗说:"欧阳公(修)谓起二句便说尽河豚好处。石林(叶梦得)谓絮时人已不食河豚。要之,蒌蒿荻芽,瀹而为羹尔,不必泥也。"陈衍说:"此诗绝佳者实止首四句,余皆词费,然所谓探骊得珠,其余鳞爪之而,听之而已。"范饶州:范仲淹,时知饶州。饶州,治所在今江西鄱阳。河豚:鱼名。肉鲜美。四五月间产卵,此时卵巢及肝脏有剧毒,误食可以致命。

◎ 注释

[1] 洲:水中陆地。荻芽:荻的嫩芽。

[2] "贵不"句:河豚价昂贵,鱼虾的价格就算不上了。

[3] 莫加:无以复加。形容河豚极毒。

[4] "怒腹"二句:写河豚发怒时的情状,它饱鼓的腹部就像大猪,它突出的眼睛就像青蛙。封豕,大猪。《左传·昭公二十八年》:"贪惏无餍,忿纇无期,谓之封豕。"吴蛙,吴地水稻之乡,多蛙。

[5] 失所:这里指失当,烧煮不得法。

[6] 镆铘:同"莫邪"。相传春秋时吴国干将为吴王阖闾铸剑,铁汁不下,其妻莫邪断发剪爪投于炉中,剑乃铸成,雄剑名干将,雌剑名莫邪。见《吴越春秋》。这里比喻河豚的毒就像剑锋,极为厉害。

[7] "若此"二句:资,供给。资齿牙,意谓供口腹之需。这两句是说,像河豚这样能致人

死命，无须作为齿牙所需的食品。
[8]党护：袒护。矜夸：夸耀。
[9]无度：无限。《诗·魏风·汾沮洳》："彼其之子，美无度。"
[10]"吾语"二句：我的话不能说服别人，说了也等于白说，只能暗自叹息。咄嗟，惊叹声。
[11]"退之"句：退之，唐代诗人韩愈的字。元和十四年（819）正月，韩愈因上《论佛骨表》，谏阻宪宗迎佛骨，由刑部侍郎贬为潮州刺史。潮阳，县名，今属广东。唐时为潮州州治所在。
[12]"始惮"句：韩愈谪潮州后，有《初南食贻元十八协律》诗，说："惟蛇旧所识，实惮口眼狞。开笼听其去，郁屈尚不平。"笼蛇，笼养的蛇。
[13]"子厚"句：子厚，唐代诗人柳宗元的字。柳因参加王叔文集团革新政治的活动，事败贬永州司马，后调柳州刺史。柳州，州郡名。治所在今广西柳州。
[14]"而甘"句：柳宗元谪柳州，韩愈有《答柳柳州食虾蟆》诗记柳甘食虾蟆之事："余初不下喉，近亦能稍稍。常惧染蛮夷，失平生好乐。而君复何为，甘食比豢豹。"虾蟆，蛙类。亦称土蛙、粗皮蛙。
[15]舛（chuǎn）差：差错。这里引申作危险。
[16]"斯味"二句：河豚这种食品可跟笼蛇、虾蟆不是一回事，它的隐患极其深远。曾，副词，表示加强语气。
[17]"甚美"二句：《左传·昭公二十八年》："吾闻之，甚美必有甚恶。"这两句即取此意，谓最美好的事物，往往同时也是危害最大的。

汝坟贫女

梅尧臣

时再点弓手[1]，老幼俱集。大雨甚寒，道死者百余人，自壤河至昆阳老牛陂[2]，僵尸相继。

汝坟贫家女，行哭音凄怆[3]。自言有老父，孤独无丁壮。郡吏来何暴[4]，县官不敢抗。督遣勿稽留[5]，龙钟去携杖[6]。勤勤嘱四邻，幸愿相依傍。[7]适闻闾里归[8]，问讯疑犹强[9]。果然寒雨中，僵死壤河上。弱质无以托，横尸无以葬。[10]生女不如男[11]，虽存何所当[12]！拊膺呼苍天[13]，生死将奈向[14]？

◎ 题解

汝坟：汝河岸边。坟，此指河边高地。这里汝河指北汝河，在河南省中部。源出嵩县外方山，流经襄城，南会沙河，至商水县入颍河。"汝坟"，原为《诗·周南》中诗题，那首诗以妇女的口气，诉说乱世中妇女的哀怨。诗人借用此题，反映了北宋康定、庆历年间赵元昊叛乱时，朝廷征兵平叛，致使百姓骨肉离散、田园荡尽的社会现实。诗中贫女一家的遭遇和她的沉痛控诉，深刻地暴露了封建时代人民的悲惨处境。选材典型，叙写生动，很有感染力。

◎ 注释

[1] 点：选派，征集。弓手：宋代"乡兵"名号。宋代兵制，除朝廷的禁军、厢军以外，还有"乡兵"，因不同地区而异，根据每户人口，分别有三丁抽一、二丁三丁抽一、四丁五丁抽二、六丁七丁抽三、八丁以上抽四等。名号有"保毅""忠顺""强人弓手""弓箭手"等。见《宋史·兵志四》。

[2] 壤河：疑即瀼河，在今河南鲁山县西南。昆阳：古县名，今为河南叶县地。瀼河至叶县，约百里。

[3] 行哭：边走边哭。

[4] 何暴：多么凶恶。

[5] 稽留：停留，延滞。

[6] "龙钟"句：谓贫女的老父也不能幸免，被抽去当兵。龙钟，老态。去携杖，携杖而去。

[7] "勤勤"二句：谓贫女殷勤嘱托同被征去当兵的邻里，希望他们照顾她的老父。幸愿，恳请之词。

[8] 适：刚才。闾里：乡里。这里指同乡人。

[9] "问讯"句：谓贫女虽然对于老父是否还活着有怀疑，但还是勉强去向归来的乡里人打听消息。

[10] "弱质"二句：上句写贫女，下句写老父。谓由于老父的惨死，贫女失去了生活的依托；老父惨死异乡，死后连葬身之地也没有。弱质，衰弱的体质。贫女自指。

[11] 不如男：指不能代父应征当兵。

[12] 何所当：有什么用。

[13] 拊膺：捶胸。形容悲痛到极点。

[14] "生死"句：谓以后是活下去，还是一死了事呢？奈向，宋时俗语，犹奈何。

正月十五夜出回

梅尧臣

不出只愁感，出游将自宽。贵贱依俦匹，心复殊不欢[1]。渐老情易厌[2]，欲之意先阑[3]。却还见儿女[4]，不语鼻辛酸。去年与母出，学母施朱丹[5]。今母归下泉[6]，垢面衣少完[7]。念尔各尚幼[8]，藏泪不忍看。推灯向壁卧，肺腑百忧攒[9]。

◎ 题解

　　这首诗和下面三首，都是悼念亡妻之作。诗人于宋仁宗天圣五年（1027）娶太子宾客谢涛之女为妻，宋仁宗庆历四年（1044），谢氏不幸早逝。在以后的几年中，诗人写下了许多悼念亡妻的诗作，感情沉痛，真挚感人。每首诗又紧切彼时彼地的实境，表现上各具特色。

◎ 注释

[1]"贵贱"二句：谓想起了多年来和妻子贵贱相依的生活，如今妻子却先我而去，心中又充满了悲痛。俦匹，伴侣。这里指亡妻。殊，很。

[2]厌：厌倦。

[3]欲之：将要出游。之，往。意先阑：指出游的意兴已尽。

[4]却还：返回。

[5]朱丹：胭脂一类的化妆颜料。

[6]下泉：犹黄泉。指葬身之处。白居易《效陶潜体》："早出入朝市，暮已归下泉。"

[7]垢面：脸上尽是污垢。完：完整。

[8]尔：你，你们。

[9]攒：聚集。

怀 悲
梅尧臣

自尔归我家[1],未尝厌贫窭[2]。夜缝每至子[3],朝饭辄过午[4]。十日九食齑[5],一日倘有脯[6]。东西十八年[7],相与同甘苦。本期百岁恩[8],岂料一夕去!尚念临终时,拊我不能语[9]。此身今虽存,竟当共为土[10]。

◎ 注释

[1]归:旧称女子出嫁为归。
[2]窭(jù):贫穷。
[3]子:子时。中国古代以地支记时,相当于现在的夜十一时至次晨一时。
[4]辄:总,往往。午:午时,相当于现在上午十一时至下午一时。
[5]齑(jī):细碎的咸菜。
[6]倘:或许,偶尔。脯:干肉。
[7]东西十八年:自诗人娶谢氏,至谢氏去世,计十八年。其间,诗人曾历任桐城(今安徽桐城)、河南(今河南洛阳)、河阳(今河南孟州)主簿,德兴县(今江西德兴)、建德县(今浙江建德)、襄城县(今河南襄城)知县,吴兴(今浙江湖州)监税等职,辗转各地,故云。
[8]期:希望。百岁恩:犹言百年恩爱,白头偕老。
[9]拊:抚摸。
[10]"竟当"句:最终总要跟你一起长埋于地下。

秋夜感怀
梅尧臣

风叶相追逐,庭响如人行。独宿不成寐,起坐心屏营[1]。哀哉齐体人[2],魂气今何征[3]?曾不若陨箨,绕树犹有声[4]。涕泪不可止,月落鸡号鸣。

◎ 注释

[1] 屏营：惶恐貌。
[2] 齐体人：妻子。《白虎通·嫁娶》："妻者，齐也，与夫齐体。"
[3] 征：行，往。
[4] "曾不"二句：曾不若，连……也不如。陨箨（tuò），脱落的笋壳。这两句以笋壳从竹子上脱落时尚且绕竹发出声响，反衬妻子默默去世的惨状。

梦　感

梅尧臣

生哀百十载[1]，死苦千万春[2]。何为千万春[3]，厚地不复晨。
我非忘情者，梦故不梦新[4]。宛若昔之日，言语寻常亲。[5]
及寤动悲肠[6]，痛逆如刮鳞。

◎ 注释

[1] 生哀：活着的人的哀痛。
[2] 死苦：死者的痛苦。
[3] 何为：为什么。
[4] 故、新：此指人而言。故，指亡妻；新，指新妇。按：诗人于宋仁宗庆历六年（1046），续娶刁氏。新妇指刁氏。
[5] "宛若"二句：写梦中景象，谓就像以前妻子活着的时候，相互亲切地交谈。
[6] 寤：睡醒。

戊子三月二十一日殇小女称称三首（录二）

梅尧臣

生汝父母喜，死汝父母伤。我行岂有亏，汝命何不长？
鸦雏春满窠，蜂子夏满房[1]。毒螫与恶噪，所生遂飞扬。

理固不可诘[2]，泣泪向苍苍[3]。

蓓蕾树上花，莹洁昔婴女[4]。春风不长久，吹落便归土。娇爱命亦然[5]，苍天不知苦[6]。慈母眼中血，未干同两乳。

◎ 题解

宋仁宗庆历八年（1048），诗人后妻刁氏所生小女称称夭折，这组诗是悼念之作。二诗真情流露，感人至深，但表现上各不相同。第一首以乌鸦、毒蜂的偏偏多子，诘问上苍的不公，表达自己伤痛之剧，用的是反衬的方法。构思本于韩愈《孟东野失子》诗。第二首以春日花蕾为喻，正写女儿的可爱和她去世后父母的痛苦，用了比喻的写法。

◎ 注释

[1]房：指蜂窠。
[2]诘：责问。
[3]苍苍：指天。蔡琰《胡笳十八拍》："泣血仰头兮诉苍苍。"
[4]"莹洁"句：洁白晶莹就像我当日的女儿。
[5]娇爱：指所娇爱的女儿。命亦然：命运也是这样。
[6]不知苦：不懂得我们的痛苦。

看山寄宋中道

梅尧臣

前山不碍远[1]，断处吐尖碧[2]。研青点无光，淡墨近有迹[3]。前林横白云，复与后岭隔。孤舟川上人，引望不知夕[4]。安得老画师，写寄幽怀客[5]？

◎ 题解

宋中道,赵州平棘(今河北赵县)人,参政宋绶之子。这是首写景怀人之作。前六句描绘远近山景,以绘画反衬,虚实相得;后四句由景而及人,抒写对友人的怀念,并寄托了诗人的情趣。

◎ 注释

[1] 不碍远:没有挡住远处的景物。
[2] 断处:指山缺处。尖碧:形容远处的山峰。
[3] "研青"二句:以绘画作比,谓如果用研青点染,就失去了它原有的光彩,如果用淡墨烘染,又嫌留有痕迹。研青,青色颜料。
[4] 引望:伸颈而望。
[5] 幽怀:胸怀高雅、深远。幽怀客,指宋中道。

水谷夜行,寄子美、圣俞

欧阳修

寒鸡号荒林[1],山壁月倒挂[2]。披衣起视夜,揽辔念行迈[3]。
我来夏云初[4],素节今已届[5]。高河泻长空[6],势落九州外[7]。
微风动凉襟,晓气清余睡[8]。缅怀京师友[9],文酒邀高会[10]。
其间苏与梅,二子可畏爱[11]。篇章富纵横[12],声价相摩盖[13]。
子美气尤雄,万窍号一噫[14]。有时肆颠狂,醉墨洒霶霈[15]。
譬如千里马,已发不可杀[16]。盈前尽珠玑,一一难柬汰[17]。
梅翁事清切[18],石齿漱寒濑[19]。作诗三十年,视我犹后辈[20]。
文词愈清新,心意难老大[21]。譬如妖韶女[22],老自有余态[23]。
近诗尤古硬,咀嚼苦难嘬[24]。初如食橄榄,真味久愈在[25]。
苏豪以气轹,举世徒惊骇[26]。梅穷独我知,古货今难卖[27]。
二子双凤凰,百鸟之嘉瑞[28]。云烟一翱翔,羽翮一摧铩[29]。

安得相从游,终日鸣哓哓[30]。问胡苦思之[31],对酒把新蟹[32]。

欧阳修
(1007—1072)

字永叔,号醉翁、六一居士,庐陵(今江西吉安)人。宋仁宗天圣八年(1030)进士,调西京(今河南洛阳)推官,庆历二年(1041),召知谏院,改右正言,知制诰,时杜衍、韩琦、范仲淹、富弼相继罢相,修上书直谏,因出知滁州(治所在今安徽滁县),又徙扬州、颍州(治所在今安徽阜阳),还,为翰林学士,嘉祐五年(1060),拜枢密副使,六年,参知政事,宋神宗熙宁初(1068),与王安石政见不合,以太子少师致仕。卒,谥文忠。修为人耿介,不阿权贵,关心国家安危,同情人民疾苦。他是北宋文学改革运动的领导者,对诗风的转变、古文的复兴,都有重大的贡献。诗学韩愈,气格雄壮,又不像韩愈那样故作盘空硬语,因而作品流动自然,明浅通达。他也受韩愈"以文为诗"的影响,喜用散文的笔法作诗,故诗中多议论,使一些诗歌流于枯燥,后人对此多有不满。著有《欧阳文忠公文集》。

◎ 题解

水谷:小地名,未详。子美:苏舜钦的字。圣俞:梅尧臣的字。宋仁宗庆历四年(1044)四月,欧阳修出使河东(宋治所并州,今山西太原),七月返汴京,这首诗可能作于返京途中。诗作清苍老健,抒写了诗人对苏、梅的怀念,并品评了他们的作品,形象地概括了苏、梅二人的诗风和他们表达上的不同特点：梅诗质朴平实，常在诗中有意控制自己的感情，不使太露；苏诗则是极力表达自己的感情，有一股不可遏制的激情从诗笔下喷涌出来。虽涉议论，但设喻丰富，形象生动。

◎ 注释

[1] 号（háo）：啼，鸣。

[2] 山壁：形容陡峭的山峰。月倒挂：山高，月落时反倒比山还低，故云"倒挂"。

[3] 揽辔：收住马笼头。行迈：行旅。迈也是行。《诗·王风·黍离》："行迈靡靡。"毛传："迈，行也。"

[4] "我来"句：指四月诗人奉使至河东。夏云初，夏初。云，助词。

[5] 素节：秋令时节。古代五行说，以金配秋，其色白，故称素。届：临。

[6] 高河：指银河。以在高空，故称。

[7] 九州：中国古代设置的九个州，后因以指中国。这里泛指世界。九州外：犹言世界之外。

[8] "晓气"句：早晨新鲜的空气使我从剩余的睡意中清醒过来。

[9] 缅怀：怀念。

[10] 文酒：饮酒赋诗。高会：盛会。

[11] 可畏爱：令人敬畏、亲近。

[12] 纵横：形容才气横溢。

[13] 摩盖：迫近，超越。相摩盖：谓二人不相上下。

[14] "万窍"句：语本《庄子·齐物论》："大块噫气，其名为风……作则万窍怒号。"意谓大风起处，万穴皆鸣。这里用来比喻苏舜钦雄健的诗风。窍，孔，穴。噫（yī），噫气，指风。

[15] "醉墨"句：谓舜钦醉后作诗，酣畅淋漓。霶霈（pāngpèi），同"滂沛"。雨水盛貌。这里形容笔墨淋漓。

[16] 杀（shài）：衰减。

[17] "盈前"二句：谓子美的诗篇摆在人们面前几乎全是珠玑般的美玉，难以一一挑选淘汰。柬汰，挑选淘汰。

[18] "梅翁"句：谓梅尧臣作诗致力于清新激切。

[19] "石齿"句：用清冷湍急的溪水流过石滩的声音比喻梅诗的清澈。石齿，尖峭的石滩。濑（lài），湍急的溪流。

[20] "视我"句：谓自己比起梅翁，还是后辈小生。视，比。按：梅与欧阳实际年龄相差仅五岁。

[21] 难老大：不易衰老。指梅尧臣创作热情未曾衰退。

[22] 妖韶：美好。

[23] "老自"句：谓年纪老了，仍然保持着青春时期的丰姿神韵。这里用来比喻梅尧臣后期的诗。

[24] "近诗"二句：谓梅尧臣近年来的诗歌，风格更见古朴瘦硬，它的佳妙之处人们难以立即领会。噡（chuài），咬嚼。

[25] "真味"句：时间愈久，味道愈见淳真。比喻梅诗经得起咀嚼。

[26] "苏豪"二句：谓苏舜钦的诗歌风格豪迈，气势过人，令人惊骇。轹（lì），超越。

[27] "梅穷"二句：谓只有我知道梅尧臣郁郁不得志的境况，他的作品就像古货，现在难以出售。

[28] "二子"二句：以凤凰作比，盛赞苏、梅二人文学上的成就。嘉瑞，瑞祥。

[29] "云烟"二句：以鸟羽的被摧折，比喻苏、梅二人政治上的遭遇。羽翮（hé），鸟羽。铩（shā），残伤。

[30] 哕（huì）哕：凤鸣声。这里指吟诗和谈论。

[31] 胡：为什么。

[32] "对酒"句：希望在新蟹上市时能相聚畅饮。

和圣俞《庭菊》

苏舜钦

不谓花草稀，实爱菊色好。[1]先时自封植，坐待秋气老。[2]
类妆翠羽枝，已喜金屠小；严霜发层英，益见化匠巧。[3]
摇疑光艳落，折恐丛薄少。[4]一日三四吟，一吟三四绕。
赏专情自迷，美极语难了。[5]得君所赋诗，烂漫惬怀抱。
朗咏偿此心，清樽为之倒。[6]

苏舜钦（1008—1048） 字子美，梓州铜山（今四川中江）人。初以父任补太庙斋郎，不久中进士，累迁大理评事，宋仁宗康定元年（1040），范仲淹荐他为集贤校理，监进奏院。在当时的政党斗争中，他属于范仲淹派，后终因用鬻故纸公钱召妓乐会宾客之事被除名，流寓苏州，遂置水石作沧浪亭，自号沧浪翁。后任湖州（今浙江湖州）长史以终。他是欧阳修文学革新运动中的重要一员，与梅尧臣齐名，但风格迥异。欧阳修说："圣俞、子美齐名于一时，而二家诗体特异。子美笔力豪隽，以超迈横绝为奇；圣俞覃思精微，以深远闲淡为意。各极其长，虽善论者不能优劣也。"他的诗多伤时感世之作，反映了当时的政治和社会现实，也时有表达报国立功的抱负的作品。著有《苏学士文集》。

◎ 题解

这首咏菊诗，首二句以反衬法总写对菊花的喜爱，然后按种菊、花开、惜菊、赏菊的顺序，分别从正面、侧面写出菊花的可爱，最后回应题目，点出作诗主旨，表现了诗人高洁的情怀。构思精巧，蕴味深远。

◎ 注释

[1] "不谓"二句：菊花于深秋盛开，此时各种草木已经凋零，这两句写诗人因爱"菊色"而不去领会其他零落的花草，反衬出对菊花的爱。

[2] "先时"二句：写种菊。封植，栽培。老，尽。

[3] "类妆"四句：状写菊花渐次开放。上二句写绿叶中初开的花盘，用"已喜"表达欣喜之情，写的是"形"；下二句以"益见"把意思推进一层，表现菊花傲霜开放的精神，写的是"神"。类，像，似。妆，妆饰。翠羽，翠绿的鸟羽，喻绿叶。金靥，金黄色的花盘。靥，笑涡。喻花盘。层英，一层层的花瓣。化匠，犹"化工"，指自然界的创造力。

[4] "摇疑"二句：写惜菊。从对"摇疑""折恐"的担心中，反衬菊花之美。光艳，光彩。丛薄，草木丛生之处，这里指密集的菊丛。

[5] "一日"四句：写赏菊。上二句写赏的行动，下二句写赏的心情。赏专，专心欣赏。语难了，用语言难以说尽。

[6]"得君"四句:写作诗本意。烂漫,形容神情焕发。惬怀抱,使心胸感到爽快。偿此心,了却这番心愿。清樽,盛酒器,指酒。

苦 热

韩 琦

皇祐辛卯夏[1],六月朔伏暑[2]。始伏之七日,大热极炎苦。
赫日烧扶桑[3],焰焰指亭午[4]。阳乌自焦铄,垂翅不西举[5]。
炙翻四海波,天地入烹煮[6]。蛟龙窜潭穴,汗喘不敢雨。
雷神抱桴逃,不顾车裂鼓[7]。岂无堂室深,气郁如炊釜;
岂无高台榭,风毒如遭蛊[8]。直疑万类繁[9],尽欲变脩脯[10]。
尝闻昆阆间[11],别有神仙宇。雷散涤烦襟[12],玉浆清浊腑[13]。
吾欲飞而往,于义不独处。安得世上人,同日生毛羽![14]

韩 琦 （1008—1075） 字稚圭,自号戆叟,相州安阳（今河南安阳）人。宋仁宗天圣中,中进士,授将作监丞,通判淄州（今山东淄博）,历官陕西经略安抚招讨使,枢密副使,同中书门下平章事。宋英宗立,拜右仆射,封魏国公。宋神宗时,拜司徒,兼侍中,判相州（今河北临漳）。卒,谥忠献。他为官清廉正直,甚得百姓爱戴,和范仲淹同在军中时,名重一时,人称"韩范"。善诗文,亦工小词。著有《安阳集》。

◎ 题解

宋仁宗皇祐三年（1051）夏,东南大旱,诗人在这首诗中展开丰富的想象,以浪漫主义的笔法,运用古代传说和博喻、比拟、夸张等艺术手段，形象地描绘了酷暑苦热的情景，诗末表达了诗人与民同甘苦的思想感情。这首诗和王令的七古《暑旱苦热》主题相近，但表现上各有独到之处，可以比较。

◎ 注释

[1] 皇祐：宋仁宗年号。皇祐辛卯：皇祐三年（1051）。

[2] "六月"句：谓这一年六月初一入伏。朔，农历初一。伏暑，伏天。农历夏至后第三庚日起为入伏，伏天是一年中最热的时候。

[3] 扶桑：神木名。传说中太阳升起之处，指东方。《淮南子·天文训》："日出于旸谷，浴于咸池，拂于扶桑，是谓晨明。"

[4] 亭午：中午。

[5] "阳乌"二句：阳乌，传说太阳里有三足乌，因以阳乌称太阳。左思《蜀都赋》："阳乌回翼乎高标。"李善注：《春秋元命苞》曰：'阳成于三，故日中有三足乌，乌者阳精。'"焦铄，因烧烤而融化。这两句谓天气太热，连阳乌也被烤焦，低垂着翅膀不能向西飞去，以致太阳久久停在当空。

[6] "炙翻"二句：极状酷热，谓大海也像煮沸了一样翻腾起滚滚波涛，天地就像放在大海里一起烹煮。

[7] "雷神"二句：雷神，古代神话中司雷之神。《山海经·海内东经》："雷泽中有雷神，龙身而人头，鼓其腹在吴西。"又《大荒东经》："以其皮为鼓，橛以雷兽之骨，声闻五百里，以威天下。"桴（fú），鼓槌。车裂，古代一种酷刑以车撕裂人体。这里形容四分五裂。这两句谓雷神也抱着鼓槌忙于逃命，顾不上灼热的阳光将他的鼓晒得四分五裂。

[8] "岂无"四句：谓不是没有深邃的客堂，但在那里也是热气闷都，就像在烧煮的锅子里；也不是没有高处的台榭，但那里的风也是毒热的，就像遭蛊一样。台谢，筑在高地上供游观的建筑物。蛊（gǔ），传说中人工培养的毒虫。鲍照《苦热行》："含沙射流影，吹蛊痛行晖。"李善注："顾野王《舆地志》曰：'江南数郡有畜蛊者，主人行之以杀人，行食饮中，人不觉也。其家绝灭者，则飞游妄走，中之则毙。'"

[9] 万类：世界万物。繁：形容品种繁复。

[10] 脩脯：干肉。

[11] 昆阆：昆仑、阆苑。传说中神仙居住之处。鲍照《舞鹤赋》："望昆阆而扬音。"

[12] 烦襟：烦闷的心胸。

[13] 玉浆：美酒。

[14] "安得"二句：脱胎于杜甫《茅屋为秋风所破歌》"安得广厦千万间，大庇天下寒士俱欢颜"，表达诗人希望天下人都能长上翅膀，飞向神仙居住的楼宇以摆脱苦热的美好憧憬。

谢任泸州师中寄荔枝

文　同

有客来山中，云附泸南信[1]。开门得君书，欢喜失鄙吝[2]。
筠奁包荔子[3]，四角俱封印[4]。童稚瞥闻之，群来立如阵。
竞言此佳果，生眼不识认。相煎求拆视[5]，颗颗红且润。
众手攫之去，争夺递追趁[6]。贪多乃为得，廉耻曾不论[7]。
喧闹俄顷间，咀嚼一时尽。空余皮与核，狼籍入煨烬[8]。

文　同
（1018—1079）

字与可，梓州梓潼（今四川梓潼）人。宋仁宗皇祐间中进士，迁太常博士，集贤校理，历知洋州（今陕西洋县）、湖州。他是北宋著名的画家，以画竹著称。其诗风格朴素，吴之振《宋诗钞》称其"清苍萧散，无俗学补缀气，有孟襄阳（浩然）、韦苏州（应物）之致。与东坡（苏轼）为中表，每切规戒。苏门亦严重之，不与秦（观）张（耒）辈列"。著有《丹渊集》。

◎ 题解

任孜，字师中，眉（今四川眉山）人，宋仁宗庆历间登第，时任泸州（今四川泸州）知州。这首诗为答谢任孜寄赠荔枝而作，描写接获荔枝后群童争食的欢乐情景，表达了诗人的欣喜之情。诗笔生动而瘦劲。清人郑珍诗，颇具这种特色。

◎ 注释

[1]"云附"句：说是捎来了泸南的书信。

[2]"欢喜"句：欢喜得消除了庸俗、贪鄙之心。《世说新语·德行》："周子居常云：'吾时月不见黄叔度，则鄙吝之心已复生矣。'"此翻用其意。

[3]筼奁（yúnlián）：竹编的篓子。

[4]封印：加封并钤印于上。

[5]相煎：催促。

[6]追趁：追逐。

[7]"贪多"二句：谓谁拿得多谁就高兴，连廉耻也顾不上了。

[8]狼籍：同"狼藉"。散乱不整貌。煨烬：灰烬。

杏 花

王安石

石梁度空旷[1]，茅屋临清泂[2]。俯窥娇饶杏，未觉身胜影[3]。嫣如景阳妃，含笑堕宫井。[4]怊怅有微波，残妆坏难整。[5]

王安石
（1021—1086）

字介甫，号半山，小字獾郎，抚州临川（今属江西抚州）人。宋仁宗庆历二年（1042），因欧阳修为之延誉，擢进士上第，签书淮南（今江苏扬州）判官，历鄞县（今浙江鄞县）、舒州（今安徽安庆）等地知县、知州，神宗时为相，积极推行新法，后因遭保守派反对，变法失败，罢为镇南军节度使，元丰中，复拜左仆射，封荆国公。卒，谥号文。王安石一生致力于政治改革，是"中国十一世纪时的改革家"（列宁语），因此他的诗多反映人民疾苦和社会现实，并表达他的政治见解和抱负，有魄力，有骨格，不同流俗。由于生活环境的改变，他前后期的诗歌表现了截然不同的风格，前期诗元气淋漓，以雄奇胜，后期诗转向意境高远，雅丽精炼。与苏轼、黄庭坚，同为北宋大家。清末"同光体"诗人对他特别推崇。著有《临川先生文集》，其诗有李壁注本，称精善。沈钦韩有补注。

◎ 题解

　　这是首咏物诗，描写杏花的华艳。诗从花影的美来表现花的本身，用的是侧写的方法，所用比喻，也很奇特。

◎ 注释

[1] 石梁：石桥。度空旷：形容石桥凌空飞架。
[2] 清炯：清亮的光。指溪水。
[3] "俯窥"二句：娇饶，妖娆，美丽多姿。这两句意谓俯视水中杏花多姿的倒影，反倒觉得杏花本身还不如它华艳动人。
[4] "嫣如"二句：以张丽华作比，写杏花倒影的艳丽。嫣，美。景阳妃，指南朝陈后主的贵妃张丽华。祯明三年（589），隋兵南下过长江，攻占台城，后主闻兵至，与丽华投景阳井。事见《陈书·后主纪》《陈书·张贵妃传》。
[5] "怊怅"二句：意谓令人稍感惆怅的，是井中的微波搅乱了花影，就像女子的残妆难整。怊怅，惆怅，失意伤感貌。

余 寒

王安石

余寒驾春风，入我征衣裳[1]。扪鬓只得冻，蔽面尚疑创[2]。
士耳恐犹堕，马毛欲吹僵。牢持有失箸[3]，疾饮无留汤[4]。
曈曈扶桑日[5]，出有万里光。可怜当此时，不湿地上霜[6]。
冥冥鸿雁飞[7]，前望去成行。谁言有百鸟，此鸟知阴阳[8]？
岂时有必至，前识圣所臧[9]。把酒谢高翰，我知思故乡[10]。

◎ 题解

　　这首诗描绘早春季节的严寒，抒写行旅的苦辛和思念家乡的心情，也体现了诗人对宦途上遭遇得失的一种看法，有知时而退之意。诗笔沉郁苍凉，有杜甫风格。

◎ 注释

[1] 征衣裳：远行在外的人穿的衣服。
[2] "扪鬓"二句：抚摸两鬓，感觉到的只是冻冷；掩住面容，还疑心已被冻伤。
[3] "牢持"句：即使牢牢地捏住筷子，仍不免冻得从手中跌落。箸，筷子。
[4] 无留汤：不让温热的汤剩下变冷。
[5] 瞳瞳：光明貌。扶桑日：东方升起的太阳。扶桑，见《苦热》注。
[6] "不湿"句：谓虽然太阳已经升起，但地上的浓霜仍未融化。
[7] 冥冥：深远貌。形容高空。
[8] "此鸟"句：阴阳，指时令。旧称鸿雁为阳鸟，以为它"九月而南，正月而北"，"南北与日进退"（《书·禹贡》疏），所以这里称它"知阴阳"。
[9] "前识"句：前人的这种见识早为圣人所肯定。臧，称善。
[10] "把酒"二句：高翰，高飞的鸟。指鸿雁。早春季节，鸿雁北去。晋人张翰有"秋风起，思故乡"的佳话（见《晋书·张翰传》），这里活用此典，移用于早春，同样表达了思念故乡的心情，并寓知时而退之意。

自舒州追送朱氏女弟，憩独山馆，宿木瘤僧舍，明日度长安岭至皖口

王安石

晨霜践河梁[1]，落日憩亭皋[2]。念彼千里行，恻恻我心劳[3]。
揽辔上层冈[4]，下临百仞濠[5]。寒流咽欲绝[6]，鱼鳖久已逃。
暮行苦邅回[7]，细路隐蓬蒿。惊麚出马前[8]，兽骇亡其曹[9]。
投僧避夜雨，古檠昏无膏。山木鸣四壁，疑身在波涛。[10]
平明长安岭，飞雪忽满袍。天低浮云深，更觉所向高。

◎ 题解

　　这首诗约作于宋仁宗皇祐四年（1052），时作者通判舒州（今安徽安庆）。朱氏女弟：女弟，妹的别称。诗人之妹嫁于朱明之，古代女子嫁后从夫姓，故称"朱氏女弟"。长安岭：在今安徽怀宁县东。皖口：今名山口镇，在今安庆西皖水入长江之处。此诗描写送别妹妹时一路所见山景，并寓情于景，寄托了诗人对妹妹远行于荒山寒林的深切关怀。风格合杜、韩为一手，苍凉悲感。

◎ 注释

[1] 践：踏。河梁：桥梁。古代诗文中常用作送别之地的代称。李陵《与苏武三首》："携手上河梁，游子暮何之？"
[2] 亭皋：水边的平地。
[3] 恻恻：伤痛貌。心劳：心忧。《诗·邶风·燕燕》："瞻望弗及，实劳我心。"
[4] 层冈：层层冈峦。
[5] 百仞：言其深。仞，古代长度单位，以周尺七尺或八尺为一仞。濠：水名。这里是泛指。
[6] 咽：呜咽，流水声。
[7] 邅（zhān）回：徘徊不进。
[8] 麇（jūn）：同"麕"，即獐。
[9] 亡其曹：犹言失群。曹，同类。
[10] "投僧"四句：脱胎于韩愈《陪杜侍御游湘西两寺独宿有题一首，因献杨常侍》："山楼黑无月，渔火灿星点。夜风一何喧，杉桧屡磨颭。犹疑在波涛，怵惕梦成魇。"檠，灯架。指代灯。膏，油。无膏，谓灯中油尽。

和子由《记园中草木》十一首（录二）

苏　轼

荒园无数亩，草木动成林。[1]春阳一以敷[2]，妍丑各自矜[3]。
葡萄虽满架，困倒不能任。[4]可怜病石榴，花如破红襟。[5]
葵花虽粲粲，蒂浅不胜簪。[6]丛蓼晚可喜[7]，轻红随秋深[8]。

物生感时节,此理等废兴。[9]飘零不自由,盛亦非汝能。[10]

种柏待其成,柏成人已老。[11]不如种丛篁,春种秋可倒。[12]
阴阳不择物,美恶随意造。[13]柏生何苦艰,似亦费工巧。[14]
天工巧有几,肯尽为汝耗?[15]君看藜与藿[16],生意常草草[17]。

苏 轼
(1037—1101)

字子瞻,号东坡,眉州眉山(今四川眉山)人。宋仁宗嘉祐二年(1057)进士,签书凤翔府(今陕西凤翔)判官,召直史馆。熙宁中,因与王安石政见不合,自请出朝,通判杭州,后徙密州(今山东诸城)、徐州(今江苏徐州)、湖州(今浙江湖州)知州,元丰二年(1079),又因作诗"谤讪朝廷"获罪贬黄州(今湖北黄冈),后移汝州(今河南临汝)团练副使,又改知登州(今山东蓬莱)。哲宗元祐年间,回朝任翰林学士,后再度出知杭州、颍州(今安徽阜阳)、定州(今河北定州),官至礼部尚书。绍圣元年(1094),又因属文"讥谤前朝"的罪名,远贬惠州(今广东惠州)、儋州(今海南儋州)。元符三年(1100)赦还,提举玉局观,复朝奉郎。次年卒于常州(今江苏常州),谥文忠。苏轼是北宋中叶以后的文坛领袖,能诗善文,又善词,善书画,都堪称大家。他的诗题材广阔,风格清新豪健,语言畅达,风韵尤佳。"出新意于法度之中,寄妙理于豪放之外",他对画家吴道子的这一评语,也正是他的诗作显著的艺术特征。但由于他政治上偏于保守和思想上接受了佛老的影响，作品中也有不少消极的因素。陈衍说："苏得于天者甚优，其运典之灵敏、确切，黄（庭坚）、陈（师道）二家亦不能及。"著有《东坡集》《后集》《续集》。其诗宋代有施元之、王十朋两种注本，清代有查慎行、翁方纲、冯应榴、王文诰等注本，近人陈汉章又有《苏诗补注》，补正诸家之缺误。

◎ 题解

这组诗作于宋英宗治平元年（1064）。子由：诗人弟苏辙的字。园：指南园，是诗人在汴京的家园，地在汴京宜秋门内，时子由住园中。据《栾城集》，苏辙原作共十首，他在自注中说："时在京师。其诗一萱草，二竹，三种芦，四病榴，五葡萄，六丛筀，七果蠃，八牵牛，九柏，十葵。"苏轼的和诗在最后添了一首咏梦中蟋蟀悲秋菊，共得十一首。这里选录二、三两首。《唐宋诗醇》说："俱是杂写花木，随处拈出妙谛，非见道忘山者不能获此圆通也。"纪昀说："纯乎正面说理，而不入肤廓，以仍是诗人意境，非道学意境也。理喻之米，诗则酿之而为酒；道学之文，则炊之而为饭。"

◎ 注释

[1] 这一首和答苏辙《葡萄》《病石榴》《葵》三首。诗由园中入手，先总后分，三实一虚，最后以议论作结。无数亩：没有几亩。动成林：不经意中往往已长成林丛。

[2] 敷：铺饰。这里引申作普照。

[3] 妍丑：美丑。自矜：自夸。

[4] "葡萄"二句：苏辙《葡萄》："蒲桃不禁冬，屈盘似无气。春来乘盛阳，覆架青绫被。"任，承受。

[5]"可怜"二句:苏辙《病石榴》:"堂后病石榴,及时亦开花。身病花不齐,火候渐已差。"红襟,红色衣襟。

[6]"葵花"二句:苏辙《葵》:"葵花开已阑,结子压枝重。长条困风雨,倒卧枕丘垄。忆初始放花,炭炭旌节斧。"粲粲,鲜明貌。蒂浅,花蒂短。不胜簪,不能作为簪花插在头上。

[7]"丛蓼"句:蓼,一种草本植物,多长于水边,花白色,入秋后渐加深为浅红。按:苏辙原作没有《蓼》诗,但诗人在和诗第一首中有"牵牛与葵蓼,采扎入诗卷"的诗句,所以这里以蓼作衬,自变其法。

[8]轻红:浅红。

[9]"物生"二句:这句以下是诗人的议论。这两句谓,万物的生长受到时令节气的影响,这个道理和世事的兴衰是一样的。

[10]"飘零"二句:草木的零落不由自主,生长茂盛也不是你们的本领。

[11]这首诗和答苏辙《柏》《簹》二首,章法和上一首不同。从柏入手,然后再写簹,似并起而句则单行,后面柏为明点,簹则暗结,兼双收侧注之意。苏辙《柏》:"南园地性恶,双柏不得长。蓬麻春始生,今已满一丈。柏生嗟几年,失意自凄怆。"待其成:期待它长大成材。

[12]"不如"二句:苏辙《簹》:"邻翁笑我拙,教我种丛草。经霜斫为簹,不让秋竹好。"簹(huì),竹名,又称四季竹,杆细,丛生。可做扫帚。

[13]"阴阳"二句:这两句以下出柏、簹的不同生发议论。这两句谓,气候的寒暖变化对万物都是一样的,万物是美是恶,也是随意而生。阴阳,指气候的寒暖。

[14]"柏生"二句:脱胎于韩愈《招扬子罘》:"柏生二石间,万岁终不大。"意谓柏树的生长何等艰难,好像已经费尽老天的力量。工巧,犹天工,指自然界的创造力。

[15]"天工"二句:意承上句,谓老天的力量能有多少,岂肯为你(指柏)耗尽他的气力。

[16]藜、藿:两种野菜。

[17]生意:生机。草草:匆促。这里引申作短暂。

西 斋

苏 轼

西斋深且明,中有六尺床[1]。病夫朝睡足,危坐觉日长[2]。
昏昏既非醉,踽踽亦非狂。[3]褰衣竹风下[4],穆然中微凉[5]。
起行西园中,草木含幽光。榴花开一枝,桑枣沃以光[6]。

鸣鸠得美荫[7]，因立忘飞翔。黄鸟亦自喜[8]，新音变圆吭。杖藜观物化，亦以观我生。[9]万物各得时，我生日皇皇。[10]

◎ 题解

这首诗作于宋神宗熙宁八年（1075），时诗人任密州知州。西斋：诗人在密州的书斋。诗写闲居的生活，于西园景物的描写中，透露了诗人仕途失意的感慨。《唐宋诗醇》说："目见耳闻，具有万物各得其所气象。昔人称渊明为古闲淡之宗，此则升堂入室矣。"纪昀说："善写夷旷之意，善用托染之笔，写物全是自写，音节字句，皆一一入古。"

◎ 注释

[1]六尺床：白居易《小院酒醒》："好是幽眠处，松阴六尺床。"

[2]危坐：端坐。

[3]"昏昏"二句：上句语本白居易《效陶潜体诗十六首》："且效醉昏昏。"踽（jǔ）踽，孤独貌。《诗·唐风·杕杜》："独行踽踽。"这两句反用白居易诗意，以自己"昏昏""踽踽"的"非醉""非狂"中，透露了仕途失意的苦闷和独处的无奈。

[4]褰衣：撩起衣裳。

[5]穆然：默然，不知不觉。中（zhòng）凉：犹言着凉。

[6]沃以光：光盛而丰美。

[7]"鸣鸠"句：啼鸣的斑鸠掩蔽在绿荫深处。《庄子·山木》："睹一蝉，方得美荫而忘其身。"

[8]黄鸟：黄莺。

[9]"杖藜"二句：藜，以藜茎制作的拐杖。物化，万物的变化。这两句谓自己拄着藜杖，在园中静观万物的变化，也在体察自己的一生。

[10]"万物"二句：皇皇，同"遑遑"。仓促貌。这两句化用陶潜《归去来辞》"善万物之得时，感吾生之行休"句意，谓世界万物都各得其时，自得其乐，自己却生不逢时，常年颠沛流离，没有安闲的日子。

雨中过舒教授

苏　轼

疏疏帘外竹，浏浏竹间雨[1]。窗扉静无尘，几砚寒生雾。
美人乐幽独[2]，有得缘无慕[3]。坐依蒲褐禅[4]，起听风瓯语[5]。
客来淡无有，洒扫凉冠屦。浓茗洗积昏，妙香净无虑[6]。
归来北堂暗，一一微萤度。此生忧患中，一饷安闲处[7]。
飞鸢悔前笑[8]，黄犬悲晚悟[9]。自非陶靖节[10]，谁识此间趣！

◉ 题解

舒焕，字尧文，时为徐州教授。宋神宗元丰元年（1078），诗人在徐州，和舒过从甚密，常相唱和。这首诗描写作客舒家的情景，于恬淡闲适中，暗暗透露了诗人政治上失意的感慨。《唐宋诗醇》说："一种逸趣闲情，锻炼而出，自具无上妙谛。"

◉ 注释

[1] 浏浏：清明貌。
[2] 美人：此指舒教授。乐幽独：以幽居独处为乐事。
[3] "有得"句：谓不慕世俗，故能自得其乐。缘，因为。
[4] 蒲褐：蒲团。僧人坐禅及跪拜时所用的圆垫。禅：参禅。
[5] 风瓯语：谓煮茶时瓯中发出的声响。苏轼《试院煎茶》诗，有"飕飕欲作松风鸣"句。瓯，陶制器，用以煮茶。
[6] "妙香"句：杜甫《大云寺赞公房》："心清闻妙香。"诗意本此。
[7] 一饷：一会儿。指在舒教授家度过的短暂的时间。
[8] "飞鸢"句：鸢（yuān），鸷鸟名，俗称老鹰。《后汉书·马援传》："（马援）从容谓官属曰：'吾从弟少游常哀吾慷慨多大志，曰："士生一世，但取衣食裁足，乘下泽车，御款段马，为郡掾史，守坟墓，乡里称善人，斯可矣。致求盈余，但自苦耳。"当吾在浪泊、西里间，虏未灭之时，下潦上雾，毒气重蒸，仰视飞鸢跕跕堕水中，卧念少游平生时语，何可得也！'"这句用马援事，谓想到马援的话，才对以往自以为得意的生活感到后悔，寄寓了诗人对自由生活的向往。

[9]"黄犬"句：《史记·李斯列传》："二世二年七月，具斯五刑，论腰斩咸阳市。斯出狱，与其中子俱执，顾谓其中子曰：'吾欲与若复牵黄犬俱出上蔡东门逐狡兔，岂可得乎！'"后因以指临刑或死别时悔恨之情。这里用此典，意在寄托诗人对官场生涯的厌倦之情。

[10]陶靖节：陶潜，字渊明，世称靖节先生。

庐山二胜

苏　轼

余游庐山南北得十五六，奇胜殆不可胜记，而懒不作诗，独择其尤佳者作二首。

开先漱玉亭[1]

高岩下赤日，深谷来悲风。劈开青玉峡，飞出两白龙。[2]
乱沫散霜雪，古潭摇青空[3]。余流滑无声，快泻双石䂖[4]。
我来不忍去，月出飞桥东。荡荡白银阙[5]，沉沉水精宫[6]。
愿随琴高生，脚踏赤鲩公。[7]手持白芙蕖，跳入清泠中。[8]

栖贤三峡桥[9]

吾闻太山石，积日穿线溜。[10]况此百雷霆，万世与石斗。
深行九地底[11]，险出三峡右[12]。长输不尽溪[13]，欲满无底窦[14]。
跳波翻潜鱼，震响落飞狖[15]。清寒入山骨，草木尽坚瘦。
空濛烟霭间，颢洞金石奏[16]。弯弯飞桥出，潋潋半月彀[17]。
玉渊神龙近[18]，雨雹乱晴昼。垂瓶得清甘，可咽不可漱[19]。

◎ 题解

　　这两首诗作于元丰七年（1084）游庐山时，描绘庐山漱玉亭和三峡桥的胜景，并借以抒发诗人出世的思想。《苕溪渔隐丛话》说："三峡桥诗'清寒入山骨，草木尽坚瘦'，此等语精妍绝韵，真他人道不到也。"《唐宋诗醇》说："奇景以精理通之，发为高谈，结为幽艳，络绎间起，使人应接不暇。"这类诗在苏轼诗中是极为凝练之作，也是苏诗中不同于谢灵运、鲍照、孟郊等人的写景之作。清代刘光第的峨眉山游诗，部分脱胎于这二首。

◎ 注释

[1] 开先漱玉亭：在庐山秀峰。南唐中主李璟十五岁时曾于此筑台读书，璟即帝位后，以书台旧基为寺，取开国先兆之意，名开先寺。月门前，即为漱玉亭。亭下为龙潭，马尾瀑经青玉峡泻入潭中，清流见底。这首诗即描写漱玉亭前秀丽的景色。

[2] "劈开"二句：青玉峡在庐山南麓，峡上诸峰间有马尾和庐山二瀑布，流出峡谷，为山南奇景。两白龙，比喻两条瀑布。

[3] 古潭：指龙潭。摇青空：谓潭水摇曳着晴空的倒影。

[4] 谼（hóng）：大壑。双石谼：指两岸石壁形成的深谷。

[5] 荡荡：动荡貌。形容月下景色。阙：宫阙。

[6] 沉沉：深邃貌。水精宫：传说中用水晶筑成的宫殿。

[7] "愿随"二句：据《法苑珠林·潜遁》引《搜神记》：战国时有赵人琴高，能鼓琴，学修炼长生之术，游于冀州涿城之间，后入涿水中取龙子，与弟子约定于某日返。至时，琴高果乘赤鲤而出，留一月余，复入水去。这两句运用此典，意在表达诗人意欲出世的思想。赤鲩（hùn）公，红鲤鱼。段成式《酉阳杂俎·广动植》："国朝律，取得鲤鱼即宜放，仍不得吃，号赤鲩公，卖者杖六十，言鲤为李也。"

[8] "手持"二句：李白《古风》："素手把芙蓉，虚步蹑太清。"又《庄子·让王》："舜以天下让其友北人无择……（北人无择）因自投于清泠之渊。"这里兼用二典，除寓出世之意外，还表明要学无择和李白。芙蕖，即芙蓉。荷花的别称。

[9] 栖贤三峡桥：栖贤，庐山南麓峡谷名。上有桥横跨三峡涧上，称三峡桥，亦称栖贤桥、观音桥。

[10] "吾闻"二句：语出《汉书·枚乘传》："泰山之霤穿石。"意即水滴石穿。太山，即泰山。积日，日积月累。霤，同溜，下注的水。

[11] 九地：极深的地下。《孙子·形》："善守者藏于九地之下。"
[12] "险出"句：谓这里的奇险较长江三峡尤甚。苏辙《庐山栖贤寺新修僧堂记》："（栖贤）谷中多大石，岌嶪相倚，水行石间，其声如雷霆，又如千乘车，行者震掉不能自持，虽三峡之险不过也。故其桥曰'三峡'"。这段话，可与此诗相参看。
[13] 长输：长年不断地注入。不尽溪：终年不绝水流的溪谷。
[14] 无底窦：无底洞。这里指三峡桥下的深潭，名玉渊潭。
[15] 狖（yòu）：一种黑色的长尾猿。又说即鼯鼠。
[16] 澒洞（hòngtóng）：弥漫无际。这里形容水势汹涌。金石：钟磬一类的乐器。金石奏：形容水流发出的声音如钟磬合奏。
[17] 潋潋：水波流动貌。彀（gòu）：张弓。这里比喻拱形的飞桥如弓如月。
[18] 玉渊：潭名。桑乔《庐山纪事》："玉渊潭在三峡中，诸水合流，奔注潭中，惊涌喷空，泻下三峡，潭上有白石如羊，横亘中流，故名玉渊。"
[19] 漱：本意为洗涤。晋人孙楚少时欲隐，对王济说，当"枕石漱流"，误言"漱石枕流"。王济说："流可枕、石可漱乎？"孙楚说："所以枕流，欲洗其耳；所以漱石，欲砺其齿。"（《世说新语·排调》）这里借用此意。

书晁补之所藏与可画竹（录一）

苏　轼

与可画竹时，见竹不见人，岂独不见人，嗒然遗其身[1]。其身与竹化，无穷出清新[2]。庄周世无有，谁知此凝神？[3]

◎ 题解

晁补之，字无咎，济州巨野（今山东巨野）人，诗人，"苏门四学士"之一。与可：文同的字。这诗作于宋哲宗元祐二年（1087）秋，时诗人在汴京，共三首，所录原列第一首。

这首题画诗，诗人没有去描绘画中景物，而是着眼于作画的艺术，诗从对与可画竹的艺术成就的赞扬中，深刻地揭示了艺术创作的规律。汪景龙说："画理写得微妙。"

◎ 注释

[1]"嗒然"句：语本《庄子·齐物论》："南郭子綦隐机而坐，仰天而嘘，嗒焉似丧其偶。"嗒然，形容身心俱遣，物我双忘的境界。遗其身，忘记了他自身的存在。
[2]"无穷"句：即清新出无穷。
[3]"庄周"二句：《庄子·达生》："用志不分，乃凝于神。"凝神，谓已到神化的境界。这两句意谓，世上要是没有庄子，有谁能领悟与可画竹时这种凝神的境界呢？

泛　颖

苏　轼

我性喜临水，得颖意甚奇。到官十日来，九日河之湄[1]。
吏民笑相语：使君老而痴[2]。使君实不痴，流水有令姿[3]。
绕郡十余里，不驶亦不迟[4]。上流直而清，下流曲而漪。
画船俯明镜[5]，笑问汝为谁？忽然生鳞甲[6]，乱我须与眉。
散为百东坡，顷刻复在兹[7]。此岂水薄相[8]，与我相娱嬉！
声色与臭味[9]，颠倒眩小儿。等是儿戏物，水中少磷缁[10]。
赵陈两欧阳[11]，同参天人师[12]。观妙各有得[13]，共赋泛颖诗。

◎ 题解

颖：水名。源出河南登封，东南流，经禹县、临颖、商水、阜阳，至周口，入淮河。这首诗作于元祐六年（1091），时诗人任颖州（今安徽阜阳）军州事。这是诗人和友人赵令畤、陈师道、欧阳兄弟同游颖水时的作品。诗人从平凡的生活中捕捉了新鲜而微妙的细节，给以出神入化的真切描绘，表现了泛舟颖水的奇趣。

◎ 注释

[1]湄：水草杂生的水边。

[2]使君：旧时对州郡长官的尊称。时诗人知颍州，故称。
[3]令姿：美好的姿态。傅咸诗："金珰缀惠文，煌煌发令姿。"
[4]"不驶"句：谓不快不慢。陶潜《和胡西曹示顾贼曹》："不驶亦不迟，飘飘吹我衣。"苏轼借其上句。
[5]明镜：比喻颍水明净如镜。
[6]鳞甲：喻水纹。
[7]复在兹：又出现在这里。
[8]薄相：吴语"白相"。此指捉弄，开玩笑。
[9]臭（xiù）味：香味。也泛指气味。
[10]"等是"二句：磷缁，语本《论语·阳货》："不曰坚乎？磨而不磷；不曰白乎？涅而不缁。"磷，指因磨而致薄损；缁，指因染而变黑。后因以比喻受环境影响而发生变化。这两句谓生活在世上的我和水中的我，虽然都是儿戏之物，但水中的我却不会受环境变化的影响。言外暗寄自己与世沉浮的感慨。
[11]"赵陈"句：赵，指赵令畤，时为颍州签判。陈，指陈师道。两欧阳，指欧阳修之二子欧阳叔弼和欧阳季默。当时均在颍州。
[12]参：佛家语。指玄思冥想，探究佛理。天人师：佛家语。如来十号之一，以其为天与人之师，故名。
[13]观妙：《老子》："常无，欲以观其妙。"

白水山佛迹岩

苏　轼

何人守蓬莱，夜半失左股？[1]浮山若鹏蹲，忽展垂天羽[2]。根株互连络，崖峤争吞吐[3]。神工自炉鞴，融液相缀补[4]。至今余隙罅，流出千斛乳[5]。方其欲合时，天匠麾月斧[6]。帝觞分余沥，山骨醉后土[7]。峰峦尚开阖，涧谷犹呼舞[8]。海风吹未凝，古佛来布武[9]。当时汪罔氏，投足不盖拇[10]。青莲虽不见[11]，千古落花雨[12]。双溪汇九折，万马腾一鼓。奔雷溅玉雪，潭洞开水府[13]。潜鳞有饥蛟，掉尾取渴虎[14]。我来方醉后，濯足聊戏侮[15]。回风卷飞雹，掠面过强弩[16]。

山灵莫恶剧，微命安足赌！[17]此山吾欲老[18]，慎勿厌求取[19]。溪流变春酒，与我相宾主。当连青竹竿，下灌黄精圃。[20]

◉ 题解

宋哲宗绍圣元年（1094）八月，诗人远贬惠州（今广东惠州），十月，到惠州任所，诗即为诗人游惠州白水山时所作。题下自注："罗浮之东麓也，在惠州东北二十里。"按：白水山，在广东增城、博罗二县间，傍罗浮山。其西有巨人迹，传说为佛祖留下的足迹，故称佛迹岩。景色奇丽，是粤东名胜之一。这首诗描绘白水山佛迹岩的壮观，奇情壮彩，想象丰富。《唐宋诗醇》说："《山记》谓浮山即蓬莱别岛，洪水浮至，依罗而止，二山合体，谓之罗浮。本是不根之谈，前八韵据此翻腾而入，无非为'佛迹'二字取势，以跌落'古佛来布武'一句耳。后纪浴于汤池，从'饥蛟''渴虎''飞鼋''强弩'数句之中，参以醉后、濯足二语，忽然动魄惊心，忽然掉臂徐步。罗浮以风雨为合离，匪此神笔，莫传其妙。"清初屈大均《登罗浮绝顶奉同蒋王二大夫作》五古，即从苏轼此诗脱胎，益加以奇肆变化。

◉ 注释

[1]"何人"二句：写罗浮山的来历。蓬莱：传说中海上三神山之一。王嘉《拾遗记·高辛》："三壶，则海中三山也。一曰方壶，则方丈也；二曰蓬壶，则蓬莱也；三曰瀛壶，则瀛洲也。形如壶器。"相传罗浮本二山，罗山自古有之，浮山原为蓬莱左股，自东海浮来，倚于罗山东北。《太平寰宇记》："浮山本名蓬莱山，一峰在海中，与罗山合。"又据《地理志》："浮山自会稽来。今浮山上，犹有东方草木。"又："本一罗山，有山自蓬莱之峰浮来而合焉。"诗意本此。

[2]垂天羽：语本《庄子·逍遥游》："鹏之背，不知其几千里也，怒而飞，其翼若垂天之云。"这里以鹏展双翅，比喻浮山凌空欲飞的气势。

[3]崖峤：高峻起伏的群峰。

[4]"神工"二句：意谓整座罗浮山就像经炉火融化，烧结而成。韝（gōu），《玉篇》："韝，结也。"王文诰说："以上八句，开拓罗浮数百里境界，其意以为山灵如是作用，将于此

结成白水山也。犹之阵雨未至,而云兴雷动,满天布势,皆题前之文,是为第一节。"

[5]"至今"二句:谓到如今仍留下许多孔窍,缝隙中流出无数道的水流。形容罗浮山上洞穴密布,飞瀑流泉到处皆是。

[6]"方其"二句:谓正当罗、浮二山要相合时,却被天匠挥起月斧劈开了。形容山势陡削,二山分峙。麾,挥。月斧,这里比喻神妙的自然力。纪昀说:"此一层,写得更满足,善于布势,工于设色。"

[7]"帝觞"二句:帝,指天帝。余沥,残滴。指酒。《晋书·陆纳传》:"纳徐曰:'明公近云饮酒三升,纳止可二升,今有一斗,以备杯杓余沥。'"这两句以天帝分余沥作比,形容罗浮的山石呈赭红色。

[8]"峰峦"二句:开阖,开合。形容山峰时而为云雾所遮,时而又从云雾中显露。王文诰说:"以上八句,点明白水山,然不肯直叙,却又回绕上文而下,反复勾勒,以见造化结此奇境不易。此乃白水山正面,是为第二节。"

[9]"海风"二句:布武,足迹散布,不相重叠。指用小步疾走。《礼记·曲礼》:"堂上接武,堂下布武。"这两句诗人驰骋想象,写佛迹的来历。纪昀说:"入得天然,纯于化境。"查慎行说:"字字刻划,句句变化,云烟离合,不可端倪。"

[10]"当时"二句:汪罔氏,一作汪芒氏,古代传说中的巨人,又名防风氏。《孔子家语·辩物》:"孔子曰:汪芒氏之君,守封嵎之山者,为漆姓。在虞、夏、商为汪芒氏,于周为长翟氏,今曰大人。"投足,踏步。不盖拇,谓盖不住佛迹上的一个拇指。

[11]青莲:梵语,优钵罗华的义译。其叶狭长,近下小圆,向上渐尖,其花茎似藕稍有刺。见《慧苑音义》。

[12]花雨:指佛经所说的天雨花。《楞严经》:"即时天雨百宝莲花,青黄赤白,间杂纷糅。"这里用以比喻白水山的飞瀑。

[13]"双溪"四句:这四句意承上二句,状写白水山飞瀑的景象。苏轼《答陈季常书》:"今日游白水佛迹山,山上布水三十仞,雷辊电散,未易名状,大略如项羽破章邯时也。"这段话,可以与此诗参看。

[14]"潜鳞"二句:查慎行注引《唐子西语录》:"东坡诗,叙事言简而意尽。惠州有潭,潭有潜蛟,人未之信也;虎饮水其上,蛟尾而食之,俄而,浮骨水上,人方知之。东坡以十字说尽,云:'潜鳞有饥蛟,掉尾取渴虎。'虎着'渴'字,便知虎с饮水而召灾;言'饥',则知蛟食其肉矣。"王文诰说:"佛迹乃岩上之一物,不可与白水分驰,若亦作一节,其格即走,或突然增出,亦属凡笔。故于上二节,用'神工''天匠''帝觞''后土'等字,作为前导,于此引出佛迹,仍找足白水山也。此十二句为第三节。其下'我来''戏侮'二句,乃末节之提笔。'饥蛟''渴虎',是叙白水之住处,界限甚明,但以'戏侮'二字作过脉,打成一片也。如谓'潜鳞''我来'四句当连作一截,则前之格局皆乱,而后文亦脱,散漫不可收拾。读者慎勿为作者所欺。"

[15]戏侮:戏弄。

[16]"回风"二句:谓山间风猛,卷起的飞雹如掠脸而过的强弩。纪昀说:"上半如此奇恣,

下半如何收束，非此兀傲之气，撑拄不住。"

[17]"山灵"二句：山灵，山神。这里指前面所说的'饥蛟''渴虎''回风''飞霉'等。何焯说："此亦以比党人也。"恶剧，恶作剧。微命，指诗人自己微弱的生命。安足赌，怎能下作赌注。王文诰说："此二句，全篇歇气。公凡长篇气脉太紧者，皆寓此法。但其余力又能管顾蛟虎，所以为奇。若以'潜鳞'句至此句作一段论，即误。"

[18]吾欲老：我愿在此终老。

[19]"慎勿"句：切不可贪得无厌。《左传·僖公七年》："女（汝）专利而不厌，予取予求，不女（汝）疵瑕也。"原指随意取求，后指索需无厌。

[20]"当连"二句：青竹竿，《太平寰宇记》："罗浮山第三十一岭，半是巨竹，皆七尺围，节长二丈，谓之龙钟竹。"《名胜志》："罗阳溪旁，产笼葱竹，一名龙公，径七尺围，节长一丈二尺。"黄精，中药名。道家以为服之可以成仙。这两句取意于杜甫《泉眼》："何当宅下流，余润通药圃。三春湿黄精，一食生毛羽。"王文诰说："以上十二句，自'我来'起，自叙游事，仍用白水作结，以完章法，是为第四节。此乃本意，将佛迹搭入，随路带过，不作一节之确据。但此四节，特用意处处连络，光芒四射，不露四节之痕，使人读下，在处不可歇气，必读至终篇而止。此则白水之本状，而诗亦如之也。其中段落，本是难看，诰自亲至其地而后有得。"

行琼儋间，肩舆坐睡，梦中得句云："千山动鳞甲，万谷酣笙钟"，觉而遇清风急雨，戏作此数句

苏　轼

四州环一岛[1]，百洞蟠其中。我行西北隅[2]，如渡月半弓。
登高望中原，但见积水空。此生当安归？四顾真途穷。[3]
眇观大瀛海，坐咏谈天翁。茫茫太仓中，一米谁雌雄？[4]
幽怀忽破散[5]，永啸来天风[6]。千山动鳞甲[7]，万谷酣笙钟[8]。
安知非群仙，钧天宴未终。喜我归有期，举酒属青童。[9]
急雨岂无意，催诗走群龙。[10]梦云忽变色，笑电亦改容。
应怪东坡老，颜衰语徒工。[11]久矣此妙声，不闻蓬莱宫。[12]

◎ 题解

绍圣四年（1097），诗人自惠州改贬儋州（今海南儋州），六月渡海，七月到任。这首诗即作于途中。诗从现实景象出发，描写了一幅瑰丽的幻想世界的图景，从中表达了诗人旷达的情怀。《唐宋诗醇》说："行荒远僻陋之地，作骑龙弄凤之思，一气浩歌而出，天风浪浪，海山苍苍，足当司空图'豪放'二字。"琼：琼州（今海南海口）。肩舆：用人力抬扛的代步工具，似轿而陋。宋时大臣乘马，老病者得乘肩舆。

◎ 注释

[1]"四州"句：一岛指海南岛，四州指宋代海南岛的四个州治。琼州，在海南岛北部；崖州（今海南崖州），在南部，儋州，在西北；万州（今海南万宁），在东南。

[2] 西北隅：诗人由琼州至儋州，正当海南岛西北。

[3] "登高"四句：诗人在儋州时，曾自书："吾始至南海，环视天水无际，凄然伤之，曰：'何时得出此岛也。'"和这四句意思相似。安归，归向何处。

[4] "眇观"四句：这四句合用邹衍和庄子的学说，寄托自己政治上屡遭贬谪的感慨。意谓中国和大海相比，不过是沧海之一粟，自己政治上的得失更不值得计较。眇观，远望。大瀛海，浩瀚的大海。《史记·孟子荀卿列传》："赤县神州内自有九州……如此者九，乃有大瀛海环其外，天地之际焉。"谈天翁，指战国末期阴阳家的代表人物邹衍，以他的学说"闳大不经"，当时人称他为"谈天衍"。见《史记·孟子荀卿列传》（附邹衍）。太仓、一米，语本《庄子·秋水》："计中国之在海内，不似稊米之在太仓乎？"太仓，官府的粮仓。一米谁雌雄，谓自己是太仓一粟，不屑与人争高下。

[5] "幽怀"句：谓有此想法，郁闷的胸怀忽然开朗。

[6] 永啸：长啸。指诗人的长叹。来天风：引来天风。

[7] "千山"句：形容风来时群山草木摇动，像龙在振动鳞甲。

[8] "万谷"句：以笙钟齐鸣比喻山谷中风的呼啸声。酣，指酣畅地鸣奏。陆游有"谷声十里酣笙镛"之句，即本此。

[9] "安知"四句：这四句以眼前见到的景象、听到的声音，幻想自己似乎参加了天上群仙为庆贺他还归有期而举行的宴会。钧天，天的中央。属，嘱。青童，神仙名。

[10] "急雨"二句：谓一阵急雨，也好像是有意激发起我的诗兴。意本杜甫《陪诸贵公子丈八沟携妓纳凉晚际遇雨》："片云头上黑，应是雨催诗。"

[11] "梦云"四句：谓天上的云、电，也因为诗人梦中得到的好句而改容、变色，并对诗人年衰语工感到惊奇。梦云，指迷茫的云雾。笑电，《艺文类聚》引《庄子》："玉女投

壶，天为之笑则电。"
[12]"久矣"二句：承上句"颜衰语徒工"，谓自己梦中所得妙句，蓬莱官的仙人们已经长久没听到过了。

新　居
苏　轼

朝阳入北林[1]，竹树散疏影。短篱寻丈间，寄我无穷境。[2]
旧居无一席[3]，逐客犹遭屏[4]。结茅得兹地[5]，翳翳村巷永[6]。
数朝风雨凉，畦菊发新颖[7]。俯仰可卒岁[8]，何必谋二顷[9]！

◉ 题解

这首诗作于绍圣五年（1098）诗人贬谪儋州以后。起初，军使张中曾请苏轼就馆于行衙，并为他安置于官舍之中，后为湖南提举董平察访得知，遣使臣过海将他逐出官舍，诗人遂买地筑室，为屋五间。诗即作于新居落成之后，意在抒写身处逆境不为所动的旷达情怀。《唐宋诗醇》说："幸得一廛，萧条高寄，仁智所乐，不胜娱衷散赏。非夫澄怀观道，曷克有此？"李慈铭说："前四语清妙微远，寄悟无穷。"

◉ 注释

[1]"朝阳"句：古乐府："朝日照北林。"
[2]"短篱"二句：意谓地方虽小，但意趣无穷。寻，古代长度单位，八尺为一寻。
[3]无一席：连一席之地也没有。指就馆于张中时的情形。
[4]逐客：旧称被贬谪的官员。诗人自绍圣元年贬官惠州，后又改贬儋州，故以逐客自称。遭屏（bǐng）：遭受排挤。此指被逐出官舍。
[5]结茅：构筑简陋的房屋。
[6]翳翳：昏暗貌。永：长。
[7]新颖：新芽。
[8]俯仰：比喻时间短暂。曹植《杂诗》："俛仰岁将暮，荣耀难久恃。"俛，同俯。卒岁：

037

终岁。

[9]"何必"句：语本《史记·苏秦列传》："且使我有洛阳负郭田二顷，吾岂能佩六国相印乎？"意谓何必买田归隐。

大雷口阻风

黄庭坚

号橹下沧江[1]，避风大雷口。天与水模糊，不复知地厚。[2]谁家上江船[3]，狂追雪山走[4]？孤村无十室[5]，旅饭困三韭[6]。黄芦麋鹿场，此地广千肘。[7]得禽多文章，肯顾鱼贯柳？[8]莽苍天物悲，雕弓故在手。[9]鹿鸣犹念群[10]，雉媒竟卖友[11]。商人万斛船，挂席上牛斗。[12]横笛倚舵楼[13]，波深苍龙吼。失水不能神，伐葭作城守。[14]欲寄大雷书，往问长干妇。[15]何当楫迎汝[16]，秦淮绿如酒[17]。

黄庭坚
（1045—1105）

字鲁直，号涪翁，又号山谷道人，洪州分宁（今江西修水）人。宋英宗治平中举进士，调叶县（今河南叶县）尉。宋神宗熙宁初，教授北京国子监，元丰中，知太和县（今江西泰和）。哲宗立，召为校书郎，《神宗实录》检讨官，迁著作佐郎，擢起居舍人。绍圣中，出知鄂州（今湖北武汉），后新党执政，贬涪州（今重庆涪陵）别驾，黔州（今重庆彭水）安置，徙戎州（今四川宜宾）。徽宗初，起知太平州（今安徽当涂），因蔡京当国，又谪宜州（今湖北宜昌），后徙永州（今湖南零陵），未闻命而卒。一生境遇随新旧党争的变化而沉浮。他与张耒、晁补之、秦观俱游苏轼门下,时称"苏门四学士",其诗与苏轼并称,世号"苏黄"。他是宋代江西诗派的始祖,论诗主张"会萃百家律句之长,究极历代体制之变"(刘克庄《江西诗派小序》),提出了"夺胎换骨"之说,讲究字字有来历,"虽只字半句不轻出"(同上),去陈反俗,刻意求新奇,但又以为"好作奇语,自是文章病,但当以理为主,理得而辞顺,文章自然出群拔萃"(《与王观复书》)。他的古体诗,学杜甫而自创新面目;近体诗,发展了前人偶有所作的拗律体,创造了较多的拗体诗,因而形成了他独有的艺术风格。清人姚范、姚鼐、方东树等都认为山谷诗可以洗涤俗诗的肠秽。他在当时就已形成了很大的势力,影响所及,直可下推至晚清的同光体。但同光体首领陈衍却又说:"双井固佳,然实无若何深远高妙处。""山谷七古,读之令人不舒畅。"著有《豫章黄先生文集》。诗注有任渊所注《内集》,史容所注《外集》,史季温所注《别集》。

◎ 题解

　　大雷口,地名,在今安徽望江县东二十里长江边。宋神宗元丰三年(1080)十二月,诗人改官知吉州太和县,自汴京到江南赴任,这首诗和下一首都是途经大雷口遇风受阻时所作。诗记大雷口所见,笔力雄健,极有气势骨力。首六句一气而下,写风狂浪大,被迫避风,中间写大雷口周围环境和受阻后的生活,最后念及远方的亲人,抒写思乡之情。章法严谨。

◎ 注释

[1] 号橹：船上摇橹的号子声。沧江：泛称江水。这里指长江。
[2] "天与"二句：《荀子》："不临深溪，不知地之厚也。"这里化用此语，形容水天一色，茫茫一片，不见地面。
[3] "谁家"句：杜甫《十二月一日》："百丈谁家上水船。"为此句所本。上江船，逆水而上的船。
[4] "狂追"句：白浪如山，故称雪山。又因风狂，使逆水而上的船行驶神速，所以说"狂追"。
[5] 十室：十家。无十室：形容村子小，还不到十户人家。
[6] 困三韭：意谓一日三餐，都是素菜淡饭。
[7] "黄芦"二句：写岸上情形。黄芦，枯黄的芦苇。麋鹿场，围养麋鹿的场所。肘，长度单位。一肘，约合二市尺。千肘，言其广。
[8] "得禽"二句：写在岸上射猎者的生活，他们重在猎取禽鸟，而顾不到鱼。禽，当指雉鸡。文章，错杂的花纹。鱼贯柳，《石鼓文》："其鱼维何，维鲔维鲤。何以贯之，维杨与柳。"
[9] "莽苍"二句：以下四句写观射猎的感受。莽苍，空旷无际貌。指上面所说的麋鹿场。天物，物产。这里指麋鹿和雉鸡。故在手，还是握在手中。
[10] "鹿鸣"句：语本《诗·小雅·鹿鸣》："呦呦鹿鸣，食野之苹。"注："鹿得苹呦呦然鸣相呼。"这句承"悲"字而来，写麋鹿之间亲密的关系。
[11] "雉媒"句：雉媒，旧时猎人饲养雏雉，长大后训练它招引野雉以捕杀之，因称"雉媒"。潘岳《射雉赋序》："习媒翳之事。"卖友，语本《汉书·樊郦滕灌傅靳周传》："当孝文时，天下以郦寄为卖友。夫卖友者，谓见利而忘义也。"这句由猎雉而想及雉媒的卖友，与鹿鸣念群相对举，既切射猎，亦寓感慨。
[12] "商人"二句：此二句及以下两句写江上所见。万斛船，满载货物的船。斛，容量单位，古代十斗为一斛。挂席，张帆。牛斗，牛宿和斗宿的合称。上牛斗，形容帆高直插星空。
[13] 舵楼：船尾部舵舱的楼。
[14] "失水"二句：这二句以失水的神龙比喻因阻风而受困。不能神，不能施展神通。《惜誓》："神龙失水而陆居兮，为蝼蚁之所裁。"韩愈《三星行》："嗟汝牛与斗，汝独不能神。"葭，苇的一种。城守，城市守备。《国语·楚语》："城守之木，于是乎用之。"这里是指自己仕途困顿，只能作伐葭的城守。
[15] "欲寄"二句：南朝宋鲍照有《登大雷岸与妹书》，诗人阻风于大雷口，自然想起鲍照的名篇，并由此引起对亲人的思念。长干，南京的地名。左思《吴都赋》刘逵注："建邺之南有山，其间平地，吏民居之，故号为干，中有大长干，小长干，皆相属。疑是居称为干。"李白有《长干曲》四首，其一说："十四为君妇，羞颜尚未开。""十六君远行，瞿塘滟滪堆。""早晚下三巴，预将书报家。"诗语本此。长干妇，此指诗人妻室。

[16] 何当：何时。楫迎：驾舟相迎。王献之《桃叶歌》："桃叶复桃叶，渡江不用楫。但渡无所苦，我自楫迎汝。"句意本此。

[17] 秦淮：水名，流入南京城中，北入长江。历代是南京繁华的去处。

庚寅乙未犹泊大雷口

黄庭坚

广原噪终风[1]，发怒土囊口[2]。万艘萍无根[3]，乃知积水厚[4]。
龙鳞火荧荧[5]，鞭笞雷霆走[6]。公私连樯休[7]，森如束春韭[8]。
倚筇蒹葭湾[9]，垂杨欲生肘[10]。雄文酬江山，惜无韩与柳[11]。
五言呻吟内[12]，惭愧陶谢手[13]。送菜烦邻船，买鱼熟溪友。
儿童报晦冥，正昼见箕斗[14]。吾方废书眠[15]，鼻鼾韛囊吼[16]。
犹防盗窥家，严鼓申夜守[17]。冶城谢公墩[18]，牛渚荡子妇[19]。
何时快登临，篙师分牛酒[20]。

◎ 题解

庚寅乙未：元丰三年十二月己丑朔，庚寅当为初二日，乙未，为初七日。诗人此诗之后有《丙申泊东流县》，中有句云："前日发大雷"，则乙未当为阻风大雷口的最后一天。这首诗步前诗韵，同写阻风的情形，但着眼点不同，表现手法也不同。首八句笔力千钧，状写大风声势和阻风后江上情景，绘声绘色，在广阔的背景上展现了江水浩荡、千舟待发的伟观。随后以"倚筇蒹葭湾"为契机，转写诗人为境所触发，欲寄情于诗文而自愧才低的心情。"送菜"句以下八句，两句一事，叙写几天来阻风的生活，又暗示阻风时间之久。最后以盼望早日到达目的地收结。处处扣住"犹泊"，不同于前诗。

◎ 注释

[1] 终风：早晚刮个不停的大风，暴风。《诗·邶风·终风》："终风且暴，顾我则笑。"

[2] "发怒"句：语本宋玉《风赋》："夫风生于地，起于青蘋之末，侵淫溪谷，盛怒于土囊之口。"土囊，大穴。

[3] "万艘"句：形容无数船只在大风中漂浮于水面，如无根的浮萍一般。

[4] "乃知"句：《庄子·逍遥游》："且夫水之积也不厚，则其负大舟也无力。"这里反其意而用之。

[5] "龙鳞"句：形容水面的波浪，如龙的鳞甲在闪动。荧荧，光焰闪烁貌。

[6] 雷霆：比喻风浪的巨吼。

[7] "公私"句：谓官船和私船连片地停泊着。连樯，桅杆连片，形容船多。郭璞《江赋》："万里连樯。"

[8] 森：繁密、高耸貌。束春韭：捆扎着的春韭。

[9] 筇：拐杖。蒹葭湾：小地名。

[10] "垂杨"句：《庄子·至乐》："俄而柳生其左肘。"王维《老将行》："今日垂杨生左肘。"此借以状写等待之久。

[11] "惜无"句：谓可惜自己没有韩愈、柳宗元的才华。

[12] 呻吟内：指吟诗。杜甫《同元使君春陵行》："作诗呻吟内。"

[13] "惭愧"句：谓自愧不如陶潜、谢灵运这两位高手。杜甫《江上值水如海势聊短述》："焉得思如陶谢手，令渠述作与同游。"

[14] "正昼"句：谓由于天色昏暗，中午也能见到天上的箕斗星。箕斗，箕宿和斗宿。箕在南，斗在北。

[15] 废书：放下书本。

[16] 鞴（bài）囊：吹火使旺的革囊。鞴囊吼，谓鼾声就像吹鞴囊发出的吼声。

[17] "犹防"二句：谓为了防止窃贼，夜里还要敲起急鼓告戒加强守夜。严鼓，急促的鼓声。按：诗人泊大雷口时，曾遇盗。同行有刘三班善射，手杀三人，始得出险。有此经历，所以做此安排。

[18] 冶城：城名，故址在今南京市朝天宫附近。相传三国时吴冶铁于此，故名。谢公墩：晋谢安故居，其遗址在今南京市中山门内。

[19] 牛渚：山名，在今安徽当涂县西山。山有望夫石。荡子妇：《古诗十九首·青青河畔草》："昔为倡家女，今为荡子妇，荡子行不归，空床难独守。"

[20] 篙师：撑船熟手。牛酒：牛肉和酒。分牛酒：指设宴庆贺。

劳坑入前城

黄庭坚

刀坑石如刀,劳坑人马劳。窈窕篁竹阴,是常主逋逃。[1]
白狐跳梁去,豪猪森怒嘷。黄云觉日瘦,木落知风饕。[2]
轻轩息源口,饭羹煮溪毛。山农惊长吏,出拜家骚骚。[3]
借问淡食民[4],祖孙甘餔糟[5]?赖官得盐吃,政苦无钱刀。[6]

◎ 题解

  题下自注:"乙卯饭后。"这首诗作于元丰五年(1082),时诗人任太和县令。王安石推行新法以后,各地的食盐改由官府派销。县令就担负了销盐和处分不肯买盐而逃亡者的职责。诗人在任职期间,常亲自去到民间,了解到不少民间的疾苦,写下不少反映现实生活的作品,这首诗就是写去劳坑途中所见的情景。诗风短峭真朴,源于杜甫,清代诗人莫友芝常学它。劳坑、刀坑,均为当地的小地名。

◎ 注释

[1]"窈窕"二句:窈窕,深邃貌。篁竹,竹丛。逋逃,逃亡。这两句意谓,那阴暗幽深的竹林,正是逃亡的百姓躲避的好去处。

[2]"白狐"四句:状写当地环境的阴森荒凉,前二句以野兽出没烘托,后二句以自然景色渲染。跳梁,强横。森怒,盛怒。风饕,语本韩愈《祭河南张员外文》:"雪虐风饕。"饕(tāo),贪婪。

[3]"轻轩"四句:写县令到来时,百姓的忙乱。轻轩,轻便的小车。息,歇,止。溪毛,溪中水藻。语本《左传·隐公三年》:"涧溪沼沚之毛,苹蘩蕴藻之菜。"惊长吏,因长吏的到来而惊慌。长吏,泛指官吏。骚骚,急疾貌。

[4]淡食民:没有盐吃的百姓。

[5]甘餔糟:此谓甘愿吃淡而无味的糟糠。《楚辞·渔父》:"何不餔其糟而歠其醨?"餔,吃。

[6]"赖官"二句:这两句是山农的回答,意谓依仗你们老爷才有盐吃,可是我们正苦于没有买盐的钱啊。政,同"正"。钱刀,钱币。古代钱币形状如刀,故称。

过　家

黄庭坚

络纬声转急[1]，田车寒不运[2]。儿时手种柳，上与云雨近。
舍旁旧佣保[3]，少换老欲尽[4]。宰木郁苍苍[5]，田园变畦畛[6]。
招延屈父党[7]，劳问走婚亲[8]。归来翻作客，顾影良自哂[9]。
一生萍托水[10]，万事雪侵鬓[11]。夜阑风陨霜[12]，干叶落成阵。
灯花何故喜[13]？大是报书信。亲年当喜惧[14]，儿齿欲毁龀[15]。
系船三百里，去梦无一寸。[16]

◎ 题解

　　这首诗作于元丰六年（1083）。诗写途经家乡所见故乡景物和人事的变迁，从中抒发了游子回乡的复杂心情。诗风质朴无华，真切感人。押韵和造句都别具匠心。高步瀛说："字字矜炼，佳处如食甘榄，味美于回。"

◎ 注释

[1] 络纬：蟋蟀的别称。崔豹《古今注·虫鱼》："莎鸡，一名促织，一名络纬，一名蟋蟀。促织谓鸣声如急织，络纬谓其鸣如纺绩也。"
[2] 田车：这里指水车。运：转。
[3] 舍旁：犹四邻。佣保：雇工。
[4] "少换"句：年轻的已长大成人，老人大多去世，所剩已经无几。
[5] 宰木：坟上的树木。语本《公羊传·僖公三十三年》："若尔之年者，宰上之木拱矣。"
[6] 畦畛（qízhěn）：田间的界道。
[7] 招延：招致，邀请。屈父党：屈，委屈。父党，宗族。《尔雅》："父之党为宗族。"这句意谓自己让宗族邀去作客，是让他们受了委屈。
[8] "劳问"句：劳问，慰问。婚亲，有婚姻关系的亲戚。这句谓为了慰问久客归来的自己，使婚亲们奔走受累。
[9] 良：真是。自哂：自笑。

[10]萍托水：比喻行踪飘忽无定，如浮萍在水中飘浮。
[11]万事：形容经历世事的繁复。雪侵鬓：鬓角上长起了白发。
[12]陨霜：落霜。
[13]灯花：灯芯的余烬，爆成花形。旧谓灯烛芯结花，是喜事降临的兆头。
[14]"亲年"句：语本《论语·里仁》："子曰：'父母之年，不可不知也。一则以喜，一则以惧。'"意谓父母的年纪不可不知道，一方面为他们年事已高还健在而高兴，一方面也为他们越来越接近死亡而担忧。这句即以此意表达对父母的关切。亲年，父母的年龄。当喜惧，谓已到高龄。
[15]"儿齿"句：毁龀，儿童换牙。《说文》："男八月生齿，八岁而龀；女七月生齿，七岁而龀。"这句写对年幼子女的关怀。
[16]"系船"二句：系船，犹停泊。这里指停泊之处。三百里，非实指。这两句是诗人的假设之词，用"三百里"之远和"一寸"之近相映衬，意谓如果泊船处距家有三百里之遥，那么，我离家的心思是连一寸之距也没有。言外之意是自己不愿就此匆匆离家。

次韵张询《斋中晚春》
黄庭坚

学古编简残[1]，怀人江湖永[2]。非无车马客，心远境亦静[3]。挽蔬夜雨畦[4]，煮茗寒泉井。春去不窥园，黄鹂颇三请[5]。立朝无物望，补外倘天幸[6]。想乘沧浪船，濯发晞翠岭[7]。

◉ 题解

这首诗作于宋哲宗元祐元年（1086），时诗人在京师任秘书省校书郎的小官。诗作在清寂如秋的晚春景象的描写中，表露了郁郁不得志的心情。在诗风上，体现了诗人通过精心锤炼复归自然的生新瘦硬的风格。张询，字仲谋。

◉ 注释

[1]编简：古时用皮条或绳子穿联的木简或竹简。此指古代的书籍。《汉书·楚元王传》："经或脱简，传或间编。"残：残缺不全。

[2]"怀人"句：怀念在远方江湖之上的友人。永，水长。《诗·周南 汉广》："江之永矣。"此指远隔。

[3]"非无"二句：脱胎于陶潜《饮酒》："结庐在人境，而无车马喧。问君何能尔，心远地自偏。"

[4]"挽蔬"句：化用杜甫《赠卫八处士》："夜雨剪春韭。"挽蔬，拔菜。

[5]"春去"二句：《汉书·董仲舒传》记董仲舒发愤读书，"三年不窥园"。这里用董仲舒故事，谓自己由于勤学，虽黄鹂几次三番地啼鸣，请去游春，也不去看一眼园中春色。这两句构思、造句俱新颖，体现山谷诗特色。

[6]"立朝"二句：立朝，指在朝廷做官。物望，人望，在民众中的声望。《南齐书·徐孝嗣传》："时王晏为令，民情物望，不及孝嗣也。"补外，委派外任为地方官。《新唐书·马周传》："或京官不称职，始出补外。"天幸，侥幸。这两句谓自己在朝内做官，难以获得声望，因此希望能侥幸外放去做地方官。

[7]"想乘"二句：语本《孟子·离娄上》："沧浪之水清兮，可以濯吾缨；沧浪之水浊兮，可以濯吾足。"又《楚辞·远游》："朝濯发于汤谷兮，夕晞余身乎九阳。"后因以濯足沧浪、濯发汤谷比喻超脱尘俗，操守高洁。沧浪：汉水。这里泛指江水。《书·禹贡》："嶓冢导漾，东流为汉，又东为沧浪之水。"晞翠岭，在苍翠的山岭上将头发晒干。

题竹石牧牛

黄庭坚

子瞻画丛竹怪石[1]，伯时增前坡牧儿骑牛[2]，甚有意态，戏咏。

野次小峥嵘[3]，幽篁相倚绿[4]。阿童三尺棰[5]，御此老觳觫[6]。石吾甚爱之，勿遣牛砺角[7]。牛砺角尚可，牛斗残我竹。[8]

◎ 题解

这首诗疑作于元祐三年（1088），时苏轼知贡举，荐黄庭坚、李公麟等人为属官。黄庭坚多题咏书画的作品，佳作不少。这首诗前人评说不一。范季随因其采用李白《独漉篇》的格调而称誉它"体制甚新"，诗人自己也以为"此乃可言至耳"。但王若虚就说它"是固佳矣，然亦有何意味？""谓之奇峭，而畏人说破，元无一事。"王说只看了表面，这诗似有所寄托。时主持变法的宋神宗与王安石,死才三年,旧党执政,司马光为相才八个月即死,新旧两党的对立并未消失。而旧党内部也有分歧争执。苏、黄俱是旧党,石、竹都以自喻。砺角、牛斗、借喻政治斗争。

◎ 注释

[1]子瞻:苏轼的字。
[2]伯时:李公麟,字伯时,宋代名画家。
[3]野次:野外。峥嵘:指怪石。
[4]幽篁:幽深的竹林。
[5]阿童:童儿。阿,用作名词词头,无义。箠:鞭子。
[6]觳觫(húsù):恐惧貌。《孟子·梁惠王上》:"吾不忍其觳觫,若无罪而就死地。"用以形容作牺牲的牛,故这里引申作牛。
[7]"勿遣"句:不要让牛在怪石上磨砺它的头角。
[8]"牛砺"二句:这两句以担心牛斗伤竹,表达对画幅画得栩栩如生的高度艺术技巧的赞美,也暗寓对政治斗争的忧虑。

离黄州

张 耒

扁舟发孤城,挥手谢送者。山回地势卷,天豁江面泻。
中流望赤壁[1],石脚插水下。昏昏烟雾岭,历历渔樵舍[2]。
居夷实三载[3],邻里通假借[4]。别之岂无情,老泪为一洒。
篙工起鸣鼓[5],轻橹健于马。聊为过江宿,寂寂樊山夜[6]。

张 耒
(1054—1114)

字文潜,楚州淮阴(今江苏淮阴)人。年轻时即中进士,历临淮(今安徽凤阳)主簿、著作郎、史馆检讨,绍圣初,知润州(今江苏镇江),在新旧党争中,受章惇、蔡京迫害,被谪官。徽宗时召为太常少卿,出知颍(今安徽阜阳)、汝(今河南临汝)二州,后又因党争落职。晚年居陈州(今河南淮阳)。他年轻时即有才华,为"苏门四学士"之一。诗学白居易、张籍,风格平易舒坦,不尚雕琢,晚年尤务平淡。作品多反映民间疾苦。著有《柯山集》。

◎ 题解

　　黄州:宋代州名,治所在今湖北黄冈。这首诗叙写离开黄州时凄苦寂寞的心情,透露了政治上失意的难言之痛,寓情于景,情景交融。洪迈说:"文潜暮年哦老杜《玉华宫》,极力摹写,其《离黄州》诗偶同此韵,音响节奏固似之矣,读之可默喻也。"

◎ 注释

[1]赤壁:赤鼻矶,在黄州城西门外。断岩临江,色呈赭赤,因名。苏轼前、后《赤壁赋》,即作于此。
[2]历历:明晰貌。
[3]夷:古代称中原以外的地区为夷,这里因以指湖北。
[4]通假借:互通有无,犹言互相帮助。
[5]篙工:撑船工。起鸣鼓:鸣鼓起航。
[6]樊山:山名。又称袁山,在今湖北鄂城西北。郦道元《水经注》:"今武昌郡治,城南有袁山,即樊山也。"

送外舅郭大夫槩西川提刑

陈师道

丈人东南来,复作西南去。连年万里别,更觉贫贱苦。
王事有期程[1],亲年当喜惧[2]。畏与妻子别,已复迫曛暮[3]。
何者最可怜?儿生未知父。盗贼非人情[4],蛮夷正狼顾[5]。
功名何用多,莫作分外虑[6]。万里早归来,九折慎驰骛[7]。
嫁女不离家,生男已当户[8]。曲逆老不侯[9],知人公岂误!

陈师道
(1053—1101)

字履常,一字无己,号后山,彭城(今江苏徐州)人。宋哲宗元祐初,经苏轼、傅尧俞荐举,以白衣入官,起为徐州教授,后又由梁焘荐,为太学博士,改教授颍州(今安徽阜阳)。后罢归,贫病而死。他耿介有节,安贫乐道,不附权贵。他是江西诗派地位仅次于黄庭坚的重要诗人,被方回列为江西派三宗之一。论诗推服黄庭坚,宗法杜甫,主张"宁拙毋巧,宁朴毋华,宁粗毋弱,宁僻毋俗"(《后山诗话》),其诗也努力实践这一主张,抒情深刻,思力沉挚,与黄庭坚诗以瘦硬取胜者,各有独到。由于一生贫困,他的一些诗篇反映了封建社会知识分子穷途失意和关心人民疾苦的思想,较有现实意义。清末同光体诗人林旭即以专学后山著名。著有《后山集》,有任渊注本,近人冒广生有《补笺》。

◎ 题解

宋神宗元丰七年（1084），诗人的岳父郭槩任西川提刑，诗人的妻儿也随同郭槩一起赴蜀。这首和下一首，都是送别之作，叙写诗人与岳父、妻儿被迫分离的情景，质朴无华，而又饱含悲怆之情，凄楚感人。外舅：岳父。西川：宋代路名。宋太祖乾德三年（965），置西川路，宋真宗咸平中，又分西川为东、西二路。地在今四川西部。提刑：宋代官名，全称提点刑狱官，掌察所辖狱讼及举刺官吏。

◎ 注释

[1] 期程：限定的日程。
[2] "亲年"句：见《过家》注。
[3] 曛暮：黄昏。
[4] 非人情：不通人情。
[5] 狼顾：狼惧被袭，走常反顾，因以狼顾比喻人有所畏惧。这里是指蛮夷虎视眈眈。时西夏常侵扰宋国西部边境。
[6] 分外虑：非分的考虑。
[7] 九折：九折坂。在今四川荥经县西邛崃山，山路险峻回曲，故名。汉王阳为益州刺史，路过此地，怕出意外，托病辞官。见《汉书·赵尹韩张两王传》。驰骛：驾马前进。
[8] 当户：当家。
[9] 曲逆：汉高祖封陈平为曲逆侯，诗人借同姓以自指。

别三子

陈师道

夫妇死同穴[1]，父子贫贱离。天下宁有此？昔闻今见之。
母前三子后，熟视不得追。嗟乎胡不仁[2]，使我至于斯[3]？
有女初束发[4]，已知生离悲。枕我不肯起，畏我从此辞。
大儿学语言，拜揖未胜衣[5]。唤爷我欲去，此语那可思[6]！

小儿襁褓间[7],抱负有母慈。汝哭犹在耳,我怀人得知[8]?

◉ 注释

[1] "夫妇"句:语本《诗·王风·大车》:"死则同穴。"意谓死后同葬一个墓穴。这里谓活着不能在一起,只盼望死后能够同穴,表达了离别时的极度悲痛的心情。
[2] 胡不仁:为什么如此残忍。
[3] 至于斯:达到这样的境地。斯,此。
[4] 束发:古代女子十五岁开始将头发束起,加笄。后常以束发指成年。
[5] "拜揖"句:语本《史记·三王世家》:"能胜衣趋拜。"这里反用其意,谓孩子幼小,还不能穿起成人的衣服行礼。
[6] 那可思:怎么能想。极言伤心之甚。
[7] 襁褓(qiǎngbǎo):包裹婴儿的被衾。襁褓间:指孩子幼小。
[8] "我怀"句:反诘句,意谓有谁知道我的心情!

示三子

陈师道

去远即相忘,归近不可忍[1]。儿女已在眼,眉目略不省[2]。
极喜不得语,泪尽方一哂[3]。了知不是梦,忽忽心未稳[4]。

◉ 题解

这首诗叙写迎接远离的子女归来时的情景,结构紧凑,语言质朴,但至情流露,感人至深。潘德舆说:"此数诗(指此诗和前二诗)沛然至性中流出,而笔力沉挚,又足以副之,虽使老杜复生不能过。"

◉ 注释

[1] 归近:归期临近。不可忍:无法忍耐,形容与子女见面的急迫心情。
[2] 略不省:一点也认不出来。
[3] 一哂:一笑。

[4]"了知"二句：了知，全知。忽忽，恍惚貌。心未稳，心中不踏实，担心眼前发生的事是在梦境之中。这两句构思本于杜甫《羌村三首》："妻孥怪我在，惊定还拭泪……夜阑更秉烛，相对如梦寐。"而反用之。

张　求

唐　庚

张求一老兵，着帽如破斗。卖卜益昌市[1]，性命寄杯酒。骑马好事人[2]，金钱投瓮牖[3]。一语不假借[4]，意自有臧否[5]。鸡肋乃安拳[6]？未省怕嗔殴[7]。坐此益寒酸[8]，饿理将入口[9]。未死且强项[10]，那暇顾炙手[11]！士节久凋丧[12]，舐痔甜不呕[13]。求岂知道者，议论无所苟。[14]吾宁从之游[15]，聊以激衰朽。

◆ **唐　庚**
（1071—1121）

字子西，眉州丹棱（今四川丹棱）人。宋哲宗绍圣中举进士，为宗子博士，后由张商英荐举，除提举京畿常平。商英罢相，他被贬惠州（今广东惠州），遇赦，复官承议郎，提举上清太平宫，后归蜀时病卒于途中。庚为苏轼同乡后进，负其才气，欲起而角立争雄，但力量毕竟悬殊。《四库全书总目》谓"其诗刻意锻炼，而不失气格"。著有《唐子西集》。

◎ 题解

这首诗颂扬了下层人物张求不受嗟来之食的骨气，并由此想到世风日下、士节凋丧的现实，于无情的鞭笞中，寄托了诗人的社会理想。刻画人物形象，逼真生动。

◉ 注释

[1] 卖卜：旧时为人占卜赚钱度日，称卖卜。益昌：古郡名。郡治在今四川广元。

[2] 好事人：喜欢多事的人。

[3] "金钱"句：瓮牖，以破瓮做窗，比喻穷苦人家。这里指张求的住处。

[4] 不假借：不宽容。

[5] "意自"句：谓张求对人心中自有褒贬。臧否，褒贬。

[6] "鸡肋"句：语本《晋书·刘伶传》："尝醉与俗人相忤，其人攘袂奋拳而往。伶徐曰：'鸡肋不足以安尊拳。'其人笑而止。"鸡肋，比喻弱者，指张求。

[7] "未省"句：谓不存在对挨打受骂的恐惧之心。嗔殴，骂和打。

[8] 坐此：因此。

[9] "饿理"句：《史记·绛侯周勃世家》："许负指其（周亚夫）口曰：'有从理入口，此饿死法也。'"从理，直纹。古代相术家以为，有直纹入口，是主饿死的脸相。

[10] 强项：性格刚强，不肯低首下人。

[11] 炙手：烫手。比喻触犯权势。杜甫《丽人行》："炙手可热势绝伦。"

[12] 士节：士大夫的节操。

[13] "舐痔"句：语本《庄子·列御寇》："秦王有病召医，破痈溃痤者得车一乘，舐痔者得车五乘。"后因以舐痔比喻胁肩谄媚、趋炎附势的卑劣行为。

[14] "求岂"二句：道，指封建社会中儒家所阐说的道理。无所苟，不随便。语本《论语·子路》："君子于其言，无所苟而已矣。"这两句谓张求虽未必是明道的人，但对他自己说的话，是从不马虎的。

[15] 宁：愿。从之游：跟他交往。

风　雨

陈与义

风雨破秋夕，梧叶窗前惊。不愁黄叶落，满意作秋声[1]。客子无定力[2]，梦中波撼城[3]。觉来俱不见，微月照残更[4]。

陈与义
（1090—1138）

字去非，号简斋，洛阳人。宋徽宗政和中举进士，授文林郎，充开德府教授。历官秘书省著作佐郎，后因得罪宰相王黼，贬监陈留（今河南开封）酒税。靖康间金兵入侵，他自陈留避寇，辗转今湖北、湖南、江西一带，至临安（今浙江杭州）。宋高宗绍兴元年（1131），除兵部员外郎，迁起居郎，后历官吏部侍郎、翰林学士，至参知政事。他是南北宋间杰出的诗人，江西诗派的代表作家"三宗"之一。他虽宗法杜甫，但并不墨守江西派的成规，与黄庭坚、陈师道不同，能渗透各家，融会贯通，创造自己的风格。从他开始，宋人诗学习杜甫的爱国主义精神，同时的有吕本中，稍后有陆游，宋末有文天祥、谢翱等。他后期的诗多感愤沉郁之音，表达了他抗敌救国的精神。刘克庄说他："造次不忘忧爱，以简严扫繁缛，以雄浑代尖巧，第其品格，故当在诸家之上"（《后村诗话》）。此外，他的诗还有淡远清秀的一面，陈衍说他"五古由王、孟、韦、柳来，而能自出机杼"。晚清"同光体"一派诗人，往往学他，俞明震尤著名。著有《简斋集》，有胡穉注本。

◉ 题解

这首诗作于宋徽宗政和六年（1116）。这年八月，诗人被解除开德教官任，归洛阳。诗于秋风秋雨的描写中，寄托了仕途失意的愁苦，达到了情景交融的境界。

◎ 注释

[1] 满意：尽意，着意。

[2] 定力：佛家语。佛菩萨的十大法力之一，意即坚信精进、专忍坚定之心。《妙法莲华经》："以禅定智慧力。"《大智度论》："以定力，故出生死。"这里是借用。无定力：谓自己没有这种坚忍的心力。

[3] "梦中"句：化用孟浩然《临洞庭上张丞相》"波撼岳阳城"和黄庭坚《六月十七日昼寝》"梦成风雨浪翻江"句意。以梦中风雨势猛，形容心中不宁贴。

[4] 残更：最后的打更声，指天将晓。

夏日集葆真池上，以"绿阴生昼静"赋诗，得"静"字

陈与义

清池不受暑[1]，幽讨起予病[2]。长安车辙边，有此荷万柄。
是身惟可懒，共寄无尽兴[3]。鱼游水底凉，鸟语林间静。
谈余日亭午[4]，树影一时正[5]。清风不负客，意重百金赠[6]。
聊将两鬓蓬[7]，起照千丈镜[8]。微波喜摇人，小立待其定[9]。
梁王今何许[10]？柳色几衰盛。人生行乐耳，诗律已其剩[11]。
邂逅一樽酒[12]，他年《五君咏》[13]。重期踏月来，夜半啸烟艇。

◎ 题解

葆真池：池水名，相传为战国时梁惠王的故沼，在汴京（今河南开封）重华葆真宫中。绿阴生昼静：唐韦应物《游开元精舍》中的诗句。这首诗作于宋徽宗宣和五年（1123）夏，时诗人在京师官太学博士。诗为与同游者五人拈韦句分韵而作，描写夏日池畔幽静的景色，风格清丽淡雅，诗句晓畅圆活，是诗人五古的压卷之作，清人厉鹗就专学这种风格。《容斋随笔》载："自崇宁（宋徽宗年号）以来，时相不许士大夫读史作诗，何清源至于修入令式。本意但欲崇尚经学，痛沮诗赋耳。于是

庠序之间以诗为讳。政和（徽宗年号）后稍复为之，而陈去非遂以《墨梅》绝句擢置馆阁。尝以夏日偕五同舍集葆真池上避暑，取'绿阴生昼静'分韵赋诗，陈得'静'字。……诗成出示，坐上皆诧为擅场。朱新仲时亲见之，云：京师无人不传写也。"

◉ 注释

[1] 不受暑：谓暑热所不到。杜甫《陪李北海宴历下亭》："修竹不受暑。"

[2] 幽讨：寻幽探胜。起予病：使我的病有了起色。杜甫《大云寺赞公房》："汤休起我病。"

[3] 无尽兴：形容兴致浓郁。苏轼《次韵赵景贶春思且怀吴越山水》："乘此无尽兴。"

[4] 亭午：中午。

[5] "树影"句：谓树影正在正中。刘禹锡《池亭》："日午树阴正。"

[6] "清风"二句：语本李白《古风》："意轻千金赠。"这里反其意而用之，谓清风的情意比赠给人们百金还重。

[7] 两鬓蓬：形容散乱的鬓发。

[8] 千丈镜：比喻深邃的池水。

[9] "微波"二句：据《诗说隽永》："京师葆真宫，垂杨映沼，有山林之趣。去非将罢尚符玺日，题其池亭云：'聊将两鬓蓬，起照千丈镜。微波喜摇人，小立待其定。'盖有深意寓也。"这两句诗，既是实景的描写，又暗用《庄子·渔父》"乃刺船而去，延缘苇间……孔子不顾，待水波定，不闻挐音而后敢乘"的典故，寄托自己坚定不动摇，慢慢等待小风波平息之意。

[10] 梁王：战国时梁惠王。惠王三十一年（前339）徙都大梁（今河南开封）。何许：何处。

[11] "人生"二句：上句用杨恽《报孙会宗书》中句。诗律，诗的格律，此指诗歌创作。这两句意谓人生在世，当及时行乐，吟诗作赋不过是余事。

[12] 邂逅：偶然相遇。这里引申作机会难得。

[13] 《五君咏》：诗篇名，南朝宋颜延之作。《宋书·颜延之传》："出为永嘉太守。延之甚怨愤，乃作《五君咏》以述竹林七贤。"按：五君，指晋初五位诗人：嵇康、向秀、刘伶、阮籍、阮咸。诗人此游同行者五人，故借用。

入　塞

曹　勋

仆持节朔庭[1]，自燕山向北[2]。部落以三分为率，南人居其二；闻南使过，骈肩引颈[3]，气哽不得语，但泣数行下，或以慨叹，仆每为挥涕恻见也[4]。因作《出入塞》纪其事，用示有志节、悯国难者云。

妾在靖康初[5]，胡尘蒙京师[6]。城陷撞军入，掠去随胡儿。
忽闻南使过，羞顶毳羊皮[7]。立向最高处，图见汉官仪[8]。
数日望回骑[9]，荐致临风悲[10]。

曹　勋
（1098—1174）

字公显，阳翟（今河南禹州）人。靖康初，官武义大夫，随徽宗被金兵掳北，后遁逃回南。宋高宗绍兴五年（1135），除江西兵马副都督，累迁昭信军节度使，加太尉。所作诗歌不少，大都平庸浅率。但在绍兴十一至十二年（1141—1142）使金时所写的一些诗，由于对亡国有切身的感受，故真切感人。著有《松隐文集》。

◎ 题解

《出入塞》诗二首，是宋高宗绍兴十一年（1141）诗人出使金国时所作，今录《入塞》一首。诗以被掳北去的女子口吻，写沦陷于金的人民盼望南宋使者的热切心情，从而表达了诗人对北宋亡国的悲恸。

◎ 注释

[1] 仆：自己的谦称。持节：节是古代使臣执以示信的东西，称符节。宋代已不再使用，但在诗文中仍沿用，表示出使。朔庭：指金国的朝廷。朔，北方。

[2] 燕山：山名。自河北蓟县东南蜿蜒而东，经玉田、丰润，直至海滨，约数百里。燕山以北，为金国的发祥地，当时的金国都城在上京（今黑龙江阿城县南白城子）。
[3] 骈肩：肩挨着肩。引颈：伸着脖子。
[4] 惮见：怕见。
[5] 妾：女子自称。此指被掳北去的女子。靖康：宋钦宗年号。靖康二年（1127），金兵大举南下，俘宋徽、钦二帝及六宫皇族北去。史称靖康之耻。
[6] 胡尘：指金兵入侵的战尘。胡，我国古代对北方边地与西域的民族的泛指。
[7] "羖顶"句：据洪皓《松漠纪闻》，金国"妇人以羔皮帽为饰"。这句写她们为穿戴金人的服饰而羞见南宋使者的心情。羖（gǔ），黑色公羊。
[8] 图：希图。汉官仪：《后汉书·光武帝纪》："更始将北都洛阳，以光武行司隶校尉，使前整修官府，于是置僚属，作文移，从事司察，一如旧章。时三辅吏士东迎更始……及见司隶僚属，皆欢喜不自胜。老吏或垂涕曰：'不图今日，复见汉官威仪！'"这里指南宋使者的仪仗。
[9] 数日：计算日子。骑（jì）：一人一马称骑。
[10] 荐：再。

明发陈公径，过摩舍那滩石峰下（录一）

杨万里

澄潭涌晴晕，不风自成花。[1]回流似倦客，出门复还家。[2]
江晴已数日，新涨没旧沙[3]。知是前溪雨，湿云尚横斜。
山转江亦转，江行山亦行。风鬟照玉镜，素练萦青屏。[4]
我本山水客，淡无轩冕情[5]。尘中悔一来[6]，事外怀孤征[7]。
忽乘沧浪舟，仰高俯深清。[8]餐翠腹可饱，饮绿身须轻。[9]
鹧鸪不相识，还作故园声。[10]

杨万里
（1127—1206）
字廷秀，号诚斋，吉州吉水（今江西吉水）人。宋高宗绍兴二十四年（1154）进士，为赣州（今江西赣州）司户，调零陵（今湖南零陵）丞，孝宗时召为国子监博士,进宝文阁待制致仕。宁宗时,韩侂胄专权,辞官家居十五年不出,忧愤而卒。他是南宋初著名的诗人,与陆游、范成大、尤袤,称为"四大家",与陆游一样,是多产诗人,曾作诗二万余首,现尚存四千余首。其诗始学江西派,晚年弃江西而学唐,由此博观约取,融会变通,形成了自己独特的风格,世称"诚斋体"。诗风平易曲折,有幽默诙谐的风趣,同时,他又注意吸收民间俚语、口语入诗,形成其通俗明畅的诗体。他善于描写自然景物,佳作不少,但反映社会生活的作品不多。清诗人如江湜、陈衍诸人都学习杨诗。著有《诚斋集》。

◎ 题解

明发:早晨启程。这首诗纪写旅途中所见秀丽的山光水色,刻画细腻,色彩淡雅,流露了诗人寄情山水的志趣。陈公径、摩舍那滩:地名。未详。

◎ 注释

[1]"澄潭"二句:谓江水回流处,澄清的江潭上泛涌着圈圈光晕,没有风也自然激起阵阵水花。

[2]"回流"二句:这两句以出门又还家的倦客比喻回转的江水,又以江水的回转写诗人出门后返归家乡的心情。这种就实取喻,语意双关的作法,颇得天趣。

[3]"新涨"句:新近上涨的江水淹没了旧时的沙滩。

[4]"风鬟"二句:风鬟,女子发髻。比喻秀立的山峰。玉镜,喻平静的水面。素练,白练。比喻江水。青屏,指翠绿的峰峦。这两句描写江上景色,谓江上青峰和水中倒影,就像美女照镜;峰回江转,水如罗带萦回。

[5]淡:心志淡泊。轩冕情:做官的意趣。轩冕,古代卿大夫的轩车和冕服,代指官位爵禄。

[6] 尘中：佛道诸家称人世间为红尘。尘中，犹世上。
[7] 事外：指繁复的世事以外。孤征：独自远行。
[8] "忽乘"二句：这是诗人的奇想，意谓忽然之间，自己像乘在沧浪中的扁舟之上，上仰青天，下面是深邃清幽的江水。沧浪，见《次韵张询〈斋中晚春〉》注。
[9] 餐翠、饮绿：指饱览苍翠的山光水色。
[10] "鹧鸪"二句：鹧鸪，鸟名。因其鸣声如唤"行不得也哥哥"，古人常用它作为劝阻出行或思归的象征。故园，故乡。这两句意谓鹧鸪虽不与我相识，但鸣声宛如旧时在故乡听到的一样，使人起思乡之念。

十月十四夜月，终夜如昼

陆 游

月从海东来，径尺熔银盘[1]。西行到峨眉，玉宇万里宽[2]。
幽人耿不寐[3]，弄影清夜阑[4]。五城十二楼[5]，缥缈香雾间。
不知何仙人，亭亭倚高寒[6]。欲语不得往，怅望冰雪颜[7]。
叩头倘见哀，容我蹑飞鸾。[8] 掬露以为浆，屑玉以为餐。[9]
泠泠漱齿颊[10]，皓皓濯肺肝[11]。逝将从君游[12]，人间苦无欢。

陆 游
（1125—1210）

字务观，号放翁，越州山阴（今浙江绍兴）人。幼年受家庭爱国思想的熏陶，二十余岁即立志从军杀敌。宋高宗绍兴二十四年（1154），试礼部，名列第一，以论恢复触怒秦桧，被黜落，直至秦桧死，始为福建宁德县主簿。绍兴三十二年（1162），宋孝宗召见，赐进士出身，除枢密院编修，后因力说张浚北伐而免职。孝宗乾道六年（1170），任四川夔州通判，后被四川宣抚使王炎辟为幕宾。王炎被召还，又改任成都府安抚司参议官。淳熙五年

（1178），召回临安，先后提举福建、江西西路常平茶盐公事，不久罢归山阴，退居二十年。光宗嘉泰二年（1202），韩侂胄主张北伐，陆游再次出山，以原官提举佑神观兼实录院同修撰兼同修国史。韩北伐失败，他已归家，终老。陆游是南宋杰出的爱国诗人，一生作诗近万首。他是江西诗派曾幾的学生，早年诗学梅尧臣和吕居仁。自谓"我初学诗未有得，残余未免从人乞"，"我初学诗日，但欲工藻绘"。中年在王炎幕中从军南郑的生活，是他诗歌创作的转捩点。由于身历世乱，又在蹭蹬的仕途中接触了广阔的现实世界，纵览了雄奇壮丽的祖国山水，因此，热爱祖国之情，忧愤国事之感，一发之于诗，自谓"四十从戎驻南郑""诗家三昧忽现前"（见《九月一日夜读诗稿有感，走笔作歌》），形成了他独特的风格。晚年诗风趋于恬淡自然。他的诗对当代和后世影响都较大。《唐宋诗醇》将之列为唐宋六大家之一，赵翼《瓯北诗话》列为自唐至清的十大诗人之一，曾国藩把他的七言律绝选入《十八家诗钞》。著有《剑南诗稿》《渭南文集》《老学庵笔记》等。《剑南诗稿》有钱仲联校注本。

◎ 题解

这首诗作于宋孝宗乾道九年（1173），时诗人在嘉州（今四川乐山）任。前八句写月下峨眉山的景色，"不知何仙人"以下，虚景实写，一派空灵，表达了诗人不愿与俗同流，超脱出世的思想。和下一首比较着看，可以窥见诗人思想的复杂和矛盾。

◉ 注释

[1] 径尺:直径一尺。

[2] 玉宇:澄洁的天空。

[3] 幽人:旧称隐士。语本《易·履》:"履道坦坦,幽人贞吉。"这里是诗人自称。耿不寐:《诗·邶风·柏舟》:"耿耿不寐。"原意指烦躁不安而不能入睡。这里谓心中明净。

[4] 夜阑:夜深。

[5] 五城十二楼:传说中神仙居住之处。《史记·孝武本纪》:"方士有言,黄帝时为五城十二楼,以候神人于执期,命曰迎年。"

[6] 亭亭:孤峻高洁貌。

[7] 冰雪颜:比喻容颜晶莹洁白。语本《庄子·逍遥游》:"藐姑射之山,有神人居焉,肌肤若冰雪,绰约若处子。"

[8] "叩头"二句:这是想象中诗人对神仙的企求,意谓如果我的恳求你能答应,请容许我从此跨上飞鸾跟你同去。倘,倘或,如果。见哀,同情我。蹑,登。鸾,传说中的神鸟。

[9] "掬露"二句:《楚辞·离骚》:"朝饮木兰之坠露兮,夕餐秋菊之落英。"又:"折琼枝以为羞兮,精琼靡以为粻。"陆诗本此,表达高洁的情怀。

[10] 泠泠:清凉貌。

[11] 皓皓:洁净貌。

[12] 逝:通"誓"。

平羌道中望峨眉山,慨然有作

陆　游

白云如玉城[1],翠岭出其上。异境忽堕前[2],心目久荡漾[3]。别来二百日[4],突兀喜亡恙[5]。飞仙遥举手[6],唤我一税鞅[7]。此行岂或使,屏迹事幽旷?[8]何必故山归[9],更破万里浪[10]。

◉ 题解

　　平羌:江名,即青衣江。源出四川芦山县,流至嘉州(今乐山)入岷江。在峨眉山东。这首诗作于宋孝宗淳熙元年(1174)冬,时诗人离成都赴荣州(今四川荣县),途经平羌。王士禛说:"九盘山临青衣江,遥望大峨，秀出天半，云岚万状，积雪晶然。中峨如伛偻，少峨如拱揖。北来诸山，蜿蜒起伏，争趋峨下。放翁诗：'白云如玉城，翠岭出其上。异境忽堕前，心目久荡漾。'身未到此，不知语意之工。"诗人为眼前奇境所吸引，不由产生入山之心。但也未尝不可以作反语去理解它。

◉ 注释

[1] 玉城：形容白云层叠，远望如白玉垒起的城楼。范成大《吴船录》也说峨眉山上"云平如玉地"，可以参证。

[2] 异境：奇妙的境界。指上二句所写的峨眉山景。堕：降落。这里是显现之意。

[3] 荡漾：流动貌。

[4] "别来"句：诗人在此以前，来往于成都、嘉州、蜀州等地，奔走频繁。本年春，自嘉州调回蜀州。嘉州治所在乐山，离峨眉不远。陆游以前赴荣州曾途经平羌，望见峨眉山，这回又经过，已隔二百日。

[5] 突兀：形容山势奇突，不平凡。亡恙：无恙，安好。亡（wú），通"无"。

[6] 飞仙：指传说中的神仙葛由。据说葛由骑羊入川，蜀中王侯贵人随他登上峨眉山西南的绥山，都飞升成仙。见《列仙传》。

[7] 税鞅：止息。

[8] "此行"二句：或使，有人指使。屏迹，隐匿。幽旷，幽深空旷之处。这两句是反问句，谓此行难道有人指使我，要我到深山之中去做隐士？

[9] "何必"句：故山归，即归故山。陆游在蜀，曾有故里之思，如同时所作《郫县道中思故里》诗，就抒写了"客魂迷剑外，归思满天南"的思乡之情。这句进一步说，何必一定回到故里，峨眉山也可作退居之所。

[10] "更破"句：意承上句，谓何必为了东归再去经受长江万里的风浪。

过平望

范成大

寸碧闻高浪[1]，孤墟明夕阳[2]。水柳摇病绿[3]，霜蒲蘸新黄[4]。
孤屿乍举网[5]，苍烟忽鸣榔[6]。波明荇叶颤[7]，风熟苹花香。
鸡犬各村落，蓴鲈近江乡[8]。野寺对客起，楼阴濯沧浪[9]。

古来离别地,清诗断人肠。亭前旧时水,还照两鸳鸯。

范成大
（1126—1193）

字致能,号石湖居士,吴郡(今江苏苏州)人。宋高宗绍兴二十四年(1154)进士,授户曹监和剂局,绍兴三十一年(1161)回京,历官枢密院编修、秘书省正字、校书郎、著作佐郎。宋孝宗乾道二年(1166),任吏部员外郎,四年,知处州(治所在今浙江丽水),五年召回京,任礼部员外郎,兼国史编修,乾道六年(1170),充国信使出使金国,进国书,不辱命而返。除中书舍人,历任静江(今广西桂林)、成都、明州(今浙江宁波)、建康(今江苏南京)等地高级地方官。后与孝宗政见不合去官,晚年退居石湖(在今江苏苏州)。卒,谥文穆。他是南宋著名诗人。他的诗题材广泛,出使金国时写下的不少诗篇,饱含爱国深情。他的田园诗,有的揭露乡官对农民的残酷榨取,有的歌颂劳动人民的质朴善良,有的描写农村的自然风光,很有现实意义和民歌风格。他早期诗受江西诗派影响,也学中晚唐诗,中年以后,博取众长,逐渐形成他清丽精致、轻巧婉峭的风格,在宋代诗人中,自成一家,清人汪琬是专学范成大诗的。著有《石湖诗集》。清沈钦韩有注本。

◉ 题解

平望:地名。在今江苏苏州吴江南四十里,为运河所经。这首诗为离家赴临安水途经平望时所作,风格清新妍丽,描绘了江南水乡深秋的景色,抒写了离情别绪。

◎ 注释

[1]"寸碧"句:寸碧,形容小山。韩愈《城南联句》:"遥岑出寸碧。"这句谓水上小山扑面而来。

[2]孤墟:孤村。墟,村落。明夕阳:在夕阳下显得分外明丽。

[3]病绿:时在秋令,柳叶枯黄,故称。

[4]霜蒲:经霜的蒲苇。

[5]乍:才。

[6]鸣榔:以长木条打击船舷发出声音。渔人常以此惊动鱼群,使之入网。潘岳《西征赋》:"鸣桹厉响。"桹,榔的本字。榔,捕鱼时敲船的长木条。

[7]荇(xìng):荇菜,长于湖塘中,茎白,叶紫而圆,浮于水面。

[8]莼鲈:莼,莼菜,又名水葵;鲈,鲈鱼。二者均为江南水乡的名菜。西晋吴郡张翰在洛阳做官,见到秋风起,想到家乡的莼菜和鲈鱼脍,不愿久留外地,就乘船回家。见《晋书·张翰传》。平望是吴郡地,故用此典。

[9]"楼阴"句:濯沧浪,见《次韵张询<斋中晚春>》注。这里指洗净尘世的污垢。全句意谓看到乡人在楼阴洗涤,就像濯缨沧浪一样,可以洗净尘世的污垢,使自己清雅高洁起来。诗人另有《晓出古城山》,说:"空翠滴尘缨,何必濯沧浪?"可以与这句参比。

效孟郊体

谢 翱

闲庭生柏影,荇藻交行路。[1]忽忽如有人,起视不见处。[2]
牵牛秋正中[3],海白夜疑曙。野风吹空巢,波涛在孤树[4]。

谢 翱
(1249—1295)

字皋羽,一字皋父,自号晞发子,长溪(今福建霞浦)人。宋度宗咸淳中,试进士不第。文天祥抗元至闽,他率乡兵数百人投军,署为咨议参军。

文天祥牺牲后，他只身游浙水，过严陵（在今浙江桐庐），登西台，设天祥神位，酹奠号泣。后漫游浙东、浙西诸地，与遗民往还。卒于杭州。其诗学唐李贺、孟郊，构思新奇，炼句奇奥。吴之振《宋诗钞》谓其"古诗颉颃昌谷，近体则卓炼沉着，非长吉所及也"。宋亡后怀恋故国、悼念死节的作品，沉郁苍凉，有浓厚的爱国感情，颇为感人。明末阮大铖所推许之古代诗人，惟陶潜、王维、储光羲、谢翱四家，谓"异代晞发生，泠泠漱中石"（《与杨朗陵秋夕论诗》）。胡先骕谓"实则《晞发集》诗雕镂瑰诡，取径长吉，近体则时参少陵，与陶、王异趣，然阮集之称许若是者，或赏其琢句用字之工也"（《读阮大铖咏怀堂诗集》）。著有《晞发集》。

◉ 题解

这首诗描绘秋天月夜的景色，幽寂奇峭。诗人诗学李贺、孟郊，此题则更明点效孟郊，但构思仍有新意。

◉ 注释

[1] "闲庭"二句：写月光下庭园中的景色，月光如水，地上的柏影，如同水草交织一般。语本苏轼《记承天寺夜游》："庭中积水空明，水中藻荇交横，盖竹柏影也。"
[2] "忽忽"二句：写树影，谓恍惚间似乎看到了人影的晃动，起来一看却又不见人在何处。
[3] 牵牛：星宿名。牵牛星在头顶时，正是中秋时节。
[4] "波涛"句：写风吹树动，声如波涛。语本欧阳修《秋声赋》："初淅沥以萧飒，忽奔腾而砰湃，如波涛夜惊，风雨骤至。"

七言古诗

煮海歌

柳　永

煮海之民何所营[1]？妇无蚕织夫无耕。
衣食之源太寥落，牢盆煮就汝输征[2]。
年年春夏潮盈浦[3]，潮退刮泥成岛屿。
风干日曝咸味加，始灌潮波溜成卤[4]。
卤浓咸淡未得闲，采樵深入无穷山。
豹踪虎迹不敢避，朝阳出去夕阳还。
船载肩擎未遑歇[5]，投入巨灶炎炎热。
晨烧暮烁堆积高，才得波涛变成雪[6]。
自从潴卤至飞霜[7]，无非假贷充糇粮[8]。
秤入官中得微直[9]，一缗往往十缗偿[10]。
周而复始无休息，官租未了私租逼。
驱妻逐子课工程[11]，虽作人形俱菜色[12]。
煮海之民何苦辛，安得母富子不贫[13]！
本朝一物不失所，愿广皇仁到海滨[14]。
甲兵净洗征输辍[15]，君有余财罢盐铁[16]。
太平相业尔惟盐，化作夏商周时节[17]。

柳　永
（987？—1053？）

初名三变，字耆卿，崇安（今福建崇安）人。性浪漫，为举子时，多与娼妓、艺人相往还，出入歌楼舞榭。直至宋仁宗景祐元年（1034），始登进士第，为睦州（治所在今浙江建德）掾官，官至屯田员外郎。他是北宋著名词人，作诗不多，散见于宋人笔记和地方志书里。

◎ 题解

这首诗载于元代冯福京等人编的《昌国州图志》卷六。题下原注："悯亭户也，为晓峰盐场官作。"亭户：盐民。当时熬盐的地方称"亭场"，盐民就称亭户，或灶户。昌国：今浙江定海。晓峰是当时昌国的一个盐场。这首诗描写盐民的艰苦劳动和痛苦生活，较真实地反映了封建时代的社会现实，从中表达了诗人对劳动人民的同情和关切。汪景龙说："洞悉民情，直言讽谕，绝无风前月下、低唱浅斟情态。"

◎ 注释

[1] 营：营生，谋生。

[2] "牢盆"句：牢盆，煮盐的器具。《汉书·食货志下》："愿募民自给费，因官器作煮盐，官与牢盆。"王先谦补注："此是官与以煮盐器作而定其价值，故曰牢盆。"输征，交税。这句谓盐民把煮成的盐交给官府，以抵征收的赋税。

[3] 潮盈浦：海潮上涨，淹没了海边的滩地。

[4] "风干"二句：谓经过风吹日晒，盐味逐渐加浓，然后再灌进潮水，让它成为盐卤。溜，流动貌。

[5] 未遑：没有闲暇。

[6] 雪：喻盐。

[7] 潴卤：指蓄积盐卤。潴（zhū），积水。飞霜：喻盐。张融《海赋》描写煮盐有"漉沙构白，熬波出素；积雪中春，飞霜暑路"之语（见《南齐书·张融传》），柳诗本此。

[8] 假贷充糇粮：依靠借贷来维持每天的生活。糇（hóu）粮，干粮。

[9] 微直：微少的收入。直，通"值"。

[10] "一缗"句：谓往往要以十倍的利息偿还煮盐时的借贷。缗（mín），串钱用的绳子。一缗，一串钱。

[11] 课工程：指徭役。课，古代赋役的一种名称。

[12] 菜色：饥民的脸色。《汉书·元帝纪》："岁比灾害，民有菜色。"颜师古注："五谷不收，人但食菜，故其颜色变恶。"

[13] 母、子：喻朝廷与百姓。

[14] "本朝"二句：这句以下写诗人的希望。这两句谓，自宋朝立国以后，各项政令处置得宜，使百姓各得其所，愿皇上的仁爱能推及海滨，让盐民也能安居乐业。失所，失其处所，这里是处置失当之意。

[15] 甲兵：盔甲和兵器。甲兵净洗：指停止战争。语本《太平御览》引《六韬》："雨辍重至轸，是洗濯甲兵也。"杜甫《洗兵马》："安得壮士挽天河，净洗甲兵长不用。"辍：停止。

[16] 罢盐铁：废除盐税和铁税。

[17] "太平"二句：语出《书·说命》："若作和羹，尔惟盐梅。"这两句化用此意，谓希望当今的宰相能像以盐（咸）、梅（酸）等味调和羹汤那样，综理朝政，使古时的"三代之治"重新出现。

庐山高，赠同年刘凝之归南康

欧阳修

庐山高哉几千仞兮根盘几百里，截然屹立乎长江[1]。
长江西来走其下，是为扬澜左蠡兮[2]，洪涛巨浪日夕相舂撞[3]。
云消风止水镜净，泊舟登岸而远望兮，
上摩云霄之晻霭[4]，下压后土之鸿庞[5]。
试往造乎其间兮[6]，攀缘石磴窥空谾[7]。
千岩万壑响松桧，悬崖巨石飞流淙[8]。
水声聒聒乱人耳[9]，六月飞雪洒石矼[10]。
仙翁释子亦往往而逢兮[11]，吾尝恶其学幻而言哤[12]。
但见丹崖翠壁远近映楼阁，晨钟暮鼓杳霭罗幡幢[13]。
幽花野草不知其名兮，风吹露湿香涧谷，时有白鹤飞来双。
幽寻远兮不可极，便欲绝世遗纷厖[14]。
羡君买田筑室老其下，插秧盈畴兮有酒盈缸。
欲令浮岚暖翠千万状[15]，坐卧常对乎轩窗。
君怀磊砢有至宝[16]，世俗不辨珉与玒[17]。
策名为吏二十载[18]，青山白石困一邦[19]。
宠荣声利不可以苟屈兮[20]，自非青云白石有深趣，

其气兀硉何由降[21]?丈夫壮节似君少,
嗟我欲说安得巨笔如长杠!

◎ 题解

  李白有古诗《庐山谣寄卢侍御虚舟》,欧阳修的这首诗是模拟李白诗之作。汪景龙说:"神似太白,故欧公亦自以为得意。梅圣俞(尧臣)尝曰:'使我更作诗三十年,不能道其中一句。'其倾倒者至矣。"刘涣,字凝之,筠州(今江西高安)人。宋仁宗天圣八年(1030)擢进士第。居官正直,不屑,辄弃去,卜居落星渚,五十余岁时,为颍上令,不久即致仕归隐于庐山。同年:旧时称同榜中举的举人或进士。南康:宋代府名,治所在今江西星子。

◎ 注释

[1] 巀(jié)然:高峻貌。

[2] 扬澜、左蠡:山名,在今江西都昌西北,以临彭蠡湖(鄱阳湖)东而得名。

[3] 舂撞:撞击。

[4] 摩:迫近。晻霭:阴暗貌。《楚辞·离骚》:"扬云霓之晻霭兮。"

[5] 后土:古代称土神为后土。这里指土地。《国语·越语下》:"皇天后土,四乡地主正之。"鸿庞:广大。

[6] 往造:造访。

[7] 石磴:石阶。空谼(hōng):空旷貌。形容幽深的山谷。

[8] 流淙:流泉。

[9] 聒(guō)聒:象声词。这里形容水声。

[10] 飞雪:喻飞瀑溅出的水珠。石矼(gāng):石桥。

[11] 释子:佛门弟子。往往:处处。

[12] 学幻而言哤(máng):学说荒诞,言论杂乱。

[13] 杳霭:烟云隐现貌。罗:罗列。幡幢:此指僧寺中悬挂的旗幡。

[14] 绝世:与世隔绝。纷厖(máng):纷乱。

[15] 浮岚:山林中浮游的云气。暖翠:春晴的山色。

[16] 磊砢（lěiluǒ）：玉石委积貌。比喻人有奇才异能。《世说新语·言语》："其人磊砢而英多。"
[17] 珉（mín）：似玉的美石。玒（hóng）：大的璧玉。
[18] 策名：出仕。
[19] 青山白石：比喻刘凝之高洁的情操。困一邦：困于一地，指无法施展才华。
[20] 宠荣声利：恩宠、荣耀、声名、利禄。苟屈：屈节。
[21] 兀硉（lù）：高耸，突出。这里形容气节高峻。

春日西湖寄谢法曹歌

欧阳修

西湖春色归，春水绿于染。
群芳烂不收，东风落如糁[1]。
参军春思乱如云，白发题诗愁送春。[2]
遥知湖上一樽酒，能忆天涯万里人。
万里思春尚有情，忽逢春至客心惊。
雪消门外千山绿，花发江边二月晴。
少年把酒逢春色，今日逢春头已白。
异乡物态与人殊，惟有东风旧相识。

◎ 题解

　　这首诗作于宋仁宗景祐四年（1037）二月。谢伯初，字景山，晋江（今福建晋江）人。时任许州（今河南许昌）法曹。这时欧阳修被贬至峡州夷陵县（今湖北宜昌）任县令，谢伯初曾寄诗安慰他，这首诗是诗人的答谢。西湖：指许州西湖。诗人于这一年三月去许州续娶，作诗时还未至许州，诗中西湖春色的描写，是诗人的想象之词。

◎ 注释

[1] 落如糁：形容春风中飘洒的花絮。糁（sǎn），散粒状的东西。
[2] "参军"二句：自注："谢君有'多情未老已白发，野思到春如乱云'之句。"参军，散官名，无职掌。宋代诸州府以录事参军、司户参军、司理参军、司法参军为曹官（又称法曹）。这里即以指谢伯初。

城南归，值大风雪

苏舜钦

一夜大雪风喧豗[1]，未明跨马城南回。
四方迷惑共一色，挥鞭欲进还徘徊。
旧时崖谷不复见，纵有直道令人猜。
低头抢朔风[2]，两眼不肯开。
时时偷看问南北，但见白羽之箭纷纷来。
既以脂粉傅我面，又以珠玉缀我腮。
天公似怜我貌古[3]，巧意妆点使莫偕[4]。
欲令学此男女态，免使埋没随灰埃。
据鞍照水失旧恶[5]，容质洁白如婴孩。
虽然外饰得暂好，自觉面目如刀裁。
又不知胸中肝胆挂铁石，安能柔软随良媒[6]！
世人饰诈我尚笑，今乃复见天公乖[7]。
应时降雪故大好，慎勿改易吾形骸。

◎ 题解

这首诗描绘大风雪的情状和诗人的感受，是一首寓世事之慨于写景的诗作。汪景龙说："爽拔俊快，自根理要，岂故作狂怪者可比！"

◎ 注释

[1] 喧豗（huī）：喧哗。形容大风怒号。
[2] 抢朔风：顶着北风。抢（qiāng），逆，不顺。
[3] 貌古：容貌古怪。
[4] 莫偕：不能比并。偕，并。
[5] 据鞍：骑坐在马鞍上。
[6] 良媒：善于说媒的人。
[7] 乖：乖巧。

纯甫出僧惠崇画，要予作诗
王安石

画史纷纷何足数[1]，惠崇晚出吾最许。
旱云六月涨林莽，移我翛然堕洲渚。[2]
黄芦低摧雪翳土，凫雁静立将俦侣。[3]
往时所历今在眼，沙平水淡西江浦。[4]
暮气沉舟暗鱼罟[5]，欹眠呕轧如鸣橹[6]。
颇疑道人三昧力[7]，异域山川能断取[8]，
方诸承水调幻药，洒落生绡变寒暑。[9]
金坡巨然山数堵，粉墨空多真漫与。[10]
濠梁崔白亦善画，曾见桃花静初吐。
酒酣弄笔起春风，便恐漂零作红雨。
流莺探枝婉欲语，蜜蜂掇蕊随翅股。[11]
一时二子皆绝艺，裘马穿羸久羁旅。[12]
华堂直惜万黄金，苦道今人不如古。[13]

◎ 题解

纯甫：王安石的幼弟，名安上。惠崇：宋诗僧，建阳（今福建建阳）人，能诗善画，《图画见闻志》称他"工画鹅雁鹭鸶，尤工小景，善为寒江远渚，萧洒虚旷之象，人所难到也"。

这是一首题画诗。方东树说："起二句正点，以一句跌衬作笔势，亦曲法。'旱云'四句接写画也，却深思沉着、曲折奇险如此。'雪'，芦花也。'往时'四句又出一层，而先将此句冠之……'沙平'以下，正昔所历也。'颇疑'二句逆卷，何等奇险笔力。'方诸'二句叙耳，亦险怪不平如此。'金坡'二句一衬，'濠梁'六句一衬，作一段，亦另自写。'一时'以下，宾主双收，作感慨收。通篇用全力，千锤百炼，无一字一笔懈，如挽万钧之弩，此可药世之粗才。俗子学太白、东坡，满口常语，庸熟句字信手乱填，章法更不知矣。"按：诗中"濠梁"，一本作"大梁"。

◎ 注释

[1] 画史：善画的人。《庄子·田子方》："宋元君将画图，众史皆至。"
[2] "旱云"二句：谓六月炎暑，看到画幅中林木苍莽，就像潮水涨起，倏忽间我仿佛掉在洲渚之上。翛（xiāo）然，疾迅貌。
[3] "黄芦"二句：写画中情景。一片低垂的芦苇，芦花如雪，铺盖在地，成对的野鸭静立在苇丛之中。翳，遮掩。将，携带。俦侣，伴侣。
[4] "往时"二句：西江浦，诗人家乡的地名。这两句谓看到画幅中的情景，就仿佛见到了旧时故乡西江浦的景色。
[5] 罟（gǔ）：渔网。
[6] 欹眠：侧身睡着。呕轧：橹声。
[7] 道人：僧人。此指惠崇。叶梦得《避暑录话》卷下："晋、宋间佛学初行，其徒犹未有僧称，通曰道人。"三昧：佛家语。梵文音译，意为排除一切杂念，使心神平静。后人常以指诀窍、奥秘。李肇《唐国史补》卷中："长沙僧怀素好草书，自言得草圣三昧。"
[8] "异域"句：断取，佛家语，割截。《维摩诘所说经·不可思议品》："又舍利弗，住不可思议解脱菩萨，断取三千大千世界，如陶家轮，著右掌中，掷过恒河沙世界之外。"这里意谓惠崇的画中情景好像是截取了异域山川的一角而画出的。

[9]"方诸"二句:写作画的情景。方诸,古代在月下承露取水的器皿。《周礼·秋官》:"以鉴取明水于月。"郑玄注:"鉴,镜属,取水者,世谓之方诸。"幻药,佛家语。《楞严经》:"诸大幻师求太阴精,用和幻药。是诸师等,于白月昼,手执方诸,承月中水。"生绡,丝织品,似缣而疏。这两句谓惠崇作画,就像以方诸承露,调和了幻药,洒向生绡,能变易寒暑。

[10]"金坡"二句:金坡,古代翰苑的名称。巨然,南唐著名画僧。《銮坡遗事》:"玉堂后北壁两堵董源画水,正北一壁吴僧巨然画山水,皆有远思,一时绝笔也。有二小壁画松,亦妙。"山数堵,指此。漫与,漫然对付。杜甫《江上值水如海势聊短述》:"老去诗篇浑漫与。"这两句以巨然反衬惠崇,意谓巨然留下的壁画山水,粉墨尽管多,却只是漫不经心之作。

[11]"濠梁"六句:崔白,字子西,濠梁(今安徽凤阳)人,工画花竹翎毛,与惠崇同时。这六句写诗人曾经见到崔白所画桃花的佳妙。红雨,语出李贺《将进酒》:"桃花乱落如红雨。"

[12]"一时"二句:二子,指惠崇、崔白。裘马穿羸,裘敝马瘦。穿,透,破。羸,瘦弱。羁旅,寄居作客。这两句意谓惠崇、崔白二人的画虽然超绝一世,但裘敝马瘦,客居他乡,生活贫困。

[13]"华堂"二句:华堂,指富豪之家。这两句谓当今的豪富人家并不吝惜万金求画,但不去供养惠崇、崔白,却反而鄙薄他们的画,硬说什么今人的画不及古人。

河北民

王安石

河北民,生近二边长苦辛[1]。

家家养子学耕织,输与官家事夷狄[2]。

今年大旱千里赤,州县仍催给河役。

老小相依来就南[3],南人丰年自无食。

悲愁天地白日昏,路旁过者无颜色[4]。

汝生不及贞观中[5],斗粟数钱无兵戎[6]。

◎ 题解

河北:黄河以北。这首诗作于宋仁宗庆历六年(1046)。时北方契丹和西夏结成联盟，经常侵扰中原，"俘掠人民，焚荡村舍，农桑废业，闾里为墟"(《宋会要辑稿·番夷》)。宋王朝奉行苟安政策，对契丹和西夏"屈己增币"，致使广大人民深受赋敛之苦。诗作通过河北民逃荒"就南"，在辽阔的背景上，真实地反映了广大劳动人民生活于水深火热之中的苦难，尤其是"丰年自无食"的描写，深刻地揭露了宋王朝"事夷狄"所造成的恶果。诗末二句，是诗人委婉的讽刺，也表达了他"斗粟数钱无兵戎"的社会理想。

◎ 注释

[1] 二边：指北宋与契丹、西夏接壤的地区。
[2] 输：交税。官家：宋代称皇帝为官家。夷狄：中国古代两个少数民族，后用作泛称，这里指契丹和西夏。
[3] 就南：到南方就食。南，此指黄河以南。
[4] 无颜色：形容面无血色。
[5] 不及：赶不上。贞观：唐太宗年号（627—649）。贞观之治是唐代最兴盛的时期，贞观十五年（641），唐太宗曾自称有两大喜事，一为连年丰收，"长安斗粟直三四钱"，二是"北虏久服，边鄙无虞"。下句意即本此。
[6] 兵戎：战事。

莫饮吴江水，寄陈莹中

徐　积

莫饮吴江水，胸中恐有波涛起[1]。
莫食湘江鱼，令人冤愤成悲呼。
湘江之竹可为箭，吴江之水好淬剑[2]。
箭射谗夫心[3]，剑斫谗夫面。
谗夫心虽破，胸中胆犹大；
谗夫面虽破，口中舌犹在。

生能为人患,死能为鬼害。

患兮害兮将奈何?两卮薄酒一长歌,

洒向风烟付水波,遣吊胥山共汨罗[4]。

徐 积
(1028—1103)

字仲车,山阳(今江苏淮安)人。宋英宗治平四年(1067)进士,以耳聋不能仕,哲宗元祐初,始以扬州司户参军为楚州(今淮安)教授,改宣德郎,监中岳庙。其诗以怪异著称,似唐代的卢仝、马异。著有《节孝集》。

◎ 题解

陈莹中:名瓘,号了翁,沙县(今福建沙县)人。宋神宗元丰二年(1079)进士,徽宗朝,历右司谏,权给事中。崇宁中,以党籍除名,编隶台州(今浙江临海),移楚州卒。靖康中,赠谏议大夫。著有《了斋集》。这首寄赠之作,当作于陈瓘蒙受党祸以后。诗中对奸佞小人的狠毒心肠和凶残嘴脸愤怒地进行了淋漓尽致的揭露,对陈瓘的冤屈表达了深厚的同情,并给以安慰和支持。潘德舆评"湘江之竹"以下十句说:"数语雄快痛切,与《小雅·巷伯》同风,昌黎《利剑》诗剧有劲骨,犹当逊此。此正治心、直养气之效也,岂怪放之谓哉!"

◎ 注释

[1]波涛起:比喻心中不平之气。
[2]淬剑:将铸成的剑烧红,即浸水中,使之坚硬。
[3]谗夫:以恶言中伤他人的小人。
[4]"遣吊"句:胥山,山名,在江苏苏州西南,相传因伍子胥而得名。伍子胥,春秋时吴国大夫,吴王夫差时,战败越国,越请和,子胥力谏不从,后夫差听信伯嚭谗言,迫子胥自杀,取其尸盛以鸱夷革,浮之吴江中。吴人怀念子胥,为立祠于江边,因名胥山。

汨罗，江名，在湖南北部，相传为屈原投江之处。这句以伍子胥、屈原代表所有为佞臣所害的忠臣义士，表达诗人对这些蒙冤遇害之人的深切怀念。

暑旱苦热

王　令

清风无力屠得热[1]，落日着翅飞上山[2]。
人固已惧江海竭，天岂不惜河汉干[3]？
昆仑之高有积雪，蓬莱之远常遗寒。
不能手提天下往，何忍身去游其间！[4]

王　令
（1032—1059）

初字钟美，后改字逢原，广陵（今江苏扬州）人，是王安石的连襟，以教书为生。他有改革政治的理想和出众的才华，但始终未伸抱负。他的诗颇多反映当时社会生活，有的抒发自己的抱负，才思横溢，风格奇诡豪放。著有《广陵先生文集》。

◎ 题解

　　这首诗描写炎暑酷热干旱的情景，想象奇特，气势雄放。后四句写自己的感受，表达了愿与天下人同患难的思想，与韩琦的《苦热》有异曲同工之妙。

◎ 注释

[1] 屠：宰杀。这里将热比作有生命的事物，一"屠"字，颇有新意。
[2] "落日"句：传说日中有三足乌，这里暗用此传说，形容太阳老是挂在当空。
[3] 不惜：不怕。河汉：银河。
[4] "不能"二句：谓如果不能把整个天下带到那里去，我怎忍心独自一人去享受清凉呢？身去，只身前去。

王维、吴道子画

苏 轼

何处访吴画？普门与开元[1]。
开元有东塔，摩诘留手痕[2]。
吾观画品中，莫如二子尊。
道子实雄放，浩如海波翻。
当其下手风雨快，笔所未到气已吞[3]。
亭亭双林间[4]，彩晕扶桑暾[5]。
中有至人谈寂灭[6]，悟者悲涕迷者手自扪。
蛮君鬼伯千万万[7]，相排竞进头如鼋[8]。
摩诘本诗老，佩芷袭芳荪[9]。
今观此壁画，亦若其诗清且敦[10]。
祇园弟子尽鹤骨[11]，心如死灰不复温[12]。
门前两丛竹，雪节贯霜根[13]。
交柯乱叶动无数，一一皆可寻其源[14]。
吴生虽妙绝，犹以画工论[15]。
摩诘得之于象外，有如仙翮谢笼樊[16]。
吾观二子皆神俊，又于维也敛衽无间言[17]。

◎ 题解

  这首诗作于宋仁宗嘉祐八年（1063），时诗人任凤翔（今陕西凤翔）签判。王维：字摩诘，太原人，唐代诗人，著名画家，工画山水。吴道子：又名道玄，阳翟（今河南禹州）人，唐代名画家，善画佛像、山水。据《邵氏闻见后录》："凤翔府开元寺大殿九间，后壁吴道玄画，自佛始生、修行、说法至灭度，山林、宫室、人物、禽兽数千万种，极古今天下之妙。"又王文诰注引师民瞻说："开元寺有道子画佛在双林下入涅槃像。"又引赵尧卿说："摩诘画两丛竹于开元寺。"这首题画诗是诗人在凤翔时写下的组诗《凤翔八观》之一。诗作精辟地品评了王、吴二人画幅的特点，提出了绘画的许多独到的见地。许顗《彦周诗话》说："老杜作《曹将军丹青引》云：'一洗万古凡马空。'东坡《观吴道子画壁诗》云：'笔所未到气已吞。'吾不得见其画矣，此两句，二公之诗，各可以当之。"《唐宋诗醇》说："以史迁合传论赞之体作诗，开合离奇，音节疏古，道子下笔入神，篇中摹写亦不遗余力。将言吴不如王，乃先于道子极意形容，正是尊题法也。后称王维，只云画如其诗，而所以誉其画笔者甚淡，顾其妙在笔墨之外者，自能使人于言下领悟，更不必似《画断》凿凿指为神品、妙品矣。"方东树《昭昧詹言》说："神品妙品，笔势奇纵，神变气变，浑脱溜亮，一气奔赴中，又顿挫沉郁，所谓'海波翻''气已吞''一一可寻源''仙翻谢笼樊'等语，皆可状此诗。真无间言。"

◎ 注释

[1] 普门、开元：均为凤翔寺院名。《大清一统志》："普门寺在凤翔东门外，寺壁有吴道子画佛像。开元寺在凤翔县城内北街，亦有吴道子画像，东壁有王维画墨竹，今俱不存。"

[2] 手痕：手迹。

[3] 气已吞：谓气势已压倒一切。

[4] "亭亭"句：亭亭，耸立貌。双林，指娑罗双树。以下六句，品评吴道子在开元寺的壁画。壁画内容见《题解》。

[5] "彩晕"句：谓佛的圆光就像从扶桑升起的朝阳那样明亮。扶桑，神木名。见《苦热》注。暾，初升的太阳。

[6] 至人谈寂灭：指释迦牟尼临终向弟子们讲说生死之义。《释迦谱》载："佛在拘尸那城，力士生地阿夷罗跋提河边娑罗双树间，与大比众八十亿百千人俱，前后围绕。二月十五日，临涅槃时，以佛神力出大音声，乃至有顶，随其类音，普告众生。"又："佛灭度已，诸比丘悲恸殒绝，自投于地。"至人，德行完美的人。这里指释迦佛。寂灭，梵语"涅槃"的义译。指命终。佛家认为这是超脱生死、离一切差别之相的境界。

[7] 蛮君鬼伯：《释迦谱》："佛涅槃时，八十百千诸比丘、六十亿比丘尼、一恒河沙菩萨摩诃萨以至千亿恒河沙地诸鬼王、十万亿恒河沙诸天王及四天王等，皆来佛所。"蛮君鬼

伯指此。

[8] 相排竞进：竞相向前挤。鼋：大鳖。

[9] "佩芷"句：芷、荪，香草名。《楚辞·离骚》："扈江离与辟芷兮，纫秋兰以为佩。"谢灵运《入彭蠡湖口诗》："洹露馥芳荪。"这句意谓王维具有诗才。

[10] 敦：敦厚。

[11] "祇园"句：祇园，祇树给孤独园的省称。原为古印度憍萨罗国祇陀太子的园林，后为给孤独长者购得，在园中筑精舍，请佛在此说法。祇园弟子，即指佛门弟子。鹤骨，形容骨格清奇绝俗。以下六句，论王维在开元寺东塔的壁画。

[12] 心如死灰：形容一切杂念消失殆尽的境界。《庄子·齐物论》："形固可使如槁木，而心固可使如死灰乎？"

[13] 雪节、霜根：皆指竹。以其经得起雪、霜的摧残，故云。

[14] "交柯"二句：画中的丛竹枝叶繁茂交错，难以计数，但繁而不乱，一枝一叶都可以寻到它们的源头。

[15] "吴生"二句：谓吴道子的画尽管已是绝妙的佳品，但毕竟只能从职业画师的角度来给以品评。

[16] "摩诘"二句：谓王维的画就不同，它的妙处在于不为迹象所限制，就像仙禽摆脱了牢笼一样。象外，迹象之外。司空图《二十四诗品》："超以象外，得其环中。"谢，辞。此指摆脱。

[17] 敛衽：整敛衣襟，表示尊敬。间言：异言。

游金山寺

苏　轼

我家江水初发源[1]，宦游直送江入海[2]。
闻道潮头一丈高，天寒尚有沙痕在[3]。
中泠南畔石盘陀[4]，古来出没随涛波。
试登绝顶望乡国[5]，江南江北青山多[6]。
羁愁畏晚寻归楫[7]，山僧苦留看落日。
微风万顷靴文细[8]，断霞半空鱼尾赤[9]。
是时江月初生魄[10]，二更月落天深黑。

江心似有炬火明,飞焰照山栖鸟惊。
怅然归卧心莫识,非鬼非人竟何物?[11]
江山如此不归山,江神见怪惊我顽。[12]
我谢江神岂得已,有田不归如江水。[13]

◎ 题解

　　宋神宗熙宁四年(1071),诗人因与王安石政见不合,请求外调,十一月由汴京赴杭州通判任。这首诗即作于途经镇江时。王文诰《苏诗总案》:"熙宁四年辛亥十一月三日,公游金山访宝觉、圆通二老,夜宿金山寺,望江中炬火,作诗。"金山寺:旧在江苏镇江长江中金山上(因长江水流变迁,金山现已与南岸相接)。诗记在金山寺所见江上夜景,抒写了诗人政治上失意的愤懑和思念故乡的心情。《唐宋诗醇》说:"一往作缥渺之音,觉自来赋金山者,极意着题,正无从得此远韵。起二句将万里程、半生事一笔道尽,恰好由岷山导江至此处海门归宿为入题之语,中间'望乡国'句,故作羁望语以环应首尾,后思及江神见怪,而终之以归田。矜奇之语,见道之言,想见登眺徘徊,俯视一切。"

◎ 注释

[1]"我家"句:江,指长江。中国古代以为长江发源于四川岷山,诗人的家乡在四川眉山,故云。

[2]"宦游"句:宦游,外出做官。直送江入海,诗人从二十一岁中进士,二十六岁授大理评事,离家做官,这年又除杭州通判,一路东来,至镇江已近海边,故云。实际上几年中的行程,并非沿江而下,这是虚写,以示行程的遥远。

[3]"天寒"句:诗人至镇江是十一月,其时江水已不涨潮,"沙痕在"表明"闻道潮头一丈高"是确实的。

[4]中泠:泉名,即天下第一泉,在金山之北。盘陀:山石不平貌。

[5]乡国:家乡。

[6]"江南"句:方东树评说:"望乡不见,以江南北之山隔之也,非泛写景。"

[7] 羁愁：羁旅异地怀念家乡的愁思。楫：小桨。借指船。

[8] 靴文细：靴上的花纹。形容江面的微波。

[9] 断霞：残霞。鱼尾赤：形容残霞如红鲤鱼尾处的细小鳞片。

[10] 初生魄：月亮初发光。魄，光。《尚书·康诰》："惟三月，哉生魄。"《法言·五百》："月未望则载魄于西。"李轨注："载，始也。魄，光也。"王国维《生霸死霸考》："哉生魄之为二日或三日，自汉已有定说。"此诗下句"二更月落天深黑"，即是用汉今文《尚书》之义。二更，夜十时左右。初三之月，至十时已西落。

[11] "江心"四句：自注："是夜所见如此。"旧题王十朋注引汪革说："先生尝云：'山林薮泽，晦明之夜，则野火生焉，散布如人秉烛，其色青，异乎人火。'"又施元之注："《岭表异物志》：海中遇阴晦，波如然火，满海，以物击之，迸散如星火，有月即不复见。木玄虚《海赋》云：'阴火潜然。'岂谓此乎？"诗人所见，可能正是这种景象。

[12] "江山"二句：谓江山如此美好，我再不回乡，难怪江神也感到奇怪，认为我太愚钝了。归山，回乡。顽，愚钝。

[13] "我谢"二句：谢，告诉。岂得已，反诘语，不得已。如江水，古人常用以作为誓词。《左传·僖公二十四年》："公子（重耳）曰：'所不与舅氏同心者，有如白水！'"《晋书·祖逖传》："中流击楫而誓曰：'祖逖不能清中原而复济者，有如大江！'"这两句就借用此意，向着江神起誓，表达回归故乡的决心，暗暗透露了政治上失意的愤懑之情。

月夜与客饮杏花下

苏　轼

杏花飞帘散余春，明月入户寻幽人。
褰衣步月踏花影[1]，炯如流水涵青苹[2]。
花间置酒清香发，争挽长条落香雪[3]。
山城薄酒不堪饮，劝君且吸杯中月。
洞箫声断月明中[4]，惟忧月落酒杯空。
明朝卷地春风恶，但见绿叶栖残红[5]。

◎ 题解

　　这首诗作于宋神宗元丰二年（1079），时诗人在徐州（今江苏徐州）

任上。《东坡志林》说:"仆在徐州,王子立、子敏皆馆于官舍,而蜀人张师厚来过,二生方年少,吹洞箫饮酒杏花下。"诗题中之"客",指此。《唐宋诗醇》谓此诗"清幽超远,乃所谓自然高妙者"。

◎ 注释

[1]褰衣:提起衣襟。
[2]"炯如"句:写月光下花影闪动,如同水面浮动着青苹。炯,光明。涵,浸。
[3]挽:拉。香雪:喻花。韩偓《和吴子华侍郎令狐昭化舍人叹白菊衰谢之绝次用本韵》:"正怜香雪披千片,忽讶残霞覆一丛。"
[4]声断:声音停歇。
[5]残红:指落花。白居易《微之宅残牡丹》:"残红零落无人赏,雨打风摧花不全。"

舟中夜起

苏　轼

微风萧萧吹菰蒲,开门看雨月满湖。[1]
舟人水鸟两同梦,大鱼惊窜如奔狐。
夜深人物不相管[2],我独形影相嬉娱[3]。
暗潮生渚吊寒蚓,落月挂柳看悬蛛。[4]
此生忽忽忧患里,清境过眼能须臾[5]。
鸡鸣钟动百鸟散,船头击鼓还相呼。

◎ 题解

　　宋神宗元丰二年(1079)三月,诗人罢徐州知州,改知湖州(今浙江湖州)。这首诗作于赴湖州途中,写舟中所见夜景。《唐宋诗醇》说:"一片空明,通神入悟,性情所至,妙不自寻。"方东树说:"空旷奇逸,仙品也。"

◎ 注释

[1]"微风"二句：纪昀说："初听风声疑其是雨，开门视之，月乃满湖。此从'听雨寒更尽，开门落叶深'化出。"按："听雨"二句是唐无可《秋寄从兄贾岛》的诗句。

[2]人物：人和物。指上句舟人和水鸟、大鱼。不相管：互不相干。

[3]"我独"句：李密《陈情表》有"形影相吊"的话，形容一个人孤独的处境，这里反用其意，表达了诗人达观的心情。

[4]"暗潮"二句：上句写深夜涨潮时水声幽咽，就像寒蚓在鸣咽；下句写江上景色，以悬挂的蛛丝比喻柳条，月亮就像悬在丝里的蜘蛛。

[5]"清境"句：谓这样清幽的景色可惜转瞬间就会消逝。

过江夜行武昌山上，闻黄州鼓角

苏　轼

清风弄水月衔山，幽人夜渡吴王岘[1]。
黄州鼓角亦多情，送我南来不辞远。
江南又闻出塞曲[2]，半杂江声作悲健。
谁言万方声一概，鼍愤龙愁为余变[3]。
我记江边枯柳树，未死相逢真识面。
他年一叶溯江来[4]，还吹此曲相迎饯。

◎ 题解

宋神宗元丰七年（1084）四月，诗人由贬所黄州（治所在今湖北黄冈）移汝州（治所在今河南临汝）团练副使。这首诗作于离黄州以后。《梁溪漫志》："东坡去黄，夜行武昌，回望东坡（地名），闻黄州鼓角，凄然泣下。"《唐宋诗醇》评此诗说："已去之地，鼓角多情；新至之处，曲声悲健。妙是半杂江声，通彼我之怀，觉行役宵中有声有色。"

◉ 注释

[1] 幽人：作者自称。吴王岘：在今湖北鄂城西樊山下，三国时吴王孙权建避暑宫于此，故名。
[2] 出塞曲：古乐府《横吹曲》有曲名《出塞》，声调悲壮。这里借用，指悲壮的鼓角声。
[3] "谁言"二句：语本杜甫《秦州杂诗二十首》："万方声一概，吾道竟何之。"这里表面上说"谁言"，似乎与杜甫不同，但实际上表达的是和杜甫一样的感慨。二句意谓鼓角声到处都是一样，而这里听到的特别悲壮，好像鼍龙都为我变出愁愤的调子。万方，犹四方，到处。鼍（tuó），俗称扬子鳄。
[4] 一叶：指小舟。溯江：逆江而上。

郭祥正家，醉画竹石壁上，郭作诗为谢，且遗二古铜剑

苏　轼

空肠得酒芒角出[1]，肝肺槎牙生竹石[2]。
森然欲作不可回[3]，吐向君家雪色壁。
平生好诗仍好画，书墙涴壁长遭骂[4]。
不嗔不骂喜有余，世间谁复如君者！
一双铜剑秋水光[5]，两首新诗争剑芒[6]。
剑在床头诗在手，不知谁作蛟龙吼[7]！

◉ 题解

　　宋神宗元丰八年（1085）六月，诗人复朝奉郎起知登州（治所在今山东蓬莱）。这首诗作于七月途经当涂（今安徽当涂）时。郭祥正：字功父，当涂人。熙宁中以殿中丞致仕，后复出通判汀州（治所在今福建长汀），知端州（治所在今广东肇庆）。又弃去，隐于县之青山，至卒。《续资治通鉴长编》："元丰七年三月，前汀州通判奉议郎郭祥正勒停。"据此，诗人作此诗在郭勒停家居时。《唐宋诗醇》评此诗说："画从醉

出,诗特为醉笔洗剔精神。读起四句,森然动魄也。句句巉绝,在集中另辟一格。"纪昀说:"奇气纵横,不可控制。"

◎ 注释

[1]"空肠"句:以下四句写醉后作画的情形。芒角出,锋芒毕露。
[2]槎牙:错杂不齐。
[3]森然:盛貌。不可回:不能收回。
[4]书墙浣壁:在墙壁上写字作画。刘禹锡《答前篇》:"小儿弄笔不能嗔,浣壁书窗且当勤。"
[5]秋水光:比喻剑的寒光如秋水一样明亮。白居易《李都尉古剑诗》:"湛然玉匣中,秋水澄不流。"
[6]"两首"句:谓诗和剑争相比试,看谁锋芒毕露。
[7]"不知"句:杜甫《相从行》:"把笔开樽饮我酒,酒酣击剑蛟龙吼。"苏诗本此而翻进一层。

书王定国所藏《烟江叠嶂图》

苏 轼

江上愁心千叠山[1],浮空积翠如云烟。
山耶云耶远莫知,烟空云散山依然。
但见两厓苍苍暗绝谷,中有百道飞来泉。
萦林络石隐复见[2],下赴谷口为奔川。
川平山开林麓断,小桥野店依山前。
行人稍度乔木外[3],渔舟一叶江吞天[4]。
使君何从得此本[5]?点缀毫末分清妍[6]。
不知人间何处有此境?径欲往买二顷田[7]。
君不见武昌樊口幽绝处[8],东坡先生留五年[9]。
春风摇江天漠漠[10],暮云卷雨山娟娟[11]。

丹枫翻鸦伴水宿，长松落雪惊昼眠。
桃花流水在人世，武陵岂必皆神仙！[12]
江山清空我尘土，虽有去路寻无缘。[13]
还君此画三叹息，山中故人应有招我归来篇[14]。

◎ 题解

　　这首诗作于宋哲宗元祐三年（1088），时诗人在汴京知制诰任。题下自注："王晋卿画。"按：王晋卿，名诜，太原人，为宋英宗的女婿，蜀国公主的驸马。宋代著名画家，工金碧山水，亦善淡墨平远小景，师法唐代李成，苏轼曾称他"得破墨三昧"。王定国，名巩，莘县（今山东莘县）人。长于诗，曾从苏轼学为文。这是一首题画诗。许顗说："画山水诗，少陵数首后，无人可继者。惟荆公《观燕公山水诗》前六句差近之，东坡《烟江叠嶂图》一诗，亦差近之。"《唐宋诗醇》说："竟是为画作记，然摹写之神妙，恐作记反不能如韵语之曲尽而有情也。'君不见'以下，烟云卷舒，与前相称。"方东树说："起段以写为叙，写得入妙，而笔势又高，气又遒，神又王。"曾国藩说："前十二句状画中胜景，'使君'四句，点明题目，'君不见'十二句，言樊口胜境亦不减于图中之景。"

◎ 注释

[1] "江上"句：唐代张说有《江上愁心赋寄赵子》，这里借其字面，描写画中景色。
[2] "萦林"句：形容山泉穿行在林莽山石之间，时隐时现。
[3] 稍度：慢慢踱步。
[4] 江吞天：形容江面广阔。杜牧《池州送孟迟先辈》："大江吞天去。"
[5] 使君：见《泛颍》注。这里指王定国。
[6] "点缀"句：谓点染得这样真切自然，清秀处、妍丽处都分别得恰到好处。毫末，细微末节。
[7] 径：直。二顷田：见《新居》注。这里寄归隐之意。
[8] 樊口：在今湖北鄂城西北五里。

[9]"东坡"句：指苏轼在黄州的那段时间。诗人自宋神宗元丰三年（1080）贬居黄州，至元丰七年（1084）移汝州团练副使，在黄州实居四年，说五年，是举其成数。

[10]"春风"句：以下四句写四季景色。漠漠，广布貌。杜甫《滟滪》："江天漠漠鸟双去。"

[11]娟娟：明媚美好貌。

[12]"桃花"二句：用陶潜《桃花源记》武陵渔人发现桃花源的故事，略翻其意，谓没有必要到《桃花源记》中去找那个缥缈虚无的桃花源，人世间自有这样的好去处在。

[13]"江山"二句：仍翻用《桃花源记》中渔人重来找不到路的故事，谓可惜自己是尘世俗人，虽有这样清空的好境界，也还是没有缘分去追求。

[14]"山中"句：陶潜有《归去来辞》，抒写归隐田园的心愿。这一句虚拟"山中故人"，意在仿效陶潜，寄自己倦于仕途，向往归隐之意。

十二月二十六日，松风亭下梅花盛开

苏　轼

春风岭上淮南村，昔年梅花曾断魂。[1]
岂知流落复相见，蛮风蜑雨愁黄昏[2]。
长条半落荔枝浦，卧树独秀桄榔园[3]。
岂惟幽光留夜色[4]，直恐冷艳排冬温[5]。
松风亭下荆棘里，两枝玉蕊明朝暾。[6]
海南仙云娇堕砌，月下缟衣来扣门。[7]
酒醒梦觉起绕树，妙意有在终无言。
先生独饮勿叹息，幸有落月窥清樽。

◎ 题解

　　这首诗作于宋哲宗绍圣元年（1094），这年诗人贬宁远军节度副使惠州（治所在今广东惠州）安置。松风亭：据查慎行注引《名胜志》，"松风亭在惠州学舍之东，昔为嘉祐寺之故址"。诗人寓情于景，在梅花盛放的描写中，抒发了连年遭贬的无限感慨和不为世事所困的达观心情。《唐宋诗醇》说："秀色孤姿，涉笔如融风彩露。"

◎ 注释

[1]"春风"二句：自注："予昔赴黄州，春风岭上见梅花，有两绝句。明年正月，往岐亭道上，赋诗云：去年今日关山路，细雨梅花正断魂。"按：昔赴黄州，指元丰三年（1080）诗人遭贬，正月自汴京赴黄州事。两首绝句是，其一："春来幽谷水潺潺，的皪梅花草棘间。一夜东风吹石裂，半随飞雪度关山。"其二："何人把酒慰深幽？开自无聊落更愁。幸有青溪三百曲，不辞相送到黄州。"明年正月，指元丰四年（1081）诗人往岐亭，有诗《正月二十日往岐亭，郡人潘、古、郭三人送余于女王城东禅庄院》，所引是最后二句。淮南村，指岐亭。

[2]蛮风蜑（dàn）雨：指南方的风雨。蛮，古代对南方少数民族的泛称。蜑，古代南方少数民族之一。

[3]桄榔：树名，四季常绿。产南方。

[4]幽光：指梅花的光艳。

[5]冷艳：指耐寒的梅花。

[6]"松风"二句：以梅花在荆棘丛中独放，暗寓自己的身世之慨。玉蕊，晶莹的花蕊。朝暾，朝阳。

[7]"海南"二句：查慎行注引《名胜志》："飞来峰在罗浮山东南，有梅花村，隋赵师雄过此，见美人淡妆素服，遂与共饮醉，及醒，乃在梅花树下。"这两句用赵师雄故事写诗人梦境，谓月光下的梅花，像是身穿素衣的美人从海南驾着仙云飘落阶砌，前来敲门。缟衣，白衣。喻素洁。纪昀评这两句诗说："天人姿泽，非此笔不称此花。"明高启咏梅花的诗句"月明林下美人来"，亦用此意。

戏呈孔毅父

黄庭坚

管城子无食肉相[1]，孔方兄有绝交书[2]。
文章功用不经世[3]，何异丝窦缀露珠[4]！
校书著作频诏除[5]，犹能上车问何如[6]。
忽忆僧床同野饭，梦随秋雁到东湖[7]。

◎ 题解

这首诗作于宋哲宗元祐二年（1087），时诗人在史局任著作佐郎。

孔毅父，名平仲，新喻（今江西新喻）人，有《朝散集》。这是一首自嘲诗，全诗写了四层意思，首二句写自己的贫贱，三、四句论文章应以经世致用为贵，五、六句感叹自己仕途的无聊，末二句突然想到江湖的野趣。四层意思，看似不相联属，实则转折跌宕，层层相扣，由仕途失意的主旨贯穿始终。方东树说："山谷之妙，起无端，接无端，大笔如椽，转折如龙虎扫弃一切，独提精要之语。每每承接处中亘万里，不相联属，非寻常意计所及。"这首诗很能体现这个特色。

◎ 注释

[1]"管城子"句：管城子，笔的别称。韩愈《毛颖传》："秦皇帝使恬赐之汤沐，而封诸管城，号曰管城子。"食肉相，指封侯之相。《东观汉记·班超》："超行诣相者，曰：'祭酒布衣诸生耳，而当封侯万里之外。'超问其状。相者曰：'生燕颔虎头，飞而食肉，此万里侯相也。'"这句意谓手中的这支笔，没有本事让我实现封侯的目的。

[2]"孔方兄"句：孔方兄，钱的代称。鲁褒《钱神论》："亲之如兄，字曰孔方。"绝交书，嵇康有《与山巨源（涛）绝交书》。孔方兄与自己绝交，意谓自己十分贫困。

[3]经世：治理世事。

[4]丝窠：蛛网。韩愈《城南联句》："丝窠扫还成。"丝窠缀露珠，比喻华而不实的文章，无永恒的生命力。

[5]"校书"句：除，拜官。诗人于神宗元丰八年（1085）任校书郎，于哲宗元祐二年（1087）任著作佐郎，故云"频诏除"。校书郎，属秘书省，是掌校雠典籍的官。

[6]"犹能"句：语本《通典》："秘书郎自齐梁之末，多以贵游子弟为之，无其才实。当时谚曰：'上车不落则著作，体中何如即秘书。'"诗人这时任著作佐郎，所以用这句话作为自嘲。

[7]东湖：在今江西南昌城东南隅。曾巩《徐孺子祠堂记》："按《（豫章）图记》，章水……又北历南塘，其东为东湖。"诗人的家即在东湖。

次韵子瞻《题郭熙画秋山》
黄庭坚

黄州逐客未赐环[1]，江南江北饱看山[2]。

玉堂卧对郭熙画[3]，发兴已在青林间[4]。
郭熙官画但荒远，短纸曲折开秋晚[5]。
江村烟外雨脚明，归雁行边余叠巘[6]。
坐思黄柑洞庭霜，恨身不如雁随阳。[7]
熙今头白有眼力，尚能弄笔映窗光。
画取江南好风日，慰此将衰镜中发。
但熙肯画宽作程，十日五日一水石。[8]

◎ 题解

这首诗作于元祐二年（1087）。郭熙：字淳夫，河阳温县（今河南温县）人。宋代名画家，工画山水寒林。熙宁初为御书院艺学。这是一首题画诗，全诗分五层意思，首写东坡谪居黄州的情景，接写玉堂观画，然后入题咏画，再转写自己的乡思，最后申明请郭熙作画之意，层层转折，极吞吐腾挪之妙。方东树说："曲折驰骤，有江海之观、神龙万里之势。"

◎ 注释

[1]"黄州"句：逐客，见《新居》注。宋神宗元丰二年（1079）冬，苏轼谪官黄州团练副使，故称"黄州逐客"。环，"还"的谐音。赐环，指逐臣恩赦召还。元祐二年（1087），苏轼已迁翰林院学士知制诰任。这句是诗人在玉堂看画追忆苏轼在黄州的生活，故云"未赐环"。

[2]"江南"句：这句追记苏轼在黄州的生活。

[3]玉堂：翰林院的代称。《銮坡遗事》："淳化二年十月，太宗飞白书'玉堂之署'，赐学士承旨苏易简。按《翰林志》，时以居翰苑者谓凌玉清、溯紫霄，亦曰登玉署、玉堂焉。"

[4]"发兴"句：发兴，由周围事物而产生感情的波动。此句意谓诗人由玉堂观画而想起苏轼在黄州"饱看山"的生活。

[5]短纸曲折：指郭熙的画是一幅小景横轴。开：打开。

[6]叠巘：重重叠叠的山峰。

[7]"坐思"二句：洞庭，即太湖洞庭山，产柑橘。据米芾《书史》："唐人摹王右军一帖云：'奉橘三百颗，霜未降，未可多得。'韦应物诗：'书后欲题三百颗，洞庭更待满林霜。'盖谓此也。"黄诗本此。雁随阳，大雁随阳气而飞，故云。《书·禹贡》："阳鸟攸居。"孔安国注："随阳之鸟，鸿雁之属。"郭熙画中有归雁，诗人因此联想到自己身在京师，不能像大雁一样飞回江南，见到霜橘。

[8]"但熙"二句：杜甫《戏题王宰画山水图歌》："十日画一水，五日画一石。能事不受相促迫，王宰始肯留真迹。"这里化用其意，表达诗人恳请郭熙作画以慰乡思之意。宽作程，放宽期限。程，期。

王充道送水仙花五十枝，欣然会心，为之作咏

黄庭坚

凌波仙子生尘袜，水上轻盈步微月。[1]
是谁招此断肠魂，种作寒花寄愁绝。
含香体素欲倾城[2]，山矾是弟梅是兄[3]。
坐对真成被花恼[4]，出门一笑大江横[5]。

◎ 题解

这首诗作于宋徽宗建中靖国元年（1101），时诗人在荆南沙市（今湖北江陵）养病。方东树评此诗说："起四句奇思奇句。'山矾'句奇句。'坐对'句用杜。收句空。"又说："遒老。"陈齐之说："古人作诗，断句旁人他意，最为警策。如老杜云：'鸡虫得失无了时，注目寒江倚山阁。'是也。黄鲁直作水仙花诗，亦用此体，云：'坐对真成被花恼，出门一笑大江横。'"

◎ 注释

[1] "凌波"二句：曹植《洛神赋》："凌波微步，罗袜生尘。"这里用凌波仙子比喻水仙花，状写水仙轻盈柔美的花姿。

[2] 体素：陶潜《答庞参军诗》："君其爱体素。"这里形容水仙的洁净。倾城：形容容貌极美，全城人为之倾倒。《汉书·外戚传》："北方有佳人，绝世而独立，一顾倾人城，再顾倾人国。"

[3] 山矾：花名。即玚花。黄庭坚《戏咏高节亭边山矾花序》："江湖南野中有一种小白花，本高数尺，春开极香，野人谓之郑花。王荆公尝欲作诗而陋其名，予请名曰山矾，野人采郑花叶以染黄，不借矾而成色，故名山矾。"

[4] "坐对"句：杜甫《江上独步寻花诗》："江上被花恼不彻，无处告诉只颠狂。"黄诗本此。

[5] "出门"句：有放开眼界、摆脱烦恼之意。语本阮籍《咏怀》："门外大江横。"司空图《二十四诗品》："如有佳语，大河前横。"大江，指长江。沙市在长江左岸，故云"大江横"。

武昌松风阁

黄庭坚

依山筑阁见平川，夜阑箕斗插屋椽[1]，我来名之意适然[2]。
老松魁梧数百年，斧斤所赦今参天[3]。
风鸣娲皇五十弦，洗耳不须菩萨泉。[4]
嘉二三子甚好贤[5]，力贫买酒醉此筵[6]。
夜雨鸣廊到晓悬[7]，相看不归卧僧毡。
泉枯石燥复潺湲[8]，山川光辉为我妍。
野僧早饥不能馔[9]，晓见寒溪有炊烟[10]。
东坡道人已沉泉[11]，张侯何时到眼前[12]？
钓台惊涛踣昼眠[13]，怡亭看篆蛟龙缠[14]。
安得此身脱拘挛[15]，舟载诸友长周旋。

◎ 题解

　　这首诗作于宋徽宗崇宁元年（1102）。武昌：今湖北鄂城。松风阁在鄂城西樊山（又名西山）。《明一统志》："旧有松林甚茂，宋黄庭坚自黄州游西山，爱之，因名焉。"这是一首极为后人推崇的纪游诗。方东树说："'风鸣'二句奇想。后半直叙，却能扫人凡言，自撰奇重之语。收无远意。"吴汝纶说："吾尝论山谷七古，推《松风阁》为第一，气骨高邈，杳然难攀。"

◎ 注释

[1]"夜阑"句：箕斗，二星宿名，一在南，一在北。这句谓夜深时分，可以看到箕斗星，就像插在屋椽上一般。

[2] 名之：为阁命名。适然：偶然。

[3] 斧斤所赦：没有被斧斤砍伐，好像被赦免一样。斤，斧头。参天：高出天际。

[4]"风鸣"二句：这两句状写松涛如同弹奏琴弦，十分动听，已用不着泉水来清洗人耳了。娲皇，女娲氏，传说中的古帝。任渊据《三礼图》说："庖牺氏作瑟五十弦。此云娲皇，未详。"按：《帝王世纪》："女娲氏，风姓，承庖牺制度，始作笙簧。"马缟《中华古今注》："女娲，伏羲之妹。"山谷大概因此以五十弦之瑟归于娲皇。菩萨泉，在樊山。《名胜志》："西山有泉，曰菩萨水。晋时书'滴滴泉'三字，刻于崖顶。"

[5] 嘉：嘉许。好贤：好客。

[6] 力贫：竭贫家之力。

[7] 夜雨鸣廊：夜雨声在走廊中回响。

[8] 潺湲：水流貌。

[9] 饘（zhān）：厚粥。这里用作动词。

[10] 寒溪：溪水名。《太平寰宇记》："樊山，在鄂州武昌西山东十步，有冈，冈中有寒溪。"

[11]"东坡"句：沉泉，去世。旧称人死以后归于黄泉。苏轼贬谪黄州时，曾多次往来于武昌溪山间，留有许多手迹。建中靖国元年（1101），自海南归，七月，于常州去世。

[12]"张侯"句：张侯，指张耒。生平详《离黄州》作者介绍。时张耒谪官黄州，作此诗时，还未到黄州。

[13] 钓台：在今湖北鄂城西北江滨。三国时孙权曾多次于此痛饮。聒昼眠：由于喧扰难以睡午觉。

[14] 怡亭：在今鄂城小北门外江边观音崖上，宋时崖在水中，为一小岛。其上有唐代李阳

冰的篆书《怡亭铭》。欧阳修《集古录·跋怡亭铭》:"裴虬撰,李阳冰篆,铭在武昌江水中,有小岛,亭在其上,铭刻于岛石。"蛟龙缠:形容篆字蟠曲如蛟龙。杜甫《观薛稷少保书画壁》:"郁郁三大字,蛟龙岌相缠。"

[15] 拘挛:拘束。指世事牵缠。

再和《马图》

张　耒

我年十五游关西[1],当时维拣恶马骑。
华州城西铁骢马[2],勇士千人不可羁[3]。
牵来当庭立不定,两足人立迎风嘶[4]。
我心壮此宁复畏[5],抚鞍蹑镫乘以驰[6]。
长衢大呼人四走[7],腰稳如植身如飞[8]。
桥边争道挽不止[9],侧身逼堕濠中泥。
悬空十丈才一掷[10],我手失辔犹攒蹄[11]。
回头一跃已在岸,但见满道人嗟咨[12]。
关中平地草木短[13],尽日散漫游忘归。
驱驰宁复受鞭策[14],进止自与人心齐。
尔来十年我南走[15],此马嗟嗟入谁手[16]?
楚乡水国地卑污[17],人尽乘船马如狗[18]。
我身未老心已衰,梦寐时时犹见之。
想图思画忽有感[19],况复慷慨吟公诗。
达人遇境贵不惑[20],世有尤物常难得[21]。
宁能使我即无情?搔首长歌还叹息。

◎ 题解

　　苏轼于宋神宗熙宁十年（1077）曾作《书韩幹牧马图》，张耒有和作《读苏子瞻韩幹马图诗》，这首诗题作"再和"，当为继前诗而作。诗由画中之马，回忆年轻时狂悍剽勇的生活，抒写了"我身未老心已衰"的世事催人老的感慨。汪景龙评此诗说："奇崛轩昂，都归控制。"

◎ 注释

[1] 关西：古代称函谷关以西的地区，今陕西、甘肃一带。

[2] 华州：今陕西华县。铁骢马：毛色在青黑之间的马。《尔雅·释畜》："青骊，駽。"郭璞注："今之铁骢。"

[3] 不可羁：不能降服。羁，马笼头。引申作管束。

[4] 人立：像人一样用后腿站立起来。

[5] 壮此：认为这匹马雄壮。寓喜爱之意。

[6] 蹑镫：脚踏马镫。

[7] 长衢：大路。

[8] 腰稳如植：腰挺得笔直，就像栽在那里一样稳定。植，栽。

[9] 挽不止：拉牵不住。

[10] 才一掷：仅仅一跃。

[11] 失辔：失落马缰绳。攒蹄：马疾驰时，前后蹄紧接，状如相聚。形容疾驰。

[12] 嗟咨：惊叹。

[13] 关中：旧称陕西为关中。

[14] "驱驰"句：马奔走极快，哪里还需要再加鞭策呢！

[15] 尔来：从那时以来。

[16] 嗟嗟：叹词。

[17] 楚乡水国：指楚地多水泽的地区。楚，旧称江南一带。诗人二十岁左右中进士，后任临淮（今安徽凤阳）主簿。楚乡水国当指此。地卑污：地势低洼潮湿。

[18] 马如狗：《后汉书·陈王列传》载三府谚："车如鸡栖马如狗。"

[19] 想图思画：诗人仅读过苏轼的马图诗，未亲见马图，所以这样说。

[20] 达人：见识高超、不同于流俗的人。贵不惑：可贵的是不溺于物。

[21] 尤物：语本《左传·昭公二十八年》："夫有尤物，足以移人。"原指美女，后人借指珍贵的物品。

古墨行 并序

陈师道

　　晁无斁有李墨半丸[1]，云裕陵故物也[2]。往于秦少游家见李墨[3]，不为文理[4]，质如金石，亦裕陵所赐，王平甫所藏者[5]。潘谷见之[6]，再拜云：真廷珪所作也，世惟王四学士有之[7]，与此为二矣。嗟乎！世不乏奇，乏识者耳。敬为长句，率无斁同作[8]。

秦郎百好俱第一[9]，乌丸如漆姿如石[10]。
巧作松身与镜面，借美于外非良质？[11]
潘翁跪拜摩老眼[12]，一生再见三叹息[13]。
了知至鉴无遁形[14]，王家旧物秦家得。
君今所有亦其亚[15]，伯仲小低犹子侄[16]。
黄金白璧孰不有，古锦句囊聊可敌。[17]
睿思殿里春夜半[18]，灯火阑残歌舞散[19]。
自书细字答边臣[20]，万里风尘入长算[21]。
初闻桥山送弓箭[22]，宁知玉碗人间见[23]！
夜光炎炎冲斗牛，会有太史占星变。[24]
人生尤物不必有，时一过目惊老丑。[25]
念子何忍遽磨研，少待须臾图不朽。[26]
明窗净几风日暖，有愁万斛才八斗。[27]
径须脱帽管城公[28]，小试玉堂挥翰手[29]。

◎ 题解

　　这是一首咏物诗。围绕在友人晁无斁处所见的古墨，先写潘谷识宝，以衬无斁，然后正面赞颂无斁所得的古墨。这首诗的重心在于借"李墨"抒写对"裕陵故物"的怀念，从墨联想到神宗亲理朝政，策画边事，使这首咏物诗具有诗史的价值。"睿思殿"以下八句，健笔挐云，沉郁苍凉，得杜甫诗之神。

◎ 注释

[1] 晁无咎：名将之，济州巨野（今山东巨野）人。补之八弟，官曹州（今山东曹县）教授，宝应县令。后山集里，与他唱和的诗很多。其名见于《砚北杂志》，他书失载。李墨：南唐奚庭珪，世为墨工。后赐姓李，改名廷邽。他制的墨坚如玉，纹如犀，自宋以后推第一，世称"李墨"。半丸：犹半截。

[2] 裕陵：宋神宗赵顼的陵墓叫永裕陵，宋人亦常以"裕陵"称神宗。故物：旧物。

[3] 秦少游：秦观。生平详见《泗州东城晚望》作者介绍。

[4] 文理：纹理。

[5] 王平甫：王安石弟王安国，字平甫。

[6] 潘谷：歙州（今安徽歙县）人，亦以造墨精妙著称。黄庭坚曾以锦囊贮其墨半丸。之：它。指秦观家所藏李墨。

[7] 王四学士：指王安国。因为他排行第四，故称。

[8] 率：同。

[9] 秦郎：指秦观。百好：指多种爱好。

[10] 乌丸：墨。

[11] "巧作"二句：谓这丸墨用松脂巧妙地制作，外面磨得光洁如镜，外形虽然美观，它本身的质地究竟是否精良呢？

[12] 潘翁：指潘谷。摩：擦。

[13] 一生再见：一生中两次见到。

[14] 了知：极知。至鉴：最精确的鉴定。无遁形：没有可以逃遁的形迹。指宋神宗用过的半丸李墨已被潘谷鉴定，不容置疑。

[15] 君：指晁无咎。亚：次。

[16] "伯仲"句：谓即使稍稍不及兄弟，也足以叔侄相称。比喻二墨不相上下。伯仲，兄弟。

[17] "黄金"二句：上句写这墨的珍贵远胜于黄金白璧，因为它不像黄金白璧谁都可以得到；下句正面写墨的珍贵略可以与古锦句囊相媲美。锦句囊，锦制的口袋。李商隐《李贺小传》："恒从小奚奴，骑距驴，背一古破锦囊，遇有所得，即书投囊中。"敌，匹敌。

[18] 睿思殿：宋神宗所居宫殿名。

[19] 阑残：残尽。

[20] 细字：小楷。边臣：驻守边疆的臣子。

[21] 风尘：指战事。长算：长远的计划。

[22] "初闻"句：桥山送弓箭，指宋神宗驾崩。桥山，在今陕西黄陵西北，是传说中黄帝驾崩之处，今有黄帝冢存。据传说，黄帝骑龙仙去，小臣攀附欲上，致堕帝弓。又黄帝葬桥山，山崩，棺空，仅存剑、鞋。见《史记·封禅书》等。

[23] 宁：岂。玉碗人间见：《汉武故事》："邺县有一人，于市货玉碗，吏疑其御物，欲捕之，因忽不见。县送其器推问，乃茂陵中物也。"沈炯《经通天台奏汉武表》："茂陵玉碗，遂出人间。"玉碗，玉制饮食器皿。这里借指"裕陵故物"李墨。

[24] "夜光"二句：斗牛，二星宿名。会，适。太史，古代史官，掌天文、历法、修史。占星变，古人迷信，观察星象变化以占卜人事。这两句典出《晋书·张华传》："初吴之未灭也，斗牛之间，常有紫气……及吴平之后，紫气愈明。华闻豫章人雷焕妙达纬象，乃要焕宿，屏人曰：'可共寻天文，知将来吉凶。'因登楼仰观。焕曰：'仆察之久矣，惟斗牛之间，颇有异气。'华曰：'是何祥也？'焕曰：'宝剑之精，上彻于天耳。'"

[25] "人生"二句：白居易《八骏图》："由来尤物不在大，能荡君心则为害。"这两句从白诗化出，意谓人生在世不必占有珍奇之物，偶一过眼，转瞬就会惊叹自己已进入老丑之年。尤物，见《再和马图》注。

[26] "念子"二句：据魏衍注："少游之墨，尝许先生为他日墓志润笔，先生尝语衍：作此诗时少游尚无恙，然终先逝去。"子，指秦观。何忍，怎么忍心。遽，就。研，砚。图不朽，希求传流后世。指作墓志。

[27] "明窗"二句：有愁万斛，形容愁多。斛，古代容量单位。十斗为一斛。才八斗，南朝宋谢灵运谓天下共有才一石，曹植独占八斗。这两句谓在这样风和日暖、明窗净几的环境里，要倾吐万斛之愁，用八斗之才来写《古墨行》这首诗。

[28] 径须：只管。脱帽管城公：从笔帽里拔出毛笔。管城公，指笔。参见《戏呈孔毅父》注。

[29] "小试"句：指写诗属文。玉堂，翰林院。见《次韵子瞻题郭熙画秋山》注。挥翰，挥笔。

舟中二首（录一）

陈师道

恶风横江江卷浪，黄流湍猛风用壮。
疾如万骑千里来，气压三江五湖上。
岸上空荒火夜明，舟中坐起待残更。
少年行路今头白，不尽还家去国情[1]。

◎ 题解

　　这首诗以朴拙的语言绘声绘色地描写了旅途中恶风猛浪的情景，抒写了诗人思念家乡的愁绪。

◎ 注释

[1] "不尽"句：谓自己的一生，就是在数不尽的离家又还家的愁绪中度过。去国，离开家乡。

夷门行，赠秦夷仲

晁冲之

君不见夷门客有侯嬴风[1]，杀人白昼红尘中[2]。
京兆知名不敢捕[3]，倚天长剑著崆峒[4]。
同时结交三数公[5]，联翩走马几青骢[6]。
仰天一笑万事空[7]，入门宾客不复通[8]，起家簪笏明光宫[9]。
呜呼！男儿名重太山身如叶[10]，手犯龙鳞心莫慑[11]。
一生好色马相如，慷慨直辞犹谏猎[12]。

晁冲之　　字叔用，济州巨野（今山东巨野）人。在晁氏兄弟中，是唯一没有中举的人。授承务郎。在宋哲宗绍圣年间新旧党争中，超然独往。晁冲之为《江西诗社宗派图》所列江西诗派二十五人之一，其诗"意度宏阔，气力宽余，一洗诗人穷饿酸辛之态"。（刘克庄《后村诗话》）著有《具茨集》。

◎ 题解

　　夷门：战国时魏都大梁（今河南开封）的东城门。侯嬴：侠义之士，家贫，年七十，为大梁夷门监，后被信陵君迎为上客。魏安釐王二十年（公元前 257 年），秦兵围赵，魏派大将晋鄙率兵相救，鄙观望不前。侯嬴献计信陵君，窃得兵符，并荐力士朱亥，击杀晋鄙，夺得兵权，却秦救赵。（见《史记·魏公子列传》）唐王维有《夷门歌》咏其事。这首诗借用此题，意在颂扬颇有侯嬴之风的夷门侠士，表达自己狂放不羁的情怀。诗风豪荡雄放，慷慨激烈，极尽抑扬顿挫之能事。前面用的是平声韵，语气舒缓。"呜呼"以后，转用入声韵，语气急促，与诗情的变化配合。

◎ 注释

[1] 夷门客：指大梁的侠士。

[2] 红尘：佛家称人间为红尘。也指繁华热闹的地方。

[3] 京兆：官名，京兆尹的省称。汉三辅之一，掌治京师。

[4] "倚天"句：写侠士的威势。语本宋玉《大言赋》："长剑耿介，倚天之外。"又杜甫《投赠哥舒开府二十韵》："防身一长剑，将欲倚崆峒。"崆峒，古人认为北极星居天之中，斗极之下为崆峒。因以指京都。

[5] 三数公：三五个志同道合的人。

[6] 联翩：前后相接貌。青骢：毛色青白相杂的马。

[7] 万事空：万事全了。

[8] 不复通：不再通报。

[9] 起家：发迹。簪笏：古代笏以书事，簪笔以备书，臣子奏事，执笏簪笔。后因以称做官。明光宫：汉代宫殿名。后泛指宫殿。

[10] "男儿"句：谓男子汉在世应重视名节，其身虽轻如叶，但名节却重如泰山。

[11] 龙鳞：比喻皇帝或皇帝的威严。李白《猛虎行》："有策不敢犯龙鳞，窜身南国避胡尘。"手犯龙鳞：指讽谏皇帝。慴：恐惧。

[12] "一生"二句：好色，爱女色。马相如：即司马相如。相如曾以琴挑寡妇卓文君，与之成婚，后来又准备娶茂陵女为妾，故说他"好色"。谏猎，指司马相如上《谏猎书》，讽谏汉武帝打猎。这两句谓司马相如虽一生好色，但他还能慷慨直言，对皇帝的荒淫生活进行讽谏。

送董元达

谢 逸

读书不作儒生酸[1],跃马西入金城关[2]。
塞垣苦寒风气恶[3],归来面皱须眉斑。
先皇召见延和殿[4],议论慷慨天开颜[5]。
谤书盈箧不复辨[6],脱身来看江南山。
长江滚滚蛟龙怒,扁舟此去何当还[7]?
大梁城里定相见,玉川破屋应数间[8]。

◆ 谢 逸　字无逸,临川(今属江西抚州)人。屡举不第,以布衣终老。逸与其弟薖,均为《江西诗社宗派图》所列江西诗派的成员。著有《溪堂集》。

◎ 题解

董元达:未详。这首诗为送董元达南归之作,诗中概述了董元达的平生经历,颂扬了董的为人,对他蒙受不白之冤表达了深厚的同情,并深信正义必将伸张。全诗气势奔放,风格雄浑,惟结尾处稍感局促。

◎ 注释

[1] 儒生酸:读书人的迂腐气。苏轼《约公择饮是日大风》:"豪气一洗儒生酸。"
[2] 金城:地名。汉时置郡,宋时已废。故址在今甘肃皋兰县西。
[3] 塞垣:边境地带。高适《蓟中作》:"策马自沙漠,长驱登塞垣。"风气:气候。
[4] 先皇:已去世的皇帝。这里指宋英宗。延和殿:宋宫殿名。
[5] 天开颜:形容皇帝高兴的样子。
[6] "谤书"句:《战国策》:"魏文侯令乐羊将攻中山,三年而拔之。乐羊返而语功,文侯示之谤书一箧。"谤书,诽谤他人的书函。盈箧,满箧。不复辨,不容申辩。

[7] 何当：何时。

[8] "玉川"句：语本韩愈《寄卢仝》："玉川先生洛城里，破屋数间而已矣。"玉川，唐代诗人卢仝，自号玉川子。

戏汪信民教授

饶 节

汪侯思家每不寐，颠倒裳衣中夜起。[1]
岂作蔬食窘僮奴[2]，颇复打门搅邻里[3]。
凉风萧萧月在亭，老夫醉著呼不醒。
山童奔走奉嘉宾，铜瓶汲井天未明。

饶 节
（1065—1129）

字德操，抚州（今江西抚州）人。曾为曾布客，后与曾书论新法意见不合，遂祝发为僧，僧名如璧，挂锡灵隐寺。诗入江西派，为《江西诗社宗派图》所列江西派诗人之一，陆游曾称他为当时诗僧第一，刘克庄《后村诗话》称"如璧诗，轻快似谢无逸"。著有《倚松老人集》。

◉ 题解

汪信民：名革，宋哲宗绍圣四年（1097），试礼部第一，分教长沙，又为宿州（今安徽宿县）教授。蔡京当权，以周王宫教召，不就，复为楚州（今江苏淮安）教官。至卒。有《青溪集》。这首戏赠之作，以幽默的笔调，生动地表现了汪革的思想性格和为人，体现了诗人和他亲密无间的关系。语言质实，平易流畅。

⊙ 注释

[1]"汪侯"二句：颠倒裳衣，犹言穿错衣裤。语本《诗·齐风·东方未明》："东方未晞，颠倒裳衣。"中夜，半夜。这两句描绘汪革思家心切的情态。

[2]岂作：反诘语。意即不作。蓐食：古时行军作战，早晨未起即在寝席上就食，称蓐食。《左传·文公七年》："训卒利兵，秣马蓐食，潜师夜起。"这里指早晨在床上就食。窘僮奴：给家僮制造麻烦。

[3]"颇复"句：句意承上，谓也不去打门惊扰邻里。

清江曲

苏　庠

属玉双飞水满塘[1]，菰蒲深处浴鸳鸯。
白蘋满棹归来晚，秋着芦花两岸霜。
扁舟系岸依林樾[2]，萧萧两鬓吹华发[3]。
万事不理醉复醒，长占烟波弄明月[4]。

苏　庠
（1065—1147）

字养直，澧州（治所在今湖南澧县）人。初以病目，自号眚翁，后徙居丹阳（今江苏丹阳）后湖，更号后湖居士。宋高宗绍兴年间，居庐山，与徐俯同召，固辞。著有《后湖集》。

⊙ 题解

这首诗描绘了一幅清丽幽绝的秋江图，前四句以情著景，后四句寥寥数笔，勾画出一个志在江湖的隐者形象，借以抒写诗人的情趣。苏轼曾说："若将此诗置于太白集中，谁复疑其非也。"

⊙ 注释

[1]属玉：水鸟名。似鸭而大，长颈赤目，紫绀色。有人以为即鸳鸯。

[2] 林樾（yuè）：林荫。
[3] 萧萧：发稀短貌。华发：花白头发。
[4] 烟波：指水气迷蒙的江湖。

题李愬画像

惠　洪

淮阴北面师广武，其气岂止吞项羽！[1]
君得李祐不肯诛，便知元济在掌股。[2]
羊公德化行悍夫，卧鼓不战良骄吴。[3]
公方沉鸷诸将底，又笑元济无头颅。[4]
雪中行师等儿戏，夜取蔡州藏袖底。[5]
远人信宿犹未知，大类西平击朱泚。[6]
锦袍玉带仍父风，拄颐长剑大梁公。[7]
君看鞬橐见丞相，此意与天相始终。[8]

惠　洪
(1071—1128)　名觉范，俗姓彭，筠州（治所在今江西高安）人。少孤，后为张天觉请住峡州（治所在今湖北宜昌）天宁寺，未几，坐累为民。至天觉当国，复度为僧，更名德洪，往来郭信之门，宋徽宗政和元年（1111），张、郭获罪，他亦被决配海南岛，后北归，卒。诗学江西派，风格俊伟豪壮。著有《筠溪集》。

◎ 题解

　　李愬：唐代名将。字元直，成纪（今甘肃秦安）人。善骑射，有谋略，洞察山川形势。唐宪宗元和中，吴元济据蔡州（今河南汝南）叛唐,愬为唐邓节度使,雪夜入蔡州生擒元济。封梁国公,累官太子少保。新、旧《唐书》有传。这首诗以前代名将韩信、羊祜等的业绩作衬垫,着力刻画李愬大胆起用降将的廓大胸怀和超人谋略。全首章法严谨,层次分明,语句沉着雄健。陈衍称诗人的"古体雄健振踔,不肯作犹人语,而字字稳当,不露生涩"。这诗是其代表作。

◎ 注释

[1] "淮阴"二句:这两句用汉初韩信起用降将广武君事迹,为下两句李愬起用降将李祐作映衬。淮阴,指韩信,淮阴(今江苏淮阴)人,秦末从项梁举兵,后归汉,拜为大将,屡立战功,立为楚王。后被告谋反,降为淮阴侯。北面师广武,指韩信起用降将广武君事。广武君,赵国谋士李左车。井陉之战,韩信用计攻克井陉,"信乃令军中毋杀广武君 有能生得者购千金。于是有缚广武君而致戏下者,信乃解其缚,东乡坐,西乡对,师事之。"(《史记·淮阴侯列传》)北面,古代尊长者见低贱者,南面而坐,故以北面示敬意。师广武,将广武君作为师长一样尊敬。

[2] "君得"二句:正面写李愬起用降将李祐事。君,指李愬。《旧唐书·李祐传》:"李祐,本蔡州牙将,事吴元济,骁勇善战。自王师讨淮西,祐为行营将,每抗官军,皆惮之。元和十二年,为李愬所擒。愬知祐有胆略,释其死,厚遇之……竟以祐破蔡擒元济。"掌股,手掌和大腿。在掌股,比喻在掌握之中。

[3] "羊公"二句:这两句用晋羊祜以德感化吴将陆抗的事迹,为下两句李愬以德治军作映衬。羊公,指羊祜,字叔子,南城(今江西南城)人。武帝时,累官尚书左仆射,都督荆州诸军事,镇襄阳。在镇时,常轻裘缓带,身不披甲;与吴将陆抗对境,务修德,绥怀远近,以收江汉与吴人之心。死日,南州人为之罢市巷哭。见《晋》本传。德化,以德感化。行,施,给予。悍夫,粗悍的人。卧鼓,息鼓。停止战事。良骄吴,很可以傲视吴国。

[4] "公方"二句:正面写李愬与军士同甘苦的作风。沉鸷,深沉勇猛。《新唐书·李愬传》:"愬沉鸷,务推诚待士,故能振其卑弱而用之。"

[5] "雪中"二句:正面写李愬雪夜入蔡州,生擒吴元济。诗句突出表现李愬过人的谋略。等儿戏,与儿戏一样。藏袖底,形容这次出师行动秘密,无人知晓。《旧唐书·李愬传》:李愬在行军中,将计划告诉诸将时,"诸将失色",皆以为"落李祐计中",及偷袭成功,始恍然大悟。

[6] "远人"二句:这两句意承前两句,上句正面盛赞李愬行军的神出鬼没,下句以愬父李晟诛杀朱泚相比,作侧面烘托。信宿,连宿两夜。李愬于元和十二年(817)十月十日奔袭蔡州,行声东击西之计,是日宿张柴砦,次日奔蔡州,连夜行军,至十二日拂晓,近城,而贼"晏然无一人知者",直至入元济外宅,元济尚以为"是洄曲子弟归求

寒衣耳"。大类，极其相似。西平，李愬之父唐代名将李晟，字良器。少从王忠嗣征吐蕃，劲勇称万人敌。德宗时平朱泚，收复京师，解帝奉天之围，累官司徒，封西平王。朱泚，唐昌平人。代宗时，为卢龙节度使。德宗立，拜太尉。建中四年（783），泾原节度使姚令言在京作乱，德宗奔奉天，姚奉朱泚称帝，朱泚又将兵包围奉天。兴元元年（784），李晟率军收复师，奔袭朱泚，解奉天之围。泚走彭原，为部下所杀。

[7]"锦袍"二句：这两句写李愬保持着其父李晟的高雅风度。锦袍玉带，文官装束，这里形容风度。拄颐长剑，用剑支撑住面颊，形容安详的神态。语本《战国策·齐策》："大冠若箕，修剑拄颐。"大梁公，指李愬。

[8]"君看"二句：君看，犹"君不见"。鞬櫜，鞬为盛弓之器，櫜为盛箭之器。这里指戎服。丞相，指裴度。平淮西吴元济之役，裴度以丞相为淮西宣慰处置使，持节蔡州诸军事。淮西平，回朝途中，李愬以裴度宰相专征，具戎服拜见裴度，以申敬意。这两句盛赞李愬始终保持虚怀若谷、不骄不躁的高贵情操。

怀京师

吕本中

北风作霜秋已寒，长江浪生船去难。
客愁不断若江水，朝思暮思在长安[1]。
长安外城高十丈，此地岂容胡马傍[2]！
亲见去年城破时[3]，至今铁马黄河上[4]。
小臣位下才则拙[5]，有谋未献空惆怅。
汉家宗庙有神灵[6]，但语胡儿莫狂荡。

吕本中
（1084—1145）

原名大中，字居仁，寿州（治所在今安徽寿县）人。以荫补承务郎，累迁中书舍人，兼直学士院。后因触怒秦桧，被贬官，提举太平观。他作《江西诗社宗派图》，自言传江西衣钵，自黄庭坚以下，列陈师道、潘大临、谢逸、洪朋、洪刍、饶节、僧祖可、徐俯、林敏修、洪炎、汪革、李錞、韩驹、李彭、晁冲之、江端本、杨符、谢薖、夏倪、林敏功、潘大观、王直方、僧善权、高荷，凡二十五人。居仁本人，不自列于图内。（此据赵彦卫《云麓漫钞》、王应麟《小学绀珠》，与胡仔《苕溪渔隐丛话前集》、刘克庄《江西诗派小序》有小异。）其诗模仿黄庭坚、陈师道，尚着痕迹。经靖康战乱后所作，真切沉郁，追踪杜甫，具有爱国主义感情。陆游早年为诗，曾受他的影响。著有《东莱先生诗集》。

◉ 题解

宋钦宗靖康元年（1126），金兵陷汴京。据诗中所说"去年城破"，这首诗当作于靖康二年。诗中对金兵蹂躏下的京师深表怀念，慷慨激昂，气吞骄虏，表达了诗人强烈的爱国感情，是后来陆游这类作品的先驱。

◉ 注释

[1]长安：唐代京城，这里借指汴京。
[2]胡：指金兵。
[3]"亲见"句：指靖康元年金兵攻破汴京时，诗人正在城中。曾有诗记此事，见后五律所选。
[4]铁马：披甲的战马。这里指金人的骑兵。
[5]小臣：诗人自称。北宋末，诗人做过低级的小官。位下才则拙：职位卑下，才能低劣。
[6]宗庙：天子、诸侯祭祀祖先的处所。汉家宗庙：指宋王朝的宗庙。

池口移舟入江,再泊十里头潘家湾,阻风不止

杨万里

北风五日吹江练[1],江底吹翻作江面[2]。
大波一跳入天半,粉碎银山成雪片。
五日五更无停时[3],长江倒流都上西。
计程一日二千里,今逾滟滪到峨眉。[4]
更吹两日江必竭,却将海水来相接[5]。
老夫早知当陆行,错料一帆超十程[6]。
如今判却十程住[7],何策更与阳侯争[8]?
水到峨眉无去处,下梢不到忘归路[9]。
我到金陵水自东,只恐从此无南风。[10]

◎ 题解

　　池口:在今安徽贵池西北五里黄龙矶上。秋浦河由此入长江。十里头、潘家湾:小地名。这首诗描写舟行长江遇大风的情景。首四句以夸张笔法,正面状写江上狂风巨浪。"五日"句以下,以奇特的想象,写江水倒流,以衬风势之猛。"老夫"句以下,写自己的忧虑。笔调幽默风趣,爽健自然而多曲折。黄曾樾《陈石遗先生谈艺录》说:"师云:'宋诗中,如杨诚斋,非仅笔透纸背也。'言时,折其衣襟,既向里折,又反而向表折。因指示曰:'他人诗只一折,不过一曲折而已,诚斋则至少两曲折;他人一折向左,再折又向左,诚斋则一折向左,再折向右,三折总而向右矣。生看诚斋集,当于此等处求之。'"这诗正体现这种特点。

◎ 注释

[1] 江练：江水。练，白色的生绢，喻江水。谢朓《晚登三山还望京邑》："澄江静如练。"
[2] "江底"句：极状江上风势之猛，好像把江底也掀翻了过来。
[3] 五日五更：五日五夜。五更，旧时一夜分甲、乙、丙、丁、戊五段，称五更，这里以五更借指五个夜晚。
[4] "计程"二句：滟滪，滟滪堆，长江三峡瞿塘峡中的险滩。在今四川奉节，今已炸毁。郦道元《水经注·江水》："江中有孤石，为滟预石，冬出水二十余丈，夏则没。"这两句谓计算江水的流程一日行二千里的话，那么现在早已过了滟滪堆，到达峨眉了。
[5] 相接：连接。
[6] 一帆超十程：指顺风而下时，船行一日，可超过陆行十日的行程。
[7] 判：拼。住：停留。
[8] 阳侯：传说中的波神。《淮南子·览冥训》高诱注："阳侯，陵阳国侯也。其国近水，休（溺）水而死，其神能为大波，有所伤害，因谓之阳侯之波。"这里即指长江上的波浪。
[9] 下梢：结果，终结。
[10] "我到"二句：金陵，即今南京。自池口至金陵，方向是自西南向东北，西南风才是顺风，而现在刮的却是东风，所以诗人担心"从此无南风"，难以抵达金陵了。

风雨中望峡口诸山，奇甚，戏作短歌

陆　游

白盐赤甲天下雄[1]，拔地突兀摩苍穹[2]。
凛然猛士抚长剑，空有豪健无雍容[3]。
不令气象少渟滀[4]，常恨天地无全功。
今朝忽悟始叹息，妙处元在烟雨中[5]。
太阴杀气横惨淡[6]，元化变态含空濛[7]。
正如奇材遇事见[8]，平日乃与常人同。
安得朱楼高百尺[9]，看此疾雨吹横风[10]。

◎ 题解

　　这首诗作于宋孝宗乾道七年（1171）。峡口：长江出蜀的险隘。郦道元《水经注·江水》："《宜都记》曰：自黄牛滩东入西陵界，至峡口百许里。山中纡曲，而两岸高山重障，非日中夜半，不见日月。"诗作描绘峡口壮丽的景色。《唐宋诗醇》说："奇思横出，杰语迭见。"

◎ 注释

[1] 白盐、赤甲：长江三峡中二山名。郦道元《水经注·江水》："江水又东径广溪峡，斯乃三峡之首也。其间三十里，颓岩倚木，厥势殆交，北岸山上有神渊，渊北有白盐崖，高可千余丈，俯临神渊，土人见其高白，故因名之。"又："江水又东径赤岬城西。是公孙述所造，因山据势，周回七里一百四十步，东高二百丈，西北高千丈，南连基白帝山，甚高大，不生树木，其石悉赤。土人云如人袒胛，故谓之赤胛山。"赤胛，又称"赤甲"。

[2] 突兀：高貌。摩苍穹：迫近天空。

[3] "凛然"二句：以按抚长剑的猛士英姿比喻二山，同时又指出它们豪健有余，雍容不足。空有，徒有。雍容，仪态温文。

[4] "不令"句：少，稍微。渟潴（tíngchù），汇聚。这句谓气象虽奇，但较单一，没能让多种气象集于一处。

[5] "今朝"二句：元，同原。这两句意谓今天才明白原先的看法并不全面，景色的妙处原来全在烟雨莽苍的变幻之中。

[6] 太阴杀气：肃杀的寒气。太阴，旧称极盛的阴气。惨淡：指凄凉的景色。

[7] 元化：造化。旧称大自然的变化发展。空濛：混蒙迷茫之状。形容烟雨。

[8] 奇材遇事见：才能超绝的人要在某种事件发生时才会表现出来。陆游《秋风亭拜寇莱公遗像》："材高遇事即峥嵘。"与此句意同。

[9] 朱楼：华丽的红楼。《后汉书·冯衍传》："伏朱楼而四望兮，探三秀之华英。"

[10] 疾雨：急雨。

山南行

陆　游

我行山南已三日，如绳大路东西出。

平川沃野望不尽，麦陇青青桑郁郁。
地近函秦气俗豪[1]，秋千蹴鞠分朋曹[2]。
苜蓿连云马蹄健[3]，杨柳夹道车声高。
古来历历兴亡处[4]，举目山川尚如故。
将军坛上冷云低[5]，丞相祠前春日暮[6]。
国家四纪失中原[7]，师出江淮未易吞[8]。
会看金鼓从天下，却用关中作本根。[9]

◉ 题解

宋孝宗乾道八年（1172），诗人从夔州（治所在今四川奉节）调往南郑（今陕西汉中），在四川宣抚使王炎部下任干办公事兼检法官。这首诗即作于初到南郑时。山南：地区名。指宋代的利州东路（当时并入利州路），唐代属山南西道。全诗描绘了山南的山川形势、风土人情，提出了以此为根据地，收复中原失地的谋略，表现了诗人的爱国情怀。

◉ 注释

[1] 函秦：指陕西。陕西是战国时秦国故地，东有函谷关，故称。气俗：风气和习俗。

[2] "秋千"句：秋千，这里指荡秋千。蹴鞠（cùjū），踢球。分朋曹，分群，分队。这句描写秦地的民间传统活动，谓当地的人民常分队进行荡秋千和踢球的活动。

[3] 苜蓿：植物名。俗称黄花草子。可作饲料。连云：连绵不断。

[4] 历历：清晰貌。

[5] 将军坛：南郑城南有拜将坛，相传是汉高祖刘邦拜韩信为大将之处。

[6] 丞相祠：蜀汉丞相诸葛亮的祠。在今陕西勉县北。

[7] 四纪：古代以十二年为一纪。金兵于靖康元年（1126）攻陷汴京，至作此诗时已近四纪。

[8] "师出"句：江淮，指长江、淮水一带。吞，指吞灭敌人。诗人在到达南郑以前，目光局限在东南一带，曾提出固守江淮，分兵进取山东的战略（见《渭南文集·代乞分兵取山东札子》），后来事实证明，山东接近金人心脏，不易攻取。这句诗正是对历史经验的总结。

[9]"会看"二句：会，将。金鼓，金属制作的响器和战鼓。古代作战时击鼓鸣金，用以指挥进退。从天下，从天而降，形容宋军的威势。关中，这里指汉中、陇右等地。这两句正面提出诗人的战略主张，意谓应该把关中作为北伐的基地，这样就会看到宋朝的军队居高临下，浩浩荡荡地挫败敌人，收复中原。

西郊寻梅

陆　游

西郊梅花矜绝艳[1]，走马独来看不厌。
似羞流落蒙市尘，宁堕荒寒傍茅店[2]。
翛然自是世外人[3]，过去生中差一念[4]。
浅颦常鄙桃李学[5]，独立不容莺蝶觇[6]。
山矾水仙晚角出[7]，大是春秋吴楚僭[8]。
余花岂无好颜色，病在一俗无由砭[9]。
朱栏玉砌渠有命[10]，断桥流水君何欠[11]！
嗟余相与颇同调，身客剑南家在剡[12]。
凄凉万里归无日，萧飒二毛衰有渐[13]。
尚能作意晚相从[14]，烂醉不辞杯潋滟[15]。

◎ 题解

  这首诗作于宋孝宗乾道九年（1173）春。时诗人已由南郑离任，改任成都府安抚司参议官。西郊：指成都西郊。这是一首咏物诗，诗以拟人手法，着眼于描写梅花的神态，最后六句以己况梅，抒写身在异乡，将老而无所作为的感慨。前半写梅，梅中有人，后半写己，紧扣着梅，前后虚实相应。善押险韵，得力于韩愈。《唐宋诗醇》评此诗说："因险出奇，却不落小家数。"潘德舆说："放翁作梅诗，多用全力。如'山矾水仙晚角出……断桥流水君何欠'。"

注释

[1] 矜绝艳：以超群的艳丽而自矜。

[2] "似羞"二句：写梅花高雅的气节，意谓梅花像是因流落于尘俗之中而羞愧，宁愿沦落在荒寒郊外的茅舍旁边。

[3] 翛（xiāo）然：自然超脱貌。

[4] "过去生"句：过去生，佛家语。佛家称过去、今生、来生为三生，又称三世。过去生，这里指梅花的前生。差一念，一念之差。这句意谓梅花的前生原是天上神仙，因一念之差而被贬谪人间。

[5] "浅颦"句：这句用"东施效颦"的故事，鄙夷桃李。《庄子·天运》："故西施病心而矉（同颦）其里，其里之丑人见之而美之，归亦捧心而矉其里。其里之富人见之，坚闭门而不出；贫人见之，挈妻子而去走。"浅颦，微微皱眉。

[6] 觇（chān）：窥视。

[7] 山矾：花名。见《王充道送水仙花五十枝》注。角出：角逐斗胜。

[8] 春秋吴楚僭：吴、楚两诸侯，周王朝给他们的封爵都是"子"，春秋时，吴、楚都僭称"王"号。僭（jiàn），僭号。旧指超越名分称王称帝。这里以吴楚喻山矾、水仙，意谓它们要想和梅花争胜。

[9] 病在一俗：缺点在于都有俗气。无由砭：无法救治。砭（biān），以石针刺病。引申作救治。

[10] 朱栏玉砌：朱红的栏杆，玉石的台阶。形容华贵的庭园。渠：他，他们。这里指上面说的凡花。

[11] "断桥"句：谓开放在断桥流水旁，你有什么不满足呢？君，指梅花。

[12] 客：客居。剑南：唐十道之一。剑南道，包括今四川剑阁以南、长江以北、甘肃嶓冢山以南及云南省东北境地区。诗人时在成都，故云。剡：此指诗人家乡山阴（今绍兴）东城的剡川。

[13] 萧飒：寂寞凄凉。二毛：人老头发斑白。语本《左传·僖公二十二年》："君子不重伤，不禽（擒）二毛。"衰有渐：渐次衰弱。

[14] 尚：同"倘"，如果。作意：决意。

[15] 杯潋滟：斟满的酒杯。潋滟，满溢貌。白居易《对新家酝玩自种花》："玲珑五六树，潋滟两三杯。"

同何元立赏荷花，追怀镜湖旧游

陆 游

少狂欺酒气吐虹，一笑未了千觞空。[1]
凉堂下帘人似玉[2]，月色泠泠透湘竹[3]。
三更画船穿藕花，花为四壁船为家。
不须更踏花底藕，但嗅花香已无酒[4]。
花深不见画船行，天风空吹白纻声[5]。
双桨归来弄湖水，往往湖边人已起[6]。
即今憔悴不堪论[7]，赖有何郎共此尊[8]。
红绿疏疏君勿叹[9]，汉嘉去岁无荷看[10]。

◎ 题解

　　这首诗作于宋孝宗淳熙元年（1174），时诗人在蜀州（治所在今四川崇庆）任。何元立，名预，为诗人同官，时为纠曹。镜湖：又名鉴湖。在诗人的家乡（今浙江绍兴南）。诗记与何元立游蜀州西湖观赏荷花时忆及年轻时游镜湖的情景。罗惇曧评此诗说："清析明丽，以太白之隽，兼飞卿（温庭筠）之缛，可谓佳绝。"顾宪融说："层层转折，节短韵长，好语如贯珠。"

◎ 注释

[1]"少狂"二句：这两句总写诗人年轻时狂放醉酒的生活。以下记旧游情景。欺酒，不把酒放在眼里。未了，没有结束。
[2]凉堂：阴凉的轩堂。
[3]泠泠：清凉，清净貌。湘竹：湘妃竹，一种有褐色斑纹的竹子。传说为湘妃泪水所染而成。见《博物志》。
[4]"但嗅"句：谓只要闻到浓郁的花香，就酒意全消了。
[5]白纻：词调名。古乐府有《白纻曲》，宋代借旧曲名别倚新声。

[6]"往往"句：这句写游湖时间很长，归来时天色已亮，湖边的人家常已起床了。
[7]"即今"句：这句以下抒今日感慨。不堪论，不忍说。
[8]赖：依仗。何郎：指何元立。共此尊：一起饮酒。尊，同"樽"。酒器。
[9]红绿：指红的荷花，绿的荷叶。疏疏：稀疏貌。
[10]"汉嘉"句：汉嘉，古县名，故城在今四川雅安县。作诗上一年，即乾道九年（1173），诗人参成都议幕，摄事汉嘉。据陆游《老学庵笔记》，时诗人与何元立等"相与同乐"。这句以去年的"无荷看"为今年的"红绿疏疏"作衬，聊以自慰。

离堆伏龙祠观孙太古画英惠王像

陆 游

岷山导江书《禹贡》[1]，江流蹴山山为动[2]。
呜呼秦守信豪杰[3]，千年遗迹人犹诵！
决江一支溉数州，至今禾黍连云种。[4]
孙翁下笔开生面[5]，岌嶪高冠摩屋栋[6]。
徙木遗风虽峭刻，取材尚足当世用。[7]
寥寥后世岂乏人？尺寸未施谗已众。[8]
要官无责空赋禄[9]，轩盖传呼真一哄[10]。
奇勋伟绩旷世无[11]，仁人志士临风恸[12]。
我游故祠九顿首[13]，夜遇神君了非梦[14]。
披云激电从天来，赤手骑鲸不施鞚。[15]

◎ 题解

　　这首诗作于淳熙元年（1174）冬。时诗人自成都赴荣州（治所在今四川荣县）摄知州事，取道青城山（在今四川灌县西南，有岷山第一峰之称），途经离堆。离堆：在今灌县西南岷江内、外江分流处。伏龙祠：在离堆上，附近有伏龙潭，相传李冰治水时曾锁孽龙于此。伏龙祠中有战国时秦国李冰的像。孙太古：名知微，北宋画家。英惠王：即李冰。秦昭王任命李冰为蜀郡守,李冰父子动员蜀地广大民工兴办了许多水利工程,其中的都江堰为世界水利技术上所罕见,至今仍有重要的实用价值和科学价值。这首咏古之作,以富有浪漫主义色彩的语言,描绘了李冰的高大形象,赞颂了秦昭王发扬商鞅变法的"遗风"所得的奇勋伟绩,从中也寄寓了诗人不为世用的感慨。

◎ 注释

[1]"岷山"句:岷山,在今四川北部。《禹贡》,我国古代的地理著作,作者不详,大约写于战国时期,编入《尚书》中。"岷山导江"是《禹贡》里的一句话,意谓长江导源于岷山。

[2]蹴:踢。这里形容激流对山岩的冲击。

[3]秦守:指李冰。信:真,确实。

[4]"决江"二句:写都江堰的兴建和功用。按:李冰组织民工在岷江(长江的支流)中设立"都江鱼嘴",使岷江分为外江和内江,并凿通阻碍内江水流的巨大岩石(凿剩的一半仍矗立江中,即离堆),都江堰的筑成,使成都平原排除水旱之患,兼有灌溉通航之利。《华阳国志·蜀志》:"又灌溉三郡,开稻田,于是,蜀沃野千里……天下谓之'天府'也。"

[5]孙翁:指孙太古。开生面:别开生面,开创新的风格。杜甫《丹青引赠曹将军霸》:"凌烟功臣少颜色,将军下笔开生面。"

[6]"岌嶪"句:岌嶪(jíyè),高耸貌。这句写画家笔下的李冰形象高大,高耸的帽子几乎要与屋栋相接。

[7]"徙木"二句:徙木,搬动木头。这是商鞅变法时的一个故事。商鞅为秦孝公制定的新法即将公布时,为表示令出必行,就在国都的市场南门竖起一根三丈长的木头,并定下赏格,谁把木头搬到北门,就赏他十金。开始没有人敢搬,于是商鞅又重定赏格,赏五十金。结果有一人搬了木头,商鞅立即赏给他五十金。(《史记·商君列传》)徙木遗风,指商鞅一系列变法措施对秦国后世的深远影响。峭刻,严厉苛刻。取材,选拔人才。这两句谓商鞅首倡的秦国法治虽然严苛,但所选拔的人才尚足以适应时代的需要。

[8]"寥寥"二句:寥寥,空阔貌。这里指漫长的岁月。尺寸,形容少。这两句谓自秦代以来漫长的年代里(实指南宋),难道缺乏贤士吗?当然不是,然而,他们的才能还来不及施展丝毫,就已遭到数不清的诽谤了。

[9]要官:职位显要的官员。无责:没有责任感。空赋禄:白白地享受朝廷的俸禄。

[10]轩盖传呼:形容要官出门时富丽堂皇、前呼后拥的声势。轩盖,车盖。

[11]奇勋伟绩:指李冰的事业。旷世无:犹言空前绝后。

[12]"仁人"句：杜甫《古柏行》："志士仁人莫怨嗟，古来材大难为用。"恸，痛哭。
[13]顿首：头叩地而拜。九顿首：是古代最尊敬的礼节。《左传·定公四年》："九顿首而坐。"
[14]神君：指李冰。了：全然。"了非梦"是反说，正点明"夜遇神君"是梦，并强调梦境清晰逼真，简直不像是梦中所见。
[15]"披云"二句：写梦中所见英惠王从天而降的勃勃英姿。披，劈开。鞚（kòng），马络头。用于驭马。不施鞚，不用马络头。

故蜀别苑在成都西南十五六里，梅至多，有两大树，夭矫若龙，相传谓之梅龙，予初至蜀，尝为作诗，自此岁常访之，今复赋一首，丁酉十一月也

陆 游

昔年曾赋西郊梅，茫茫去日如飞埃[1]。
即今衰病百事懒，陈迹未忘犹一来。
蜀王故苑犁已遍[2]，散落尚有千雪堆[3]。
朱楼玉殿一梦破[4]，烟芜牧笛遗民哀[5]。
两龙卧稳不飞去[6]，鳞甲脱落生莓苔[7]。
精神最遇雪月见，气力苦战冰霜开。[8]
羁臣放士耿独立[9]，淑姬静女知谁媒[10]？
摧伤虽多意愈厉，直与天地争春回。
苍然老气压桃杏，笑我白发心尚孩。
微风故为作妩媚，一片吹入黄金罍[11]。

◎ 题解

这首诗作于淳熙四年（1177），时诗人在成都领祠禄。故蜀：指五代时前蜀。据陆游《月上海棠》词自注："成都城南有蜀王旧苑，多梅，

皆二百余年古木。"又《大醉梅花下走笔赋此》自注:"梅龙,盖蜀苑中故物也。"又《梅花绝句》自注:"成都合江园,盖故蜀别苑,梅最盛。"予初至蜀,尝为作诗:指乾道九年所作《西郊寻梅》(见前)。这首咏物诗,借咏梅以自喻,表现了老而弥坚的气概。《唐宋诗醇》说:"诗以言情,赋物而情不至,不足以为诗。'羁臣放士耿独立,淑姬静女知谁媒',盖亦黯然自伤矣。"潘德舆说:"笔力横绝,实能为此花写出性情气魄者,但不无着力太过。"丁酉:指淳熙四年。

◉ 注释

[1] 去日:逝去的岁月。

[2] "蜀王"句:谓蜀王故苑已被人耕为田园。

[3] 千雪堆:比喻众多的梅花。

[4] 一梦破:就像做了一场春梦,已经破灭。

[5] 烟芜句:烟芜,形容繁茂的野草。遗民,亡国之民。这句暗用秦阿房宫被焚的典故,指蜀国的兴亡,暗寄诗人对北宋灭亡的哀痛之情。

[6] 两龙:指两株梅龙。

[7] 鳞甲:比喻树皮。

[8] "精神"二句:赞颂梅花傲霜斗雪的精神,意谓风雪月夜始出现梅树傲兀的精神,尽力苦战奋斗,冰霜也会为之消融。

[9] 羁臣放士:诗人自指,也泛指遭受排挤的耿直之士。羁臣,旅居为官。放士,放逐的人。耿:强硬、刚直。

[10] 淑姬静女:善良娴雅的女子。这里是诗人自指,也泛指在野之士。媒:构陷诬害。

[11] 黄金罍(léi):古代盛酒器。《诗·周南·卷耳》:"我姑酌彼金罍,维以不永怀。"

大风登城

陆　游

风从北来不可当,街中横吹人马僵[1]。
西家女儿午未妆[2],帐底炉红愁下床[3]。

东家唤客宴画堂[4],两行玉指调丝簧[5]。
锦绣四合如垣墙,微风不动金猊香[6]。
我独登城望大荒[7],勇欲为国平河湟[8]。
才疏志大不自量,西家东家笑我狂。

◉ 题解

　　这首诗作于淳熙四年(1177)冬。描写"东家""西家"和诗人对待"大风"的迥然不同的态度,既是写实,就眼前所见着笔,又是比喻,寄托遥深。诗以"大风"象征金人的残暴,又以"东家""西家"比况那些苟且偷安的主和派,诗末抒发了诗人"为国平河湟"的爱国热忱。

◉ 注释

[1] 横:肆无忌惮。僵:仆倒。
[2] 午未妆:到了中午,还没有起床梳妆。
[3] 帐底炉红:帐底下的薰炉燃得正旺。
[4] 画堂:用图画彩雕装饰的厅堂。
[5] 玉指:形容女子的手指。这里指代弹奏器乐的乐伎。调:调弄。弹奏的意思。丝:琴瑟一类的弦乐器。簧:笙竽管中用铜片制成的薄叶,吹以发声。这里泛指管乐器。
[6] 金猊(ní):狮形的铜香炉。中间燃香料,香烟从嘴里吐出。
[7] 独:陆游《剑南诗稿》汲古阁本误作"欲",兹据宋严州刊本校改。
[8] 河湟:地区名。《新唐书·吐蕃传》:"(湟水)出蒙谷,抵龙泉,与河合……故世举谓西戎地曰河湟。"在今甘肃、青海两省的黄河以西部分,即河西走廊和湟水流域。宋代,河湟地区为西夏统治者所侵占,这年为西夏仁宗乾祐八年。诗言河湟,兼指被金人侵占的地区。

渔　翁

陆　游

江头渔家结茅庐,青山当门画不如[1]。

江烟淡淡雨疏疏，老翁破浪行捕鱼。
恨渠生来不读书，江山如此一句无。[2]
我亦衰迟惭笔力[3]，共对江山三叹息。

◎ 题解

淳熙五年（1178）春，诗人奉诏别蜀东归，这首诗作于途经合江（今四川合江）、涪州（治所在今四川涪陵）时。诗写途中所见渔翁形象，清丽如画，落想出人意料。方东树称此诗为"妙作"。

◎ 注释

[1]画不如：图画也不如它美好。
[2]"恨渠"二句：渠，他。一句无，不能吟出一句诗。吴闿生评这两句诗说："忽发奇想，妙趣天然。"
[3]衰迟惭笔力：因笔力衰退迟钝而感到羞愧。

大雨逾旬，既止复作，江遂大涨（录一）

陆　游

一春少雨忧旱暵，熟睡湫潭坐龙懒。[1]
以勤赎懒护其短[2]，水浸城门渠不管[3]。
传闻霖潦千里远[4]，榜舟发粟敢不勉[5]！
空村避水无鸡犬，茅舍夜深萤火满。

◎ 题解

这首诗作于淳熙七年（1180），时诗人在抚州（治所在今江西抚州）提举江南西路常平茶盐公事职。这年五月，江西水灾，诗人命舟船载米赈济灾民，并奏请朝廷拨义仓粮救灾。原注："民家避水，多依丘阜，以小舟载米赈之。"诗作描写了这次水灾的严重情况,表现了诗人对民生疾苦的关心。罗惇曧说:"沉着似杜,放翁集中最用力者。"全诗共二首,所录为第二首。

◎ 注释

[1]"一春"二句:旱暵(hàn),不雨干热。湫潭,深潭。坐,因为。这两句谓开春以来,因为行雨之龙发懒,在深潭里熟睡,所以一春少雨,令人担心会发生干旱。

[2]护其短:自讳过失。这句是说龙想以多下雨来掩饰自己前段时间的过失。

[3]渠:它。指龙。

[4]霖潦:久雨成灾。

[5]榜舟:划船前进。榜(bàng),这里指划桨。勉:勤勉,尽力。

狂 歌

陆 游

少年虽狂犹有限,遇酒时能傲忧患[1]。
即今狂处不待酒,混混长歌老岩涧[2]。
拂衣即与世俗辞[3],掉头不受朋友谏[4]。
挂帆直欲截烟海[5],策马犹堪度云栈[6]。
楞然痴腹肯贮愁[7],天遣作盎盛藜苋[8]。
发垂不栉性所便[9],衣垢忘濯心已惯。
眼前故人死欲无[10],此生行矣风雨散[11]。
羞为尘土伏辕驹[12],宁作江湖断行雁[13]。

◎ 题解

这首诗作于淳熙十年(1183),时诗人已五十九岁,在家乡领祠禄。诗作直抒感愤,在看似狂放不羁、玩世不恭的态度中,寄托了诗人报国无门、救国无策的苦闷心情和顽强不屈的处世精神。罗惇曧说："'作盎'句趣语。"陈衍说："写得至无聊，正其至倔强处，此亦学宛陵（梅尧臣）者。"

◎ 注释

[1] 傲忧患：傲视忧患，不把忧患放在眼里。

[2] 混混：水奔流貌。这里形容歌声不绝。老岩涧：终老岩涧。岩涧，指隐居之处。时诗人居山阴之三山。

[3] 拂衣：提衣，振衣。《后汉书·杨震传（附杨彪）》："明日便当拂衣而去，不复朝矣。"表示决绝之意。后因以称辞官归隐。

[4] 掉头：摇头。谏：劝告。

[5] "挂帆"句：挂帆，行舟扬帆。截，直渡。李白《行路难》："长风破浪会有时，直挂云帆济沧海。"陆诗本此。

[6] 策马：驱马前进。云栈：连云栈。川陕之间的栈道。

[7] 枵（xiāo）然痴腹：空腹。形容饥饿。

[8] 盎：一种口小腹大的盆子。比喻空腹。藜苋：两种野菜名。藜，又名莱；苋，即苋菜。

[9] 发垂不栉：让头发自由地披散着，不加梳理。栉，梳头发。便：适宜。

[10] 故人：旧友。欲：将。

[11] 风雨散：谓故人已经风流云散。

[12] 尘土：指尘世，世俗之中。与下文的"江湖"相对。伏辕驹：驾车的马。比喻受人制约的官吏。

[13] 断行雁：失群的孤雁。

九月一日夜读诗稿有感，走笔作歌

陆　游

我昔学诗未有得，残余未免从人乞[1]。
力孱气馁心自知[2]，妄取虚名有惭色。
四十从戎驻南郑[3]，酣宴军中夜连日。
打毬筑场一千步[5]，阅马列厩三万匹[6]；

华灯纵博声满楼[7]，宝钗艳舞光照席[8]；
琵琶弦色冰雹乱[9]，羯鼓手匀风雨疾[10]。
诗家三昧忽见前[11]，屈贾在眼元历历[12]。
天机云锦用在我[13]，剪裁妙处非刀尺[14]。
世间才杰固不乏，秋毫未合天地隔[15]。
放翁老死何足论，《广陵散》绝还堪惜！[16]

◎ 题解

　　这首诗作于宋光宗绍熙三年（1192）九月，时诗人在绍兴家居。诗稿：指诗人于淳熙十四年（1187）在严州（治所在今浙江建德梅城）刻成的《剑南诗稿》前集，计二十卷，凡二千五百余首，知建德县事眉山苏林编次，括苍郑师尹为之序。这首诗是诗人晚年对自己创作过程的概述和创作经验的总结。前四句否定了他早年学诗为古人所束缚，内容贫乏，风格孱弱的弊病，"四十"句以下，阐明他中年从军南郑以后，在广阔复杂的现实生活中，找到了创作的无尽宝藏，从而使他的诗歌成就有了一个大的飞跃。诗末，表达了后继无人的忧虑。

◎ 注释

[1]"残余"句：残余，指前代诗人作品中已经写过的剩余糟粕。乞，讨乞。这句写自己年轻时拜曾几为师，受江西诗派的影响，意谓自己早年的诗免不了从别人的诗作中去乞求灵感。

[2] 力孱（chán）气馁（něi）：力量薄弱，内容空虚。孱，弱。气馁，丧气。

[3]"四十"句：指宋孝宗乾道八年（1172）诗人在南郑参加王炎幕府（参见《山南行》题解）。时年四十八岁。言四十，是举整数。从戎，从军。

[4]"酣宴"句：酣宴，形容宴会时畅饮适意。这句以下七句，选用打毬、阅马、纵博、艳舞等军中生活为代表，表现诗人作品的内容来源于现实的斗争生活。

[5] 打毬：宋代军中游戏。《宋史·礼志》："打毬，本军中戏……竖木东西为毬门……二人守门……（诸人）驰马争击。"场：指毬场。一千步：步，古代长度单位。历代不一，

分别有五、六、八尺为一步。一千步,言其广。

[6]阅马:检阅军马。列厩(jiù):一排排的马房。三万匹:形容马匹之多。杜甫《韦讽录事宅观曹将军画马图》:"腾骧磊落三万匹。"

[7]纵博:尽情博戏。声满楼:指博者的喝彩声在楼中此起彼落。

[8]宝钗:妇女珍贵的首饰,指代歌舞伎。光照席:光彩照射宴席。

[9]弦色:弹奏时丝弦发出的音色。冰雹乱:比喻弹奏琵琶发出的声响。

[10]羯(jié)鼓:古乐器名。南北朝时从西域传入。用山桑木制成,形似漆桶,横放在小牙床上,两手持杖击奏。匀:熟练,适度。风雨疾:比喻羯鼓声强烈急促。

[11]三昧:佛家语。见《纯甫出僧惠崇画,要予作诗》注。这里指诗歌创作的要诀。忽见前:突然呈现在眼前。见同"现"。

[12]屈贾在眼:屈原、贾谊好像就在眼前。意思是对二人的创作精神能清楚地领会。元:同"原"。历历:分明貌。

[13]天机:古代神话中天孙(织女)的织机。云锦:谓织女所织的锦,就是天上的彩云。用在我:如何运用它,在于自己。

[14]"剪裁"句:谓剪裁得当,使之达到自然浑成的好处,在于作者的匠心,而不是依靠刀尺之类的工具。

[15]"秋毫"句:秋毫,秋天鸟兽新生的毫毛,细小难见。这句谓作诗如不从现实生活出发,那就差之毫厘,失之千里了。

[16]"放翁"二句:放翁,陆游号。广陵散,古代琴曲名。三国魏嵇康善弹此曲,后嵇康被司马昭所杀,临死时,索琴弹此曲,叹道:"《广陵散》从此绝矣!"后世因称失传的绝艺为《广陵散》。这两句意谓自己死了算不得什么,要是诗学失了真传才值得惋惜。

后催租行

范成大

老父田荒秋雨里,旧时高岸今江水。

佣耕犹自抱长饥[1],的知无力输租米[2]。

自从乡官新上来,黄纸放尽白纸催[3]。

卖衣得钱都纳却[4],病骨虽寒聊免缚。

去年衣尽到家口[5],大女临岐两分首[6]。

今年次女已行媒[7],亦复驱将换升斗[8]。

室中更有第三女,明年不怕催租苦!

◎ 题解

这首诗约作于宋高宗绍兴二十五年(1155),时诗人在新安(今安徽歙县)为司户参军。此前,诗人曾效唐王建作《催租行》一首,这首也咏催租之事,故称《后催租行》。诗记诗人初任州吏时的切身感受,真切地反映了封建社会租赋剥削的惨烈,比较深刻地揭露了封建统治者"上贪下敛"的真相。

◎ 注释

[1] 佣耕:给地主当雇工。
[2] 的知:确知。
[3] "黄纸"句:宋时谣谚:"黄纸放,白纸催。"黄纸,指皇帝赦免租赋的诏书。白纸,地方官自己所颁发的文告,此指催租文书。这句谓虽然皇帝下令赦免租赋,但地方官吏仍照旧催逼百姓交租。宋代胡寅曾说:"三司吏不肯释除逋负,非独其利在焉,亦以在上之意吝于与而严于取也,此百姓膏肓之病也。"比较深刻地揭示了"黄纸放,白纸催"的实质,可与此句参看。
[4] 纳却:交尽。
[5] 衣尽到家口:谓卖尽了衣服,只得出卖家里的人。口,人口。
[6] 临岐:到岔路口,指离别之地。分首:分别。
[7] 行媒:提好亲事。
[8] 驱将:赶去。将,语助词。

开壕行

刘克庄

前人筑城官已高[1],后人下车来开壕[2]。
画图先至中书省[3],诸公聚看称贤劳。
壕深数丈周十里,役兵大半化为鬼。

传闻又起旁县夫[4],凿教四面皆成水。
何时此地不为边,使我地脉重相连[5]?

刘克庄
(1187—1269)

字潜夫,号后村,莆田(今福建莆田)人。初从真德秀受业。宋宁宗嘉定间,官建阳(今福建建阳)令,宋理宗淳祐初,特赐同进士出身,除秘书少监,兼中书舍人,累官至龙图阁直学士,致仕。为人耿介,敢于直谏,因而在朝廷党争中,屡有浮沉。他是南宋江湖派的主要诗人,也是著名词人。在南宋国势日危、复兴无望的情势下,他忧虑国事,形之于诗,具有深沉的爱国精神。诗学唐许浑、王建、张籍、姚合,尤推重陆游。写诗主张贵在"炼意"而不在"炼字",贵在"意义高古"。其诗笔力遒劲,风格豪迈,有时也伤于雄粗。林庚白以为"(陈衍)谓刘后村诗仅工七言绝句,似未知后村之真者。后村诗无一体不工,盖出入于杜、韩、苏、黄、东野(孟郊)、临川(王安石)间,淹有诸家之长。其尤胜处在写实甚美。"著有《后村先生大全集》。

◎ 题解

这是一首讽谕诗,描写边疆人民开筑城壕的苦难,尖锐地讽刺了那些借筑城而升阶的官吏,也寄托了诗人希冀收复失地的心愿,是诗人继承唐代张籍、白居易等新乐府而写作的反映现实生活的优秀诗篇之一。

◎ 注释

[1]"前人"句：筑城原为保卫国土，结果却是一些人因筑城而升了官。
[2]下车：指新官到任。语本《礼记·乐记》："武王克殷反商，未及下车而封黄帝之后于蓟。"
[3]中书省：官署名。秉承皇帝意旨总管政务，宣布皇帝命令，批复臣僚奏疏，任免朝廷侍从、职事官以上、外任通判以上、武臣横行以上官员。
[4]起：起用。旁县夫：邻县的民夫。
[5]地脉：指地的脉络。《史记·蒙恬列传》："起临洮，属之辽东，城堑万余里，此其中不能无绝地脉哉，此乃恬之罪也。"

冬青花

林景熙

冬青花，花时一日肠九折[1]。
隔江风雨晴影空，五月深山护微雪。[2]
石根云气龙所藏，寻常蝼蚁不敢穴。[3]
移来此种非人间，曾识万年觞底月。[4]
蜀魂飞绕百鸟臣[5]，夜半一声山竹裂[6]。

林景熙
（1242—1310）

字德阳，温州平阳（今浙江平阳）人。宋度宗咸淳七年（1271）太学释褐，历泉州（治所在今福建泉州）教授，礼部架阁，转从政郎。宋亡不仕，隐居家乡白石巷。他是宋遗民诗人之一，亡国的隐痛，离乱的苦难，发而为诗，沉郁苍凉，爱国之情溢于言外，他的诗尤善运用比兴手法，寄托遥深，或鞭笞变节者，或悼念殉难者，都有催人泪下的艺术力量。写景之作，亦时有佳构。吴之振《宋诗钞》称其"与谢翱相表里,翱诗奇崛,熙诗幽宛。蛟峰方逢辰曰:'诗家门户,当放一头',非虚言也。"著有《白石樵唱》诗集。

◉ 题解

冬青:树名。据陶宗仪《辍耕录》引郑元祐所书林义士事迹:"宋太学生林德阳……当杨总统(杨琏真伽)发掘诸陵寝时,林故为杭丐者,背竹箩,手持竹夹,遇物,即以夹投箩中。林铸银作两许小牌百十,系腰间,取贿西番僧,曰:'余不敢望收其骨,得高家、孝家斯足矣。'番僧左右之,果得高、孝两朝骨,为两函贮之,归,葬于东嘉。葬后,林于宋常朝殿掘冬青一株,置于所函土堆上。有《冬青花》一首云云。"按:宋陵收骨事,山阴王英孙号修竹者所为,其馆客唐珏、林景熙经纪其间。这首诗即以冬青花起兴,托物兴怀,抒写亡国的隐痛。

◉ 注释

[1] "花时"句:花时,花开时节。肠九折,形容悲思之甚。司马迁《报任安书》:"是以肠一日而九回。"这句写冬青花开时节,念及宋朝已亡,皇陵被盗,肝肠寸断。
[2] "隔江"二句:写眼前景。江对岸风雨苍茫,不见晴空,已经是五月,山中仍是微雪点点,寒意逼人。景中暗寓宋亡后自己处境的凄苦。
[3] "石根"二句:石根,洞穴。这两句谓温暖如春的洞穴,是龙的藏身之地,寻常蚂蚁是不敢穴居的。
[4] "移来"二句:万年觞,指皇帝宴饮时所用的酒杯。觞底月,杯中月影,指花前月下之宴饮。这两句谓自己所栽的冬青不是人间的树种,而是从宋常朝殿中移植而来,它已阅尽了南宋皇帝所过的种种宫廷生活。
[5] 蜀魂:传说古代蜀王杜宇称帝,号望帝,死后魂魄化为子规(杜鹃)。后人因以称杜鹃鸟。这里借指宋代已亡故的皇帝。百鸟:借指宋朝的臣民。臣:用作动词。随从。
[6] 山竹裂:山竹为之开裂,喻创痛之深。语本杜甫《玄都坛歌寄元逸人》:"子规夜啼山竹裂。"

五言律诗

小隐自题
林　逋

竹树绕吾庐，清深趣有余[1]。鹤闲临水久，蜂懒得花疏。酒病妨开卷[2]，春阴入荷锄。尝怜古图画[3]，多半写樵渔。

林　逋
（967—1028）

字君复，钱塘（今浙江杭州）人。少孤力学，恬淡好古，隐居西湖孤山，二十年不入城市。终身不娶，所居植梅畜鹤，人因称"梅妻鹤子"，死后赐谥和靖先生。他是宋初杰出的山林诗人，多写隐居情趣，性好梅，以咏梅诗著称。著有《林和靖先生诗集》。

◎ 题解

　　这首诗描写隐居的情趣。方回说："有工有味，句句佳。"纪昀说："三、四句景中有人，拆读之，句句精妙，连读之，一气涌出，兴象深微，毫无凑泊之迹……非苦吟所可就也。"

◎ 注释

[1] 清深：清幽深邃。
[2] 开卷：读书。
[3] 怜：爱。

鲁山山行
梅尧臣

适与野情惬[1]，千山高复低。好峰随处改，幽径独行迷。霜落熊升树[2]，林空鹿饮溪。人家在何许[3]？云外一声鸡。

◎ 题解

　　鲁山：县名，今属河南，因山而名，山在县东十八里。这首诗描写山行所见幽谧奇峭的景色。方回说："尾句自然。熊、鹿一联，人皆称其工，然前联尤幽而有味。"冯舒说："此亦未辨其为宋诗，却知是梅。"

◎ 注释

[1]"适与"句：同我喜爱自然风物的情趣恰好相合。惬，恰当，相合。
[2]升树：爬上树。
[3]何许：何处。

半山春晚即事

王安石

春风取花去，酬我以清阴。翳翳陂路静[1]，交交园屋深[2]。床敷每小息[3]，杖履或幽寻[4]。惟有北山鸟，经过遗好音[5]。

◎ 题解

　　半山：在今南京东北中山门内。王安石《题半山寺壁诗》李壁注："半山报宁禅寺，公故宅也。由东门至蒋山（即钟山），此为半道，故以半山为名。其地亦名白塘。"这首诗作于诗人罢相营居半山园以后。诗作在幽谧的景色描写中，寄托了变法不得推行的感愤。高步瀛说："寓感愤于冲夷之中，令人不觉，全由笔妙。"方回说："半山诗工密圆妥，不事奇险，惟此'春风取花去'之联乃出奇也。余皆淡静有味。"查慎行说："起句律中变格。"按：清袁枚《春风》起句云："春风如贵客，一到便繁华。"同样构思新颖，而袁句骨格凡猥，不及王句清奇古峭。

◎ 注释

[1] 翳翳：阴蔽貌。陂路：坡道。
[2] 交交：枝叶交叉貌。
[3] 床敷：床上铺设的竹席。《大方便佛报恩经》："拂拭床敷。"
[4] 杖履：拐杖和鞋子。这里指着鞋、拄杖。或：有时。幽寻：寻幽探胜。
[5] "惟有"二句：北山，即蒋山。南朝宋周颙曾于此筑舍隐居，孔稚珪作《北山移文》，讥其表面退隐山林，实则心怀官禄。王安石有《思北山》等诗，寄托真隐的希望。这两句即以北山之鸟留下动听的鸣声，暗寓羡慕归隐的心意。"惟有"二字，也含有世无同道者，变法难以实施的愤慨。

岁　晚

王安石

月映林塘淡，风含笑语凉。俯窥怜绿净[1]，小立伫幽香[2]。携幼寻新的[3]，扶衰上野航[4]。延缘久未已[5]，岁晚惜流光[6]。

◎ 题解

岁晚：年尽。这首诗描写年尽日出游时所见迷人的景色，充满了诗人对生活的热爱之情。诗句炼字精当，将情和景融合得浑然一体。

◎ 注释

[1] "俯窥"句：承第一句，写自己在塘边俯视澄净莹绿的池水，顿生爱怜之心。怜绿净，意本韩愈《题合江亭寄刺史邹君》："绿净不可唾。"
[2] "小立"句：承第二句写诗人小立于塘边等待凉风传来花香笑语。伫（zhù），此指等待。
[3] 的（dì）：莲子。这里借指花实。
[4] 扶衰：搀扶着年衰的老人。野航：山野间水上的船。
[5] "延缘"句：延，缓。缘，顺沿。延缘，此指沿着林塘缓行。《庄子·渔父》："乃刺船而去，延缘苇间。"这句谓让小船沿着水边前行，久久不愿返回。
[6] 流光：时光。因其逝去如流水，故称。

壬辰寒食

王安石

客思似杨柳,春风千万条。[1]更倾寒食泪,欲涨冶城潮。[2]
巾发雪争出,镜颜朱早凋。[3]未知轩冕乐,但欲老渔樵。[4]

◎ 题解

　　壬辰:宋仁宗皇祐四年(1052)。寒食:节令名。在清明前一日或二日。《荆楚岁时记》:"去冬节一百五日,即有疾风甚雨,谓之寒食,禁火三日。"时诗人在舒州(治所在今安徽安庆)任通判,其父王益安葬于江宁(今江苏江宁)牛首山,这首诗当为去江宁扫墓时所作。纪昀说:"起四句奇逸。"高步瀛说:"风神跌宕,笔势清雄,荆公独擅。"(《唐宋诗举要》卷四)

◎ 注释

[1]"客思"二句:以眼前景物作喻,表现诗人愁思之多。
[2]"更倾"二句:寒食泪,指悼念亡父而流下的泪水。冶城,见《庚寅乙未犹泊大雷口》注。这两句形容泪水如倾,江潮也为之陡涨。
[3]"巾发"二句:雪,喻白发。朱,形容脸上的容光。诗人时年三十二岁,这两句感叹自己未老先衰。诗人两年前所作《别鄞女》中即有"年登三十已衰翁"的感叹。
[4]"未知"二句:轩冕,指官爵禄位。见《明发陈公径,过摩舍那滩石峰下》注。老,终老。这两句表达了诗人变法主张尚未能推行而意欲隐退的心情。

自白土村入北寺二首(录一)

王安石

雨过百泉出,秋声连众山[1]。独寻飞鸟外,时渡乱流间[2]。
坐石偶成歌,看云相与还。会须营一亩[3],长此听潺湲[4]。

◎ 题解

白土村：在今江苏江宁东三十里白土冈。这首诗是宋神宗熙宁中诗人知江宁府时所作，描写幽僻的山景，寄寓诗人意欲归隐的思想。风格上接近王维。

◎ 注释

[1] 秋声：秋天西风起，草木凋零，多肃杀之声，称秋声。
[2] 时渡：不时渡过。乱流：纵横的流水。雨过，山泉分道奔流，故云。
[3] 会须：该当。营：经营。一亩：此谓占地一亩的住宅。《礼记·儒行》："儒有一亩之宫，环堵之室。"
[4] 潺湲：流水声。

怀广南转运陈学士

希　昼

极望随南斗，迢迢思欲迷。[1] 春生桂岭外[2]，人在海门西[3]。残日依山尽，长天向水低。[4] 遥知仙馆梦[5]，夜夜怯猿啼[6]。

希　昼　剑南人。北宋九诗僧之一。

◎ 题解

广南：宋代路名。辖境相当于今广东、广西二省区。转运：官名。为各路长官，经度一部或部分财赋，监察各州官吏，并以官吏违法、民生疾苦等情上报朝廷。这是怀人之作，清淡孤远，情意深长。冯舒说："九僧希昼、保暹、文兆、行肇、简长、惟凤、惠崇、宇昭、怀古，此诸人以清紧为主，而益以佳句，神韵孤远，斤两略轻，必胜江西也。"

◎ 注释

[1] "极望"二句：以遥望南斗表达对在南方友人的思念之深。南斗，星宿名，又称斗宿，有六星，在南天。迢迢，远貌。
[2] 桂岭：山名。有多处，这里指广西、广东、湖南相接壤的桂岭，即古临贺岭。
[3] 海门：海口。广东东南临海，故云。
[4] "残日"二句：用王之涣《登鹳雀楼》"白日依山尽，黄河入海流"句意。
[5] 仙馆：神仙所居之处。这里指陈学士的住处。
[6] 怯猿啼：怕听猿啼。猿啼声哀，容易引起思乡的愁绪，故云。

秋　径

保　暹

杉竹清阴合，闲行意有凭[1]。凉生初过雨，静极忽归僧。虫迹穿幽穴，苔痕接断棱[2]。翻思深隐处，松顶下层层。

保　暹　金华人，北宋九诗僧之一。

◎ 题解

这首诗描写秋日山行幽谧的景色和诗人的感受。汪景龙说："得幽淡之旨。"

◎ 注释

[1] 凭：凭借。指首句中所描写的景色。
[2] 断棱：田间土垄的缺口。

太白山下早行至横渠镇，书崇寿院壁
苏　轼

马上续残梦[1]，不知朝日升。乱山横翠嶂[2]，落月淡孤灯[3]。奔走烦邮吏，安闲愧老僧。再游应眷眷[4]，聊亦记吾曾[5]。

◎ 题解

宋仁宗嘉祐七年（1062），诗人在凤翔（今陕西凤翔）签判任。二月，往属县减决囚狱，巡行宝鸡、虢、郿、盩厔四县，诗作于郿县（今眉县）至盩厔（今周至）途中。太白山：在今陕西眉县东南五十里。据查慎行注引《一统志》："崇寿院在郿县东五十里横渠镇。"按：今明、清《一统志》皆无此文。

◎ 注释

[1]"马上"句：诗句与唐刘驾《早行》同。高步瀛说："未知子瞻偶用之耶，抑造句相同耶？"
[2]翠嶂：翠绿的山，如屏障。
[3]淡孤灯：（月色）惨淡如孤灯。
[4]眷眷：依恋貌。
[5]聊：聊且，暂且。记吾曾：记下我曾游此。

和外舅《夙兴》三首（录一）
黄庭坚

瓜蔓已除垄[1]，苔痕犹上墙。蓬蒿贪雨露，松竹见冰霜。卷幔天垂斗[2]，披衣日在房。无诗叹不遇，千古一潜郎[3]。

◎ 题解

外舅：岳父。这里指谢景初，字师厚。庭坚先配孙氏，孙莘老之女；后配谢氏，师厚之女。夙，早。夙兴，早起。这首和诗描写秋冬景色，抒写诗人怀才不遇的感慨。诗人的作品，追求经过精心锤炼复归自然的境界，语言生新瘦硬。这首写景诗，没有秾丽的词句，给人以清冷之感，质朴中可见诗人精心锤炼的痕迹。

◎ 注释

[1] 除垄：从田垄上清除干净。
[2] "卷幔"句：卷起帏幔，可见夜空悬挂的北斗。
[3] "无诗"二句：潜郎，张衡《思玄赋》："尉庞眉而郎潜兮，逮三叶而遘武。"李善注："颜驷，不知何许人，汉文时为郎。至武帝，尝辇过郎署，见驷庞眉皓发，上问曰：'叟何时为郎？何其老也！'答曰：'臣文帝时为郎。文帝好文，而臣好武；至景帝好美，而臣貌丑；陛下好少，而臣已老：是以三世不遇，故老于郎署。'"这两句借用此典，对自己怀才不遇表示愤慨。

怀 远

陈师道

海外三年谪[1]，天南万里行。生前只为累，身后更须名？[2] 未有平安报[3]，空怀故旧情。斯人有如此[4]，无复涕纵横[5]。

◎ 题解

这首诗为怀念贬谪儋州的苏轼而作，当作于宋哲宗元符三年（1100）左右。全诗感情深挚，字字出自肺腑，有感人的艺术力量。卢文弨说："后山之诗，于淡泊中醰醰乎有醇味，其境皆真境，其情皆真情，故能引人之情，相与流连往复，而不能自已。"

◎ 注释

[1]"海外"句：苏轼于宋哲宗绍圣四年（1097）由贬所惠州，再贬至海南岛儋州，元符三年始返，前后三年。
[2]"生前"二句：抒写对东坡的同情和崇敬，意谓他活着好像仅仅是为了受累，他去世以后，再要虚名何用！
[3]平安报：报告平安的书信。
[4]斯人：此人。指苏轼。有如此：指苏轼一生屡遭贬谪的境遇。
[5]"无复"句：谓即使涕泪纵横也无法给以慰藉。

寄外舅郭大夫

陈师道

巴蜀通归使，妻孥且旧居[1]。深知报消息，不忍问何如。身健何妨远[2]，情亲未肯疏[3]。功名欺老病[4]，泪尽数行书。

◎ 题解

外舅郭大夫：见《送外舅郭大夫槩西川提刑》。郭槩到蜀后使人归报，诗人知妻子已安居，作此寄郭。方回说："后山学老杜，此其逼真者，枯淡瘦劲，情味深幽。"纪昀说："情真格老，一气浑成。"

◎ 注释

[1]且旧居：暂且在旧居安顿。
[2]"身健"句：这是自慰并以慰人的话，意谓只要彼此身体健康，离得远一点又有何妨。
[3]疏：疏远。
[4]"功名"句：谓自己老病之躯为功名所欺。言外之意是未能顾及妻室儿女。

除夜对酒，赠少章

陈师道

岁晚身何托[1]？灯前客未空。半生忧患里[2]，一梦有无中[3]。发短愁催白，颜衰酒借红。[4]我歌君起舞，潦倒略相同[5]。

◎ 题解

　　除夜：除夕夜。少章：秦观之弟秦觌，字少章，有诗名。

　　这首诗抒写身世之慨，风格沉郁，神似杜甫。纪昀说："神力完足，斐然高唱。"

◎ 注释

[1] 身何托：谓孤身一人，无所依托。
[2] "半生"句：诗人耿介自守，不附权贵，生活处境艰难，故云。
[3] "一梦"句：谓半生生涯犹如一场若有若无的梦。
[4] "发短"二句：翻用杜甫《寄司马山人十二韵》"发少何劳白，颜衰肯更红"句意，写自己愁思之多和借酒浇愁的情景。
[5] 潦倒：蹉跎、失意。

岁　暮

饶　节

浩荡生涯计[1]，凄凉客子心。岁从官历尽[2]，忧入鬓毛深[3]。月气含窗户，汤声转釜鬵[4]。余生无所慕，持此卧山林。

◎ 题解

　　这是一首感叹身世之作。前四句直抒胸臆，颈联移情入景，借景抒情，自然引出尾联的寄托。诗句矫健瘦硬，语言上不敷丹彩。

◎ 注释

[1]"浩荡"句：谓生计无着，如浩荡江水，没有尽头。
[2]"岁从"句：谓一年随着历书的翻完也将逝去。官历，官府颁行的历书。罗隐《岁除夜》："官历行将尽，村醪强自倾。"
[3]"忧入"句：谓随着鬓发的斑白，人生的忧患也日益加深。
[4]汤声：水沸声。转：传。釜鬵（xín）：炊具。鬵，大釜。

己酉乱后寄常州使君侄（录一）

汪　藻

草草官军渡[1]，悠悠敌骑旋[2]。方尝勾践胆，已补女娲天。[3]
诸将争阴拱[4]，苍生忍倒悬[5]！乾坤满群盗[6]，何日是归年？

汪　藻
（1079—1154）

字彦章，饶州德兴（今江西德兴）人。宋徽宗崇庆间中进士，调婺州（治所在今浙江金华）观察推官，历迁著作佐郎，后召为屯田员外郎、中书舍人，累拜翰林学士。宋高宗绍兴中，知湖州，升显谟阁学士，出知徽、宣二州。其诗为江西诗派徐俯、洪炎、洪刍所推重，吴之振《宋诗钞》称其"高华有骨，兴寄深远"。著有《浮溪集》。

◎ 题解

己酉：宋高宗建炎三年（1129）。这年金兵大举南侵，十一月，金兵渡江，占领建康（今南京），十二月攻常州，败于岳飞的军队。这首诗当作于此时。时诗人任翰林学士。此诗伤时感世，较为真实地反映了南宋初动荡的形势，并对当时的时局表示了自己的见解。全诗共四首，所录原列第二首。使君：见《泛颍》注。

◎ 注释

[1]"草草"句：谓南宋官军败退，仓皇南渡。草草，仓促貌。按：是年十一月金兵渡江后，连破抚州（治所在今江西抚州）、建康，十二月，又破临安府（治所在今浙江杭州）、越州（治所在今浙江绍兴），宋帝奔明州（治所在今浙江宁波），旋又入海。

[2]悠悠：闲适貌。旋：还。

[3]"方尝"二句：勾践，春秋时越国国君，越为吴所破，勾践于会稽山卧薪尝胆，立志报仇雪耻，后终于灭吴。事见《史记·越王勾践世家》。女娲，古代神话中补天的女神。《淮南子·览冥训》："往古之时，四极废，九州裂，天不兼覆，地不周载……于是女娲炼五色石以补苍天。"这两句运用典故，意谓抗金的行动已经开始，南方也建立了南宋王朝。

[4]阴拱：形容按兵不动，坐观成败。语本《汉书·英布传》："阴拱而观其孰胜。"拱，拱手。

[5]苍生：百姓。倒悬：形容难忍的困苦。语本《孟子·公孙丑》："民之悦之，犹解倒悬也。"

[6]乾坤：八卦中的两个卦名，指阴阳两种对立的势力，引申为天地的代称。

京城围困之初，天气晴和，军士乘城不以为难也，因成四韵

吕本中

贼马侵城急，官军报捷频。民心皆欲斗，天意已如春。魏阙方佳气，王畿且战尘。[1]不妨来往路，经月绝行人。[2]

◎ 题解

　　这首诗作于宋钦宗靖康元年（1126）。这年正月，金东路兵渡黄河围攻汴京，不久汴京陷落，时诗人正在京城之中，目睹军民的奋勇抗敌、敌人的暴虐和百姓的苦难，一一纪之于诗，表达了忧国忧民的深沉感情。这是其中之一。

◎ 注释

[1]"魏阙"二句：魏阙，原为古代宫门外的阙门，悬布法令之处，因以借指朝廷。王畿，古称王城附近周围千里的地方。战尘，指战事。这两句谓国家的命运方才有些好转，京城外又燃起了战火。

[2]"不妨"二句：谓平日人们往来的道路已有一整月断绝了行人，但为了抗击金兵，这也无妨。经月，整月。

丁未二月上旬（录二）

吕本中

丞相忧宗及[1]，编氓恐祸延[2]。乾坤正翻覆[3]，河洛倍腥膻[4]。报主悲无术[5]，伤时只自怜[6]。遥知汉社稷，别有中兴年。[7]

厄运虽云极[8]，群公莫自疑[9]。民心空有望，天道本无知。[10]野帐留黄屋[11]，青城插皂旗[12]。燕云旧耆老[13]，宁识汉官仪[14]！

◎ 题解

丁未：宋钦宗靖康二年（1127）。上年底，金兵破汴京，即退，许议和，宋帝亲至青城金营，十二月回京，大刮金帛与金。这年正月，又割河北、河东与金，宋帝再次至青城金营，被扣留。二月，金废宋帝及太上皇帝为庶人，并将徽、钦二帝及后妃、诸王、公主等送诣金营。北宋遂亡。这组诗即作于此时。诗作苍凉悲感，但仍不忘复国，字里行间渗透着强烈的爱国感情。风格沉郁，酷似杜甫。全诗共四首，这里录二首。

◎ 注释

[1]忧宗及：担忧宗族受到牵累。
[2]编氓：编入户籍的普通百姓。恐祸延：担心灾祸延身。
[3]"乾坤"句：形容政局动荡，国家遭殃。乾坤，见《己酉乱后寄常州使君侄》注。

[4]河洛:黄河、洛水。指北宋京城汴京一带。腥膻(shān):犬羊腥臊气味。此指代金人。

[5]报主:报效国君。

[6]伤时:哀伤时世。

[7]"遥知"二句:中兴年,指西汉亡于王莽以后,复有东汉继承汉祚。这两句借史事寄托诗人对宋王朝复兴的信念。语本杜甫《喜达行在所》:"今朝汉社稷,新数中兴年。"

[8]厄运:恶运。极:极点。

[9]莫自疑:不要怀疑自己,以为已经完全绝望。

[10]"民心"二句:谓百姓寄希望于上天是徒然的,上天能知道什么呢!

[11]野帐:指金兵在青城的军营。黄屋:帝王车盖,这里指代帝王。留黄屋:指宋帝被扣留。

[12]青城:宋代祭天斋宫名,地在今河南开封。金兵在这里接受徽、钦二帝投降。皂旗:黑色旗帜,古代用作帝王出巡的仪仗。

[13]燕云:燕云十六州的简称。地在今河北、山西两省北部。五代时,后晋高祖石敬瑭,以燕云十六州赂契丹,借助契丹的兵力,消灭后唐,登上帝位。北宋时,女真族(金)逐渐强大,从契丹手中夺取了燕云十六州不少州县。后北宋虽以巨款赎回了燕京,但十六州终未收回。耆(qí)老:老人。

[14]汉官仪:见《入塞》注。

闻寇至,初去柳州

曾幾

剥啄谁敲户[1]?苍皇客抱衾。只看人似虿[2],共道贼如林。两岸俸千里,扁舟抵万金。[3]病夫桑下恋[4],万一有佳音[5]。

曾幾
(1084—1166)

字志甫(一作吉甫),自号茶山居士,赣州(治所在今江西赣州)人。以为文优异,赐上舍出身,擢国子正,除校书郎。高宗时,历江西、浙西提刑。后因其兄曾开与秦桧面争和战,被牵连罢职。桧死,复起为浙西提刑,知台州(治所在今浙江临海),后命权礼部侍郎,迁通奉大夫致仕。他是陆游的老师,诗学黄庭坚，名虽不列于《江西诗社宗派图》二十五人，但曾受诗法于韩驹，后人亦列其诗于江西派。潘德舆说："茶山五言，时有清迥之格……他作则多笔率气羸……评者谓其'全集，风骨高骞，蕴含深远，居涪翁、剑南间，未为蜂腰'，非笃论也。"著有《茶山集》。

◉ 题解

柳州：今广西柳州。这首诗从自己避乱的真实描写中，反映了南宋初动乱的形势。方回说："此篇虽未见忠愤之意，辽亡金炽，盗贼充斥，自中原破至于岭表，非士大夫之罪乎？当任其咎者，读之而思可也。"冯班说："此正诗人有关系处。"又："起是宋，中四句非经世乱不知，第七句是宋。"

◉ 注释

[1] 剥啄：敲门声。

[2] 蛣（yǐ）：蚂蚁。

[3] "两岸"二句：这两句极言过河的艰难。意谓由于人多船少，从河此岸抵达彼岸十分困难，就像相隔千里，一只小船，珍贵得可抵万金。语本杜甫《春望》："家书抵万金。"侔，相等。扁（piān），小貌。

[4] 病夫：诗人自称。桑下恋：语本《后汉书·襄楷传》："浮屠不三宿桑下，不欲久生恩爱，精之至也。"这里反其意而用之。

[5] 万一：表示些微的希冀。佳音：此指国家统一安定的好消息。

岭　梅

曾　几

蛮烟无处说，梅蕊不胜清。[1]顾我已头白，见渠犹眼明。[2]

折来知韵胜,落去得愁生。[3]坐久江南梦,园林雪正晴。[4]

◎ 题解

　　这首咏梅诗,意在托物兴怀,借景抒情,从异地见梅的种种感受中,深寄了怀念家乡、感叹人生的思绪,寄意深远。纪昀称此诗"无一字切梅,而神味恰似,觉他花不足以当之"。岭:指大庾岭,在广东与江西交界处。唐张九龄曾开径植梅岭上,故亦称梅岭。

◎ 注释

[1]"蛮烟"二句:以南岭的荒凉反衬梅花,暗点出异乡见梅的喜悦之情。蛮烟,形容南岭景物的荒凉。蛮,古代指南方少数民族地区。这里指南岭一带。不胜(shēng)清,清香之极。
[2]"顾我"二句:正写自己衰年遇梅的喜悦。渠,它,指梅花。
[3]"折来"二句:由折梅、落梅的不同感受中,寄人生短暂的感慨。韵胜,风韵超绝。
[4]"坐久"二句:写自己对梅久坐,引起对故乡的思念而成梦。江南梦,梦回江南。曾幾家乡,宋属江南西路。"园林"句写梦中情景。

道中寒食(录一)

陈与义

斗粟淹吾驾[1],浮云笑此生[2]。有诗酬岁月,无梦到功名。客里逢归雁,愁边有乱莺[3]。杨花不解事,更作倚风轻[4]。

◎ 题解

　　这首诗作于宋徽宗宣和四年(1122)春,时诗人在汝州(治所在今河南临汝)归洛阳途中。前四句抒写胸臆,表达自己不慕功名的心志,暗寓仕途失意的感慨,后四句写眼前景,移情于景。纪昀说:"后四句意境、笔路皆佳,绰有工部神味,而又非相袭。"全诗二首,所录原列第二首。

◎ 注释

[1]"斗粟"句：斗粟，喻薄俸。语本萧统《陶渊明传》："渊明叹曰：'我岂能为五斗米折腰向乡里小儿？'"淹吾驾，使自己久留于一地。
[2]浮云：喻一生飘忽无定。杜甫《戏作俳谐体遣闷》："高枕笑浮生。"
[3]"愁边"句：谓黄莺乱啼，更添愁恨。
[4]"杨花"二句：不解事，不理解人们的心事。倚风轻，随风轻飘。李商隐《蜂》："赵后身轻欲倚风。"这两句化用韩愈《晚春》诗"杨花榆荚无才思，惟解漫天作雪飞"句意，以杨花的漂泊无定，表达思归的愁绪。

雨

陈与义

沙岸残春雨，茅檐古镇官[1]。一时花带泪，万里客凭栏。日晚蔷薇重，楼高燕子寒。惜无陶谢手，尽力破忧端。[2]

◎ 题解

这首诗作于宣和七年（1125），时诗人监陈留（今河南开封东南）酒税。诗于春雨的描写中，抒发了客居他乡的思乡愁绪。纪昀说："深稳而清切，简斋完美之篇。"

◎ 注释

[1]古镇：指陈留。
[2]"惜无"二句：陶谢手，见《庚寅乙未犹泊大雷口》注。忧端，忧愁的思绪。杜甫《得舍弟消息二首》："忧端且岁时。"这两句感叹自己没有陶潜、谢灵运的诗才，不能尽力作诗以消除愁恨。

渡　江

陈与义

江南非不好，楚客自生哀。[1]摇楫天平渡[2]，迎人树欲来。雨余吴岫立[3]，日照海门开[4]。虽异中原险，方隅亦壮哉[5]。

◎ 题解

　　这首诗作于宋高宗绍兴二年（1132），时诗人任起居郎，从驾自绍兴渡钱塘江还临安。诗作抒写中原沦于金兵和无力挽回败局的哀痛。冯舒说："四句好，然亦何必'江'？"纪昀说："颇见风格。"又说："末言虽属偏安，然形胜如此，天下事尚可为，而惜当时之无能为也。"

◎ 注释

[1]"江南"二句：屈原放逐江潭，宋玉因作《招魂》，有"魂兮归来哀江南"句。又据《北史》：庾信仕南朝，以聘西魏留长安，因仕于北周，虽位望通显，然常有乡关之思，乃作《哀江南赋》以寄意。这两句合用二典，寄托诗人对中原沦陷的哀痛。

[2]摇楫：划桨，行船。

[3]吴岫：吴山。在今杭州。

[4]海门：海口。登杭州凤凰山，下瞰钱塘江，可直望海门。杨巨源《送章孝标归杭州因寄白舍人》："独宿东楼看海门。"

[5]方隅：边境。这里指临安的城池。壮哉：语本《史记·陈丞相世家》："高帝南过曲逆，上其城，望见其屋室甚大，曰：'壮哉县！吾行天下，独见洛阳与是耳！'"

登岳阳楼

萧德藻

不作苍茫去，真成浪荡游。[1]三年夜郎客[2]，一柁洞庭秋[3]。得句鹭飞处[4]，看山天尽头。犹嫌未奇绝，更上岳阳楼。

萧德藻

字东夫,三山(今福建福州)人,一作闽清人。宋高宗绍兴二十一年(1151)中进士,为乌程(今浙江湖州)令。曾知峡州(治所在今湖北宜昌),居屏山,自号千岩老人。他曾从曾幾学诗,又是姜夔的老师,为杨万里所推许。著有《千岩择稿》。

◉ 题解

岳阳楼:在今湖南岳阳洞庭湖边,为江南三大名楼之一。

这首诗抒写登岳阳楼的所见所感,暗寓身世之慨,诗末二句,自"欲穷千里目,更上一层楼"翻出,颇具新意,用语造句体现了诗人追求的生硬新奇的特色。

◉ 注释

[1]"不作"二句:苍茫,旷远无边貌。浪荡游,放浪江湖之游。这两句意谓:如果不在这旷远无际的洞庭湖边好好观赏一番,那就真成了放荡江湖的浪游了。

[2] 夜郎:古国名。地在今贵州西北、云南东北、四川南部地区。这里当指峡州,诗人曾知峡州,地近古夜郎国,故称"夜郎客"。

[3] 柁:舵。借指船。

[4] "得句"句:谓从白鹭高飞处获得作诗的灵感。

虞丞相挽词三首(录二)

杨万里

负荷偏宜重[1],经纶别有源[2]。雪山真将相[3],赤壁再乾坤[4]。
奄忽人千古[5],凄凉月一痕。世无生仲达,好手未须论[6]。

一老堂堂日[7],诸贤得得来[8]。但令元气壮[9],不虑塞尘开[10]。
名大天难着[11],人亡首忍回[12]?东风好西去,吹泪到泉台[13]。

153

◉ 题解

虞丞相：虞允文，字彬甫，隆州仁寿（今四川仁寿）人，以父荫入官，宋高宗绍兴年间进士，官至左丞相兼枢密使。少有大志，出将入相近二十年。力主抗金，并注意搜罗人才。孝宗淳熙元年（1174）二月，病故于四川宣抚使任上。这首哀悼之作，以深挚的感情赞颂了虞丞相一生的政绩，对虞的去世表示了无限的惋惜。所录原列第一、第三首。

◉ 注释

[1] 负荷：承担的责任。
[2] 经纶：整理丝缕。引申为筹划、治理国事。别有源：另有源头。指非同一般，筹划有方。
[3] "雪山"句：雪山，是释迦佛成道之地。《大般涅槃经》："过去之世佛日未出，我于尔时作婆罗门修菩萨行……住于雪山。"佛家以为帝王将相、英雄豪杰是入世的佛菩萨。又杜甫《八哀诗·赠左仆射郑国公严公武》："公来雪山重，公去雪山轻。"这里也可能兼用此意。
[4] "赤壁"句：宋高宗绍兴三十一年（1161），金主完颜亮率军南下，号称百万。虞允文以中书舍人参谋军事，犒师采石矶（今安徽当涂境内），适主将王权罢职，宋军无主，虞招集诸将，勉以忠义，督宋师击溃金兵。这句盛赞虞允文采石之战，以为可比当年的赤壁之战，再造乾坤，保卫了南宋江山。三、四两句，极为清末诗人陈曾寿所赞赏。
[5] 奄忽：迅疾，转眼。千古：死亡的讳称。
[6] "世无"二句：仲达，司马懿字。《晋书·宣帝纪》："会（诸葛）亮病卒，诸将烧营遁走，百姓奔告，帝出兵追之。亮长史杨仪反旗鸣鼓，若将距帝者。帝以穷寇不之逼……追到赤岸，乃知亮死审问。时百姓为之谚曰：死诸葛走生仲达。"这里运用此典，谓当今世上，连司马懿那样堪称对手的人都没有，还有谁能与虞允文的才能相比呢！言外亦以"死诸葛"暗喻已逝的虞允文。
[7] 堂堂：正大光明貌。
[8] 得得：犹"特特"。特地。贯休《陈情献蜀皇帝》："千水千山得得来。"
[9] 元气：这里指国家的气运。
[10] 塞尘：边塞的战尘。
[11] "名大"句：盛赞虞允文声誉之高，即杜甫《咏怀古迹五首》"诸葛大名垂宇宙"之意。
[12] 首忍回：怎忍回首。状极度的悲痛。
[13] 泉台：墓穴；地下。

宿兰溪水驿前
杨万里

合眼波吹枕，开篷月入船[1]。奇哉一江水，写此二更天。
剩欲酬清赏，翻愁败醉眠。[2]今宵怀昨夕，雨卧万峰前。

◎ 题解

　　这首诗作于宋孝宗淳熙十六年（1189）由高安（今江西高安）任所赴召往杭州途中。兰溪：今浙江兰溪，临兰江。水驿：水路的转运站。诗作描写江上月夜清奇秀丽的景色，前四句写景，颈联写情，尾联横出一笔，逗出旅途的艰辛和苦乐。

◎ 注释

[1] 篷：船篷。
[2] "剩欲"二句：谓真想在饮酒后，带着醉意闲适地领略美好的夜色，但又担心醉后睡去，大大扫兴。剩欲，真想。清赏，高雅地领略、欣赏。败，指败兴。

南沮水道中
陆　游

砲舍临湍濑[1]，瘦船聚小潭。山形寒渐瘦，雪意暮方酣[2]。
久客情怀恶，频来道路谙[3]。家山空怅望，无梦到江南。

◎ 题解

　　这首诗作于宋孝宗乾道八年（1172），时诗人在南郑王炎幕府。南沮：水名，一名沔水，出陕西略阳，东南流至勉县，西南入汉水。诗作描写途中所见，抒写了报国无门和久客思乡的情怀。罗惇曧说："第三句用字极精。"陈衍说："末两句谓家山终是空望，连梦也不必到矣。宋徽宗词云：'无据，和梦也新来不做。'放翁似套其意。"

◎ 注释

[1] 硙舍：水磨房。湍濑：水浅流急处。
[2] "雪意"句：谓傍晚雪下得正猛。
[3] 频来：屡次经过。谙：熟悉。

夏　日
陆　游

病退身初健，时清吏再休[1]。渴蜂窥砚水，慵燕息帘钩。
棋局每坐隐[2]，屏山时卧游[3]。真成爱长日[4]，未用忆新秋。

◎ 题解

　　这首诗作于宋孝宗淳熙七年（1180），时诗人在抚州（治所在今江西抚州）任上。诗写官闲时生活情趣，可窥见诗人精神生活的另一面。罗惇曧说："着意学少陵。"顾宪融说："'窥'字、'息'字皆用力，所谓诗眼也。然从'渴''慵'二字透出。"

◎ 注释

[1] 时清：时势清平。指政局稳定，民心安定。吏再休：做官能再次得到休憩。
[2] 坐隐：《世说新语·巧艺》："王中郎（王坦之）以围棋是坐隐。"
[3] 屏山：山水画屏。卧游：欣赏山水画，代替亲自游览。语本《宋书·宗炳传》："有疾还江陵，叹曰：老疾俱至，名山恐难遍睹，唯当澄怀观道，卧以游之。"
[4] 长日：指夏日。夏天昼长夜短，故云。

道 中

范成大

月冷吟蛩草[1]，湖平宿鹭沙[2]。客愁无锦字，乡信有灯花[3]。踪迹随风叶[4]，程途犯斗槎[5]。君看枝上鹊，薄暮亦还家。

◎ 题解

　　这首诗抒写游子思乡的愁绪，层层烘染，至情溢露。汪景龙说："三四二语亦清新，亦凄惋。"

◎ 注释

[1]吟蛩（qióng）草：寒蛩鸣叫着的草丛。蛩，蟋蟀。
[2]宿鹭沙：有白鹭在露宿的沙滩。
[3]"客愁"二句：客，诗人自指。锦字，旧称妻子寄给丈夫的书信。语本《晋书·窦滔妻苏氏传》："（窦滔）被徙流沙，苏氏思之，织锦为回文旋图诗以赠滔。宛转循环以读之，词甚凄惋，共八百四十字。"灯花，见《过家》注。这两句写道中对妻室的思念，上句正写自己因没有接到家信而生愁，下句谓只有灯花报喜，算作传来乡信。
[4]风叶：风中飘零的叶子。
[5]"程途"句：写旅途遥远。犯斗槎，张华《博物志》说："旧说云天河与海通。近世有人居海渚者，年年八月有浮槎去来，不失期。人有奇志……乘槎而去……奄至一处……见一丈夫牵牛渚次饮之。牵牛人乃惊问曰：'何由至此？'此人具说来意，并问此是何处。答曰：'君还至蜀郡访严君平则知之。'后至蜀问君平。曰：'某年某月，有客星犯牵牛宿。'计年月，正是此人到天河时也。""犯斗槎"本此。槎，竹筏。

雪

尤袤

睡觉不知雪，但惊窗户明。飞花厚一尺，和月照三更[1]。草木浅深白[2]，丘塍高下平。饥民莫咨怨[3]，第一念边兵。

尤袤
(1127—1194)

字延之,常州无锡(今江苏无锡)人。宋高宗绍兴十八年(1148)进士,历泰兴(今江苏泰兴)令,累迁太常少卿。光宗即位,被人诬为周必大党,罢职。光宗绍熙初,复起知婺州(治所在今浙江金华),改太平州(治所在今安徽当涂),累官给事中、礼部尚书。以国事多舛,积忧成疾,卒。其诗与杨万里、陆游、范成大,并称南宋四大家,以平淡见长。诗集已散失,今有后人所辑《梁溪遗稿》,存诗不多。

◎ 题解

这首诗描写雪景,真切细腻,诗末二句,表达了诗人对在边境作战的将士的关切。语言平浅,但情深味浓。方回说:"见雪而念民之饥,常事也。今不止民饥,又有边兵可念。欧阳诗:'可怜铁甲冷彻骨,四十余万屯边兵。'……然则凡赋咏者又岂但描写物色而已乎?"

◎ 注释

[1] 三更:指半夜。
[2] 浅深白:无论深浅,一片雪白。
[3] 咨怨:嗟叹,埋怨。

十五日再登祝融,用台字韵

朱 熹

江流围玉界[1],天影抱琼台[2]。拄杖烟霄外[3],中岩日月回[4]。箕山藏遁许[5],吴市隐仙梅[6]。一笑今何在?相期再举杯[7]。

朱 熹
(1130—1200)

字元晦，一字仲晦，徽州婺源（今江西婺源）人。宋高宗绍兴间进士，历事高宗、孝宗、光宗、宁宗四朝，累官转运副使、焕章阁待制、秘阁修撰，终宝文阁待制。他是宋代著名的理学家，为诗比较清新活泼，富有理趣。在两宋理学家中，是最为能诗的。著有《朱文公文集》等。

◎ 题解

祝融：祝融峰。南岳衡山的主峰。这是一首纪游诗，前四句写景，后四句触景感怀，表现了诗人退隐山林的志趣。

◎ 注释

[1] 江流：指湘江。玉界：道家所称神仙所居之处。此指衡山。
[2] 琼台：祝融峰顶有祝融殿，殿右有望月台。琼台指此。
[3] 烟霄：云霄。祝融峰终年云烟缭绕，故云。
[4] "中岩"句：中岩，半山。祝融峰海拔一千二百九十米。这句以日月运行，至半山受阻而回，极言山峰之高。
[5] "箕山"句：箕山，在今河南登封东南。相传尧时巢父、许山隐于此。遁许，指许由。遁，避世。
[6] "吴市"句：吴市，今江苏苏州。此泛指江南。仙梅，指梅福，汉九江寿春人，字子真，为郡文学，官南昌尉，后弃官归。王莽时，弃家出游，变名姓为吴市门卒，传说他成仙而去。
[7] 相期：相约。

梅 花

陈 亮

疏枝横玉瘦，小萼点珠光。[1]一朵忽先变，百花皆后香。[2]
欲传春信息，不怕雪埋藏。[3]玉笛休三弄，东君正主张。[4]

陈 亮
（1143—1194）

字同甫，婺州永康（今浙江永康）人。宋孝宗隆兴初，曾上《中兴五论》，力主北伐，不报，退，自修于家。光宗时亲策进士，擢为第一，授签书建康府（今江苏南京）判官，未赴，卒。他是南宋著名词人，风格豪放。亦工诗。著有《龙川文集》。

◎ 题解

这首诗赞颂梅花不畏严寒、传报春信的崇高精神，表达了诗人报效国家的抱负。汪景龙说："诗有奇气，如其为人。"

◎ 注释

[1]"疏枝"二句：状含苞待放的梅花。上句总写整体，下句单写花蕾。萼，花苞。
[2]"一朵"二句：写梅花先于百花开放。
[3]"欲传"二句：写梅花的精神，寄诗人的情怀。
[4]"玉笛"二句：汉横吹曲中有《梅花落》曲调，李白《与史郎中钦听黄鹤楼上吹笛》有句云："黄鹤楼中吹玉笛，江城五月落梅花。"诗人反用其意，谓如今不该是吹笛落梅的时候，春神正要梅花造福于世呢！诗人以梅自喻，以东君喻皇帝，暗寓自己正当年轻有为，要报效国家，在恢复中原的事业中作出贡献。三弄，三曲。琴曲有《梅花三弄》。东君，传说中司春之神。

访端叔提干

葛天民

月趁潮头上，山随柁尾行。大江中夜满，双橹半空鸣。雁冷来无几，鸥清睡不成。[1]平生师友地[2]，此夕最关情[3]。

❀ 葛天民

字无怀，山阴（今浙江绍兴）人。初为僧，名义铦，字朴翁，居杭州西湖上。有集。

◎ 题解

提干：宋代官名，提点刑狱司干办公事的简称。这首诗写夜访友人的情景。纪昀说："前四句雄阔之至，五六起末二句，有神无迹。"

◎ 注释

[1] "雁冷"二句：谓江上过于冷清，只有零落的几只孤雁，鸥鹭也未曾入眠。
[2] 师友：指为己所敬佩、常获其教益的友人。李商隐《哭刘蕡》："平生风义兼师友。"
[3] 关情：牵动感情。

雁荡宝冠寺

赵师秀

行向石栏立，清寒不可云[1]。流来桥下水，半是洞中云。欲住逢年尽，因吟过夜分。荡阴当绝顶，一雁未曾闻[2]。

赵师秀
（1170—1219）

字紫芝，号灵秀，温州永嘉（今浙江永嘉）人。为宋太祖八世孙，宋光宗绍熙元年（1190）进士，浮沉州县，终于高安（今江西高安）推官。他是"永嘉四灵"之一，成就在其他三人之上，诗宗晚唐贾岛、姚合，用力写律体，尤重五言，以锻炼字句为作诗之能事，与江西诗派对树坛坫，但成就远逊。著有《清苑斋集》。

◎ 题解

雁荡宝冠寺：雁荡山在今浙江乐清境。宝冠寺为雁荡十八古刹之一。在西谷，今已废。这首诗描写雁荡山奇秀的风光，字斟句酌，可见

"四灵"诗风一斑。方回说:"杜荀鹤'只应松上鹤,便是洞中人',此三四亦相犯。五六有味。"冯舒说:"捉得赃者。"

◎ 注释

[1]云:说。
[2]"荡阴"二句:雁荡雁湖岗,岗顶有湖,芦苇丛生,秋雁常来栖宿,因名雁荡。这两句反用此意。

薛氏瓜庐

赵师秀

不作封侯念,悠然远世纷。[1]惟应种瓜事,犹被读书分[2]。野水多于地,春山半是云。吾生嫌已老,学圃未如君[3]。

◎ 题解

瓜庐:瓜牛庐,即蜗庐。《三国志·管宁传》注:"案《魏略》云:'焦先及杨沛并作瓜牛庐,止其中。'以为'瓜'当作'蜗';蜗牛,螺虫之有角者也,俗或呼为黄犊。先等作圞舍,形如蜗牛蔽,故谓之蜗牛庐。"这首诗抒写隐居生活的情趣。方回说:"'人家半在船,野水多于地',本乐天仄韵古诗,今换一句为对,亦佳。"纪昀说:"此首气体浑雅,犹近中唐,不但五六佳也。"

◎ 注释

[1]"不作"二句:写薛氏不慕仕途,乐于隐逸。封侯,指做官。远世纷,远离尘世的纷争。
[2]分:分心。
[3]"学圃"句:语本《论语·子路》:"樊迟请学稼。子曰:吾不如老农。请学为圃。曰:吾不如老圃。"学圃,学习种菜。

夜　意
林景熙

淡然无一事[1]，至乐在书床[2]。老石栖云定，疏松过雨香。砧清秋巷迥[3]，灯白夜堂凉。此意无人会，重城醉梦乡。[4]

◎ 题解

这首诗寓意幽深，在凄清深沉的秋夜景色中，郁结了诗人难以言传的无穷感慨，于末句点出。

◎ 注释

[1]淡然：恬静寡欲貌。
[2]至乐：最大的乐趣。书床：书架。
[3]"砧清"句：清朗的捣砧声使秋天的小巷更显深远。砧，捣衣石。这里指捣衣的声音。迥，远。杜甫《捣衣》："亦知戍不返，秋至拭清砧。"这里似暗用此意，以夜深赶制寒衣，表示家人对在前线作战的丈夫的远思，以寄诗人对抗元将士的怀念。
[4]"此意"二句：谓无人能领会此中意味，满城都处于醉梦之中。重城，内城、外城。

近体二首
谢　翱

南雁去来尽，音书不可凭。[1]应过蛮岭瘴，间拊楚臣膺。[2]沧海沉秦璧[3]，愁云起舜陵[4]。可堪魂梦在，回首旧觚棱！[5]

月离孤嶂雨，寻梦下山川。[6]野冢埋鹦鹉[7]，残碑哭杜鹃[8]。妓收中使客，民买内医田。[9]到此闻邻笛，离情重惘然。[10]

◉ 题解

　　这两首诗是宋亡以后,诗人流亡两浙时所作,抒写了故国倾覆的巨大悲恸,情辞沉痛,感人至深。

◉ 注释

[1]"南雁"二句:我国旧有"雁足传书"的传闻,这两句用此意,谓南来的鸿雁已经去尽,再也没有可以作为传递音书的凭借了。暗寓国破家亡,故人云散,只剩孑然一身的沉痛之情。

[2]"应过"二句:由南雁的去尽,抒写宋亡以后自己数年来流亡于闽浙一带的生活。应过,该曾经过。指南雁。蛮岭,南方的山岭。蛮,见《岭梅》注。瘴,我国南方山林间湿热蒸发致人疾病的毒气。间,不时。拊膺,搥胸,表示悲痛。楚臣,本指战国时楚亡于秦以后的遗臣,这里是诗人自指。

[3]"沧海"句:喻故国倾覆。秦璧,即秦玺,又称传国玺。相传秦始皇得蓝田玉,雕为印,上刻"受命于天,既寿永昌",为传国之玺。秦始皇三十六年,郑使者从关东来,至华阴之野,有持与使者璧曰:"为我遗镐池君。"因言曰:"明年祖龙死。"置璧而去,忽不见。始皇使人视璧,乃二十八年渡江所沉璧也。见《史记·秦始皇本纪》。

[4]舜陵:传说中舜帝的陵墓,据传在今湖南宁远九嶷山。这里借指南宋六朝的皇陵,在今浙江绍兴东三十六里攒宫山下。

[5]"可堪"二句:可堪,那堪、怎忍。魂梦,犹心灵,意念。旧觚棱,故国的皇宫。觚棱,殿堂屋角的瓦脊,因呈方角棱瓣之形,故名。这两句谓叫人无法忍受的是,敌国皇城的宫殿仍时时萦绕于魂梦之中。

[6]"月离"二句:孤嶂,孤独的山嶂。嶂,似屏障般的山峰。寻梦,指寻找往事遗踪。这两句既写景又抒情,主要在抒情。写景是造境迷离,独辟蹊径;抒情则是以月比喻自己离开会稽后流浪各地,凭吊故国山河。

[7]"野冢"句:冢,坟墓。埋鹦鹉,用祢衡事。东汉末,祢衡在黄祖长子黄射的宴会上即席赋《鹦鹉赋》,后祢衡为黄祖所杀,葬于同地,后世因称其地为鹦鹉洲,地在今武汉武昌城外江中。这里以鹦鹉借指南宋被害和牺牲的忠臣将士。

[8]杜鹃:见《冬青花》注。这里指南宋的皇帝。

[9]"妓收"二句:写南宋亡后京城临安萧条冷落的景象。往日热闹的妓院,如今接纳的却是宦官,皇帝御医的田地也出卖给了普通的百姓。中使,宦官。内医,宫中御医。

[10]"到此"二句:魏末嵇康、吕安被司马昭杀害,嵇康好友向秀经其山阳旧居,闻邻人笛声,感怀亡友,作《思旧赋》。见《晋书·向秀传》。这里指怀念为南宋牺牲的故人如文天祥等。离情,这里指生离死别之情。重,甚。惘然,迷惘貌。

七言律诗

寒食中寄郑起侍郎

杨徽之

清明时节出郊原,寂寂山城柳映门。
水隔淡烟修竹寺[1],路经疏雨落花村。
天寒酒薄难成醉,地迥楼高易断魂[2]。
回首故山千里外[3],别离心绪向谁言?

杨徽之（921—1000） 字仲猷,建州浦城（今福建浦城）人。周显德中进士,起家校书郎,集贤校理,累官左拾遗。宋真宗时,官至翰林侍读学士。著有文集二十卷。

◎ 题解

郑起,字孟隆,周显德中官左拾遗,位至殿中侍御史。这是一首怀乡之作,前四句寄情于景,写寒食出郊外所见景色,幽寂凄清,后四句抒写对家乡的怀念,凄楚动人。

◎ 注释

[1] 修竹寺:隐藏在竹林深处的寺院。修竹,形容参天的竹子。修,长。
[2] 迥:远。断魂:犹销魂,形容哀伤。
[3] 故山:犹故乡。

梅 花

林 逋

吟怀长恨负芳时,为见梅花辄入诗。[1]
雪后园林才半树,水边篱落忽横枝。[2]

人怜红艳多应俗，天与清香似有私。[3]
堪笑胡雏亦风味，解将声调角中吹。[4]

◉ 题解

　　诗人以咏梅诗著称，这首是他咏梅诗的代表作。诗人笔下的梅花，形神兼备，也是诗人自己的写照。查慎行评这首诗说："'雪后'一联，不但格高，正以意味胜耳。"纪昀说："后四句不成诗。"汪景龙说："六一居士谓'疏影横斜'二语（按：指《山园小梅二首》'疏影横斜水清浅，暗香浮动月黄昏'一联）为前世未有，涪翁则以'雪后园林'二语为胜之。一取神韵，一取意趣。文章如女色，好恶止系乎人，此喻良然。"

◉ 注释

[1]"吟怀"二句：吟怀，诗人的情怀。芳时，指梅花开放的季节。辄，就。这两句从侧面烘托入题，写诗人爱梅至深，长恨辜负了梅花盛开的好时节，因此只要一见梅花开放，就要将它写入自己的诗篇。

[2]"雪后"二句：这两句正面写梅。半树，谓梅花还未盛开，只疏疏落落地开了一半。篱落，篱笆。横枝，形容梅枝横出，错落有致。

[3]"人怜"二句：怜，爱。红艳，指桃花一类艳丽的花。清香，指梅花沁人心脾的芳香。似有私，谓大自然似乎偏私于梅花才给它以清香。这两句就人们对花的审美眼光和自己对自然偏爱的感受加以评论，表现了诗人高洁的情趣。

[4]"堪笑"二句：胡雏，胡人。风味，指情趣、特色。解，懂得。角，古乐器名。《晋书·乐志下》："胡角者，木以应胡笳之声，后渐用之横吹，有双角，即胡乐也。"这两句以侧收，写胡人似乎也懂得梅花的意趣，因此将它谱成曲子，用胡角吹奏起来。按：汉横吹曲有《梅花落》曲调，原为胡人所制，汉武帝时从西域传入。

汉　武

杨　亿

蓬莱银阙浪漫漫，弱水回风欲到难。[1]

光照竹宫劳夜拜,露泻金掌费朝餐。[2]
力通青海求龙种,死讳文成食马肝。[3]
待诏先生齿编贝,那教索米向长安。[4]

杨 亿
（974—1020）

字大年,建州浦城(今福建浦城)人。太宗时赐进士及第。真宗景德二年(1005)入翰林。天禧中(1017—1020),官工部侍郎,翰林学士,兼史馆修撰,判馆事,权景灵宫副使。他文格富丽,才思敏捷,被称一代文豪。他是宋初西昆体诗派的始祖,在馆阁时,与刘筠、钱惟演、李宗谔、陈越、李维、刘骘、刁衎、任随、张咏、钱惟济、丁谓、舒雅、晁迥、崔遵度、薛暎、刘秉等共十七人相唱和,后杨亿取玉山策府之名,编为《西昆酬唱集》。《四库全书总目》说他"诗宗法唐李商隐,词取妍华,而不乏兴象。效之者渐失本真,惟工组织……其后欧(阳修)、梅(尧臣)继作,坡(苏轼)、谷(黄庭坚)迭起,而杨、刘(筠)之派遂不绝如线。要其取材博赡,练词精整,非学有根柢,亦不能熔铸变化,自名一家,固亦未可轻诋。"他们的诗,以写身边琐事及个人感情为主,也偶有讽刺时政之作。真宗为其《宣曲》中有"取酒临邛"之句,而下诏禁斥,陆游《渭南文集》有《西昆诗跋》,言其始末甚详。著有《括苍》等集,多散失,现存《武夷新集》收于《四库全书》中。

◎ 题解

　　这首诗意在讽谏宋真宗封禅求仙之事。景德末年，宋真宗赵恒信用王钦若，王荐引丁谓，迎合真宗求仙学道的旨意，伪造天书，争献符瑞。真宗因于景德五年，改元大中祥符，东封泰山，西祀汾阳，谒亳州太清宫，并广建宫观，希求长生。诗人因借汉武帝求长生不老药等荒诞不经事刺之。冯班说："此首有作用。"又说："西昆祖玉溪生，然玉溪摭词丽，着眼高，首尾有起止，诸公不及也。"汪景龙说："刘贡父尝谓：'青海'一联，义山亦不能过。"

◎ 注释

[1]"蓬莱"二句：写汉武帝求不死之药事，暗刺真宗。《史记·封禅书》："自威、宣、燕昭使人入海求蓬莱、方丈、瀛洲。此三神山者，其傅在渤海中，去人不远；患且至，则船风引而去，盖尝有至者，诸仙人及不死之药皆在焉。其物禽兽尽白，而黄金银为宫阙。未至，望之如云；及到，三神山反居水下。临之，风辄引去，终莫能至云。"弱水，传说中力弱不能负舟的水。

[2]"光照"二句：以汉武帝参拜竹宫等封禅事，刺真宗东封泰山、西祀汾阳等事。《汉书·礼乐志》："以正月上辛用事甘泉圜丘，使童男女七十人俱歌，昏祠至明。夜常有神光如流星，止集于祠坛，天子自竹宫而望拜。"韦昭注："以竹为宫，天子居中。"颜师古注："《汉旧仪》云：竹宫去坛三里。"《史记·封禅书》："其后则又作柏梁、铜柱、承露仙人掌之属矣。"张衡《西京赋》："立修茎之仙掌，承云表之清露。"李善注引《三辅故事》："武帝作铜露盘，承天露，和玉屑饮之，欲以求仙。"金掌事指此。洿，凝聚。

[3]"力通"二句：用汉武帝向大宛求名马等事，反刺宋时西蕃贡马等事。《汉书·西域传》："宛别邑七十余城，多善马。马汗血，言其先天马子也。张骞始为武帝言之，上遣使者持千金及金马，以请宛善马……宛遂攻杀汉使，取其财物。于是天子遣贰师将军李广利将兵前后十余万人伐宛，连四年。宛人斩其王毋寡首，献马三千匹，汉军乃还。"龙种，名马。《隋书·炀帝纪》："置马牧于青海渚中，以求龙种。"文成食马肝，文成，武帝时方士。事见《史记·封禅书》："于是乃拜少翁为文成将军……居岁余，其方益衰，神不至。乃为帛书以饭牛，详不知，言曰：此牛腹中有奇。杀视得书，书言甚怪。天子识其手书，问其人，果是伪书。于是诛文成将军，隐之。""后悔其早死，惜其方不尽，及见栾……上曰：文成食马肝死耳。"按：宋真宗咸平六年（1003），陇山西蕃部贡马于宋，并请助攻李德明。景德二年（1005），李德明遣使贡于宋。大中祥符八年（1015），西蕃唃厮啰贡马，估值约钱七百六十万。

[4]"待诏"二句:汉武帝时,东方朔上书,高自称誉,有"目若悬珠,齿若编贝"之语,武帝令待诏公车,"俸禄薄,未得省见"。久之,武帝召问,东方朔又有"臣言可用,幸异其礼;不可用,罢之。无令但索米长安"之语,武帝因使待诏金马门,稍得亲近。见《汉书·东方朔传》。按:时诗人官知制诰,文职司笔札之官,故以东方朔自比。

吴 江

张 先

春后银鱼霜下鲈[1],远人曾到合思吴[2]。
欲图江色不上笔[3],静觅鸟声深在芦。
落日未昏闻市散,青天都净见山孤[4]。
桥南水涨虹垂影[5],清夜澄光合太湖[6]。

张 先 字子野,乌程(今浙江湖州)人。宋仁宗天圣八年(1030)进士,知吴江县(今江苏吴江),晏殊辟他为通判,官至都官郎中。晚年以钓鱼自适。他是宋初重要词人,亦工诗,诗笔苍老。著有《张子野诗集》二十卷。
(990—1078)

◎ 题解

吴江:此指吴淞江,源出太湖,流经吴江等县。此诗人任吴江县令时作,描写秀丽的江南水乡景色,清淡幽雅,造语工巧。《中吴纪闻》称此诗"为当时绝唱"。

◎ 注释

[1]银鱼:鱼名,体白如银,丝状,产太湖中。
[2]合:应。

[3] 图：画。不上笔：谓难以在画幅中表现如此秀丽的江上景色。
[4] 见：现，显。
[5] 虹垂影：彩虹般的拱桥倒映水中。吴江松陵有木桥，名垂虹桥，后改石桥。
[6] 澄光：明净的月光。合太湖：和太湖的水光融为一体。合，融合。太湖，在吴江西。

寓　意

晏　殊

油壁香车不再逢，峡云无迹任西东。[1]
梨花院落溶溶月，柳絮池塘淡淡风。[2]
几日寂寥伤酒后，一番萧索禁烟中。[3]
鱼书欲寄何由达？水远山长处处同。[4]

晏　殊
（991—1055）

字同叔，抚州临川（今属江西抚州）人。景德初（1004），张知白以神童荐，真宗召与进士并试廷中，他援笔立就，擢秘书省正字，命直史馆，累迁右谏议大夫，加给事中，进吏部侍郎，枢密副使，累官同中书门下平章事，兼枢密使。好贤，范仲淹、欧阳修等皆出其门。他是宋初重要词人，为诗近西昆派，以典雅华美见长。著有文集二百四十卷，已散失。

◎ 题解

　　这是一首艳体诗，以男女之间的爱情生活为主题。冯班说："次联自然富贵，妙在无金玉字；腹联清怨，妙在无粉腻气。此艳体之甲科也。"汪景龙说："元献尝举'梨花'一联语人曰：穷儿家有这景致也无？细玩之，诚自丰缛，原不必'轴装曲谱金书字，树记花名玉篆牌'，方为富贵语也。"

◉ 注释

[1] "油壁"二句：写以前的情人已经分手，不知下落。油壁香车，古代女子所乘的车，因车壁以油涂饰而名。乐府《苏小小歌》："妾乘油壁车，郎骑青骢马。"峡云无迹，喻情人已散。峡，指巫峡。峡云，巫山云雨的略语。传说巫山女神，朝行云，暮行雨，楚怀王曾梦中与她欢会。后人因以指称男女情欢。见宋玉《高唐赋》。

[2] "梨花"二句：写当年男女相会的背景。上句点明时间，下句点出地方。溶溶，水流貌。这里形容流泻的月光。

[3] "几日"二句：写别后的凄苦心情。禁烟，古代习俗，寒食前后，不举火，吃冷食，谓之禁烟。

[4] "鱼书"二句：写对情人的思念。鱼书，书信。语出古诗《饮马长城窟行》："客从远方来，遗我双鲤鱼。呼儿烹鲤鱼，中有尺素书。"何由达，反问，即无法寄达。水远山长，形容道路远阻。诗人有《蝶恋花》词，云："欲寄彩笺无尺素，山长水阔知何处。"与此意同。

落　花
宋　祁

坠素翻红各自伤[1]，青楼烟雨忍相忘[2]？
将飞更作回风舞[3]，已落犹成半面妆[4]。
沧海客归珠迸泪[5]，章台人去骨遗香[6]。
可能无意传双蝶？尽付芳心与蜜房。[7]

宋　祁
（998—1061）

字子京，安州安陵（今湖北安陆）人。宋仁宗天圣间中进士，起家为复州（治所在今湖北沔阳）军事推官，累迁龙图馆学士，史馆修撰，与欧阳修同修《唐书》，并出知亳州（治所在今安徽亳州），十余年间,出入内外。书成,迁左丞,进工部尚书,拜翰林学士承旨。谥景文。祁与其兄庠有文名,时称"二宋"。其诗多写个人生活琐事,语言工丽,描写生动。著有文集一百卷,已散失,现存清人所辑《宋景文集》。

◎ 题解

　　这首诗是诗人年轻时的作品。诗以落花为喻,意在抒发报效朝廷的抱负,方回说:"夏英公竦守安州,兄弟(指宋祁及其兄宋庠)以布衣游学,席上赋此二诗(另一首指宋庠的《落花》),英公以为有台辅气。"吴闿生说:"此少作,故浓艳乃尔,收干乞之旨。"

◎ 注释

[1]坠素翻红:形容飘落的李花与桃花。

[2]青楼:指贵者所居。王昌龄《青楼曲》:"驰道杨花满御沟,红妆缦绾上青楼。"烟雨:蒙蒙细雨。

[3]回风舞:《洞冥记》:"帝所幸宫人名丽娟……于芝生殿唱《回风》之曲,庭中花皆翻落。"李贺《残丝曲》:"落花起作回风舞。"这里实写飞旋的落花,也暗用丽娟事,寄不忘恩幸之意。

[4]半面妆:《南史·梁元帝徐妃传》:"妃以帝眇一目,每知帝将至,必为半面妆以俟,帝见则大怒而出。"这里指残剩的花瓣犹有艳丽的色泽。

[5]"沧海"句:《博物志》:"南海外有鲛人,水居如鱼,不废织绩,其眼能泣珠。"李商隐《锦瑟》:"沧海月明珠有泪。"

[6]"章台"句:用唐代韩翃事。韩有姬柳氏,安史之乱起,两人奔散,柳出家为尼。韩为平卢节度使侯希逸书记,使人寄柳诗,曰:"章台柳,章台柳,昔日青青今在否?纵使长条似旧垂,也应攀折他人手。"韩诗是以柳指人。这里是以人指柳,又以柳喻人。意谓落花虽飘坠尘埃,仍将清香遗留给人间,借以表达自己矢志不渝、报效朝廷的心迹。

[7]"可能"二句:写落花高洁的风格,借以抒发诗人济世的情怀。

东　溪

梅尧臣

行到东溪看水时，坐临孤屿发船迟[1]。
野凫眠岸有闲意[2]，老树着花无丑枝。
短短蒲茸齐似剪[3]，平平沙石净于筛。
情虽不厌住不得[4]，薄暮归来车马疲。

◎ 题解

　　东溪：即宛溪，在诗人的故乡宣城。这是一首写景小诗。在清丽的景色描写中，也暗暗透露了诗人的孤清之感。纪昀说："此乃名下无虚。"陈衍说："只有三、四是名句，后四句呆钝。"

◎ 注释

[1]孤屿：孤岛。
[2]野凫：野鸭。
[3]蒲茸：初生的蒲草。
[4]"情虽"句：句意似本柳宗元《至小丘西小石潭记》："以其境过清，不可久居，乃记之而去。"

戏答元珍

欧阳修

春风疑不到天涯[1]，二月山城未见花。
残雪压枝犹有橘，冻雷惊笋欲抽芽[2]。
夜闻归雁生乡思，病入新年感物华[3]。
曾是洛阳花下客，野芳虽晚不须嗟[4]。

◎ 题解

　　这首诗作于诗人贬官峡州夷陵（今湖北宜昌）县令时。丁宝臣，字元珍，常州晋陵（今江苏常州）人。宋仁宗景祐元年（1034）进士，时为峡州军事判官。方回说："此夷陵作，欧公自谓得意。盖'春风疑不到天涯'一句未见其妙，若可惊异；第二句云：'二月山城未见花'，即先问后答，明言其所谓也。以后句句有味。"冯舒说："亦自工致。"纪昀说："起得超妙，不减柳州。"陈衍说："结韵用高一层意自慰。"

◎ 注释

[1] 天涯：极边远的地方。诗人贬官夷陵，距京城已远，故云。
[2] 冻雷：早春的雷声。
[3] 感物华：为美好的春色所感染。物华，华美的风物。
[4] "曾是"二句：诗人曾在洛阳任留守推官，洛阳牡丹当时名闻全国，这两句即以此意对"山城未见花"表示自我慰藉。野芳，野花。嗟，叹息。

九日水阁

韩　琦

沉馆颓摧古榭荒[1]，此延嘉客会重阳[2]。
虽惭老圃秋容淡，且看黄花晚节香。[3]
酒味已醇新过热[4]，蟹螯先实不须霜[5]。
年来饮兴衰难强[6]，漫有高吟力尚狂。

◎ 题解

　　这首诗作于宋英宗治平二年（1065）秋，时诗人在京中任右仆射。《类苑》载："魏公在北门，重阳宴诸曹于后园，有诗一联云：'不羞老圃秋容淡，且看黄花晚节香。'公居常谓保初节易，保晚节难，故晚节事尤著，所立特完。"冯舒说："不妨自作贤宰相声口，诗实宋气。"

◎ 注释

[1]沉馆：即水阁，建在水中的馆阁。隳摧：毁坏。

[2]延：延请、邀请。

[3]"虽惭"二句：黄花，菊花。这两句从眼前景色的描写中，抒发诗人对保持晚节的赞美和向往之情。

[4]过热：指把酒炖热。

[5]蟹螯：螃蟹的两只大钳。

[6]强：勉强。

次韵酬朱昌叔三首（录一）

王安石

去年音问隔淮州[1]，百谪难知亦我忧[2]。
前日杯盘共江渚[3]，一欢相属岂人谋[4]！
山蟠直渎输淮口[5]，水抱长干转石头[6]。
乘兴舟舆无不可[7]，春风从此与公游。

◎ 题解

朱昌叔，名明之，诗人妹婿。这首诗抒写诗人和昌叔相聚的欣喜心情。第一句和第三句为对，第二句与第四句为对，是诗中变格；后半极工，七句的"舆"承五句的"山"，"舟"承六句的"水"，结句回应三、四句。

◎ 注释

[1]音问：音讯。隔淮州：为淮州所隔。淮州，即淮安郡（治所在今河南泌阳），西晋时为淮州。这里泛指淮河一带。

[2]百谪：屡遭贬谪。

[3]杯盘共江渚：在江边共饮。

[4]一欢相属：欢聚一堂。岂人谋：难道是人们的意志所能办到的吗？言外之意是非己意所能定。

[5]山蟠：山势蟠曲。直渎：水名。在今南京。淮口：指秦淮河流入长江的入口处。

[6]长干：南京地名。见《大雷口阻风》注。石头：山名。在今南京江宁，北缘大江，南抵秦淮之口。

[7]舟舆：船与车。无不可：都可以。

思王逢原三首（录一）

王安石

蓬蒿今日想纷披[1]，冢上秋风又一吹[2]。
妙质不为平世得[3]，微言惟有故人知[4]。
庐山南堕当书案，湓水东来入酒卮[5]。
陈迹可怜随手尽[6]，欲欢无复似当时。

◉ 题解

这首诗作于宋仁宗嘉祐五年（1060）。王逢原，名令。见《暑旱苦热》作者介绍。王令是王安石的连襟，也是知交，于作诗前一年秋去世，年仅二十八岁。诗写诗人和逢原生前深厚的情谊，对他的去世表达了深切的悼念。陈衍说，与《酬朱昌叔》诗"同一用笔用意，但一将来，一已往，一满意，一悲伤耳"。

◉ 注释

[1]纷披：多而散乱。

[2]冢：坟墓。

[3]妙质：指优秀的品质和才华。平世：太平盛世。不为平世得，不为太平盛世所重视。

[4] 微言：精微的议论。《汉书·艺文志》："昔仲尼殁而微言绝。"
[5] "庐山"二句：写诗人与王令在庐山同游共读的往事。南堕，山岇南方，如同自天而降。当，对。湓（pén）水，水名。源出江西瑞昌西清湓山，东流经九江，北入长江。入酒卮，谓湓水似乎要流入酒杯。
[6] 陈迹：旧事。指五、六句所云。随手尽：很快消逝。

葛溪驿

王安石

缺月昏昏漏未央[1]，一灯明灭照秋床。
病身最觉风露早[2]，归梦不知山水长[3]。
坐感岁时歌慷慨，起看天地色凄凉。
鸣蝉更乱行人耳，正抱疏桐叶半黄。

◎ 题解

　　葛溪驿：《大清一统志》："江西广信府，葛溪在弋阳县西二里，亦名西溪。葛溪驿在弋阳县南。"驿是古代供传递文书和来往官吏住宿的旅舍。这首诗记写途宿驿中所感。方回说："半山诗如此慷慨者少，却似江西人诗。"冯舒说："江西安得如此标秀！"纪昀说："老健深稳，意境自殊不凡。三、四细腻，后四句神力圆足。"

◎ 注释

[1] 漏未央：夜未尽。漏，古代计时器。《说文》："漏，以铜受水，刻节，昼夜百刻。"未央，未尽。
[2] "病身"句：谓染病之身最能感受到清晨风露的早早降临。
[3] "归梦"句：谓归乡之梦不会受到山高水长的阻隔。

病中游祖塔院

苏　轼

紫李黄瓜村路香[1]，乌纱白葛道衣凉[2]。
闭门野寺松阴转，欹枕风轩客梦长[3]。
因病得闲殊不恶[4]，安心是药更无方[5]。
道人不惜阶前水[6]，借与匏樽自在尝[7]。

◎ 题解

　　这首诗作于宋神宗熙宁六年（1073），时诗人在杭州通判任。

　　祖塔院：即定慧禅寺，俗称虎跑寺，在今杭州西南大慈山下。唐宪宗元和中建，宋太宗太平兴国六年（981），改称祖塔法云院。这是首纪游诗，在幽静的山寺风景的描写中，抒写了诗人闲适自得的心情。方东树说："先写游时景与情事，风味别胜，不比凡境。三、四写院中景。五、六还题'病中'，兼切二祖。收将院僧、自己绾合，亦自然本地风光，不是从外插入。"

◎ 注释

[1]紫李：李子，色紫红。
[2]"乌纱"句：写诗人的装束。乌纱，乌纱帽。东晋时官帽，隋代以后渐流行于民间。白葛，白色的葛巾。古人常以作头巾。
[3]欹枕：侧躺。风轩：临风的亭轩。
[4]殊不恶：一点也不坏。《晋书·王凝之妻谢氏传》："（谢道韫）初适凝之，还，甚不乐。安（谢安）曰：王郎，逸少（王羲之）子，不恶，汝何恨也？"
[5]"安心"句：使纷扰的心安定下来便是医病的良药，再没有比它更好的药方了。《景德传灯录》载，二祖慧可谓达摩曰：我心未安，请师安心。达摩曰：将心来，与汝安。二祖良久曰：觅心了不可得。达摩曰：与汝安心竟。诗语本此。
[6]道人：僧人。见《纯甫出僧惠崇画，要子作诗》注。阶前水：指虎跑泉。在今虎跑寺内。相传唐元和十四年（819），高僧性空居此，苦于无水，忽有"二虎跑地作穴"泉

水涌出，故名。

[7] 匏樽：葫芦制作的酒樽。

有美堂暴雨

苏　轼

游人脚底一声雷[1]，满坐顽云拨不开[2]。
天外黑风吹海立，浙东飞雨过江来[3]。
十分潋滟金尊凸[4]，千杖敲铿羯鼓催[5]。
唤起谪仙泉洒面[6]，倒倾鲛室泻琼瑰[7]。

◎ 题解

这首诗作于熙宁六年（1073）初秋，时诗人在杭州通判任。

有美堂：在杭州吴山最高处。据《庚溪诗话》："钱塘吴山有美堂，乃仁宗朝梅挚公仪出守杭，上赐之诗，有曰：'地有吴山美，东南第一州。'梅以上诗语名堂，士大夫留题甚众。"诗作描写暴雨，极富气魄。冯班说："如此才力，何必唐诗。"冯班说："大手。"又说："尾联不好。"方东树说："奇气。"

◎ 注释

[1]"游人"句：旧题王十朋注引师民瞻说："俗说高雷无雨，故雷自地震，即暴雨也。"

[2]顽云：浓云。陆龟蒙《奉酬袭美苦雨见寄》："顽云猛雨更相欺。"

[3]浙东：钱塘江以东。浙，指浙江，即钱塘江。

[4]"十分"句：谓已经满溢的酒凸出了杯口。时诗人在有美堂饮宴，故云。潋滟，水满溢貌。尊，同"樽"。

[5]"千杖"句：描写暴雨直泻，其状其声就像无数的鼓槌急促地敲响了皮鼓。敲铿，敲击。羯鼓，见《九月一日夜读诗稿有感，走笔作歌》注。

[6]"唤起"句：谪仙，指李白。《旧唐书·李白传》："玄宗度曲，欲造乐府新词，亟召白，

白已卧于酒肆矣。召入,以水洒面,即令秉笔,顷之成十余章,帝颇嘉······初贺知章见白,赏之曰:'此天上谪仙人也。'"这句用此典,承第五句来,又有自比李白之意。

[7]"倒倾"句:鲛室,鲛人所居之室。见《落花》注。琼瑰,美玉。这句明喻雨,又兼用上句典,指写出美好的诗文。

祭常山回小猎

苏 轼

青盖前头点皂旗,黄茅冈下出长围。[1]
弄风骄马跑空立,趁兔苍鹰掠地飞。[2]
回望白云生翠巘,归来红叶满征衣。[3]
圣明若用西凉簿,白羽犹能效一挥。[4]

◎ 题解

这首诗作于熙宁八年(1075),时诗人在密州(今山东诸城)知州任,十月,修常山庙,祭常山,归途中会猎于铁沟,归后题此诗于密州小厅上。《江城子·密州出猎》词亦作于同时。诗写会猎声势,表现诗人意欲从军报国的豪情。方东树说:"瑰玮。五六境象佳。"

◎ 注释

[1]"青盖"二句:写出猎的雄姿。青盖,青色车篷。点皂旗,皂旗指引。皂旗,见《丁未二月上旬》注。长围,本指行军时合围以攻敌。这里指围猎。

[2]"弄风"二句:写围猎的情景。跑空立,形容马立地而起。跑(páo),原指兽以足跑地,这里形容马立起时前足凌空姿势。趁,追。苍鹰,一种畜养以助打猎时追捕野兽的猛禽。

[3]"回望"二句:写会猎归来。翠巘,苍翠的山峦。纪昀说这两句"写得兴致"。

[4]"圣明"二句:用晋代顾荣等事,抒从军报国的情怀。《晋书·顾荣传》:"齐王冏召为大司马主簿。······周玘与荣及甘卓、纪瞻潜谋起兵攻(陈)敏。荣废桥敛舟于南岸,敏率万余人出,不获济,荣麾以羽扇,其众溃散。"又,何焯说:"结句当用鲍明远诗'留我一白羽,将以分虎竹'意,非专用顾荣事也。"又据《乌台诗案》,以为这两句"意取西凉州主簿谢艾事。艾,本书生也,善能用兵,故以此自比,若用轼为将,亦不减谢艾

也"。按：这两句当是合用诸典，并非专用一典。圣明，指皇帝。西凉，晋时十六国之一，东晋安帝隆安四年（400）凉州李暠所建，都酒泉（今甘肃酒泉），史称西凉。宋初为西凉府。簿，主簿，官名。白羽，《太平御览》引裴启《语林》："与宣王（司马懿）在渭滨将战，武侯乘素舆，葛巾，白羽扇，指挥三军。"

送子由使契丹

苏 轼

云海相望寄此身，那因远适更沾巾！[1]
不辞驿骑凌风雪[2]，要使天骄识凤麟[3]。
沙漠回看宫禁月[4]，湖山应梦武林春[5]。
单于若问君家世[6]，莫道中朝第一人[7]。

◎ 题解

这首诗作于宋哲宗元祐四年（1089），时诗人知杭州，兼侍读。这年八月，诗人弟苏辙（字子由）奉旨出使契丹，向辽主祝贺生日。这首送别诗，在叙写兄弟手足之情的同时，表达了诗人的民族自豪感和热爱祖国的情怀。

◎ 注释

[1]"云海"二句：谓子由从此去契丹，虽远隔千里，云海相望，却不因远行而泪下沾巾。
[2]驿骑（jì）：驿站供过往官吏使用的马匹。凌：冒。
[3]天骄：汉朝称北方匈奴为"天之骄子"，简称天骄。后以泛称强盛的边地民族。凤麟：喻珍贵稀见的人物，这里比喻中国的文明人物。陈陶《闲居杂兴》："中原莫道无麟凤，自是皇家结网疏。"
[4]宫禁：官中禁地，指紫禁城。苏辙当时是翰林学士，能出入紫禁城。
[5]武林：山名，即今杭州西灵隐山。后多用以指杭州。
[6]单于：汉时匈奴称其君长为单于。这里指辽主。
[7]"莫道"句：中朝，朝中。这句告诉子由，不要向辽主说起苏门是朝中第一流的人物。意思是以中国之大，杰出的人物极多。语本韦绚《刘宾客嘉话录》："卢新州（杞）为

相,令李揆入蕃……揆既至蕃,蕃长问:'唐家有第一人李揆,公是否?'揆曰:'非也,他那个李揆争肯到此?'恐其拘留,以此诬之也。揆门户第一,文学第一,官职第一。"

寿星院寒碧轩

苏　轼

清风肃肃摇窗扉,窗前修竹一尺围。
纷纷苍雪落夏簟[1],冉冉绿雾沾人衣[2]。
日高山蝉抱叶响[3],人静翠羽穿林飞[4]。
道人绝粒对寒碧[5],为问鹤骨何缘肥[6]?

◎ 题解

　　这首诗作于元祐五年(1090),时诗人在杭州知州任。寿星院、寒碧轩:在杭州天竺寺中。这是一首拗律体纪游诗,描写了山寺幽谧的景象。方东树说:"奇气一片。"

◎ 注释

[1]苍雪:喻飞花。夏簟:夏日用以遮阳的竹席。
[2]绿雾:绿树丛中的云雾。
[3]"日高"句:化用杜甫"抱叶寒蝉静"句。
[4]翠羽:翠绿的鸟羽,指代翠鸟。
[5]道人:此指道士。绝粒:又称辟谷。道家以不火食、不进五谷为修炼方法。
[6]鹤骨:形容骨骼清奇或身体消瘦。何缘肥:怎么肥得起来。

六月十二日酒醒步月,理发而寝

苏　轼

羽虫见月争翾翻[1],我亦散发虚明轩[2]。

千梳冷快肌骨醒,风露气入霜蓬根[3]。
起舞三人谩相属,停杯一问终无言[4]。
曲肱薤簟有佳处[5],梦觉琼楼空断魂。

◎ 题解

　　这首诗是拗律体,作于宋哲宗绍圣三年(1096),时诗人贬惠州。诗作描写诗人谪居闲散放达而又悲凉伤感的生活情景。《唐宋诗醇》说:"语简而静,纸上有凉气扑人。"

◎ 注释

[1] 羽虫:飞虫。古代的"虫"为动物众称,不专指昆虫。此兼指鸟。翻(xuān)翻:指小飞貌。
[2] 虚明轩:空荡明亮的轩厅。这年三月,诗人在归善县后白鹤峰买得数亩隙地,筑室二十间,有"诗无邪斋"等。
[3] 霜蓬:形容白发凌乱。
[4] "起舞"二句:李白《月下独酌》:"举杯邀明月,对影成三人……我歌月徘徊,我舞影零乱。"又《把酒问月》:"青天有月来几时?我今停杯一问之。"苏诗本此。谩,通"漫"。空,徒然。相属,举杯相邀。
[5] 曲肱:曲臂以为枕。《论语·述而》:"曲肱而枕之。"薤簟:草席。

六月二十日夜渡海

苏轼

参横斗转欲三更,苦雨终风也解晴[1]。
云散月明谁点缀?天容海色本澄清[2]。
空余鲁叟乘桴意[3],粗识轩辕奏乐声[4]。
九死南荒吾不恨[5],兹游奇绝冠平生[6]。

◎ 题解

　　这首诗作于宋哲宗元符三年（1100）。这年五月，诗人接诰命，仍以琼州（治所在今海南琼山）别驾廉州（治所在今广西合浦）安置，不得签书公事，因得以内迁返大陆廉州贬所。诗人自绍圣四年（1097）六月贬居海南儋州，至此已整整三年，这次终于能够北归，心里十分高兴，诗中通过写景和借用典故，生动地表达了这种心情。方回说："或谓尾句太过，无省愆之意，殊不然也。章子厚、蔡卞欲杀之，而处之怡然，当此老境，无怨无怒，以为兹游奇绝，真了生死、轻得丧，天人也。"纪昀说："前半纯是比体，如此措词，自无痕迹。"《唐宋诗醇》说："高阔空明，非实身有仙骨，莫能有其只字。"按：前四句参斗、雨风、云月、天海，一气喷薄而出，无丝毫堆砌之感。

◎ 注释

[1] "参横"二句：语意双关。一方面是眼前景的实写。参横斗转，时已三更，苦雨终风，终于转为新晴。一方面抒写自己蛮荒久谪，物转星移，政局更易，得到回归的喜悦之情。参、斗，二星宿名。参，西方白虎七宿的末一宿，即猎户座的七颗亮星，天明而没。斗，即北斗七星。终风，早晚刮个不停的大风。见《庚寅乙未犹泊大雷口》注。解，懂得。

[2] "云散"二句：《世说新语·言语》："司马太傅（司马道子）斋中夜坐，于时天月明净，都无纤翳，太傅叹以为佳。谢景重（谢重）在坐，答曰：'意谓乃不如微云点缀。'太傅因戏谢曰：'卿居心不净，乃复强欲滓秽太清耶！'"这里反用其意，一写月夜明净的天色，一写诗人纯洁无瑕的心迹。

[3] "空余"句：用孔子乘桴浮海之典，回顾自己当年的渡海，寄今日的欢快之情。鲁叟，指孔子。陶潜《饮酒》："汲汲鲁中叟。"乘桴，《论语·公冶长》："道不行，乘桴浮于海。"桴（fú），竹筏。

[4] "粗识"句：轩辕，黄帝。古代传说中中国的帝王。奏乐声，《庄子·天运》："帝（黄帝）张《咸池》之乐于洞庭之野。"这句用此典，暗寄感激朝廷之意。

[5] 九死：屡濒于死。《楚辞·离骚》："虽九死其犹未悔。"

[6] 冠平生：平生第一。

寄苏内翰

刘季孙

倦压鳌头请左符,笑寻颖尾为西湖。[1]
二三贤守去非远,六一清风今不孤[2]。
四海共知霜鬓满,重阳曾插菊花无?
聚星堂上谁先到[3]?欲傍金尊倒玉壶[4]。

刘季孙 字景文,开封祥符(今河南开封)人。初以右班殿直监饶州(治所在今江西鄱阳)酒税,后以左藏副使为两浙兵马都监,驻杭州。博学能诗。苏轼知杭州,重其才,曾誉之为"慷慨奇士",并表荐过他。

◎ 题解

苏内翰:指苏轼。内翰:翰林学士。宋哲宗元祐六年(1091)八月,苏轼由翰林学士承旨兼侍读出为龙图阁学士知颍州。八月二十二日,到颍州任。这首诗当作于这年九月。苏轼《次前韵送刘景文》:"一篇向人写肝肺,四海知我霜鬓满。"即指此诗。方回说:"'六一清风'一联已佳,'四海''重阳'一联,不唯见天下人共惜东坡之老,又且开慰坡公随时消息,不必以时事介意也。句律悲壮豪健,人人能诵之。"

◎ 注释

[1]"倦压"二句:谓苏轼倦于朝廷中为官,而请求外调,赴任颍州。《宋史·苏轼传》:"轼在翰林数月,复以谗请外,乃以龙图阁学士出知颍州。"鳌头,指翰林学士。唐、宋翰林学士、承旨等官朝见皇帝时,立于镌有巨鳌的殿陛石正中,因称入翰为上鳌头。姚合《和卢给事酬裴员外》:"蓬莱宫殿压鳌头。"左符,符的左半边。指外出为官。《汉

书·文帝纪》注:"与郡守为符,各分其半,右留京师,左以与之。"颍尾,颍水之滨。颍水,见《泛颍》注。西湖,指颍州西湖。

[2] 六一:指欧阳修。欧阳修晚年号六一居士。欧阳修《六一居士传》:"客有问曰:'六一何谓也?'居士曰:'吾家藏书一万卷,集录三代以来金石遗文一千卷,有琴一张,有棋一局,而常置酒一壶。'客曰:'是为五一尔,奈何?'居士曰:'以吾一翁,老于此五物之间,是岂不为六一乎?'"欧阳修曾知颍州,见作者介绍。

[3] 聚星堂:据《名胜志》:"安徽颍州府聚星堂:欧阳文忠守颍时,于州治起聚星堂,与侯官王回深父、临江刘敞贡父、州人常秩夷甫、六安焦千之伯强为日夕燕游之所。"

[4] 尊:同"樽"。

题落星寺

黄庭坚

落星开士深结屋[1],龙阁老翁来赋诗[2]。
小雨藏山客坐久,长江接天帆到迟。
宴寝清香与世隔[3],画图妙绝无人知[4]。
蜂房各自开户牖[5],处处煮茶藤一枝[6]。

◉ 题解

　　落星寺:在江西鄱阳湖西北落星湖。此题共四首,列于《外集》。据史容注:"非同时作。后人类聚于此,故诗语有重复。"所录原列第三首。这首拗律体纪游诗,描写了幽深清旷的境界,语句拗峭,扫尽俗尘。冯班说:"蜂房句妙极。"冯班说:"蜂房比僧舍也。"姚鼐说:"此诗真所谓似不食烟火人语。"方东树:"此摹杜公《终明府水楼》,音节气味逼肖。而别出一段风趣。"又说:"此诗只以首二句为主,以下皆写深屋之景,而中有赋诗之翁在。"

◉ 注释

[1]"落星"句:自注:"寺僧择隆,作宴坐小轩,为落星之胜处。"开士,和尚的尊称。本

指菩萨，意为能开众生信心。前秦苻坚赐沙门有德者，号为"开士"，后因以称。
[2]龙阁老翁：指诗人舅李公择，公择曾官龙图阁直学士，故称。这句谓李公择也曾在寺中赋诗。
[3]宴寝：宴息之所。宴，安闲。
[4]"画图"句：自注："僧隆画甚富，而寒山、拾得画最妙。"
[5]蜂房：喻僧舍。三国时，管辂射覆，卦成，说："家室倒悬，门户众多……此蜂窠也。"见《三国志》。户牖：门窗。
[6]藤一枝：用一枝枯藤（煮茶）。

登快阁

黄庭坚

痴儿了却公家事[1]，快阁东西倚晚晴。
落木千山天远大，澄江一道月分明。
朱弦已为佳人绝[2]，青眼聊因美酒横[3]。
万里归船弄长笛，此心吾与白鸥盟[4]。

◎ 题解

　　这首诗作于宋神宗元丰五年（1082），时诗人任太和县令。快阁，在今江西太和东，赣江之上。这首纪游诗生动地描绘了登阁远眺晴空美好的景色，抒写了诗人公事之余闲适旷达的情怀。姚鼐称这首诗"豪而有韵，此移太白歌行于七律内者"。方东树说："起四句且叙且写，一往浩然。五六句对意流行。收尤豪放。此所谓寓单行之气于排偶之中者。"

◎ 注释

[1]"痴儿"句：痴儿，诗人自称。了却，此指办完。公家事，指官事。这句意本《晋书·傅咸传（附傅玄）》："生子痴，了官事，官事未易了也。了事正作痴，复为快耳！"
[2]"朱弦"句：用钟子期故事，寓世无知己，不愿再施展才能之意。《吕氏春秋·本味篇》："钟子期死，伯牙破琴绝弦，终身不复鼓琴，以为世无足复为鼓琴者。"

[3]"青眼"句：用阮籍故事，谓自己当今最喜爱的只有美酒。晋阮籍不拘礼教，能为青白眼，见礼俗之士，以白眼对之，唯嵇康赍酒挟琴至，乃见青眼。见《晋书·阮籍传》。青眼，青即黑，以黑眼珠对人是正视的状态，表示对人尊重或喜爱。

[4]"此心"句：真心地与鸥鸟盟誓。表示要和鸥鸟永结为友，寓归隐之意。

题息轩

黄庭坚

僧开小槛笼沙界[1]，郁郁参天翠竹丛。
万籁参差写明月[2]，一家寥落共清风[3]。
蒲团禅板无人付[4]，茶鼎熏炉与客同[3]。
万水千山寻祖意，归来笑煞旧时翁。[6]

◎ 题解

　　这首诗作于元丰六年（1083）诗人任太和县令时。息轩：僧舍名。诗作紧切"息轩"，描绘了宁静孤寂的禅院景色，也透露了诗人的生活情趣。方东树说："前四句'轩'，后四句'息'，三四皆从次句'竹'字兴出，五六切'息'字，即起收意。"

◎ 注释

[1]沙界：佛家语。《金刚经》："恒河沙数三千大千世界。"即佛世界。这里指僧院周围环境。

[2]万籁：各种声响。参差：不齐貌。写：同"泻"。

[3]寥落：寂寞，冷清。

[4]蒲团：僧人坐禅和跪拜用的蒲草编织的圆垫。禅板：亦称倚板，僧人坐禅时倚身或安手之器。无人付：意谓寺院中空无一僧，可与参禅。

[5]"茶鼎"句：与客人在一起煮茶。

[6]"万水"二句：祖，祖师。这两句谓自己千里迢迢原想来寻访僧人，却不料空无一人，因此归时不免付之一笑了。

寄黄幾复

黄庭坚

我居北海君南海[1],寄雁传书谢不能[2]。
桃李春风一杯酒,江湖夜雨十年灯[3]。
持家但有四立壁[4],治病不蕲三折肱[5]。
想得读书头已白,隔溪猿哭瘴溪藤[6]。

◎ 题解

　　这首诗作于元丰八年(1085),时诗人监德州德平镇(在今山东德州东)。黄幾复,与诗人同乡,年轻时即相与往来,时知广州四会。这首寄赠诗叙写对故人的怀念,反衬强烈,全诗在瘴溪猿哭声中收煞,更见相思之苦、生活之贫。方东树说:"亦是一起浩然一气涌出。五六一顿……山谷兀傲纵横,一气涌现。然专学之,恐流入空滑,须慎之。"

◎ 注释

[1]"我居"句:自注:"幾复在广州四会,予在德州德平镇,皆海滨也。"这句巧妙地化用《左传·僖公四年》"君处北海,寡人处南海"句意,点出与幾复两地远隔。

[2]"寄雁"句:衡山有回雁峰,相传雁飞至此而回,不再南去,幾复已在衡山之南,所以托大雁书,大雁也要辞谢了。谢不能,以不能传递书信而辞谢。

[3]"桃李"二句:上句写昔日两人的欢聚,良辰美景,气氛欢快。下句即转写江湖相隔,已经十年,夜雨独坐,倍感凄凉。

[4]持家:保持家业。四立壁:状其贫无所有。语本《汉书·司马相如传上》:"家徒四壁立。"诗人稍加改动,以与下句"三折肱"对仗。

[5]"治病"句:蕲,求,希望。三折肱,三次折断手臂。语本《左传·定公十三年》:"三折肱知为良医。"这里反用其意,以治病喻治政,说幾复不求"良医"的虚名而三次把手臂折断,意谓幾复办事求实,不图虚名。

[6]瘴溪:四会在广东,多瘴雾,故称。

和周廉彦
张　耒

天光不动晚云垂,芳草初长衬马蹄。
新月已生飞鸟外,落霞更在夕阳西[1]。
花开有客时携酒,门冷无车出畏泥。
修禊洛滨期一醉[2],天津春浪绿浮堤[3]。

◎ 题解

周廉彦,名锷,鄞县(今浙江鄞州)人,宋神宗元丰二年(1079)进士。晚年退居杭州西湖。这首和作,清新自然,描绘了一幅春游的图画。方回说:"三四不见着力,自然浑成。"

◎ 注释

[1]"新月"二句:汪景龙说:"郎士元诗'河阳飞鸟外,雪岭大荒西',三四二语似本于此。"按:岑参《宿东溪王屋李隐者》:"天坛飞鸟边。"杜甫《船下夔州郭宿雨湿不得上岸别王十二判官》:"柔橹轻鸥外。"这两句似采用这种以小衬大、以近托远的写法来描写眼前景物,与郎士元诗写地方的遥远不同。
[2]修禊:古代风俗,于农历三月上旬的巳日(后固定在三月初三),到水边嬉戏采兰,以驱除不祥,称修禊。洛滨:洛水之滨。
[3]天津:桥名,在洛阳西南。

东山谒外大父墓
陈师道

土山宛转屈苍龙[1],下有槃槃盖世翁[2]。
万木刺天元自直[3],丛篁侵道更须东[4]。
百年富贵今谁见?一代功名托至公[5]。

少日拊头期类我[6],暮年垂泪向西风[7]。

◉ 题解

东山,指雍丘(今河南杞县)东山。外大父:外祖父。诗人外祖父庞籍,字醇之,单州成武(今山东成武)人。参知政事,拜工部侍郎、枢密使,迁户部,拜中书门下平章事、昭文馆大学士,以太子少保致仕,封颍国公。谥庄敏,葬雍丘东山。这首诗为拜谒庞籍墓园而作,称颂了庞籍一生政绩,表达了诗人的哀悼之情。纪昀称它"一气浑成,后山最深厚之作"。

◉ 注释

[1]"土山"句:古代迷信,以为坟墓须筑于"望如龙状有头尾蜿蜒"(《图墓书》)的地方。
[2]桀桀:大貌。任渊注引《续晋阳秋》:"大才桀桀。"盖世翁:才能超绝一世的老人。《史记·项羽本纪》:"力拔山兮气盖世。"
[3]元:同"原"。
[4]"丛篁"句:丛篁,竹丛。更须东,据任渊注:《齐民要术》曰:竹性爱西南引,谚云:东家种竹,西家治地。此言更须东,谓自己侵道,不须复东引也。"高步瀛说:"任注引《齐民要术》解'东'字甚确,但云不须复东引,疑未是。上句喻庞之孤直,此句喻当日党议纷纭,不免谤诬,但日久则公论自出,当反前日之论议矣。"按:当以高说为是。
[5]"一代"句:至公,极公正。这句意承第四句,谓论定庞公的一代功名全仗日后公正的评论。
[6]"少日"句:拊,抚摸。《后汉书·吴祐传》:"恢(吴恢)乃止,抚其首曰:吴氏世不乏季子矣。"期类我,希望像我。《扬子法言·学行》:"螟蛉之子殪而逢蜾蠃,祝之曰:类我类我,久则肖之矣。"这句用此典,谓自己年轻时,庞公就期望以后能像他一样,继承他的事业。
[7]"暮年"句:感叹自己老大无成,辜负了庞公的期望。王安石《谢公墩诗》:"暮年垂泪对桓伊。"

春怀示邻里

陈师道

断墙着雨蜗成字[1]，老屋无僧燕作家。
剩欲出门追语笑[2]，却嫌归鬓逐尘沙[3]。
风翻蛛网开三面[4]，雷动蜂窠趁两衙[5]。
屡失南邻春事约，只今容有未开花[6]。

◎ 题解

　　这首诗抒写春日所感，从自己住处的破败写起，转写要想出门，又怕风大，五、六句写春日景致，最后切题，表示要去邻家赏花之意。首联和颈联都显然经过雕琢，显示了诗人另一种艺术风格。方回称赞这首诗"淡中藏美丽，虚处着工夫，力能排天翰地，此后山诗也"。冯舒则说："如此诗未尝不好，只不该以赞李杜者佞谀之。"按：王安石《杜甫画像》诗有"力能排天翰九地"句。

◎ 注释

[1]"断墙"句：谓断墙着雨后，蜗牛爬行留下篆字般的痕迹。
[2]剩欲：颇欲，真想。
[3]"却嫌"句：就怕归来时满头尘沙。
[4]蛛网开三面：语本《吕氏春秋》："汤见祝网者，置四面。其祝曰：从天坠者，从地出者，从四方来者，皆离吾网。汤曰：嘻，尽之矣！非桀，其孰为此也？汤收其三面，置其一面。"意为商汤时，法令尚宽，网开三面。这里仅借用字面，意谓由于风大，蜘蛛的网破了三面。
[5]"雷动"句：蜂衙，众蜂簇拥蜂王，如朝拜屏立，称蜂衙。据陆佃《埤雅·释虫》，蜂衙有早晚两次。这句谓由于春雷轰鸣，大地回春，蜜蜂也赶起了蜂衙。
[6]容有：也许有。

春日怀秦髯

李 彭

山雨萧萧作快晴，郊园物物近清明。
花如解语迎人笑[1]，草不知名随意生。
晚节渐于春事懒[2]，病躯却怕酒壶倾。
睡余苦忆旧交友，应在日边听晓莺。

李 彭 字商老，南康军建昌（今江西永修）人。为江西派诗人，曾与苏轼、张耒等唱和，精释典，被称为"佛门诗史"。著有《日涉园集》。

◎ 题解

这首诗明快晓畅，描写了初春万物萌生的景象，抒写了思念故友的心情。语句尚多沿用前人之处，如"花如解语""草不知名""晚节渐于"等，江西派所谓"夺胎"，但未能"换骨"。秦髯，未详。

◎ 注释

[1]解语：领会人们的话意。
[2]晚节：晚年。

次山谷韵二首（录一）

洪 刍

宝石峥嵘佛所庐[1]，经宿何年下清都[2]？
海市楼台涌金碧[3]，木落牖户明江湖。
千波春撞有崩态[4]，万栋凌压无完肤[5]。

巨鳌冠山勿惊走[6]，欲寻高处吐明珠。

洪刍

字驹父，豫章（今江西南昌）人。宋哲宗绍圣元年（1094）进士。靖康中，官至谏议大夫。汴京失守，刍唯痛饮沉醉，竟被诬陷，流放沙门岛，以卒。他是黄庭坚的外甥，列名江西诗社宗派图，与兄朋、弟炎、羽，号称"四洪"。著有《老圃集》。

◎ 题解

　　山谷：黄庭坚。这首次韵诗描写海市蜃楼的奇幻景象，词语新奇，声调拗峭，与黄诗一脉相承。

◎ 注释

[1]峥嵘：高峻貌。佛所庐：佛的住处。此指寺院。

[2]经宿：隔夜。按：这两字与后面"何年下清都"五字倒装，谓自己何年自清都（京城）谪降，在此寺院留住了一夜。清都，原指天帝所居。此指京城。

[3]海市楼台：即"海市蜃楼"。大气中由于光线的折射，把远处的景物显示到空中的奇异幻景。涌金碧：涌现金碧辉煌的楼台。按，此句描写的景象疑指作者建炎中流放海岛时所见。洪刍流放事见陆游《老学庵笔记》、王明清《玉照新志》、袁颐《枫窗小牍》等书。

[4]舂撞：撞击。崩态：像要崩坍的样子。

[5]"万栋"句：万栋，形容屋宇众多。凌压，凌空而下。无完肤，没有完整的一块地方。这句形容海市下端模糊的景象。

[6]巨鳌冠山：比喻海市中山上的寺院。语本《列子·汤问》："渤海之东，有大壑焉，中有五山，根无所连着，常随波上下往还；帝恐流于西极，失群圣之居，乃使巨鳌十五举首戴之，五山始峙。""巨鳌"二句，似用李白《怀仙歌》"巨鳌莫载三山去，我欲蓬莱顶上行"句意。

次韵公实《雷雨》

洪 炎

惊雷势欲拔三山[1]，急雨声如倒百川。
但作奇寒侵客梦，若为一震静胡烟[2]？
田园荆棘漫流水，河洛腥膻今几年[3]？
拟扣九关笺帝所[4]，人非大手笔非椽[5]。

洪 炎

字玉父，豫章（今江西南昌）人。洪刍之弟。宋哲宗元祐末进士，官至著作郎，南渡后，官至著作秘书少监。与其兄朋、刍、弟羽，号称"四洪"，朋、刍、炎俱列名于江西诗社宗派图。著有《西渡集》。

题解

这首诗作于南渡以后，诗由惊雷急雨，联想及国土沦丧，表达了对国事的关心。造句凝重，诗意沉郁。风格接近黄庭坚、陈师道。

注释

[1] 三山：蓬莱三山。见《白水山佛迹岩》注。
[2] 若为：怎能。静胡烟：平息胡人的战尘，指消灭金兵。李白《永王东巡歌》："为君谈笑静胡沙。"
[3] 河洛腥膻：指金兵蹂躏中原。见《丁未二月上旬》注。
[4] 九关：传说中的九重天门。笺帝所：上书天帝。《初学记》载刘谧之有《与天公笺》。笺，笺奏，古代的一种文书。此指上奏本。
[5] "人非"句：谓可惜自己才能浅薄，没有能力来写这样的奏本。大手，"大手笔"的略语。此指写文章的高手。唐代苏颋（许国公）、张说（燕国公）被称为"燕、许大手笔"，见《新唐书·苏颋传》。笔非椽（chuán），《晋书·王珣传》："珣梦人以大笔如椽与之。"这里反用此典，谓自己文才、笔力薄弱。椽，屋椽。以喻大笔。

送以照上人

饶 节

三年坐夏饱湖山[1]，梦绕江南身未还[2]。
一见道人知妙质[3]，暂闻乡语破衰颜[4]。
朱轮华毂何曾乏，白拂长藤自不闲。[5]
特立如师世无几[6]，为君出户立潺湲[7]。

◉ 题解

　　以照上人：僧人名。据诗中所记，当为诗人同乡，余未详。这首诗作于诗人削发为僧以后，称颂以照上人高洁的情怀，显得清挺潇洒。

◉ 注释

[1] 坐夏：佛家语。古天竺僧徒每年于雨季三个月入禅静坐。我国佛教僧徒沿用此法，于农历四月十六日至七月十五日安居，因时为夏季，称坐复。饱湖山：饱览湖光山色。
[2] 梦绕江南：形容对江南故乡思念之深。
[3] 道人：此指以照上人。妙质：见《思王逢原》注。
[4] 乡语：家乡话。破衰颜：开颜而笑。
[5] "朱轮"二句：这两句称赞以照上人抛弃富贵，甘愿过僧人的清苦生活。朱轮华毂，红漆的车轮，彩绘的车毂。指代古代贵官所乘的车子。《汉书·刘向传》："今王氏一姓，乘朱轮华毂者二十三人。"何曾乏，并不缺少。白拂，僧人所用的白色尘拂。长藤，僧人所持的藤杖。
[6] 特立：特立独行，严于立身。师：指以照上人。
[7] 君：指以照上人。立潺湲：伫立于潺潺流水边。

春晚郊居

吕本中

柳外楼高绿半遮[1]，伤心春色在天涯。

低迷帘幕家家雨[2]，淡荡园林处处花[3]。
檐影已飞新社燕[4]，水痕初没去年沙。
地偏长者无车辙[5]，扫地从教草径斜。

◎ 题解

　　这首诗描写春晚景色，语言清丽，音节和婉，是流动圆美的佳作。

◎ 注释

[1]绿半遮：因为楼高，柳荫只能遮去高楼的一半。
[2]"低迷"句：谓春雨蒙蒙，家家帘幕笼罩在迷茫之中。
[3]淡荡：和风吹拂貌。
[4]社燕：燕子春社来，秋社去，故称社燕。社，社日，古代祀社神的日子。春社在立春后的第五个戊日，秋社在立秋后的第五个戊日，在春分、秋分前后。
[5]"地偏"句：由于地处偏僻，经常没有车马来往。《汉书·陈平传》："家乃负郭穷巷，以席为门，然门外多长者车辙。"这里反用其意。长者，年高德劭或位高望重的人。车辙，车轮碾过的痕迹。

夜　坐

吕本中

所至留连不计程[1]，两年坚卧厌南征[2]。
荒城日短溪山静，野寺人稀鹳雀鸣。
药裹向人闲自好[3]，文书到眼病犹明[4]。
较量定力差精进[5]，夜夜蒲团坐五更。

◎ 题解

　　这首诗抒写诗人流亡途中的生活和情怀。纪昀称这首诗"瘦硬而浑老，江西诗之最佳者"。

◎ 注释

[1]"所至"句：谓自己流亡途中所到之处常常停留，已无法计算行程了。留连，停留，阻滞。
[2] 坚卧：由于疾病缠身，长期卧床。南征：指在南方的流亡生活。金兵南下以后，诗人曾流亡于浙东、江西、广西等地。
[3] 药裹：药袋。
[4] 文书：公家文牍。
[5] "较量"句：谓估量自己的定力好像是有了些精进。较量，衡量。定力，见《风雨》注。精进，佛家语。佛教以布施、持戒、忍辱、精进、禅定、智慧为成佛的基本功，称"六度"。能持善乐道，不自放逸，为精进。

雪中陆务观数来问讯，用其韵奉赠
曾　几

江湖迥不见飞禽[1]，陆子殷勤有使临[2]。
问我居家谁暖眼[3]，为言忧国只寒心[4]。
官军渡口战复战，贼垒淮壖深又深[5]。
坐看天威扫除了[6]，一壶相贺小丛林[7]。

◎ 题解

　　陆务观：陆游。这首诗作于宋高宗绍兴三十一年（1161）冬，时诗人客寓会稽禹迹寺，陆游罢敕令所删定官，曾返会稽一行，屡往谒候。这年金主完颜亮大举南下，交战于江淮之间。诗作抒写了诗人对国事的忧虑，表达了对抗金斗争必胜的信心，也表现了诗人和陆游师生之间建立在共同理想之上的深厚情谊。

◎ 注释

[1] 迥：远。
[2] 陆子：指陆游。子是古代对男子的尊称，陆游是曾幾的学生，称陆子，表达了诗人对陆游的敬重。

[3]谁暖眼：谁对我亲热。暖眼，亲热看待。与"冷眼"相对。杜甫《与严二郎奉礼别》："别君谁暖眼。"

[4]"为言"句：据陆游《跋曾文清公奏议稿》："绍兴末，贼亮入塞。时茶山先生（曾幾）居会稽禹迹精舍。某自敕局罢归，略无三日不进见，见必闻忧国之言。先生时年过七十，聚族百口，未尝以为忧，忧国而已。"

[5]淮壖（ruán）：淮河边。壖，河边空地。

[6]天威：指宋帝的神威。扫除了：指把敌人扫除干净。

[7]丛林：僧寺。

苏秀道中，自七月二十五日大雨三日，秋苗以苏，喜雨有作

曾　幾

一夕骄阳转作霖[1]，梦回凉冷润衣襟。
不愁屋漏床床湿，且喜溪流岸岸深[2]。
千里稻花应秀色[3]，五更桐叶最知音[4]。
无田似我犹欣舞，何况田家望岁心[5]！

◎ 题解

苏秀：苏州和秀水（今浙江嘉兴）。这首诗因喜雨而作，表达了诗人对盼望庄稼丰收的农民的关切。情韵深至，呈现出轻快流动的风格。方回说："三、四已佳，五、六又下得应字、最字，有精神。"纪昀说："精神饱满，一结尤完足酣畅。"

◎ 注释

[1]霖：久雨。《左传·隐公九年》："凡雨，自三日以往为霖。"

[2]"不愁"二句：翻用杜甫《茅屋为秋风所破歌》"床头屋漏无干处"、《春日江村五首》"春流岸岸深"句意，自然贴切。

[3]"千里"句：借用唐殷尧藩《喜雨》诗句。

[4]"五更"句：古代诗词中，秋夜听雨打梧桐，常表示愁苦失眠。这里以"知音"称之，说尽心中喜悦之情。
[5]望岁：盼望丰收。《左传·昭公三十二年》："闵闵焉如农夫之望岁，惧以待时。"

和李上舍《冬日书事》

韩　驹

北风吹日昼多阴，日暮拥阶黄叶深。
倦鹊绕枝翻冻影，飞鸿摩月堕孤音[1]。
推愁不去如相觅，与老无期稍见侵。[2]
顾藉微官少年事[3]，病来那复一分心！

韩　驹
（1086？—1135）

字子苍，蜀仙井监（今四川仁寿）人。宋徽宗政和初，以献颂补假将仕郎，召试舍人院，赐进士出身，除秘书省正字，累官著作郎，中书舍人，直学院士。后坐苏轼乡党曲学，以集英殿修撰提举江州太平观。绍兴中，知江州（治所在今江西九江），卒于抚州（治所在今江西抚州）。曾从苏辙学，辙赞许其诗似储光羲。黄庭坚称其诗超轶绝尘。为江西派重要诗人之一。晚清同光体著名诗人沈曾植自称少喜读其诗，晚年并为刻其集。著有《陵阳集》。

◎ 题解

李上舍：李彭。见《春日怀秦觏》作者介绍。上舍，即上舍生，宋代太学生之一。这首和作抒写冬日所感。据《复斋漫录》："子苍《和李上舍冬日》诗'日暮拥阶黄叶深'之句，最为世所推赏。故李彭商老有建除体《赠子苍》云：'满朝以诗名，何独遗大雅？平生黄叶句，摸索便知价。'盖是时子苍自馆职斥宰分宁时也。"方回说："三四极工。"

◉ 注释

[1] 摩月：掠月而过。摩，迫，近。堕孤音：留下声声孤凄的啼鸣。
[2] "摧愁"二句：形容愁思之甚和老境渐至。
[3] 顾藉：顾惜。微官：职位低微的小官。

抚州邂逅彦正提刑，道旧感叹，辄书长句奉呈

韩　驹

忆在昭文并值庐，与君三岁侍皇居。[1]
花开辇路春迎驾[2]，日转蓬山晚晒书[3]。
学士南来尚岩穴，神州北望已丘墟。[4]
愁逢汉节沧江上，握手秋风泪满裾。[5]

◉ 题解

　　这首诗是诗人晚年退居抚州时的作品，时北宋已亡。彦正：张纲，字彦正，丹阳（今江苏丹阳）人。与诗人是多年的同官和知交。提刑：宋代官名。宋各路提点刑狱公事的简称。

　　诗作在故友相聚、怀念往事的叙写中，抒发了诗人的忧国之情，虽情调稍低沉，但感人至深。

◉ 注释

[1] "忆在"二句：回忆当年和彦正同在朝廷任职的情景。昭文，昭文馆，官署名。宋代三馆之一。掌收藏经、史、子、集四部图籍以及修写校雠等事。宋徽宗政和年间，诗人曾

官著作郎,直学士院,校正御前文籍。并,一起。值庐,值班之处。三岁,三年。皇居,帝王的宫室。

[2]辇路:帝王车驾经过的道路。

[3]蓬山:即蓬莱,翰林院的别称。海中仙山,以翰苑清贵,比之登仙,故称蓬山。

[4]"学士"二句:写南渡后的情况。学士,官名。尚岩穴,还能有简陋的房屋居住。岩穴,洞穴,指简陋的住处。神州,古称中国为赤县神州。见《行琼儋间……戏作此数句》注。这里指被金兵占领的中原。丘墟,成为废墟、荒地。《世说新语·轻诋》:"(桓温)与诸僚属登平乘楼,眺瞩中原,慨然曰:遂使神州陆沉,百年丘墟,王夷甫(衍)诸人不得不任其责!"

[5]"愁逢"二句:写与彦正相遇、思念国事的痛苦心情。汉节,节是古代使臣所持。汉苏武被匈奴所拘留,持汉节不屈。沧江,泛称江水。江水呈青苍色,故称。这里指抚河。裾,衣服的前襟。也指衣袖。

雨　晴

陈与义

天缺西南江面清[1],纤云不动小滩横。
墙头语鹊衣犹湿[2],楼外残雷气未平。
尽取微凉供稳睡,急搜奇句报新晴。
今宵胜绝无人共,卧看星河尽意明[3]。

◉ 题解

　　这首诗作于宋徽宗宣和五年(1123),时诗人任秘书省著作佐郎。诗作描写夏日雷雨后天色放晴的景色和自己的心境,清新宜人。纪昀说:"三四眼前景,而写来新警。"

◉ 注释

[1]天缺西南:谓西南方向露出一角晴天。
[2]语鹊:叫唤着的喜鹊。衣:这里指鸟羽。
[3]尽意明:极言夜色清朗,银河也格外分明。尽意,着意。

除夜二首（录一）

陈与义

城中爆竹已残更，朔吹翻江意未平[1]。
多事鬓毛随节换，尽情灯火向人明。
比量旧岁聊堪喜[2]，流转殊方又可惊[3]。
明日岳阳楼上去[4]，岛烟湖雾看春生[5]。

◎ 题解

这首诗作于宋高宗建炎二年（1129），时诗人正避乱在岳阳（今湖南岳阳）。诗作抒写诗人在北宋灭亡以后流离他乡的心情，表达了在旧年已尽、新岁将临时对恢复失地的希望。冯舒说："落句好。"纪昀说："气机生动，语亦清老，结有神致。"

按：此题另一首为七绝。

◎ 注释

[1] 朔：北风。这里象征北方金人的侵略势力。意未平：还没有平息的样子。苏轼《次韵秦少章和钱蒙仲》："潮打西陵意未平。"
[2] 比量：比较。聊堪喜：谓自己总算平安度过了这一年，还值得高兴。
[3] "流转"句：流转，流离转徙。殊方，异域他乡。北宋亡后，诗人避难南下，流离于今湖北、湖南一带五年左右。作诗时已过了三年这样的生活。诗人在同时所作《登岳阳楼二首》中，有"万里来游还望远，三年多难更凭危"的诗句。
[4] 岳阳楼：见《登岳阳楼》注。
[5] 岛：洞庭湖中的小岛，如君山。看春生：语意双关，暗寓恢复失地的希望。

次韵尹潜《感怀》

陈与义

干戈又看绕淮春[1]，叹息犹为国有人[2]。

可使翠华周寓县[3]，谁持白羽静风尘[4]？
五年天地无穷事[5]，万里江湖见在身[6]。
共说金陵龙虎气，放臣迷路感烟津。[7]

◉ 题解

这首诗作于宋高宗建炎三年（1129）四月，时诗人差知郢州（今湖北钟祥）。尹潜：周莘。详后《野泊对月有感》作者介绍。时为岳阳决曹掾。他是与义的诗友，与义流离湖、湘时，常和他有诗唱和。诗人在经历了国破家亡和流离江湖的遭遇以后，忧国忧民的爱国主义感情使他的作品具有一种慷慨雄阔的风格，与前期诗作迥异。这首次韵诗是一首代表作。

◉ 注释

[1]"干戈"句：干戈，指战事。绕淮春，淮河周围的春天。这句写宋高宗建炎三年（1129）的战争。这年春，金兵攻陷了淮河流域徐、泗、楚、扬诸州。因上年冬，金兵已侵扰过这一带地区，故云"又"。

[2]叹息：指尹潜诗中的感叹。犹为国有人：语出贾谊《治安策》："犹为国有人乎？"意谓国家总算还有爱国的人。

[3]"可使"句：翠华，用翠羽饰在旗杆顶上的旗，旧为皇帝仪仗。因以指称皇帝。周寓县，走遍全国各地。这里有逃奔各地之意。寓县，天下、中国。寓，籀文，即"宇"字。谢朓《和伏武昌登孙权故城诗》："霸功兴寓县。"这年正月，金兵进攻淮河流域时，宋高宗仓皇出奔，自扬州至镇江，经常州、吴江、秀州（治所在今浙江嘉兴）等地，最后抵杭州。这句是诗人沉痛的反话，"可使"犹言"岂可使"。

[4]"谁持"句：白羽，见《祭常山回小猎》注。风尘，战马扬起的飞尘，指战事。这句对朝中无人平息战争表示了深深的忧虑，也对具有爱国心的将士寄予了希望。

[5]五年：从宋徽宗宣和七年（1125）金兵大举侵宋，次年正月诗人自陈留避乱出商水，至作此诗时，恰好五年。天地无穷事：谓经历了世间剧烈频繁的变乱。

[6]万里江湖：指诗人转徙流离地域的广阔。见在身：指生命幸存。牛僧孺《席上赠刘梦得》："且斗樽前见在身。"见，同"现"。

[7]"共说"二句：金陵龙虎气，《太平寰宇记》："孔明谓吴帝曰：钟山龙蟠，石城虎踞，真帝王都也。"又，《史记·项羽本纪》："范增说项羽曰：……吾令人望其气，皆为龙虎，

成五采,此天子气也。"这里合用诸典,谓金陵是建都抗金的好地方,表示了诗人的希望所在。放臣,被贬谪的官吏。诗人自宋徽宗宣和六年(1124)贬监陈留酒税,至此未复官,故以自称。烟津,烟雾弥漫的渡口。这两句意谓自己对国事不甚了然,但仍感到建都金陵是条出路。

伤 春

陈与义

庙堂无策可平戎[1],坐使甘泉照夕烽[2]。
初怪上都闻战马[3],岂知穷海看飞龙[4]!
孤臣白发三千丈,每岁烟花一万重。[5]
稍喜长沙向延阁[6],疲兵敢犯犬羊锋[7]。

◎ 题解

　　这首诗作于建炎四年(1130),时诗人仍流离于湖、湘之间。上年金兵过江,陷临安、越州(治所在今浙江绍兴),宋高宗赵构逃亡海上。这年春,金兵又破明州(治所在今浙江宁波),从海上追高宗,赵构逃至温州。这诗以伤春为题,实际上是忧伤国事。纪昀称此诗"真有杜意"。

◎ 注释

[1] 庙堂:宗庙明堂。古代帝王遇大事,告于宗庙,议于明堂,因以庙堂指朝廷。平戎:戎,古代泛指我国西北地区的少数民族。这里指金人。唐代王忠嗣节度朔方,曾上平戎十八策,斩米施可汗,使虏不敢近塞。见《新唐书》。
[2] "坐使"句:坐,因。甘泉,汉代离宫名,在今陕西淳化西北甘泉山。《汉书·匈奴传上》:"胡骑入代句注边,烽火通于甘泉、长安。"这句指金兵长驱直入,逼近京城。
[3] 上都:京城。班固《西都赋》:"作我上都。"这里指临安。
[4] 穷海:避远的海上。《后汉书·耿恭传》论:"感其茹毛穷海,不为大汉羞。"飞龙:指帝王。《易·乾》:"九五,飞龙在天,利见大人。"这里指高宗逃亡海上事。

[5]"孤臣"二句：李白《秋浦歌》："白发三千丈，缘愁似个长。"杜甫《伤春》："关塞三千里，烟花一万重。"这里合用，切"伤春"之意。烟花，形容春天的花景。

[6]长沙向延阁：指长沙太守向子諲，字伯共。延阁是汉代皇家藏书处，向曾为秘书阁直学士，故称。向子諲是李纲的政友，为南宋主战派的一员。这年二月金兵攻长沙，他组织军民坚守，抵抗金兵。下句即记此事。

[7]犬羊锋：语本刘琨《劝进表》："逆胡刘曜，纵逸西都，敢肆犬羊，陵虐天邑。"李善注引《汉名臣奏》："太尉应劭等议，以为鲜卑隔在漠北，犬羊为群。"这里因以称金兵，表示诗人的蔑视。

野泊对月有感

周 莘

可怜江月乱中明，应识逋逃病客情[1]。
斗柄阑干洞庭野[2]，角声凄断岳阳城。
酒添客泪愁仍溅，浪卷归心暗自惊。
欲问行朝近消息[3]，眼中群盗尚纵横[4]。

周 莘 字尹潜，钱塘（今浙江杭州）人。曾为岳州决曹掾，苦思为诗，为陈与义等所赞赏。

◎ 题解

这首诗作于宋高宗建炎年间，时诗人为岳州决曹掾。诗为避乱而作，在凄凉孤寂的月夜江景的描写中，寄托了诗人的忧国之情。纪昀说："深稳之中气骨劲拔，自是简斋劲敌。"又说："起得超脱。"

◎ 注释

[1]逋逃：逃亡。
[2]斗柄阑干：斗柄，北斗七星的柄上三星。阑干，纵横。汉乐府《满歌行》："揽衣瞻夜，北斗阑干。"

[3]行朝:指皇帝临时驻在之地,又称"行在"。宋高宗南渡后,升杭州为临安府,置行在。
[4]"眼中"句:群盗,对农民军的诬称。建炎四年(1130),湖南钟相起事,据十九县,称楚王。

北　风

刘子翚

雁起平沙晚角哀,北风回首恨难裁[1]。
淮山已隔胡尘断,汴水犹穿故苑来。[2]
紫色蛙声真倔强[3],翠华龙衮暂徘徊[4]。
庙堂此日无遗策,可是忧时独草莱?[5]

刘子翚

(1101—1147)

字彦冲,崇安(今福建崇安)人。以父荫授承务郎,除兴化军(治所在今福建莆田)通判,因父死于难,辞归武夷山,讲学以终。他是宋代理学家。其诗风格明朗豪健,多忧国伤时之作。著有《屏山集》。

◎ 题解

这首诗作于汴京陷落以后,诗人对金兵入寇,国土沦丧,奸臣窃号,表示了严厉的斥责和深沉的哀伤。纪昀说:"末二句沉郁之至,感慨至深,其音哀厉,而措语浑厚,风人之旨如斯。"

◎ 注释

[1]恨难裁:愤恨难平。李白《北风行》:"黄河捧土尚可塞,北风雨雪恨难裁。"
[2]"淮山"二句:谓尽管淮山已经遮断了北方金兵的战尘,但我心中仍记忆着汴河流绕故官的情景。

[3]紫色蛙声：比喻奸邪势力。紫色，蓝和红合成的颜色，不是正色；蛙声，淫邪之音，蛙，通"哇"。《汉书·王莽传》赞："紫色蛙声，余分闰位。"这里指靖康二年（1127）金立张邦昌为帝，国号楚；建炎四年（1130）金立刘豫为帝，国号齐。倔强，指顽固。

[4]翠华龙衮：指帝王。翠华，见《次韵尹潜感怀》注。龙衮（gǔn），古代帝王的朝服，上绣龙纹。暂徘徊：指建炎四年金迫高宗至明州，旋即大掠北走，高宗回至越州，暂时获得喘息之机，苟安南方。

[5]"庙堂"二句：庙堂，见《伤春》注。遗策，失算。《吕氏春秋·贵当》："荆有善相人者，所言无遗策。"草莱，田野，喻未出仕的人。《汉书·蔡义传》："臣山东草莱之人。"这里是诗人自称。这两句是委婉的反话，意谓也许只有我一个人在为国事哀伤，其实朝廷并没有失算。

明发南屏

杨万里

新晴在在野花香[1]，过雨迢迢沙路长[2]。
两度立朝今结局[3]，一生行客老还乡。
犹嫌数骑传书札[4]，剩喜千山入肺肠[5]。
到得前头上船处，莫将白发照沧浪[6]。

◎ 题解

　　这首诗作于宋孝宗淳熙十五年（1188）。这年四月，诗人因议张浚配享事与朝廷意见不合，被罢朝官，出守高安（今江西高安），诗即作于出朝寄宿南屏山兴教寺时。张浚是南宋主战派的代表，在配享事中，诗人支持张浚，实质是在爱国主战和卖国求和的政治斗争中对主战派的支持，因而遭到了主和派的诋毁，宋孝宗赵昚也斥责他为"浮薄"。诗人写这首诗，一方面表达了与主和派分道扬镳的决心，一方面又以坦荡乐观的胸怀，回答了对他所下的"浮薄"的评语。方回说："第六句绝妙。"纪昀说："通体警策，诚斋难得此雅善。"明发：早晨启程。南屏：南屏山，在今杭州西湖南。

◎ 注释

[1] 在在：处处。

[2] 迢迢：长远貌。

[3] "两度"句：诗人自宋孝宗乾道六年（1170）至乾道九年（1173）在朝中任国子博士、太常博士、太常丞、将作少监等职；自孝宗淳熙十一年（1184）至本年，再度做京官，由吏部员外郎官至秘书少监。故称"两度立朝"。

[4] 数骑：指京中同官派来送信的人。书札：书信。

[5] 剩喜：颇喜，真喜。

[6] "莫将"句：这句寓诗人不服老之意。沧浪，见《次韵张询〈斋中晚春〉》注。

秋晚登城北门

陆　游

幅巾藜杖北城头[1]，卷地西风满眼愁。
一点烽传散关信[2]，两行雁带杜陵秋[3]。
山河兴废供搔首[4]，身世安危入倚楼。
横槊赋诗非复昔[5]，梦魂犹绕古梁州[6]。

◎ 题解

这首诗作于宋孝宗淳熙四年（1177），时诗人在成都领祠禄。这是首触景生情之作，诗人登成都北门城楼，向北遥望，是前些时曾在王炎幕府参与前线战守的所在地南郑，如今调到后方，思念国事，因不能为国分忧而焦心。风格沉郁雄浑，接近杜甫。

◎ 注释

[1] 幅巾藜杖：头束幅巾，手持藜杖。幅巾，古代用以束发的丝巾。藜杖，藜茎做成的手杖。

[2] 烽：古代在边境上点燃的烽火，供报警之用。散关：大散关，在今陕西宝鸡西南大散岭上。时为与金兵在西北的交界处。陆游诗中，经常写到大散关传平安烽火到南郑的事。

[3] "两行"句：杜陵，地名，在今陕西西安东南，又名乐游原，汉宣帝在此筑陵，改名杜

陵。杜牧《秋浦途中》："为问寒沙新到雁，来时还下杜陵无？"这里化用其语，意谓南来的两行鸿雁，带来了长安杜陵的秋意，但杜陵却在沦陷之中。

[4] 搔首：抓头，挠发。有所思貌。

[5] 横槊赋诗：行军中在马上横戈赋诗。《旧唐书·杜甫传》："曹氏父子鞍马间为文，往往横槊赋诗。"这里指诗人在南郑的生活。见《山南行》等诗。槊，即矛。非复昔：谓这种生活早已成为往事。

[6] 梁州：州名，三国时蜀置，故城在今陕西南郑，当时有古梁州之称。

曳　策

陆　游

慈竹萧森拱废台[1]，醉归曳策一徘徊。
纷纷落日牛羊下[2]，黯黯长空霰雪来[3]。
三峡猿催清泪落[4]，两京梅傍战尘开[5]。
客怀已是凄凉甚，更听城头画角哀[6]。

◉ 题解

这首诗作于淳熙四年（1177）。题下自注："游房园作。"按：房园，房季可园，传为杜甫在成都的草堂之一，见《老学庵笔记》。诗人醉归游园作此，触景感怀，寓情于景，抒写了国土沦丧的哀痛，爱国之情溢于言外。曳策：拖着拐杖。

◉ 注释

[1] 慈竹：竹名，又名子母竹。丛生。废台：荒废的楼台。

[2] 落日牛羊下：语本《诗·王风·君子于役》："日之夕矣，羊牛下来。"相传这是悯念周室颠覆，描写田园荒芜的一首诗，诗人巧用此典，切眼前景，描写萧条冷落的景象。

[3] 霰雪：雪珠。

[4]"三峡"句：郦道元《水经注·江水》："巴东三峡巫峡长，猿鸣三声泪沾裳。"这句化用此意。

[5] 两京：宋代开封府为东京，河南府为西京。梅傍战尘开：岑参《行军九日思长安故园》："遥怜故园菊，应傍战场开。"陆诗脱胎于此，而易菊为梅。
[6] 画角：古代乐器。竹或铜制成，外加彩绘，故称。用以横吹，其声高亢哀厉，军中多用于报警。

南定楼遇急雨

陆　游

行遍梁州到益州[1]，今年又作度泸游[2]。
江山重复争供眼[3]，风雨纵横乱入楼。
人语朱离逢峒獠[4]，棹歌欸乃下吴舟[5]。
天涯住稳归心懒[6]，登览茫然却欲愁[7]。

◎ 题解

　　这首诗作于淳熙五年（1178），时诗人奉诏离蜀东归，途经泸州。南定楼：在宋代泸州治泸川县（今四川泸县），晁公武取诸葛亮《出师表》中语而名。这首纪游诗，抒写了入蜀多年，未能报效国家的感慨，寓情于景，情景交融，风格沉雄。

◎ 注释

[1]"行遍"句：指诗人于宋孝宗乾道六年（1170）入蜀以来，多年奔波的生涯。梁州，南郑。见《秋晚登城北门》注。益州，属成都府，治所在今成都。
[2] 度泸：这里的泸，指泸州的泸江。
[3] 重复：重重叠叠。争供眼：争着给人看。这是反宾为主的写法。
[4] 朱离：一作"侏离"。谓西南少数民族语言难辨。《后汉书·南蛮传》："语言侏离。"獠（lǎo）：少数民族之一。
[5] 棹歌：船歌。欸（ǎi）乃：行船摇橹声。
[6] 天涯：四川在诗人家乡浙江绍兴千里之外，故称天涯。归心：思归的心绪。
[7] 登览：登高远眺。却欲愁：反而要产生愁恨。

六月十四日宿东林寺

陆　游

看尽江湖千万峰，不嫌云梦芥吾胸[1]。
戏招西塞山前月[2]，来听东林寺里钟。
远客岂知今再到[3]，老僧能记昔相逢？
虚窗熟睡谁惊觉[4]？野碓无人夜自舂[5]。

◉ 题解

　　这首诗是淳熙五年（1178）东归途经江西九江时作。东林寺：庐山古刹，晋孝武帝太元十一年（386）建。诗人自年初踏上归程，至此已渐近家乡，情绪较前欢快，不似前诗沉郁。姚鼐说："最似东坡。"罗惇曧说："一气卷舒，却能凝炼稳重。"

◉ 注释

[1]"不嫌"句：云梦，古代楚国二大泽名。大体包括今湖南益阳、湘阴以北，湖北江陵、安陆以南，武汉以西的广大地区。芥，芥蒂，梗塞物。引申为梗塞，比喻不快。司马相如《子虚赋》："吞若云梦者八九于其胸中，曾不蒂芥。"原形容心胸开阔，这里化用其意，犹言好山好水，不嫌其多。
[2]西塞山：在今湖北大冶东五十里，临长江。
[3]"远客"句：远客，诗人自称。孝宗乾道六年（1170），诗人入蜀时，曾游庐山，宿东林寺，故云"今再到"。
[4]虚窗：打开的窗。
[5]野碓：田间的水碓，利用水力带动木杵或石杵起落以舂米。

九月三日泛舟湖中作

陆　游

儿童随笑放翁狂[1]，又向湖边上野航[2]。

鱼市人家满斜日,菊花天气近新霜。
重重红树秋山晚,猎猎青帘社酒香[3]。
邻曲莫辞同一醉[4],十年客里过重阳[5]。

◎ 题解

　　这首诗作于淳熙八年(1181),时诗人家居山阴(今浙江绍兴)三山。湖:指镜湖,在今绍兴南。诗作描写了诗人家乡秀丽的景色和自己的闲适生活,生意盎然,情绪欢快。罗惇曧说第二联:"高宕自然。"顾宪融说:"诗中之画,三四绝佳。"

◎ 注释

[1]放翁:陆游自号。《宋史·陆游传》:"范成大帅蜀,游为参议官。以文字交,不拘礼法,人讥其颓放,因自号放翁。"
[2]野航:见《岁晚》注。
[3]青帘:青色的酒旗,挑出店门外,以招徕顾客。社酒:社祭之酒。陆游《社日》诗自注:"古谓社酒治聋。"
[4]邻曲:邻居,邻人。辞:推辞。
[5]"十年"句:自注:"予自庚寅至辛丑,始见九日于故山。"按:庚寅,指孝宗乾道六年(1170),这年诗人离家入蜀。辛丑,指本年。九日,即农历九月初九日重阳节。

感　愤

陆　游

今皇神武是周宣,谁赋南征北伐篇?[1]
四海一家天历数,两河百郡宋山川。[2]
诸公尚守和亲策[3],志士虚捐少壮年[4]。
京洛雪消春又动,永昌陵上草芊芊[5]。

◎ 题解

　　这首诗作于淳熙十年（1183），时诗人家居山阴。这是首激昂慷慨的爱国诗篇，诗人愤怒抨击了朝廷中那些卖国求和的权臣，申斥他们使大批有志之士不能施展才能，报效国家。《唐宋诗醇》称这首诗"大声疾呼，气浮纸上，《诸将五首》之嫡嗣也"。罗惇曧说："次联雄阔似盛唐，收能提开。"陈衍记陈同甫（亮）词云："'吾皇神武，踵曾孙周发。'与此首首联极相似。"

◎ 注释

[1]"今皇"二句：今皇，指宋孝宗赵昚。神武，神明英武。周宣，周宣王。公元前828年，周宣王即位，后命吉甫、南仲等对狁、西戎等族用兵，经略西北，又命申伯、韩侯、仲山甫等经略中原，方叔、皇父、程伯休父等经略东南，对荆蛮、淮夷、徐方作战，周势复振，史称"中兴"。南征北伐篇，指《诗·小雅·采芑》与《诗·小雅·六月》，前者传为宣王南征荆蛮之作，后者传为北伐狁之作。这两句诗人将宋孝宗比作周宣王，寄予中兴宋朝的厚望，并希望有像《采芑》《六月》这样的史诗问世。

[2]"四海"二句：四海，古代以为中国四周都是海，把中国称海内，外国叫海外。四海，意同天下。历数，天历运行之数。犹言天命。两河，指黄河以南、黄河以北。这两句谓四海之内本都是宋朝的天下，黄河南北的许多郡县当然也都是宋朝的河山。

[3]诸公：指朝廷中卖国求和的权臣。和亲策：和敌人议和、结为姻亲的国策。《史记·匈奴列传》："汉亦引兵而罢，使刘敬结和亲之约。"这里指投降派的卖国政策。

[4]虚捐：白白抛弃。犹"虚度"。

[5]"京洛"二句：京洛，洛阳。永昌陵，宋太祖陵墓。在洛阳之东。芊芊，草木茂盛貌。这两句以春回中原、生机勃勃的景象，暗寓中原恢复在望之意。

书　愤

陆　游

早岁那知世事艰，中原北望气如山[1]。
楼船夜雪瓜洲渡[2]，铁马秋风大散关[3]。
塞上长城空自许[4]，镜中衰鬓已先斑。

出师一表真名世[5]，千载谁堪伯仲间[6]。

◎ 题解

　　这首诗作于淳熙十三年（1186）春，时诗人家居山阴。诗人饱含悲愤，回顾了自己青壮年时期身临前线并与敌人接触的往事，以身许国，希冀挽救民族危亡的雄心，对壮志未酬、鬓发先斑，郁结着深沉的愤慨，抒发了强烈的爱国之情。顾宪融说："音节意境，宛然杜陵，然此只是养气之功，非关学力也。"

◎ 注释

[1] 气如山：形容自己早年看到中原沦陷，愤怒不平之气郁积得像山一样高。《三国志·吴志·吴主传》"权大怒"注引《江表传》："权（孙权）怒曰：'……近为鼠子所前却，令人气涌如山。'"

[2] "楼船"句：楼船，有叠层的大船，指战船。瓜洲，地名，在今江苏邗江南，运河入长江处。孝宗隆兴二年（1164），诗人四十岁，在镇江通判任上。这年闰十一月二十九日，曾和韩元吉等踏雪登焦山，"置酒上方，烽火未息，望风樯战舰，在烟霭间，慨然尽醉。"（《浮玉岩题名》）那时金完颜亮南侵已渡淮，楚州（治所在今江苏淮安）失陷，江防紧张。瓜洲渡正与镇江隔江相对。

[3] "铁马"句：大散关，见《秋晚登城北门》注。这句指乾道八年（1172）在王炎幕府时，于大散关与金兵接触事。陆游《江北庄取米到作饭香甚有感》说："我昔从戎清渭侧，散关嵯峨下临贼，铁衣上马蹴坚冰，有时三日不火食。"可以互参。

[4] "塞上"句：《宋书·檀道济传》："初，道济见收，脱帻投地曰：'乃复坏汝万里之长城！'"这里暗用此典，以檀道济自许，谓可以像塞上长城一样，捍卫国土，抵御敌人。一个"空"字，点出了多年的抱负已成泡影。

[5] 出师一表：即《出师表》，诸葛亮于蜀汉建兴五年（227）北伐前上给刘后主的表。名世：闻名于世。

[6] 谁堪伯仲间：谁能相比。伯仲，兄弟。比喻不相上下。杜甫《咏怀古迹》诗称诸葛亮"伯仲之间见伊吕"。

书 愤

陆 游

清汴逶迤贯旧京[1]，宫墙春草几番生。
剖心莫写孤臣愤[2]，抉眼终看此虏平[3]。
天地固将容小丑，犬羊自惯渎齐盟。[4]
蓬窗老抱横行略[5]，未敢随人说弭兵[6]。

◎ 题解

这首诗作于淳熙十三年（1186）冬，时诗人知严州（治所在今浙江建德梅城）。诗人从多年的惨痛经历中，深刻地认识到"天地固将容小丑，犬羊自惯渎齐盟"，因此在这首诗中表现了丢掉幻想，抗战到底的战斗精神。

◎ 注释

[1]清汴：即流贯北宋京城汴京的汴河，宋神宗元丰年间导洛水通入，称为清汴。逶迤（wēiyí）：曲折而长貌。
[2]"剖心"句：谓即使呕心沥血也写不完心中的积愤。孤臣：诗人自称。
[3]"抉眼"句：抉眼，挖出眼睛。语本《史记·伍子胥列传》："而抉吾眼悬吴东门之上，以观越寇之入灭吴也。"这里反用此典，表示自己即使死了，也要挖出眼睛来看金兵被逐出境。
[4]"天地"二句：小丑、犬羊，均指金兵。犬羊，见《伤春》注。渎，轻慢，无视。齐盟，同盟。《国语·晋语》："诸侯有盟，未退，而鲁背之，安用齐盟？"齐，同一。宋金曾多次签订和约，但不久即被金人撕毁。最近的一次是孝宗隆兴二年十二月（1165年1月）签订的《隆兴和议》。这两句谓入侵者存在于世上，本不足怪，他们是一贯背信弃义的。
[5]"蓬窗"句：蓬窗，用蓬草做的窗户，指村屋。横行，指在敌占地区横行灭虏。《史记·季布列传》："上将军樊哙曰：'臣愿得十万众，横行匈奴中。'"当时投降派掌权，妥协息兵之论成风，而诗人始终坚决主张练兵习武，抗击金兵，所以说"老抱横行略"。这句谓我老死蓬窗，也要坚持抗金到底的主张。
[6]弭（mǐ）兵：息兵，停止战事，这里指与金人和议。

夜登千峰榭

陆　游

夷甫诸人骨作尘[1]，至今黄屋尚东巡[2]。
度兵大岘非无策[3]，收泪新亭要有人[4]。
薄酿不浇胸垒块[5]，壮图空负胆轮囷[6]。
危楼插斗山衔月[7]，徙倚长歌一怆神[8]。

◎ 题解

这首诗作于淳熙十四年（1187），时诗人在严州任。千峰榭：亭榭名，故址在今建德梅城北。这首登临之作，诗人没有着力描写眼前景色，而是直抒胸中块垒，表达对国事的忧愤。《唐宋诗醇》说："从空而下，气象高远。"

◎ 注释

[1] "夷甫"句：夷甫，晋人王衍，字夷甫，官至司徒，尚清谈，曾自称："向若不祖尚浮虚，戮力以匡天下，总可不至今日。"（《晋书·王衍传》）被后人称为清谈误国。余参见《抚州邂逅彦正提刑，道旧感叹，辄书长句奉呈》注。这里借指导致北宋灭亡的蔡京等辈。骨作尘，骨肉化作尘土，指死亡。

[2] 黄屋：帝王车乘。《史记·项羽本纪》："纪信乘黄屋车。"张守节正义引李斐曰："天子车以黄缯为盖里。"东巡：明写晋之东迁，实伤宋之南渡。

[3] 大岘：山名，在今山东临朐东南一百五里。度兵大岘：指南朝刘裕度兵大岘山，灭南燕慕容超事。《宋书·武帝纪上》："慕容超闻王师将至，其大将公孙五楼说超：'宜断据大岘……'超不从……公（刘裕）既入岘，举手指天曰：'吾事济矣'！"这里借指取道山东以消灭金兵的战策。

[4] "收泪"句：《晋书·王导传》："过江人士每至暇日，相要出新亭宴饮，周顗中坐而叹曰：'风景不殊，举目有山河之异。'皆相视流涕。惟导愀然变色曰：'当共戮力王室，克复神州，何至作楚囚相对泣邪！'"这句借用此典，感叹当今没有像王导这样的人。新亭，在今江苏南京江宁南。

[5] 薄酿：薄酒。不浇：浇不掉。垒块：不平。语本《世说新语·任诞》："阮籍胸中垒块，故须酒浇之。"

[6] 壮图：远大的抱负。轮囷：屈曲貌。胆轮囷：形容郁结着希望的心胸。韩愈《赠别元十八协律六首》诗："肝胆还轮囷。"
[7] 危楼：高楼。插斗：直插北斗。极言楼高。
[8] 徙倚：低徊。怆神：伤神。

禹迹寺南有沈氏小园，四十年前尝题小阕壁间，偶复一到，而园已易主，刻小阕于石，读之怅然

陆　游

枫叶初丹槲叶黄[1]，河阳愁鬓怯新霜[2]。
林亭感旧空回首[3]，泉路凭谁说断肠[4]？
坏壁醉题尘漠漠[5]，断云幽梦事茫茫[6]。
年来妄念消除尽[7]，回向禅龛一炷香[8]。

◉ 题解

　　这首诗作于宋光宗绍熙三年（1192）重阳后，时诗人家居山阴。禹迹寺：在绍兴，旧寺已圮。沈氏小园：即沈园。南宋时绍兴名园，在今绍兴木莲桥洋河弄。诗为感念前妻唐氏而作。周密《齐东野语》载："陆务观初娶唐氏，闳之女也，于其母夫人为姑侄；伉俪相得而弗获其姑。既出而未忍绝之，则为别馆，时时往焉。姑知而掩之，虽先知挈去，然事不得隐，竟绝之……唐后改适同郡宗子（赵）士程。尝以春日出游，相遇于禹迹寺南之沈氏园，唐以语赵，遣致酒肴，翁怅然久之，而赋《钗头凤》一词题园壁云：'红酥手，黄縢酒，满城春色宫墙柳。东风恶，欢情薄，一怀愁绪，几年离索。错！错！错！春如旧，人空瘦，泪痕红浥鲛绡透。桃花落，闲池阁。山盟虽在，锦书难托。莫！莫！莫！'实绍兴乙亥岁（1155）也。翁居鉴湖之三山，晚岁每入城，

必登寺眺望，不能胜情，尝赋二绝云（略，见七绝《沈园》）。未久，唐氏死。至绍熙壬子岁，复有诗（按：即本诗）。"题中四十年，为约数，实为三十七年。

◎ 注释

[1] 槲（hú）：树木名，实圆，味劣。
[2] 河阳：指潘岳，西晋中牟人，潘曾任河阳令，其妻亡故后，曾作《悼亡诗》三诗，哀感动人。这里诗人即以潘岳自比，寄托对唐氏的怀念。怯新霜：害怕长出新的白发。霜，喻白发。
[3] 林亭：园林中的亭子。感旧：感怀旧事。指绍兴二十五年乙亥诗人和唐氏在沈园的邂逅。空回首，徒然追忆。
[4] 泉路：犹地下。迷信所谓"阴间"。
[5] 坏壁醉题：指所题《钗头凤》词。漠漠：密布貌。
[6] 断云幽梦：喻和唐氏的一番往还已如断云幽梦，一去不返。
[7] 妄念：佛家语。虚妄不实的念头。
[8] 回向：佛家语。回，回转；向，趋向。回向，谓回己所修之功德，有所趋向。禅龛（kān）：供奉佛祖神像的石室或柜子。一炷香：点上一枝香。指礼佛。

闻蜀盗已平，献馘庙社，喜而有述

陆　游

北伐西征尽圣谟[1]，天声万里慰来苏[2]。
横戈已见吞封豕[3]，徒手何难取短狐[4]！
学士谁陈平蔡雅[5]，将军方上取燕图[6]。
老生自悯归耕久[7]，无地能捐六尺躯。

◎ 题解

这首诗作于宋宁宗开禧三年（1207），时诗人家居山阴。上年二月，金兵对南宋又启兵衅，四月，四川宣抚副使吴曦遣其客姚淮源献关外四州于金，求封"蜀王"。五月，宋下诏伐金。六月，金人封曦为"蜀王"。这年正月，吴曦僭位于兴州（治所在今陕西略阳），改元，置百官。二月，四川宣抚副使司随军转运安丙和兴州中军正将李好义、监四川总领所兴州合江仓杨巨源等共诛吴曦，将首级送至临安，献于庙社，示众三天。这首诗即有感于此事而作，表达了诗人的欣喜之情，也为自己年迈不能亲赴抗金前线而引以为憾。馘（guó）：古代作战时割取所杀敌人的左耳，用以计功。这里指代所割下的首级。庙社：皇帝的祖庙。

◎ 注释

[1] 北伐：指上年五月，宁宗赵扩下诏伐金。西征：指征讨吴曦。尽圣谟：都是皇帝的谋略。谟，谋划。

[2] "天声"句：天声，王朝的声威。来苏，更生，复活。语本伪古文《尚书·仲虺之诰》："徯予后，后来其苏。"这句谓宋王朝的威望远及万里之外，抚慰了那里被吴曦统治的百姓，使他们得以重生。

[3] "横戈"句：这句意谓宋王朝大军一到，就平定了吴曦的叛乱。封豕，大猪。《左传·定公四年》："吴为封豕长蛇，以荐食上国。"这里喻吴曦。

[4] 徒手：空手。短狐：又称蜮，古代传说中能含沙射人影的动物。这里喻金兵。

[5] "学士"句：学士，文学撰述之官。平蔡，指唐代平定蔡州吴元济的故事。见《题李愬画像》注。平蔡雅：唐代讨平蔡州以后，柳宗元有《平淮夷雅》二篇。这里以唐代叛逆的藩镇吴元济比况吴曦。全句意谓在朝的文士哪个能像当年柳宗元一样献上《平淮夷雅》那样歌颂统一的好作品？言外之意是说自己能够献上。《渭南文集》中有《逆曦授首称贺表》《逆曦授首贺太皇太后笺》《逆曦授首贺皇后笺》。

[6] 取燕图：灭金的策略。燕，指金的中都。吴曦平后，三月，李好义会忠义军及民兵夹击金人，金兵死亡满路，宋收复西和州。李好义主张乘胜直取秦陇，以牵制江淮一带的金兵。但为宣抚使所阻挠。事见《宋史·李好义传》。"取燕图"指此。

[7] 老生：老书生，诗人自指。时诗人已八十三岁。悯：忧闷。归耕久：诗人于宁宗嘉泰三年（1203）最后一次奉祠归里，至本年已有五年。

画工李友直为余作《冰天》《桂海》二图，《冰天》画使北虏渡黄河时，《桂海》画游佛子岩道中也，戏题

范成大

许国无功浪着鞭，天教饱识汉山川。[1]
酒边蛮舞花低帽，梦里胡笳雪没鞯。[2]
收拾桑榆身老矣[3]，追随萍梗意茫然[4]。
明朝重上归田奏[5]，更放岷山万里船[6]？

◎ 题解

　　宋孝宗乾道六年（1170）。诗人奉旨使金，求陵寝地，他以死而无悔的气概，慷慨抗节，不惧威胁，保持了民族的尊严。乾道九年（1173），诗人官桂林，曾游佛子岩。这首诗即作于官桂林时，诗以李友直所画二图，抚今追昔，抒写感慨。诗人诗多以妍秀胜，但这首诗气骨健举，风格肖似东坡。李友直：南宋画家，工山水。冰天、桂海：语本江淹《杂体诗袁太尉淑从驾》："文轸薄桂海，声教烛冰天。"李善注："南海有桂，故云桂海。《上林赋》曰：经乎桂林之中，过乎泱漭之野。"吕延济注："桂海：南极；冰天：北极也。"佛子岩：在今广西桂林西十里中隐山，上有上中下三洞，上洞即佛子岩，在山顶。

◎ 注释

[1]"许国"二句：这两句谓自己以身许国，策马驰驱，但并未收到功效，倒是多年来走南闯北，饱览了祖国的河山。浪，徒然。着鞭，挥鞭策马。
[2]"酒边"二句：上句写现在，游历桂林，下句写过去，出使金国。蛮舞，南方少数民族的舞蹈。花低帽，花间开筵，花将官帽压低。胡笳，指金兵军营中的号角声。雪没鞯，杜甫《送人从军》："雪没锦鞍鞯。"鞯，衬托马鞍的坐垫。
[3]"收拾"句：收拾桑榆，语本《后汉书·冯异传》："可谓失之东隅，收之桑榆。"这句反

用其意,谓人到晚年,再来收拾,已经为时太晚。桑榆,二星名,在西方。
[4] 萍梗:浮萍与断梗。以其随风飘荡无定所,比喻人的行踪不定。茫然:迷茫貌。
[5] 归田奏:请求辞官还乡的奏章。汉张衡有《归田赋》。诗人官桂林后,曾再三推辞再次帅蜀的朝命,请求归田。
[6] "更放"句:岷山,在四川长江上游。这里指长江。淳熙元年(1174)冬,诗人已接到改官四川制置使的朝命。更,一作"岂"。万里船,杜甫在蜀日有"门泊东吴万里船"之句。这里用杜诗字面。这句意谓我岂能再从水路入蜀?

亲戚小集

范成大

避湿违寒不出门[1],一冬未省正冠巾[2]。
月从雪后皆奇夜,天向梅边有别春。
秉烛登临空语旧[3],拥炉情味莫怀新[4]。
荣华势利输人惯,赢得尊前现在身。[5]

◎ 题解

这首诗是诗人退闲家居时所作,叙写闲居的生活情趣,表达了诗人晚年兀傲之情。三、四句写雪后月夜景色,精妙无匹。

◎ 注释

[1] 违寒:避寒。
[2] 未省:不知道。正冠巾:端正衣冠服饰。苏轼《正月二十一日病后述古邀往城外寻春》:"试呼稚子整冠巾。"冠巾,冠和巾。古代用以区别士人和庶人的等级。士冠,庶人巾。后泛指衣冠服饰。
[3] "秉烛"句:《古诗十九首》:"昼短苦夜长,何不秉烛游。"意为人生短促,当及时行乐。秉:执持。
[4] 拥炉:围着火炉。莫怀新:指不必关心新近发生的事。
[5] "荣华"二句:谓自己在追逐荣华富贵、功名利禄方面总是不及人家,所以才换取了今日闲散自得的生活。尊,同"樽",酒杯。现在身,见《次韵尹潜〈感怀〉》注。

夜宿田家

戴复古

簦笠相随走路歧[1],一春不换旧征衣。
雨行山崦黄泥坂,夜扣田家白板扉。
身在乱蛙声里睡,心从化蝶梦中归[2]。
乡书十寄九不达[3],天北天南雁自飞[4]。

戴复古
(1167—1248?)

字式之,号石屏。黄岩(今浙江黄岩)人。他是江湖派名家,诗初学晚唐,后又学杜,曾以"贾岛形模元自瘦,杜陵言语不妨村"(《望江南·自嘲》)自拟。曾游历闽瓯、吴越、襄汉、淮南等地,并与林景思、陆游往还。诗多指摘朝政国事,又尝以"春水渡旁渡"对"夕阳山外山",为世传诵。以布衣终。有《石屏诗集》。

◎ 题解

作者好游历,此诗当作于旅行途中。作品表现了久客思家的情绪。

◎ 注释

[1]"簦笠"句:谓自己一个人走在旅途上。簦(dēng)笠相随,只有雨伞和笠帽伴随着自己。簦,古代一种有柄的笠,类似后世的伞。
[2]"心从"句:化用唐崔涂《春夕旅怀》"蝴蝶梦中家万里"句意,谓梦中回到家里。化蝶,用《庄子·齐物论》庄周梦里化为蝴蝶的典故。
[3]"乡书"句:寄回家乡的信大多没寄到。杜甫《月夜忆舍弟》:"寄书长不达。"
[4]"天北"句:谓天上的雁只顾自己南来北去地飞,却没能为自己传寄书信。雁春天飞往北方,秋天飞回南方,故此句言外也有感叹春去秋来、行旅未归之意。

新　亭

刘克庄

此是晋人游集处，当时风景与今同。[1]
不干铁锁楼船力，似是蒲葵麈柄功！[2]
几簇旌旗秋色里，百年陵阙泪痕中。[3]
兴亡毕竟缘何事？专罪清谈恐未公。[4]

◎ 题解

　　新亭：见《夜登千峰榭》注。这首诗是感怀国事之作，诗人借古喻今，对和议派作了幽默而又辛辣的讽刺。虽着议论，但诗歌形象鲜明，感情浓郁，具有很强的艺术感染力。

◎ 注释

[1]"此是"二句：用"新亭对泣"事，见《夜登千峰榭》注。"当时风景与今同"一语，似是不经意说出，其实是"风景不殊，举目有山河之异"的化用，运典无迹，而意极沉痛，言外更有无穷感慨。

[2]"不干"二句：铁锁楼船，指武装力量，军事行动。晋伐吴时，造大船，自成都顺流而下，吴人用铁索横绝江面以阻之，晋人以火烧熔铁索，直下金陵，吴主出降。刘禹锡《西塞山怀古》："王濬楼船下益州，金陵王气黯然收。千寻铁锁沉江底，一片降幡出石头。"诗本此。蒲葵麈（zhǔ）柄，蒲扇和拂塵。《世说新语·轻诋》注引《续晋阳秋》载，谢安曾批其乡人蒲葵扇用之，"京师士庶竞慕而服焉"。又《世说新语·容止》："王夷甫容貌整丽，妙于谈玄，恒捉白玉柄麈尾，与手都无分别。"这里都用以指清谈家。于清谈着"功"字，是反语，故言"似是"，真意指东晋、南宋的和议派。这两句意谓东晋、南宋得以偏安东南，是以屈膝事敌的可耻行为作代价的，并非由于武装抵抗。

[3]"几簇"二句：上句以秋色中旌旗翻动，写当前南宋残山剩水的凄凉景色，下句写因北宋皇帝陵墓沦陷于金而下伤心之泪。陵阙，皇帝的陵墓。

[4]"兴亡"二句：从第四句又翻进一层，故作提问，指出兴亡是由多种因素造成，清谈玄理只是其中之一，单是归罪于清谈，未为公论。缘，因。

九日约冯伯田、王俊甫、刘元辉

方 回

山雨初开一望之，似无筋力可登危[1]。
每重九日例凄苦，垂七十年更乱离[2]。
今岁江南犹有酒，吾曹天下谓能诗[3]。
肯来吊古酾歌否？恰放黄花一两枝[4]。

方 回
（1227—1307）

字万里，号虚谷，徽州歙县（今安徽歙县）人。宋理宗景定三年（1262）别省登第，知严州，初媚贾似道，元兵至，迎降，授建德路总管，不久即罢。晚年倡讲道学，常往来杭、歙间。诗学江西派，倡"一祖三宗"之说，以杜甫为"一祖"，黄庭坚、陈师道、陈与义为"三宗"，曾评选唐宋律诗，编为《瀛奎律髓》。著有《虚谷集》，已散失，今存《桐江集》及《续集》。

◎ 题解

这首和下一首都是重阳节登临之作。冯伯田：名坦，号秀石，普州安岳（今四川安岳）人。余未详。汪国垣说："此二诗看似寻常，然气象阔大，老骨秋筋，味之弥永，此为宋人独到之境，唐人自杜公外无人可领会矣。"

◎ 注释

[1]"似无"句：脱胎于辛弃疾《鹧鸪天·鹅湖归病起作》："不知筋力衰多少，但觉新来懒上楼。"登危，登高。

[2]垂七十年：指以后七十年。诗人当为七十岁时作此诗，在七十年中，适逢宋末元初的战乱。诗人以为，以后的七十年也不会太平，故云"更乱离"。
[3]吾曹：我们这辈人，指同游的冯、王、刘诸人。天下谓能诗：人们认为我辈是能够吟诗作赋的人。
[4]黄花：菊花。

九　日
方　回

楼前楼后独徘徊，便当登高百尺台。
海内共知吾辈老，江南未见菊花开[1]。
细思去岁人谁健，遥想中原雁已来[2]。
我似少陵亦赊酒，不妨剩举两三杯[3]。

◉ 注释

[1]"海内"二句：句意从刘季孙《寄苏内翰》五、六二句化出，刘诗见前。
[2]雁已来：指元兵入侵。南宋末民谣："江南若破，白雁来过。"白雁为元帅"伯颜"的谐音。
[3]"我似"二句：赊酒，欠钱买酒。杜甫诗中多有赊酒的记载。如"邻人有美酒，稚子夜能赊"（《遣意》）；"酒债寻常行处有"（《曲江二首》之二）。剩举两三杯，谓多喝几杯。剩，犹尽，多。

过零丁洋
文天祥

辛苦遭逢起一经[1]，干戈寥落四周星[2]。
山河破碎风飘絮，身世浮沉雨打萍[3]。
惶恐滩头说惶恐，零丁洋里叹零丁[4]。
人生自古谁无死，留取丹心照汗青[5]。

文天祥
（1236—1283）

字宋瑞、履善，号文山，庐陵（今江西吉安）人。宋理宗宝祐三年（1255）举进士第一，累迁湖南提刑，改知赣州（治所在今江西赣州）。宋恭帝德祐元年（1275），元兵南下，天祥应诏勤王，拜右丞相，使往元军请和，被拘。至镇江，夜逃奔至真州（治所在今江苏仪征），泛海至温州，闻益王未立，上表劝进。召至福州，进左丞相，以都督出江西，辗转江西、福建等地。益王死，卫王立，加少保，封信国公，进驻潮阳（今广东潮阳），为元将张弘范所俘，拘燕三年，狱中作《正气歌》，始终不屈，为元帝所杀，表现了坚贞不屈的民族气节。其诗在临安陷落以后所作，多集杜甫诗句，内容与时事密切相关，在民族危亡的关头表现了大义凛然的浩然正气，诗风激昂慷慨，间以悲凉沉痛，饱含着浓郁的爱国之情。著有《文山先生全集》。

◎ 题解

零丁洋：即"伶仃洋"，在今广东珠江口。宋帝赵昺祥兴元年（1278）十二月，文天祥战败被元军所俘。次年正月，元军都元帅张弘范挟天祥攻崖山（在今广东新会南海中），并威逼天祥招降坚守崖山的宋军统帅张世杰。天祥遂以此诗示弘范，并说："吾不能捍父母，乃教人叛父母，可乎？"表现了志不可屈的凛然正气。诗作沉痛地抒写了山河破碎、身世浮沉的国家和个人的艰危遭遇，表达了诗人义无反顾、视死如归的崇高气节。诗末二句，流传千古。

◎ 注释

[1]"辛苦"句：写自己的身世。遭逢，指受到朝廷选拔、知遇。起一经，指通过某一经籍的考试而得官。

[2]"干戈"句：写自己的经历，谓在抗元作战中度过了四个春秋。干戈，见《次韵尹潜〈感怀〉》注。寥落，见《题息轩》注。四周星，此指四周年。诗人于德祐元年（1275）应诏勤王，至此正好四年。

[3]"山河"二句：写国家和个人的命运极尽坎坷，都已难以挽救。

[4]"惶恐"二句：惶恐滩，赣江十八滩之一，在今江西万安。以水流湍急，故名。宋端宗景炎二年（1277），诗人在江西空坑兵败，经此退往福建。零丁洋，诗人被元军俘虏后，囚禁于零丁洋战船之中。这两句巧妙地运用"惶恐""零丁"词义上的双关，上句写过去的挫折，下句叹当前的处境。

[5]汗青：指史册。

石头城
汪元量

石头城上小徘徊，世换僧残寺已灰[1]。
地接汴淮山北去[2]，江吞吴越水东来。
健鱼奋鬣随蛟舞[3]，快鹘翻身猎雁回[4]。
一片降旗千古泪[5]，前人留与后人哀[6]。

汪元量
（1241？—1317？）

字大有，钱塘（今浙江杭州）人。宋度宗时，因善琴供奉宫廷。宋亡，随三宫入燕，后为道士，自号水云子，南归钱塘，往来庐山、鄱阳间，不知所终。其诗慷慨悲歌，被称为宋亡的"诗史"。著有《湖山类稿》《水云集》。

◎ 题解

这首诗和下一首都是宋亡以后，诗人北上经过各地时抒写亡国之痛的作品,激楚之音,境地相发,具有感人的艺术力量。石头城:故址在今南京西石头山后。

◎ 注释

[1] 世换:改朝易代,指宋亡元兴。
[2] 汴淮:汴河和淮河流域一带。
[3] 鬣(liè):鱼鳍。
[4] 鹘(hú):鸷鸟。猛禽类。
[5] 一片降旗:语本刘禹锡诗。见《新亭》注引刘诗。
[6] "前人"句:脱胎于杜牧《阿房宫赋》:"秦人不暇自哀,而后人哀之。后人哀之而不鉴之,亦使后人而复哀后人也。"

金　陵
汪元量

只见空城不见台[1],客行搔首自徘徊[2]。
风云旧日龙南渡[3],宇宙新秋雁北来[4]。
三国衣冠同草莽[5],六朝宫殿总尘埃[6]。
交游相见休相问[7],把酒江头且一杯。

◎ 注释

[1] 台:指凤凰台。在今南京。筑于晋升平年间。李白有《登金陵凤凰台》诗,即此。
[2] 搔首:见《秋晚登城北门》注。
[3] "风云"句:龙,指帝王。南渡,一次是西晋时永嘉南渡。西晋建兴四年(316),北汉刘曜攻陷长安,晋愍帝降汉,西晋亡。次年,琅琊王睿,即晋帝位,南渡长江,建都建业,史称"永嘉南渡"。另一次即北宋亡后,康王南渡,建立南宋。
[4] 雁北来:见《九日》注。
[5] 三国:指东汉末魏、蜀、吴三国。衣冠:古代士以上戴冠,衣冠连称,是古代士以上的服装。后因以指称世族、士绅。同草莽:跟草莽一样化为尘泥。用李白《登金陵凤凰台》"晋代衣冠成古丘"句意。

[6]六朝：指吴、东晋、南朝宋、齐、梁、陈六个朝代。均建都于金陵。
[7]交游：往来的友人。

彭　州

汪元量

我到彭州酒一觞，遗儒相与话凄凉[1]。
渡江九庙归尘土[2]，出塞三宫坐雪霜[3]。
岐路茫茫空望眼，兴亡滚滚入愁肠。
此行历尽艰难处，明月繁华是锦乡[4]。

◎ 题解

　　彭州：即彭城，今江苏徐州。宋恭帝德祐二年（1276）闰三月，元兵陷临安后，掳宋帝赵㬎、皇后、太后、幼女、宫女、侍臣、乐官等北去，诗人也在随行之列。这首诗是途经彭州时作，诗人在这首诗中，声泪俱下，抒写了亡国的悲恸。

◎ 注释

[1]遗儒：指同行的南宋侍臣。
[2]渡江：指北宋灭亡后，康王渡江，后建都临安事。九庙：古代帝王立七庙以祀祖先，至王莽增建黄帝太初祖庙和虞帝始祖昭庙，共九庙。后列代沿用九庙。归尘土：指元兵攻陷临安，南宋基业毁于一旦。
[3]出塞三宫：旧称皇帝、太后、皇后为三宫。此指被掳北去的宋帝、太后等。
[4]锦乡："衣锦荣归之乡"的略语，指彭城。项羽建都彭城，号西楚，自云"富贵不归故乡，如衣锦夜行"。

五言绝句

咏白莲

王禹偁

昨夜三更后，姮娥堕玉簪[1]。
冯夷不敢受[2]，捧出碧波心。

王禹偁（954—1001）

字元之，济州巨野（今山东巨野）人。宋太宗太平兴国八年（983）进士，历迁大理评事、右拾遗、直史馆、左司谏、知制诰等职，为官刚直不阿，敢于直谏，故屡遭贬谪，最后出知黄州，徙蕲州（治所在今湖北蕲春），未逾月而卒。曾作《三黜赋》以明志。他是宋初诗文革新运动的先驱，其诗继承了杜甫、白居易的传统，风格平淡朴素，内容多反映社会现实和民间疾苦。著有《小畜集》。

◎ 题解

这首诗以奇特的想象描绘了白莲雅洁的形象。据《诗话总龟》前集二引《古今诗话》，元之五岁已能诗，因太守赏白莲，或言元之能诗于太守，召而吟一绝云云，又云："佳人方素面，对镜理新妆。"守曰："天授也。"

◎ 注释

[1]姮娥：嫦娥。传说中的月中仙女。
[2]冯夷：传说中的水神。《楚辞·远游》："令海若舞冯夷。"

孤　雁
鲍　当

天寒稻粱少，万里孤难进。
不惜充君庖[1]，为带边城信。

鲍　当
宋真宗景德二年（1005）进士，为河南府法曹，历职方员外郎。著有《清风集》。

◎ 题解

这首诗传为诗人任河南法曹时作，初失知府薛暎尚书意，献此诗，为薛赞叹，时人因谓之"鲍孤雁"。诗以"为带边城信"而"不惜充君庖"的孤雁形象，表现了戍边战士思念亲人而不惜为众人牺牲自己的精神。语言质朴通俗而寓意深远。

◎ 注释

[1] 充君庖：供给食用。《礼记·王制》："天子诸侯无事，则岁三田，一为干豆，二为宾客，三为充君之庖。"庖，厨房。

江上渔者
范仲淹

江上往来人，但爱鲈鱼美。
君看一叶舟，出没风波里。

范仲淹
（989—1052）

字希文，吴县（今属苏州）人。宋真宗大中祥符中进士，官至参知政事。谥文正。他是宋初著名政治家，主张改革，在镇守边疆时，纪律严明，爱抚士卒，曾屡次制止西夏的侵扰。其诗流传不多，著有《范文正公集》等。

◉ 题解

这首诗语浅情长，饱含深情地描写了渔民艰苦危险的打鱼生活。上二句既是作衬，也表达了诗人对那些不知体恤民间疾苦的人的感慨。

陶　者
梅尧臣

陶尽门前土[1]，屋上无片瓦。
十指不沾泥，鳞鳞居大厦[2]。

◉ 题解

陶者：烧制砖瓦的工人。这首诗继承了民歌的优秀传统，以鲜明的对照，反映了劳动者四季辛劳不得温饱，而剥削者却不劳而获、坐享其成的不合理的社会现实。和后面选的张俞的《蚕妇》一样，都是现实主义的优秀诗篇。

◉ 注释

[1]陶：陶器。这里活用作动词。
[2]鳞鳞：形容相次排列如鱼鳞。

偶 题
李师中

燕子知时节,还从旧宇归[1]。
新人方按曲[2],不许傍帘飞。

李师中
字诚之,应天府楚丘(今山东曹县)人。进士,宋神宗时,历官天章阁待制,河东都转运使,知泰州(治所在今江苏泰州),后贬和州(治所在今安徽和县)团练副使安置,徙单州(治所在今山东单县),复分司南京,提举太极观。卒。著有《李师中集》。

◎ 题解

诗人和王安石的政见不一,据传这首诗是神宗熙宁初退居汶上(今山东汶上)时所作,意在讽刺王安石不顾故友情面,拒纳别人的主张。

◎ 注释

[1]旧宇:原来住过的屋子。
[2]新人:新主人。按曲:弹奏琴曲。

望云楼
文 同

巴山楼之东[1],秦岭楼之北[2]。
楼上卷帘时,满楼云一色。

◎ 题解

望云楼：疑在洋州（治所在今陕西洋县）。文同于熙宁八年（1075）任洋州太守。秦岭当洋州之北，巴山在洋州东南，方位与诗语相合。诗当作于任所。这首诗描写登望云楼所见，前二句大处落笔，烘托望云楼的环境；后二句细微处着笔，描绘望云楼景色，充满了诗情画意。

◎ 注释

[1] 巴山：山名，在今川、甘、陕、鄂四省的边境，绵亘数百里。狭义的巴山在汉水支流任河谷地以东，川、陕、鄂三省边境处，地当今洋县东南。
[2] 秦岭：横贯我国中部的大山脉。狭义的秦岭指陕西南部的一段，主峰太白山，在洋县正北。

南　浦

王安石

南浦随花去[1]，回舟路已迷[2]。
暗香无觅处[3]，日落画桥西[4]。

◎ 题解

南浦：泛指面南的水边。《楚辞·九歌·河伯》："子交手兮东行，送美人兮南浦。"江淹《别赋》："送君南浦，伤如之何。"后因多泛指送别之地。这首诗沿用此意，写送别的情景。诗人从花迷路回、暗香无觅、日落画桥的细致描写中，表现了小船逐渐远去的生动情景，无一处写人，却处处落在人上，不着痕迹，意境深远。胡应麟说："颇近六朝。"

◎ 注释

[1] 随花去：谓载人的小舟伴随着两岸的花树逐渐远去。
[2] 回舟：归舟。

[3]"暗香"句：谓再也闻不到南浦花木的阵阵幽香。
[4]画桥：雕栏玉砌的桥。

江 上

王安石

江水漾西风[1]，江花脱晚红[2]。
离情被横笛，吹过乱山东。[3]

◎ 题解

　　这首诗抒写舟行江上的离愁别绪。上二句写景，西风萧瑟，江花凋零，烘染凄苦的气氛；下二句写声，更加浓了悲切的情绪。

◎ 注释

[1]"江水"句：谓西风过处，水面漾起层层微波。
[2]脱晚红：谓晚开的花也已经凋零。
[3]"离情"二句：谓凄楚的横笛声将离情别绪吹得很远很远。

蚕 妇

张 俞

昨日到城郭[1]，归来泪满巾。
遍身罗绮者[2]，不是养蚕人。

◈ **张 俞**　字少愚，益州郫（今四川郫都区）人。屡举不第，用荐除秘书省校书郎，以授父显忠，自隐于家，著有《白云集》。

◎ 题解

蚕妇：养蚕的妇女。

◎ 注释

[1]到城郭：一作"入城市"。

[2]罗绮：绫罗绸缎。

离福严

黄庭坚

山下三日晴，山上三日雨。[1]
不见祝融峰[2]，还溯潇湘去[3]。

◎ 题解

福严：僧寺名，在衡山祝融峰前掷钵峰下，原名般若寺，始建于南朝陈光大元年（567）；唐玄宗先天二年（713），佛教禅宗七祖怀让在此设道场。这首诗作于宋徽宗崇宁三年（1104）离衡山福严寺时，据《山谷内集》任渊注："是岁二月过洞庭，经潭、衡、永、桂等州，五六月间至宜州（治所在今广西宜山）贬所。"诗作移情于景，意在抒写赴贬所途中盼望朝廷恩赦放还而不可得的迷惘心情。手法上暗用典故，不见痕迹。

◎ 注释

[1]"山下"二句：衡山主峰祝融峰海拔1290米，气象万千，常常山下晴天，半山和山顶下雨，半山和山顶晴天，山下却在下雨，旧有"衡岳三天"之说。这两句既是山中景色的实写，又烘托了一种迷惘若失的气氛，同时也自然引出了第三句的"不见"。

[2]"不见"句：祝融峰，见《十五日再登祝融，用台字韵》注。韩愈贬阳山令，量移江陵，路经衡山，正逢秋雨开霁，作《谒衡岳庙遂宿岳寺题门楼》，说："我来正逢秋雨节，阴

241

气晦昧无清风……须臾静扫众峰出，仰见突兀撑青空。紫盖连延接天柱，石廪腾掷堆祝融。"按：古人以为此诗是韩愈南迁得归的祥兆。诗人反用其意，以"不见祝融峰"暗寓归期难卜之意。
[3]溯：逆江而上。潇湘：湘江和潇水的合称。潇、湘合流处，在今湖南零陵，衡山西南方，为诗人入桂赴贬所的必经之路。

胡　笛
吕本中

胡人吹短笛[1]，一半是离声。
想得南飞雁，云间亦厌听[2]。

◎ 题解
　　这首诗抒写诗人听到金人吹奏横笛的感受。前二句正写声调的悲切，勾起了出征的士兵们妻离子散的痛楚回忆。后二句以南飞的北雁厌听作衬，进一步渲染悲切的气氛。

◎ 注释
[1]胡人：此指金人。
[2]厌：寓有厌恶、厌倦等多层意思。

绝　句
李清照

生当作人杰[1]，死亦为鬼雄。
至今思项羽，不肯过江东。[2]

李清照
（1084—1155?）

号易安居士，济南（今山东济南）人。宋代学者李格非之女，其夫赵明诚，曾历莱州、淄州等地太守，是金石学家。金兵南下，避乱南方，高宗建炎三年（1129），赵明诚病故，她辗转台州、温州、越州、杭州等地，颠沛流离，在孤凄寂寞中度过了她的晚年。她是南、北宋间著名的女词人。其南渡后所为诗作，风格沉郁苍凉，深得杜甫神理，同她以婉约著称的词作风格迥异。著有《漱玉集》。

◎ 题解

这首诗是诗人南渡后的作品，约作于高宗建炎四年（1130）。诗作运用项羽故事，意在讽刺偏安江南不图复国的南宋朝廷，表现了诗人激烈的爱国情怀。

◎ 注释

[1] 人杰：人中豪杰。
[2] "至今"二句：《史记·项羽本纪》载项羽兵至乌江（在今安徽和县东北）时，有乌江亭长欲以舟渡项羽，项羽说："天之亡我，我何渡为！且籍与江东子弟八千人渡江而西，今无一人还，纵江东父兄怜而王我，我何面目见之！纵彼不言，籍独不愧于心乎？"于是自刎而死。这里以项羽的"不肯过江东"作反衬，讽刺了南宋朝廷不思北渡复国的苟安政策。

春寒二首
陆　游

滔天来浟水[1]，震瓦战昆阳[2]。此敌犹能御，春寒不可当[3]。

高楼堕绿珠[4]，恶客碎珊瑚[5]。未抵春寒夜，贫翁丧故襦[6]。

◎ 题解

这两首诗作于宋宁宗嘉定二年（1209），时诗人已八十五岁，家居山阴。这年春，诗人落职为宝谟阁待制。这两首描写春寒袭人的诗，寄托了晚年遭受挫折的痛苦心情。

◎ 注释

[1] 洚（hóng）水：洪水。《尚书·大禹谟》："洚水儆予。"蔡沈《书集传》："洚水，洪水也。"

[2] "震瓦"句：昆阳，古县名，今河南叶县地。昆阳之战，是指汉刘秀以兵三千大破王莽百万大军于昆阳的一场大战，战时屋瓦皆飞。见《后汉书·光武帝纪》。这里借以形容暴雨的声势。

[3] "此敌"二句：清厉鹗《自石湖至横塘》诗："春寒来似越兵来。"似脱胎于此。顾宪融评这首诗说："翻新出奇，得未曾有。"

[4] "高楼"句：绿珠，晋石崇歌妓。时赵王司马伦擅政，伦有嬖臣孙秀，与崇有宿憾，向崇求绿珠，崇不允，秀乃力劝伦杀崇，母兄妻子十五人皆死，甲士到门逮崇，绿珠跳楼自杀。见《晋书·石崇传》。

[5] "恶客"句：恶客，指石崇。石崇与王恺争富，恺以高二尺许的珊瑚树示崇，崇不以为奇，以铁如意把它击碎，并将所藏的三四尺高的六七株珊瑚树给王恺看，王恺为之瞠目。见《世说新语·汰侈》。

[6] "贫翁"句：贫翁，诗人自称。故襦，旧的短袄。按：这首诗学李商隐《泪》诗作法。前二句一句一事，是铺垫作衬，后二句点出本旨。

自君之出矣（录一）

徐 照

自君之出矣，懒妆眉黛浓[1]。
愁心如屋漏，点点不移踪[2]。

徐 照（？—1211） 字道晖，又字灵晖，号山民，永嘉（今浙江温州）人。终生布衣，家境贫穷。他是"永嘉四灵"之一，诗学晚唐体。著有《芳兰轩集》。

◎ 题解

　　自君之出矣：古乐府杂曲歌辞名。这首诗仿照古乐府写法，抒写丈夫出门后女子的思念之情。前二句实写，后二句虚写，虚实相生，情真意切。全诗共三首，所录原列第三。

◎ 注释

[1] 眉黛：古代女子以黛画眉，因称眉为眉黛。
[2] 不移踪：老是在一个地方。形容愁心专一。

乐府二首
许　棐

妾心如镜面[1]，一规秋水清[2]。郎心如镜背，磨杀不分明。

郎心如纸鸢，断线随风去。愿得上林枝，为妾萦留住。[3]

◈ **许　棐**　字忱夫，海盐（今浙江海盐）人。宋理宗嘉禧中，隐居于家乡之秦溪，植梅于屋之四檐，号曰"梅屋"。著有《梅屋诗稿》等。

◎ 题解

　　这两首诗抒写女子对爱情的专一和男子的负心，巧设比喻，两相对照，深得乐府神韵。

◎ 注释

[1] 妾：女子自称。
[2] 规：指圆镜。

[3]"愿得"二句：上林，秦汉宫苑名。这两句意谓郎君入朝做官抛弃故妻，因此希望宫廷中有人能使他回心转意。

乍归（录一）
刘克庄

绝爱墙阴橘[1]，花开满院香。
邻人欺不在，稍觉北枝伤。[2]

◎ 题解

这首诗是诗人离官归田时的作品，全诗共三首，所录原列第二首，这一首不仅表达了对旧居的怀恋，而且包含着对中原为金兵所蹂躏的痛楚。

◎ 注释

[1]绝爱：极爱，深爱。墙阴：墙院的北角背阴处。
[2]"邻人"二句：邻人，暗指金兵。这两句以主人不在，邻居偷摘北枝为喻，暗指金兵乘南宋朝廷内部纷争，继续侵犯。

寄江南故人
家铉翁

曾向钱塘住[1]，闻鹃忆蜀乡[2]。
不知今夕梦，到蜀到钱塘？

家铉翁
（1213—1297）

号则堂，眉州（治所在今四川眉山）人。以荫补官，历知常州（治所在今江苏常州），累迁户部侍郎，赐进士出身，后拜端明殿学士，签书枢密院事。

元兵陷临安，他奉使赴元，被扣留，拒绝为官，表现了崇高的民族气节。元成宗即位，得放还。卒于家。他是南宋末的爱国诗人，学识渊博。其说《易》之书与文集20卷全佚，清四库馆臣据《永乐大典》辑成《则堂集》6卷。

◎ 题解

这首诗是元兵攻占临安，诗人以祈请使赴元都被扣留后所作，诗以沉痛之情，抒写了对故乡、故国的怀念，感人至深。江南故人：指诗人在临安为官时的同官、知交。

◎ 注释

[1]"曾向"句：钱塘，今杭州，南宋为京城临安所在地。诗人官端明殿学士、签书枢密院事时均在临安。
[2]"闻鹃"句：诗人家在四川眉州，这句即以蜀帝化为杜鹃的传说（见《冬青花》注），抒写在临安时对故乡的思念之情。

秋夜词

谢　翱

愁生山外山，恨煞树边树。[1]
隔断秋月明，不使共一处。[2]

◎ 题解

这首诗抒写宋亡以后孤身漂泊东南，思念宋朝故君的凄苦心情。造语新颖奇险，在宋诗中独具一格。

◎ 注释

[1]"愁生"二句：写山多、树多引起的满腔愁恨。

[2]"隔断"二句：谓山和树将秋夜的明月隔断。秋月，暗喻宋君。宋恭帝投降元朝后，被留在北方，而作者则在南方。

七言绝句

阙　题

郑文宝

亭亭画舸系寒潭[1]，只待行人酒半酣[2]，
不管烟波与风雨，载将离恨过江南。

郑文宝
（952—1012）

字仲贤，宁化（今福建宁化）人。初事南唐后主李煜，官校书郎。宋太宗太平兴国八年（983）进士，除修武主簿，累官兵部员外郎，后因病归襄城别墅。能诗，善篆书，又工鼓琴。著有文集二十卷，已散失。

◎ 题解

这是首抒写离愁别绪的作品。陈衍说："此诗首句一顿，下三句连作一气说，体格独别。"按：这首诗后人或误为张耒作。

◎ 注释

[1]画舸：画舫，雕饰华丽的船。
[2]行人：指启程远行的人。

行　色

司马池

冷于陂水淡于秋[1]，远陌初穷见渡头[2]。
赖是丹青无画处[3]，画成应遣一生愁[4]。

司马池

字和中,陕州夏县(今山西夏县)人。进士,历官至天章阁待制,知河中府,徙同州,又徙杭州、晋州。

◎ 题解

这首诗描写旅途景色。据《中都志》载:"《行色》诗石刻,在故安丰县(今安徽霍邱西)。张文潜(耒)作记曰:'待制司马公尝监安丰酒税,作此诗,其孙宏知县事,刻于石。'"行色:这里指行旅凄凉的景况。

◎ 注释

[1]"冷于"句:谓行色的冷清淡漠甚于陂水和秋景。陂水,池塘的水。
[2] 远陌:漫长的路。初穷:刚刚走完。
[3]"赖是"句:幸而最好的颜料也没有着笔之处。意即谓无法将行色具体描绘出来。丹青,丹和青是我国古代绘画中常用的两种颜色,因以泛指各种颜料。
[4]"画成"句:万一画成了,那反而会平添一生的愁绪,因为这幅画将永远勾起自己对那段旅程的回忆。

呈寇公

蒨 桃

一曲清歌一束绫[1],美人犹自意嫌轻[2]。
不知织女萤窗下[3],几度抛梭织得成[4]?

蒨 桃

北宋寇準家的侍妾。

◎ 题解

寇公：指寇準，宋真宗时宰相。寇準在他举行的宴会上将绫子赏给歌姬，作者写了这首诗给以委婉的讽刺。

◎ 注释

[1]"一曲"句：歌姬每唱一支歌，就赏一匹绫子。
[2]犹自：还是。意嫌轻：认为赏物太少。
[3]萤窗：光线微弱的窗下。
[4]抛梭：织绫时的动作。将梭子穿过来抛过去。

梦中作

欧阳修

夜凉吹笛千山月，路暗迷人百种花。[1]
棋罢不知人换世[2]，酒阑无奈客思家[3]。

◎ 题解

这首诗描绘梦中景象，实则抒写诗人对世外桃源的向往。末句暗暗逗出与现实生活的矛盾。陈衍说："此诗当真是梦中作，如有神助。"

◎ 注释

[1]"夜凉"二句：写梦中所见的景象，夜凉如水，月色清朗，笛声悠扬，峰回路转，处处是奇花异草。
[2]"棋罢"句：暗用晋王质烂柯山遇仙故事。《述异记》："信安郡石室山，晋时王质伐木，至见童子数人棋而歌，质因听之……俄顷，童子谓曰：'何不去？'质起视，斧柯烂尽。既归，无复时人。"人换世，世间人事变迁。
[3]酒阑：行酒结束。客：指梦中作者自己。

别　滁

欧阳修

花光浓烂柳轻明[1]，酌酒花前送我行。
我亦只如常日醉，莫教弦管作离声。[2]

◎ 题解

　　这首诗于作者离滁州（治所在今安徽滁县）太守任时作。表面似心情坦荡，实则表现了诗人不忍别去的深情。

◎ 注释

[1] 浓烂：浓丽烂漫。
[2]"我亦"二句：黄庭坚《夜发分宁寄杜涧叟》末二句云："我自只如常日醉，满川风月替人愁。"就是套用这两句，但写法不同，欧阳是怕弦管奏出离声而引起别情，黄是把无情的风月说成有情者在替人悲愁。欧阳用笔轻而自然，黄用笔重而有力。

淮中晚泊犊头

苏舜钦

春阴垂野草青青，时有幽花一树明。
晚泊孤舟古祠下，满川风雨看潮生。[1]

◎ 题解

　　这首诗作于作者遭贬以后，乘舟经淮水赴吴中途中。在对色泽明丽的途中景色的描写中，寓意深远。前二句以"春阴垂野"之暗反衬"幽花一树"之明，寄托了作者对迫害他的权奸小人的蔑视和自己傲岸、倔强的心迹；后二句的"孤舟古祠""风雨看潮"，则又暗暗透露了诗人心灵深处对政治风雨的忧虑。在风格上,这首诗酷肖唐人韦应物,深得黄庭坚喜爱。犊头:淮河边的小地名。

◎ 注释

[1]"晚泊"二句:从韦应物《滁州西涧》"春潮带雨晚来急,野渡无人舟自横"化出。

春 草

刘 敞

春草绵绵不可名[1],水边原上乱抽荣[2]。
似嫌车马繁华地,才入城门便不生。

刘 敞
（1019—1068） 字原父,临江新喻(今江西新余)人。宋仁宗庆历六年(1046)进士,通判蔡州,历官右正言,知制诰,集贤院学士,判南京御史台。学问渊博,为欧阳修所叹服。著有《公是集》。

◎ 题解

这首咏物小诗,以春草为喻,表达了诗人心在草野,不屑与世俗同流合污的情怀。《诗林广记》说:"原父此诗,是将罗邺《赏春》诗意翻一转,真有唐人意度。"

◎ 注释

[1]绵绵:绵密貌。不可名:不可名状。
[2]原:原野。抽荣:发芽。

团　扇

王安石

玉斧修成宝月团[1]，月边仍有女乘鸾[2]。
青冥风露非人世，鬓乱钗横特地寒。[3]

◎ 题解

　　这首题咏团扇之作，寄托了上层政治人物常有的"高处不胜寒"之感，与苏轼《水调歌头》词的构思相近。《天厨禁脔》说："读之令人一唱三叹，譬如朱弦疏越，有遗音者也。"陈衍说："半山绝句，颇欲于唐音外别立一帜，然甚佳者亦不多见。"

◎ 注释

[1]"玉斧"句：段成式《酉阳杂俎·天咫》说："月乃七宝合成""常有八万二千户修之"。又说，月中桂树高五百丈，下有一人，因学仙有过失，罚令斫桂，斧起树创随合，只好无休止地斫下去。此句合二典用之。

[2]"月边"句：写扇中画像。语本江淹《杂体诗·效班婕妤咏扇》："纨扇如团月，出自机中素。画作秦王女，乘鸾向烟雾。"

[3]"青冥"二句：扇上所画风露高寒的天宫玉宇，不是人世间所有，使人感到分外清冷。青冥，天空。鬓乱钗横，形容女子鬓发散乱，妆饰不整。横，一本作"斜"。乐史《杨太真外传》："妃子醉颜残妆，鬓乱钗横。"特地，分外。

竹　里

王安石

竹里编茅倚石根[1]，竹茎疏处见前村。
闲眠尽日无人到，自有春风为扫门。

◎ 题解

　　这首诗描写幽谧的村舍景色与闲居的情趣。按：一作僧显忠诗。

◎ 注释

[1] 编茅：用茅草编成的篱笆。

初夏即事
王安石

石梁茅屋有弯碕[1]，流水溅溅度两陂[2]。
晴日暖风生麦气，绿阴幽草胜花时[3]。

◎ 题解

　　这首诗描写初夏村舍的景色，清丽如画。

◎ 注释

[1] 石梁：石桥。弯碕（qí）：弯曲的水岸头。
[2] 度：流过。陂：这里指斜岸。
[3] 花时：春暖花开的时节。

送和父至龙安，微雨，因寄吴氏女子
王安石

荒烟凉雨助人悲，泪染衣襟不自知。
除却东风沙际绿，一如看汝过江时。[1]

◉ 题解

　　和父：诗人弟王安礼。龙安：龙安津，在今江苏江宁西北二十里。吴氏女子：指诗人长女，适浦城人吴充之子吴安持。这首诗由送弟出行，勾起对女儿的思念，诗人饱含深情，融情于景，真切地表达了父女之间的骨肉至情。

◉ 注释

[1]"除却"二句：除了春风吹拂，沙边草绿，其余烟雨迷茫，别泪沾襟等，一切都像当年送你过江时的情景。汝，指长女。

北陂杏花
王安石

一陂春水绕花身[1]，身影妖娆各占春[2]。
纵被东风吹作雪，绝胜南陌碾成尘。[3]

◉ 题解

　　这是首咏物诗，诗人在对杏花的形象描绘中，表现了自己顽强的斗争精神。

◉ 注释

[1]陂：这里指池塘。
[2]妖娆：娇艳妩媚。各占春：是说杏花和水中的花影各有风姿，各自占领了春光。
[3]"纵被"二句：写花落，寄寓自己宁可粉身碎骨，也要保持洁白不愿遭人践踏的刚强性格。雪、尘，分别比喻清白的受害者与污秽的东西。绝胜，远远胜过。

越人以幕养花，游其下二首（录一）

王安石

尚有残红已可悲，更忧回首只空枝。[1]
莫嗟身世浑无事，睡过春风作恶时。[2]

◉ 题解

以幕养花：用帷幕围起来种植花木。这首诗由以幕养花引起联想，诗人是在自悲身世，尚有残红，隐喻变法尚未彻底失败，自己还在政治舞台上，但已经感到残景无多，而更令人产生预感的是全局的输却。诗人因而自诫：眼前不是平安无事，不要躺着不动，度过这令人担心的时光。言外暗示应早作挽救打算。全首构思新颖，立意深远。"尚有""已可""更忧""莫嗟"，短幅中用笔有几层曲折。杨万里七绝，即学此种。所以近代闽派诗人，同时提倡王、杨二家的诗。

◉ 注释

[1]"尚有"二句：写花的结局可悲。意思是说，眼前花枝上还有残剩的花瓣，这已经是可悲的，而更使人忧虑的是转眼间就会摘得剩下光秃的枝干。李壁说："古诗'花开堪折直须折，莫待无花空折枝'，《白（居易）集》'争忍开时不同醉，明朝后日即空枝'，《黄台瓜词》'三摘尚云可，四摘抱蔓归'，公诗亦类此。"

[2]"莫嗟"二句：意思是说，不要说一生平安无事，那是因为在帷幕下避过了春风作恶的时刻。身世，一生。浑，全。

绝 句

刘 攽

青苔满地初晴后[1]，绿树无人昼梦余。
惟有南风旧相识，竟开门户又翻书。[2]

刘 攽
（1022—1088）

字贡父，临江新喻（今江西新余）人。与兄敞同登进士第，仕州县二十年，始为国子监直讲。宋神宗熙宁中，判尚书考功，同知太常礼院，因与王安石政见不一，出知曹州。后拜中书舍人。深于史学。诗与欧阳修风格相近。著有《彭城集》。

◎ 题解

这首诗抒写夏日初晴后的生活乐趣。以前二句的幽静无人，反衬后二句的南风开门户又翻书。"惟有"二字一转有力。刘克庄说："此诗与刘原父《春草》诗皆有元和意度，不似本朝人诗。"

◎ 注释

[1]"青苔满地"句：地上长满青苔，既说明初晴，又表明无客来到，苔径不曾清扫。
[2]"惟有"二句：这两句诗意似从唐薛能"昨日春风欺不在，就床吹落读残书"、李白"春风不相识，何事入罗帏"等诗句中翻化而出。清人"清风不识字，何得乱翻书"二句，又袭刘诗，竟招致文字狱。

宿济州西门外旅馆
晁端友

寒林残日欲栖乌，壁里青灯乍有无[1]。
小雨愔愔人假寐[2]，卧听疲马啮残刍[3]。

晁端友

字君成，巨野（今山东巨野）人。其诗在宋代很受苏、黄的称赏。集子已散失。

◎ 题解

济州：州名，宋时州治在今山东巨野。这首诗真切地描绘了冬日旅途中的所见所感，凄清寂寞。黄庭坚《六月十七日昼寝》云："红尘席帽乌靴里，想见沧洲白鸟双。马龁枯萁喧午枕，梦成风雨浪翻江。"即从晁诗翻化而出。但黄诗写江湖之念深，因想成梦，晁诗单纯写旅宿感受，境界不同。风格上晁诗神韵自然，黄诗用力。

◎ 注释

[1] 青灯：油灯，因光青荧而名。乍有无：忽明忽暗。
[2] 愔（yīn）愔：安闲貌。这里形容雨声悄悄。假寐：和衣而睡。《左传·宣公二年》："尚早，坐而假寐。"杜预注："假寐，不解衣冠而睡。"
[3] 啮：咬嚼。刍：喂牲口的草料。

临平道中

道　潜

风蒲猎猎弄轻柔[1]，欲立蜻蜓不自由[2]。
五月临平山下路，藕花无数满汀洲[3]。

道　潜
（1043—1102）

俗姓何，原名昙潜，於潜（今浙江临安）人。住杭州智果寺，与苏轼、秦观等相契，轼贬海南，他也因获罪而还俗。宋徽宗建中靖国初，诏复祝发。崇宁末，归老江湖，号妙总大师。他是北宋著名的诗僧，其诗风格清新流畅，苏轼称它"无一点蔬笋气"。著有《参寥子集》。

◎ 题解

临平：临平山，在今浙江余杭临平南。这首写景之作，细致地描绘了浙西水乡清丽秀美的风光。《续骫骳说》说："参寥子常在《临平道中》赋诗云云，东坡一见而刻诸石，宗妇曹夫人善丹青，作《临平藕花图》，人争影写。"《老学庵笔记》："吴幾先尝言：'……五月非荷花盛时，不当云"无数满汀洲"。'廉宣仲云：'此但取句美，若云六月临平山下路，则不佳矣。'幾先云：'只是君记得熟，故以五月为胜，不然，止云六月，亦岂不佳哉！'"

◎ 注释

[1] 猎猎：风劲貌，这里指风吹蒲叶发出的声音。弄轻柔：形容蒲叶摇动的柔姿。
[2] 不自由：身不由己。
[3] 藕花：荷花。汀洲：水边平地，这里指水面。

寒芦港

苏　轼

溶溶晴港漾春晖[1]，芦笋生时柳絮飞。
还有江南风物否？桃花流水鳖鱼肥[2]。

◎ 题解

这首诗作于宋神宗熙宁九年（1076），时诗人知密州军州事任。这诗是《和文与可洋川园池三十首》中的第二十五首，寒芦港是洋州（今陕西洋县）的胜景之一。文与可（同）当时在洋州任上，曾有咏洋川园池诗赠东坡，其中有《寒芦港》诗。

◎ 注释

[1]溶溶：水盛貌。

[2]"桃花"句：张志和《渔歌子》词："西塞山前白鹭飞，桃花流水鳜鱼肥。"鲚（jì）鱼，又名刀鱼，产长江中。

东栏梨花

苏　轼

梨花淡白柳深青，柳絮飞时花满城。
惆怅东栏二株雪[1]，人生看得几清明[2]！

◎ 题解

　　这首诗作于宋神宗熙宁九年（1076），时诗人知密州，是诗人《和孔密州五绝》之一。诗作描写梨花开放的盛况，后二句触景生情，抒写人生短暂的感慨。洪迈《容斋随笔》说："张文潜（耒）好吟东坡梨花绝句，每吟一过，必击节赏叹不能已。文潜盖有省于此云。"《唐宋诗醇》说："浓至之情，偶于所见发露，绝句中几与刘梦得（禹锡）争衡。"潘德舆说："张文潜爱诵坡公'梨花淡白柳深青'一绝，而放翁（陆游）讥之曰：杜牧之有句云：'砌下梨花一堆雪，明年谁此凭栏杆？'东坡固非窃人诗者，然竟是前人已道之句，何文潜爱之深也？岂别有所谓乎？愚按：坡公此诗之妙，自在气韵，不谓句意无人道及也。且玩其句意，正是从小杜诗脱化而出，又拓开境地，各有妙处，不能相掩。放翁所见亦拘矣。"

◎ 注释

[1]雪：喻梨花。

[2]"人生"句：人的一生能过几个清明节，欣赏这素洁的梨花呢？清人王士禛《冶春绝句》"他日相思忘不得，平山堂下五清明"，风调本此。

南堂五首(录一)

苏 轼

扫地焚香闭阁眠,簟纹如水帐如烟[1]。
客来梦觉知何处?挂起西窗浪接天。

◎ 题解

　　这首诗作于宋神宗元丰六年(1083),时诗人贬居黄州。南堂:在黄州。据施元之注引《齐安拾遗记》:"夏澳口之侧,本水驿,有亭曰临皋,郡人以驿之高坡上筑南堂,为先生游息。"邢居实说:"东坡此诗尝题余扇,山谷初读以为刘梦得所作。"按:这诗气韵,全不类刘禹锡。山谷此论,未为具眼。

◎ 注释

[1]簟纹如水:谓竹席的纹理像波纹,兼状其光泽。帐如烟:形容纱帐之薄如烟雾。

海　棠

苏 轼

东风袅袅泛崇光,香雾空濛月转廊[1]。
只恐夜深花睡去,故烧高烛照红妆[2]。

◎ 题解

　　这首诗作于元丰七年(1084),时诗人在黄州。诗作描写海棠花开的景象,表现对海棠的深爱,构思新奇。

◎ 注释

[1] 月转廊：月光转过回廊，指夜深，引起下句。
[2] "只恐"二句：惠洪《冷斋夜话》："东坡作《海棠》诗曰：'只恐夜深花睡去，更烧银烛照红妆。'事见《太真外传》曰：'上皇登沉香亭，诏太真妃子。妃子时卯醉未醒，命力士从侍儿扶掖而至。妃子醉颜残妆，鬓乱钗横，不能再拜。上皇笑曰：岂是妃子醉，直海棠睡未足耳。'"按：陆游《花时遍游诸家园》："常恐夜寒花索寞，锦茵银烛按凉州。"从此化出。

惠崇《春江晚景》二首（录一）

苏　轼

竹外桃花三两枝，春江水暖鸭先知[1]。
蒌蒿满地芦芽短[2]，正是河豚欲上时[3]。

◎ 题解

　　这首诗作于元丰八年（1085）。惠崇：见《纯甫出僧惠崇画，要予作诗》题解。《春江晚景》是他画的两幅画，画已失传，从东坡的诗看，这是幅鸭戏图。这首题画诗流传千古、脍炙人口，汪景龙称它有"天然神韵"。

◎ 注释

[1] 鸭先知：清人毛奇龄曾驳东坡此语，以为鹅何尝不可先知，岂独是鸭？此说徒逞口辩，不切实际。这是题画之作，画中点染的是鸭，故诗语不言鹅。何况鹅字是平声，如在此句中取代仄声之鸭，声调也不协了。
[2] 蒌蒿：水草名，也称白蒿。
[3] 河豚：见《范饶州坐中客语食河豚鱼》题解。上：指浮出水面。

265

题李世南所画《秋景》二首(录一)

苏 轼

野水参差落涨痕[1],疏林欹倒出霜根[2]。
扁舟一棹归何处[3]?家在江南黄叶村。

◉ 题解

　　这首诗作于宋哲宗元祐二年(1087),时诗人在京为翰林学士。李世南:字唐臣,工画山水。《秋景》指他画的《秋景平远图》。

◉ 注释

[1]落涨痕:水落以后留下涨水的痕迹。
[2]欹倒:歪斜侧倒。出:露出。
[3]"扁舟"句:据邓椿《画继》,"扁舟"作"浩歌",他说李世南"画一舟子张颐鼓枻,作浩歌之态。今作'扁舟',甚无谓也"。高步瀛说:"'扁舟'字胜,邓公寿说似泥。"

与莫同年雨中饮湖上

苏 轼

到处相逢是偶然,梦中相对各华颠[1]。
还来一醉西湖雨,不见跳珠十五年[2]。

◉ 题解

　　这首诗作于元祐四年(1089),时诗人以龙图阁学士出知杭州。莫同年:名君陈,字和中,吴兴(今浙江湖州)人,时任两浙提刑。同年,见欧阳修《庐山高,赠同年刘凝之归南康》题解。诗人在这首诗里以喜悦而又怅惘之情抒写了故人重逢、旧地重游、老境逼人的情景。

◎ 注释

[1]梦中：由于是偶然相逢，恍若梦境，故称梦中。华颠：头发花白。
[2]"不见"句：诗人于熙宁七年（1074）离杭州通判任，至本年，正好十五年。跳珠，形容雨点落在湖面的景象。诗人前作《六月二十七日望湖楼醉书》诗曾有"白雨跳珠乱入船"的描写。

赠刘景文

苏　轼

荷尽已无擎雨盖[1]，菊残犹有傲霜枝。
一年好景君须记，最是橙黄橘绿时[2]。

◎ 题解

　　这首诗作于元祐五年（1090），时诗人在杭州。刘景文：名季孙，详见《寄苏内翰》作者介绍。这首诗描写初冬景色，同时寓情于景，表达了诗人对刘景文的崇敬之情，《唐宋诗醇》说："浅语遥情。"

◎ 注释

[1]擎雨盖：指荷叶。
[2]"一年"二句：韩愈《早春呈水部张十八员外二首》之一："最是一年春好处"，这两句用其字面，但意境不同。

淮上早发

苏　轼

淡月倾云晓角哀，小风吹水碧鳞开[1]。
此生定向江湖老，默数淮中十往来[2]。

◎ 题解

　　元祐七年（1092）二月，诗人以龙图阁学士知扬州军州事，自颍取道下淮，三月早发淮上，这首诗即作于此时。前二句描写淮上晨景，景中有情；后二句直抒胸臆，表达一生奔波的感慨。

◎ 注释

[1] 碧鳞：碧绿的水纹。鳞，比喻水的皱纹。白居易《感春》："池浪碧鱼鳞。"
[2] "默数"句：元丰二年（1079），诗人罢徐州刺史，改知湖州，途经淮上，已有"好在长淮水，十年三往来"之句；至元丰八年（1085）自常州赴登州知州任，又有"吾生七往来"之句；以后，元祐四年（1089），由京赴杭州知州任，是为八；元祐六年（1091），承旨召还，由杭返京，是为九；这一次又复出，由颍州赴扬州任，已是"十往来"于淮中。

澄迈驿通潮阁二首（录一）

苏　轼

余生欲老海南村[1]，帝遣巫阳招我魂[2]。
杳杳天低鹘没处，青山一发是中原。[3]

◎ 题解

　　这诗是宋哲宗元符三年（1100）自贬所儋州北归时作。澄迈：今海南澄迈。驿：驿站。通潮阁：在澄迈县西。据《大清一统志》："宋苏轼尝憩其上，有诗。其后胡铨和之，李光书匾。"此题共二首，所录原列第二首。此诗将眼前的景色和诗人的感情融合在一起，在辽阔旷远的背景中，表达了诗人思归心切，又恨路途遥远的复杂心情。《唐宋诗醇》说："羁望深情，含蕴无际。"

◎ 注释

[1] 老：终老。

[2] "帝遣"句：《楚辞·招魂》："帝告巫阳曰：'有人在下，我欲辅之。魂魄离散，汝筮予之……'（巫阳）乃下招曰：'魂兮归来！'"这里运用此典，以帝指宋哲宗，巫阳比使臣，招魂指召还。意思是说皇帝派使臣召他北归。

[3] "杳杳"二句：语本于韩愈《赠别元十八协律六首》诗："乘潮簸扶胥，近岸指一发。"诗人《伏波将军庙碑》："南望连山，若有若无，杳杳一发耳。"和这两句诗意境相近。一发：犹一线。元人虞集《题柯博士画》诗有"青山一发是江南"句，刘因《远山笔架》诗有"人间一发是中原"句，都是袭用苏语。

会子瞻宿逍遥堂 并引

苏 辙

辙自幼从子瞻读书，未尝一日相舍[1]，既壮，将游宦[2]四方，读韦苏州[3]诗至"安知风雨夜，复此对床眠"，恻然感之，乃相约早退，为闲居之乐。故子瞻始为凤翔幕府，留诗为别曰："夜雨何时听萧瑟。"其后子瞻通守余杭，复移守胶西，而辙滞留于淮阳、济南，不见者七年。熙宁十年二月，始复会于澶、濮之间，相从来徐，留百余日[4]，时宿于逍遥堂，追感前约。为二小诗记之。

逍遥堂后千章木[5]，常送中宵风雨声[6]。
误喜对床寻旧约[7]，不知漂泊在彭城[8]。

秋来东阁凉如水，客去山公醉似泥[9]。
困睡北窗呼不醒，风吹松竹雨凄凄。

苏　辙
（1039—1112）

字子由，眉州眉山（今四川眉山）人。苏轼之弟。宋仁宗嘉祐二年（1057），与轼同登进士，又同策制举,因直言置下等,授商州军事推官。后入朝,因与王安石政见不合,出为河南推官,哲宗时召为右司谏,累迁御史中丞、尚书右丞、门下侍郎,绍圣初,以上疏谏事,落职知汝州,累谪雷州安置,移循州,徙永州、岳州,后复大中大夫致仕。与父洵、兄轼并称"三苏",诗风明畅,似其兄而成就稍逊。著有《栾城集》。

◎ 题解

二诗抒写兄弟久别重逢,悲欣交集的心情,并感怀旧事,对照当前,流露了倦于仕途的凄切情绪。关于写作缘起,见诗人的小引。东坡读后说:"读之殆不可为怀。"逍遥堂:在徐州。

◎ 注释

[1] 相舍:相离。

[2] 游宦:离家外出做官。

[3] 韦苏州:唐代诗人韦应物,曾任苏州刺史,后人因以此称之。

[4] 百余日:宋神宗熙宁十年(1077)初,苏轼离密州任,赴汴京,二月至濮阳,与苏辙相见,至陈桥驿,接诰命,改知徐州。二人遂同往徐州。至八月,苏辙才离去。

[5] 千章木:章,大材。《史记·货殖列传》:"山居千章之材。"

[6] 中宵:深夜。

[7] "误喜"句:旧约,指小引中"相约早退,为闲居之乐"的话。作者意谓此番相聚,似可寻早退闲居之约,但事实是漂泊于徐州,故"喜"而谓其"误"。误喜,意犹空欢喜。

[8] 彭城:徐州。徐州原为彭城郡治。

[9] "客去"句:山公,晋代山简,字季伦。公,当时人对长官的尊称。这里山公借指苏轼。《世说新语·任诞》:"山季伦为荆州,时出酣畅,人为之歌曰:'山公时一醉,径造高阳池。日暮倒载归,茗芋无所知……'"李白《襄阳歌》有"笑杀山翁醉似泥"句,即用此典,为苏辙诗语所本。相传南海有虫无骨,名曰泥,在水中则活,失水则醉,如一堆泥。见《五色线》。

和陈君仪《读〈太真外传〉》(录三)

黄庭坚

扶风乔木夏阴合[1],斜谷铃声秋夜深[2]。
人到愁来无处会,不关情处总伤心。[3]

梁州一曲当时事,记得曾拈玉笛吹。[4]
端正楼空春昼永,小桃犹学淡燕支。[5]

高丽条脱雕红玉,逻迤琵琶撚绿丝。[6]
蛛网屋煤昏故物,此生唯有梦来时。[7]

◎ 题解

　　《太真外传》:即《杨太真外传》,宋初小说家乐史所撰,记唐明皇与杨贵妃故事,叙述较唐人陈鸿《长恨歌传》为详,文笔优美。这组和诗作于宋神宗元丰二年(1079),时诗人在北京(今河北大名)任国子监教授。诗人曾说:"作诗正如作杂剧,初时布置,临了须打诨,方是出场。"这组诗叙写杨贵妃生前身后的荣辱,精心构思,颇能体现作者的这一创作主张。全题五首诗,如"梁州""高丽"二首前二句写杨贵妃生前的荣华富贵,色泽秾丽,气氛热烈,后二句猛跌入身后寂寞萧条的描写,色调惨淡,气氛凄凉,前后形成鲜明的对照。转折时用的是"潜气内转"法,不用转折词,体现了作者的功力之深。风格上很像李商隐及西昆一派,与作者其他七绝以瘦硬擅场的稍有不同。朱弁说:"黄鲁直独用昆体工夫,而造老杜浑成之地。"所录三首原列二、三、四首。

◉ 注释

[1] 扶风：今陕西扶风。唐玄宗天宝十四载（755），安禄山反，次年六月，兵迫长安，玄宗仓皇西奔，途经扶风。此前，已在马嵬驿（今陕西兴平）缢死贵妃。

[2] "斜谷"句：斜（yé）谷，在今陕西眉县西南，褒斜道的斜谷一段。据《杨太真外传》："上至斜谷，霖雨涉旬，栈道雨中闻铃，因采其声为《雨霖铃曲》。"按：山谷此诗为读《杨太真外传》而作，材料亦依之，故所云闻铃地点，与他书所载不同。

[3] "人到"二句：是说人到了愁来的时候，简直无法理会，像雨声、铃声这种不关人情的事物，也会引起悲伤。

[4] "梁州"二句：梁州一曲，指贵妃生前西凉州献的曲子，称《凉州》，又称《梁州》。史容注："按《开天传信记》：'西凉州献新曲，曰《凉州》。宁王闻之，以为恐有播越之祸。'《乐府诗集》《凉州歌》序，亦称《梁州曲》，初无区别。"当时事，一本作"开元梦"。曾拈玉笛吹：《杨太真外传》："妃子窃宁王玉笛吹。故张祜诗云：'梨花深院无人见，闲把宁王玉笛吹。'"这两句写杨贵妃生前之事，大意是说，当年西凉州献上新曲的时候，杨贵妃还偷取宁王的玉笛吹奏过。

[5] "端正"二句：端正楼，华清宫中杨贵妃梳洗之处，在今陕西临潼。燕支，即胭脂。这两句写贵妃身后的凄凉情景：端正楼空寂无人，只有春天依然日长，楼旁的小桃花还像是学着贵妃，抹上淡淡的胭脂。

[6] "高丽"二句：高丽，古国名，又称高句丽，后为卫氏朝鲜所并。条脱，即手钏，相传高丽所产为贵。据《杨太真外传》："阿蛮因进金粟装臂环，曰：此贵妃所赐。上持之凄然垂涕，曰：此我祖大帝破高丽获二宝，一紫金带，一红玉支。朕以岐王所进《龙池篇》，赐之金带，红玉支赐妃子。"逻逤（luósuò），地名，唐代吐蕃的都城（即今西藏拉萨市）。撚，拨弄。绿丝，渌水蚕丝制成的琵琶弦。《杨太真外传》载，妃子琵琶，逻逤檀也，寺人白秀真使蜀还献，其木温润如玉，光耀可鉴，有金缕红文，蹙成双凤。弦乃末诃弥罗国所贡者，渌水蚕丝也。这两句写杨贵妃生前的穿戴和玩物，烘染恩宠之深。按：二句一作"一双条脱玻璃玉，三尺琵琶绿蚕丝"。

[7] "蛛网"二句：写贵妃身后宫殿破败的景象。末句谓要想再有以往的繁华，只有到梦中去寻找。按：昏故物，一作"脂泽歇"。

寄　家

黄庭坚

近别几日客愁生，固知远别难为情[1]。
梦回官烛不盈把[2]，犹听娇儿索乳声。

◎ 题解

　　这首诗作于元丰七年（1084），时诗人在德州德平。诗作写思家之情，真切感人。前三句中都有平仄不协的字，是七绝中的拗体。山谷七绝，常有此体。

◎ 注释

[1]难为情：难以抑制自己的感情。
[2]官烛：公家的灯烛。不盈把：形容短。烛短，指夜将尽。

病起荆江亭即事十首（录一）
黄庭坚

翰墨场中老伏波[1]，菩提坊里病维摩[2]。
近人积水无鸥鹭，时有归牛浮鼻过[3]。

◎ 题解

　　这首诗作于宋徽宗建中靖国元年（1101）初秋。时诗人在荆南沙市（今属湖北江陵）养病。全题十首，为有感于时事而作。所录原列第一首。前半首抒情，意在抒写自己的才能未为朝廷所用的感慨。后半首写景，能写眼前平凡景色，但从没有人这样写过，别有妙趣，兼有寓意，便与前半首一气相贯，两相对照，前者孤高而后者凡俗，意谓这里缺乏雅洁如鸥鹭者为同调，所见到的是些庸夫俗子。

◎ 注释

[1]翰墨场：犹文坛。韦应物《送冯著受李广州署为录事》："名在翰墨场。"老伏波：指东汉伏波将军马援。后汉刘尚击五溪蛮，马援时已六十二岁，据鞍顾盼，神采飒爽，以示尚可为国效力。又曾说："丈夫为志，穷当益坚，老当益壮。"见《后汉书·马援传》。后人因常以为老而弥坚的典故。这里是作者自况。

[2]菩提坊:佛家语,相传为释迦牟尼成佛之处。《大方广佛华严经》:"佛在菩提道场,始成正觉。"维摩:佛在世时居士名。《维摩诘所说经》:"毗耶离城中有长者,名维摩诘,其以方便,现身有病。"这里也是作者自况。

[3]"时有"句:孙光宪《北梦琐言》卷七:"唐前朝进士陈咏……其诗卷首有一对语云:隔岸水牛浮鼻渡,傍溪沙鸟点头行。"任渊注山谷此句时说:"此本陋句,一经妙手,神彩顿异……此句当有所指,或云运判陈举颇以为恨,其后遂有宜州之行。"

雨中登岳阳楼望君山二首

黄庭坚

投荒万死鬓毛斑,生出瞿塘滟滪关。[1]
未到江南先一笑,岳阳楼上对君山。

满川风雨独凭栏[2]。绾结湘娥十二鬟[3]。
可惜不当湖水面,银山堆里看青山。[4]

◎ 题解

　　这两首诗作于宋徽宗崇宁元年(1102),时诗人由沙市东行途经岳州(今湖南岳阳)。岳阳楼:见《登岳阳楼》注。君山:在洞庭湖中,传说为湘君所游之处,故名。这两首诗第一首重在抒情,表达诗人由谪官脱难东来的喜悦心情;第二首重在写景,也暗寓诗人对前途所抱的希望。山谷七绝主要学杜甫、韩愈而自创面目,这两首风格却近李白。

◎ 注释

[1]"投荒"二句:投荒,贬谪、流放到荒远之处。柳宗元《别舍弟宗一》:"万死投荒十二年。"瞿塘,长江三峡之一,有瞿塘关。滟滪,即滟滪堆,见《池口移舟入江》注。按:宋哲宗绍圣二年(1095),作者贬谪涪州(治所在今重庆涪陵)别驾,黔州(治所在今重庆彭水)安置,元符元年(1098)徙戎州(治所在今四川宜宾),元符三年(1101)得放还,改签书宁国军节度判官。宋徽宗建中靖国元年(1101)又改知舒州(治所在今安徽安庆),因病辞命,乞知太平州(治所在今安徽当涂),至本年始动身赴任。"投荒

万死"与下面"未到江南"指此。

[2]"满川"句：这句紧承上首诗意。满川风雨，语本苏舜钦《淮中晚泊犊头》："满川风雨看潮生。"同样双关着政治风波，此指哲宗时被章惇派系贬斥事。独凭栏：有独立不惧之意。

[3]"绾结"句：写风雨中的君山，就像湘夫人头上的十二个螺髻。绾结（wǎnjì），挽发束于头顶。结，同"髻"。

[4]"可惜"二句：这两句谓可惜自己在楼上，不在湖中，否则，在银波万顷之中，望君山青翠的峰峦，风光恐怕还要好呢。银山，指白浪。

泗州东城晚望

秦 观

渺渺孤城白水环，舳舻人语夕霏间[1]。
林梢一抹青如画，应是淮流转处山。

秦 观（1049—1100） 字少游，一字太虚，扬州高邮（今江苏高邮）人。宋神宗元丰八年（1085）进士，为临海主簿，蔡州教授，哲宗元祐初，苏轼以贤良方正荐于朝，除太学博士，累迁国史院编修官。后受新党章惇诸人打击，贬官杭州通判，又贬处州、柳州、横州、雷州等边远地区。徽宗立，复宣德郎，放还至藤州，卒。他是北宋著名词人，亦工诗。年轻时就为苏轼、王安石所称赏。他是"苏门四学士"之一，但诗风与苏轼不同，写得精致细密，秀丽有余，不免纤柔。敖陶孙说："秦少游如时女步春，终伤婉弱。"王中立说他的诗是"妇人语"，元好问《论诗三十首》也说："拈出退之《山石》句，始知渠是女郎诗。"著有《淮海集》。

◉ 题解

　　泗州：故城在今江苏盱眙东北，清时已沦入洪泽湖中。旧城临淮河。这首诗描写淮河下游水乡晚景，清丽如画。

◉ 注释

[1] 舳舻（zhúlú）：船舵和船头。《汉书·武帝纪》："舳舻千里。"颜师古注引李斐曰："舳，船后持柁处也；舻，船前头刺棹处也。"夕霏：傍晚的云气。

垂虹亭

米　芾

断云一叶洞庭帆[1]，玉破鲈鱼霜破柑[2]。
好作新诗寄桑苎[3]，垂虹秋色满东南。

米　芾
（1051—1107）

　　字元章，太原（今山西太原）人，徙居襄阳（今湖北襄阳），号襄阳漫仕，后徙居吴。历官临光尉、知雍丘县、涟水军使、太常博士、知无为军，召为书画学博士，擢礼部员外郎，出知淮阳军，卒。北宋著名书法家、画家。行动喜不同世俗，人称"米颠"。王安石曾爱其诗，摘书扇上。苏轼说："元章奔逸绝尘之气，超妙入神之字，清新绝俗之文，相知二十年，恨知公不尽。"米芾回答说："更有知不尽处。"著有《山林集》。

◉ 题解

　　垂虹亭：在江苏吴江垂虹桥上。这首诗描写江南秋色，抒写开阔的心胸。

◎ 注释

[1]断云一叶:指船。洞庭:指东西洞庭山,在江苏苏州太湖中。
[2]"玉破"句:形容洁白如玉的鲈鱼和霜后金黄的柑橘。破,剖开。
[3]桑苎:唐陆羽,自号桑苎翁,隐于吴兴,以嗜茶著名。此借指同调的朋友。

怀金陵(录一)

张　耒

曾作金陵烂漫游[1],北归尘土变衣裘[2]。
芰荷声里孤舟雨[3],卧入江南第一州[4]。

◎ 题解

　　金陵:北宋为江宁府(今江苏南京)。此诗疑指润州,北宋哲宗前为镇江军(旧治在今江苏镇江),诗人于哲宗绍圣时曾知润州。宋人王楙《野客丛书》说:"《张氏行役记》,言甘露寺在金陵山上。赵璘《因话录》,言李勉至金陵,屡赞招隐寺标致(按:甘露、招隐二寺都在今镇江)。盖时人称京口(今镇江)亦曰金陵。"诗人此诗所云金陵,疑用唐、宋人旧称。然亦可指江宁府,二府相邻,作者官润州前后,或曾往游。这首诗抒写诗人北归京师后对金陵旧游的怀念,暗寄宦途的感慨。

◎ 注释

[1]烂漫游:犹漫游,无拘无束的游历。
[2]"北归"句:用陆机《为顾彦先赠妇》诗"京洛多风尘,素衣化为缁"句意。
[3]芰荷声:雨打芰荷的声音。芰,菱。两角者为菱,四角者为芰。
[4]卧入:犹梦入。江南第一州:指金陵。镇江与江宁,三国吴时,先后建都于此,都可称第一州。

放歌行二首

陈师道

春风永巷闭娉婷,长使青楼误得名。[1]
不惜卷帘通一顾,怕君着眼未分明。[2]

当年不嫁惜娉婷,抹白施朱作后生。[3]
说与旁人须早计,随宜梳洗莫倾城。[4]

◎ 题解

  放歌行:乐府古题。《瑟调曲》之一。晋傅玄、南朝宋鲍照、唐王昌龄都有《放歌行》诗,内容或感叹人生无常,或鼓励人建功立业。作者借用此题,假托失宠宫女的口吻,意在抒发自己耿介有节,不附权贵,以致仕途失意,沦落下位的愤慨。潘德舆说:"山谷曰:'无己平日诗极高古,此则顾影徘徊,炫耀太甚。'愚谓无己两诗亦颜延年《五君咏》之流也,岂自炫哉!愤世疾俗之调耳。第一首恶幸得名位之人,必欲知我者真一着眼;第二首明独居自爱之怀,不似随时者工于早计。品甚超,词甚激,正是好高志古、不浪结纳者口吻,何为不高古哉!"

◎ 注释

[1] "春风"二句:永巷,皇宫中妃嫔的住地,即后宫。《南史·后妃传》论:"永巷贫空,有同素室。"娉婷,姿态美好,这里指美貌的女子。青楼,见《落花》注。这里指青楼女子。这两句是说,美人永闭后宫,虚度良辰,而使一些青楼的女子却得到了君王的恩宠。
[2] "不惜"二句:不惜,不怕。通,表达。这两句是说,她(指美人)不惜卷起帘子去看一眼君王,表达她的眷爱,只是担心君王未必能有眼力赏识她的美貌和深情。
[3] "当年"二句:抹白施朱,涂脂抹粉。这两句是说,她当年珍惜自己的青春没有出嫁,如今老了,只能借着脂粉美容去保持着年轻人的风韵。
[4] "说与"二句:倾城,见《王充道送水仙花》注。这两句是说,她要把这一切告诉别

人,劝她们早做打算,随时注意打扮,以图得到君王赏识,但不要让自己成为倾人家国的人。

谢赵生惠芍药(录一)

陈师道

九十风光次第分[1],天怜独得殿残春[2]。
一枝剩欲簪双髻,未有人间第一人。[3]

◉ 题解

　　这首咏物诗表现了芍药花目空一世的风神,寄托了作者对一生政治失意的愤慨和兀傲的性格。诗人没有正面描绘芍药的形貌,前二句构思已很奇特,后二句更别出心裁,从虚处落笔,用侧面暗示的写法,表现芍药天上独绝、人间无匹的风神,耐人寻味。

◉ 注释

[1]九十:指春季九十天。次第分:各种花依次开放。
[2]怜:爱怜。殿:行军的尾部,这里作动词用。殿残春:在春季将尽时得以独占春光。陶穀《清异录》:"唐末文人有谓芍药为婪尾春者。婪尾酒乃最后之杯,芍药殿春,亦得是名。"
[3]"一枝"二句:这两句谓这一枝芍药真想要簪在人们的双髻上,但世上没有一个绝代美人能配得上佩戴这朵花。剩欲,见《春怀示邻里》。

绝　句

石　懋

来时万缕弄轻黄[1],去日飞球满路旁[2]。
我比杨花更飘荡,杨花只是一春忙。

279

石 懋

字敏若，芜湖（今安徽芜湖）人。宋哲宗元符三年（1100）进士，徽宗宣和元年（1119）中词科，仕至密州教授。有《橘林集》。

◎ 题解

　　这是首吟咏杨花的咏物小诗，意在表现诗人对漂泊生涯的感慨。风格平易自然。

◎ 注释

[1]"来时"句：写杨柳枝初萌时在春风中摇曳的情景。
[2]飞球：形容杨花。

九绝为亚卿作（录一）

韩 驹

君住江滨起画楼[1]，妾居海角送潮头[2]。
潮中有妾相思泪，流到楼前更不流。

◎ 题解

　　这首诗抒写女子对异地亲人的思念，想象生动，言浅意深，颇有古意。

◎ 注释

[1]画楼：雕饰华丽的楼阁。
[2]潮头：海水上潮，江水逆流而西的前潮水。

谢人送凤团及建茶
韩　驹

白发前朝旧史官[1]，风炉煮茗暮江寒[2]。
苍龙不复从天下[3]，拭泪看君小凤团[4]。

◎ 题解

　　凤团：名茶的一种，产于建州（今福建建瓯），成饼状，宋代作为贡品之用。建茶：福建建州茶的通称，宋代茶叶的珍品。这首诗作于靖康之变以后，南宋高宗绍兴初年。作者由凤团、龙团、建茶这些贡品追念及北宋时的生活，感慨万千，诗意沉郁苍凉，表现了作者的忧国之思。

◎ 注释

[1]"白发"句：作者自称。前朝，这里指徽宗朝。作者在宋徽宗宣和年间，曾历官秘书少监、中书舍人等职，兼修国史，故作者自称"前朝旧史官"。
[2]"风炉"句：写今日在寒江之上，薄暮之中，孤身煮茶品茗的凄清情景。
[3]"苍龙"句：苍龙，指龙团，印有龙纹，宋代建州贡茶之一，皇帝曾用以赐百官。从天下，指从皇帝赐下。这句意思承首句"前朝"来。
[4]小凤团：即凤团。

和张规臣水墨梅五绝（录一）
陈与义

粲粲江南万玉妃[1]，别来几度见春归？
相逢京洛浑依旧[2]，唯恨缁尘染素衣[3]。

◎ 题解

　　这组诗作于宋徽宗政和八年（1118）至宣和元年（1119）间，时诗人在京师。张规臣：一作张矩臣，是诗人的表兄，诗人在《次韵谢表兄张元东见寄》中曾称他"好事工文妙九州"。

关于这首诗的写作背景，见《夏日集葆真池上》题解。《苕溪渔隐丛话》评这首诗说："简斋《墨梅》诗，徽庙称赏乃皋字韵一首。"《朱文公语录》载，晦庵尝问学者，简斋《墨梅》诗，何者最胜？或以皋字韵一首为对。晦庵曰，不如"相逢京洛浑依旧，唯恨缁尘染素衣"。刘后村选江左绝句，亦取衣字韵一首。按：全诗共五首，所录原列第三首，即衣字韵一首。

◎ 注释

[1] 粲粲：鲜明貌。万玉妃：比喻梅花。苏轼《花落复次前韵》："玉妃谪堕烟雨村。"
[2] 京洛：洛阳。浑依旧：几乎和从前一样。
[3] 缁尘染素衣：用陆机诗典，见《怀金陵》注。又，谢朓《酬王晋安德元诗》："谁能久京洛，缁尘染素衣。"这里巧妙地借京洛多尘土，以奇特的联想，写江南的白梅到此染成黑色，成了墨梅。用典自然，不着痕迹。缁，黑色。

春日二首（录一）

陈与义

朝来庭树有鸣禽，红绿扶春上远林[1]。
忽有好诗生眼底，安排句法已难寻[2]。

◎ 题解

这首诗作于宋徽宗宣和五年（1123），时诗人任太常博士。诗作前二句描写春日明丽的风光，后二句写作诗的意趣，谓要捕捉住激起诗人灵感的一刹那的形象，及时地把它写出来。诗句明净，音调响亮，体现了诗人前期作品的特色。

◉ 注释

[1]"红绿"句：谓红花绿叶搀扶着春色来到远处的林间。诗意从王安石《欲归》诗"绿稍还幽草，红应动故林"、《宿雨》诗"绿搅寒芜出，红争暖树归"脱化而出，但这里用"扶春"二字，便觉新创。

[2]"忽有"二句：苏轼《腊日游孤山访惠勤惠思二僧》诗："作诗火急追亡逋，清景一失后难摹。"朱继芳《尘外》诗："乘兴一长吟，回头已忘句。"与这两句意同，但陈诗是江西诗派句法。

牡　丹

陈与义

一自胡尘入汉关[1]，十年伊洛路漫漫[2]。
青墩溪畔龙钟客[3]，独立东风看牡丹。

◉ 题解

　　这首诗作于宋高宗绍兴六年（1136），时诗人知湖州，住在桐乡（今浙江桐乡）。诗人的家乡洛阳是有名的牡丹之乡，宋钦宗靖康元年（1126）金兵入侵中原，诗人避乱南奔，至作此诗时已整整十年，今天，忽然在异乡见到了故乡的名花，诗人感慨万千，倾注于诗。诗作苍凉悲感，言短意深，对故乡的怀念，对金兵的仇恨，都成为强烈的弦外之音。

◉ 注释

[1]一自：自从。胡尘：指金兵。入汉关：指入侵中原。
[2]伊洛：伊水和洛水，指洛阳。
[3]青墩：镇名。在今浙江桐乡北。龙钟客：诗人自称。龙钟，老态。时诗人四十七岁，离去世三年。

汴京纪事（录一）
刘子翚

梁园歌舞足风流[1]，美酒如刀解断愁[2]。
忆得少年多乐事，夜深灯火上樊楼[3]。

◎ 题解

　　这组诗作于靖康年间金兵攻占汴京以后，共二十首，所录一首追忆沦陷前汴京歌舞升平的景象。方回说："屏山《汴京纪事》绝句不减唐人。"

◎ 注释

[1] 梁园：在今河南开封东南，汉梁孝王所筑，为游赏与延宾之所。这里泛指汴京。风流：风情。这里形容歌舞迷人。
[2] 解：懂得。断愁：斩断烦恼。
[3] 樊楼：汴京的著名酒楼。

题盱眙第一山
郑汝谐

忍耻包羞事北庭[1]，奚奴得意管逢迎[2]。
燕山有石无人勒[3]，却向都梁记姓名[4]。

郑汝谐　字舜举，青田（今浙江青田）人。宋高宗绍兴中进士，官吏部侍郎，徽猷阁待制致仕。著有《东谷集》。

◎ 题解

盱眙（xūyí）：今江苏盱眙县，据周密《齐东野语》载："南北通和时，聘使往来，旁午于道。凡过盱眙，例游第一山，酌玻璃泉，题诗石壁，以纪岁月，遂成故事。镌刻题石几满。绍兴癸丑，国信使郑汝谐一诗，可谓知言矣。"按：宋高宗绍兴三年癸丑（1133）五月，宋以与金议和，禁沿边将士进攻刘豫，六月，宋遣国信使郑汝谐等赴金通问，这首诗即作于赴金途经盱眙时。诗作对南宋投降派卖国求荣的行径表示了极度的愤慨，抒写了深沉的国土沦亡的痛楚。潘德舆说："此类纯以劲直激昂为主，然忠义之色，使人起敬。"

◎ 注释

[1] 忍耻包羞：忍受耻辱。北庭：指金统治者。
[2] 奚奴：奴仆。《周礼·天官·序官》："酒人……奚三百人。"注："古者从坐男女没入县官为奴，其少才知以为奚。今之侍史官婢。或曰：奚，宦女。"这里指盱眙驿站负责迎送的人员。
[3] "燕山"句：燕山，此指燕然山，即今蒙古国杭爱山。勒，刻。《后汉书·窦宪传》："于是温犊须、日逐……等八十一部率众降者，前后二十余万人。宪、秉遂登燕然山，去塞三千余里，刻石勒功，纪汉威德。"盱眙第一山上有南北通和时往来聘使的刻石，但那是宋朝国土沦丧的失败纪录，所以诗人想起了东汉窦宪勒石燕然的丰功伟绩，从强烈的对照中，更显出今日的伤痛。
[4] 都梁：山名。即盱眙第一山。

初入淮河（录三）

杨万里

船离洪泽岸头沙[1]，人到淮河意不佳[2]。
何必桑干方是远，中流以北即天涯。[3]

两岸舟船各背驰，波痕交涉亦难为。[4]

只余鸥鹭无拘管,北去南来自在飞。

中原父老莫空谈,逢着王人诉不堪[5]。
却是归鸿不能语,一年一度到江南。[6]

◎ 题解
  这组诗作于宋孝宗淳熙十六年(1189),时诗人以秘书监任为接伴使使金,途经淮河。淮河中流是当时南宋北部和金兵的分界,过了淮河中流,就进入金兵占领的地区,诗人耳闻目见,感慨万端,在看似平和的诗句中,饱含了满腔的悲愤。全诗共四首,这里选录三首。

◎ 注释
[1] 洪泽:湖名,在今江苏北部。淮河流贯此湖。
[2] 意不佳:心情不好。
[3] "何必"二句:桑干,水名,源出山西马邑桑干山,东入河北及北京市郊外,下流入大清河。唐人诗以桑干河以北为塞北。中流,这里指淮河中流。这两句以桑干河作比较,意谓何必要说桑干河地区才是边远的地方呢,眼下过了淮河中流,就已经是极边远的地区了。言外之意是,宋朝已丧失了北方大片的国土。
[4] "两岸"二句:谓两岸宋、金两国的船只背道而驰,以中流为界,不得相犯,连水中波纹也不许两相交错。这是加倍形容,表现两岸处于截然不同的统治之下。难为,难以办到。
[5] 王人:皇帝的使臣。
[6] "却是"二句:南宋诗人的作品中,常借鸿雁来表达对中原失地的怀念(参见陆游《闻雁》等诗),这里反用其意,写中原人民对南宋的向往。角度不同,抒写爱国之情则一。

舟过谢潭(录一)

杨万里

碧酒时倾一两杯[1],船门才闭又还开[2]。

好山万皱无人见[3]，都被斜阳拈出来[4]。

◎ 题解

　　这首诗作于宋孝宗淳熙七年（1180），时诗人赴广州任，途经谢潭。诗作描写舟行所见傍晚的景色，用语精妙。

◎ 注释

[1] 时倾：不时地倾倒。
[2] 船门：船舱门。
[3] 万皱：形容远近的重山叠嶂。
[4] 拈：两指夹取。这里用拟人手法，写在斜阳中显露出重重叠叠的山影。一个"拈"字，下得精妙。

过松源，晨炊漆公店

杨万里

莫言下岭便无难，赚得行人错喜欢。
正入万山圈子里，一山放出一山拦[1]。

◎ 题解

　　松源：在今广东蕉岭东六十里。漆公店：小地名，未详。这是首写景小诗，由于结合着诗人的感受写景，诗人笔下的山景也像活了一样，极富情趣。

◎ 注释

[1] "一山"句：意谓刚走出一座山，另一座山又拦住了去路。

至后入城道中杂兴（录一）

杨万里

大熟仍教得大晴[1]，今年又是一升平[2]。
升平不在箫韶里，只在村村打稻声。[3]

◉ 题解

  这组诗作于宋宁宗嘉泰二年（1202），时诗人家居吉水（今江西吉水）。至后：夏至以后。这首看似描写太平丰收景象的小诗，其实并不是在歌颂太平，而是在讽刺那些粉饰太平的文人学士。诗人另有一首《秋晓出郭二绝句》说："丰年气象无多子，只在鸡鸣犬吠中。"写法相近，主旨也近似。按：全诗共十首，今录其一。

◉ 注释

[1] 得大晴：得自大晴。大晴，指好天气。
[2] 升平：太平之世。
[3] "升平"二句：箫韶，相传是舜时的乐名。《尚书·益稷》："箫韶九成，凤皇来仪。"这里指粉饰太平的御用乐曲。这两句意谓那些粉饰太平的作品中所说的太平并不存在，有的只是农民在田间辛苦的劳动。

记　梦

陆游

梦里都忘困晚途[1]，纵横草疏论迁都[2]。
不知尽挽银河水[3]，洗得平生习气无[4]？

◉ 题解

  这首诗作于宋孝宗乾道七年（1171），时诗人在夔州（治所在今重庆奉节）通判任上。在作者诗集中，有近百首的记梦诗，这些记梦诗，有的因梦作诗，有的假托于梦，内容无一不是诗人爱国激情的喷发。这首诗写梦中不忘草疏迁都，所体现的精神与其他记梦诗一样，而内容又不尽同，在风格上沉雄苍劲。

◉ 注释

[1] 晚途：晚境，晚年。诗人时年四十七岁，他八十五岁才去世，这时实际上还是中年。他于乾道二年（1166）因言官弹劾他"力说张浚用兵"，罢官家居，直到作此诗上一年才来夔州为通判，这里并非抗金前线，不能施展抱负，所以说"困晚途"。

[2] "纵横"句：纵横，形容意气风发。草，起草。疏，上奏皇帝的表章。论迁都，宋孝宗隆兴元年（1163）诗人任职临安时，曾主张迁都建康，以为建康山川险要，历史上"江左自吴以来，未有舍建康他都者"，而临安则形势不固，运饷不便，易受金兵海道侵袭，建都只是权宜之计，为当前形势打算，不如迁都建康。详见《渭南文集》卷三《上二府论都邑札子》。后来从军南郑，又主张进军关中，建都长安，以为永久之计。（参见《山南行》注）但诗人没有"上疏论迁都"的事，这句说的是梦里。

[3] 银河：天河。

[4] 习气：指脾气。

剑门道中遇微雨

陆　游

衣上征尘杂酒痕[1]，远游无处不消魂[2]。
此身合是诗人未？细雨骑驴入剑门。[3]

◉ 题解

　　剑门：在今四川剑阁东北大小剑山之间。这首诗作于乾道八年（1172）冬，时诗人离南郑赴成都途经剑门关。诗人南郑生活的结束，使他进一步认识到自己抗战杀敌的抱负难以施展，因此面对剑门道中的细雨，他饱含愤懑，末二句发自肺腑的倾诉，蕴含了他无限的辛酸和激愤。

◎ 注释

[1] 征尘：旅途中所染的尘土。
[2] 消魂：这里是神情恍惚，若有所失的意思。
[3] "此身"二句：此身，诗人自指。合是，应是，配得上。未，否。这两句意谓，在细雨蒙蒙之中骑着驴子步入剑门关，颇有诗人的意味，但我难道只配做个诗人吗？按：唐代孟浩然、李白、杜甫、贾岛、李贺等诗人，都有骑驴作诗的故事，郑綮也有"诗思在灞桥风雪中驴子背上"的名言。

花时遍游诸家园十首（录一）

陆　游

为爱名花抵死狂[1]，只愁风日损红芳[2]。
绿章夜奏通明殿[3]，乞借春阴护海棠。

◎ 题解

　　这组诗作于宋孝宗淳熙三年（1176），时诗人在成都任成都府安抚司参议官兼四川制置使司参议官。成都海棠，久负盛名，这年春天海棠盛开时，诗人遍游诸家园林，写下了不少诗赋，这组诗是其中之一，所录原列第三首。这首咏花诗，在抒写对名花的爱惜中，也借海棠以寄托诗人不能为朝廷所用的感慨，而希望得到皇帝的保护。罗惇曧说："十绝句皆清丽高响。"

◎ 注释

[1] 抵死：宋人俗语，犹言拼命。
[2] "只愁"句：红芳，花。养花天气，不宜大风烈日，那对花的成长有害。一个"愁"字，寄托了诗人忧虑朝廷的主和派会迫害爱国人士。
[3] 绿章：道教语。道教中祭告鬼神的文辞，用朱笔写在绿纸上，叫青词，也称绿章。通明殿：道教中最高天神玉帝的宫殿。

楚　城

陆　游

江上荒城猿鸟悲，隔江便是屈原祠。
一千五百年间事，只有滩声似旧时。[1]

◎ 题解

　　这首诗作于淳熙五年（1178）五月，时诗人离蜀东归，途经归州（今湖北秭归）。楚城：楚王城，在归州长江南岸。北岸即屈原祠所在。诗人由眼前楚王城的荒芜，联想到对岸屈原祠的千古为人凭吊，深情地颂扬了屈原爱国精神的不朽。张完臣说："声味都尽而语气不断，此之谓诗。"顾宪融说："唐人常语，宋人却少。"

◎ 注释

[1]"一千"二句：屈原生活在公元前三四世纪，诗人写这首诗是在公元十二世纪，距屈原生活的时代约一千五百年。这两句意谓一千五百年来历代王朝的兴替都已成为历史的陈迹，只有屈原的爱国精神仍像江上的滩声一样，永不泯灭。

过灵石三峰二首

陆　游

奇峰迎马骇衰翁[1]，蜀岭吴山一洗空[2]。
拔地青苍五千仞[3]，劳渠蟠屈小诗中[4]。

晓日曈昽雪未残[5]，三峰杰立插云间[6]。
老夫合是征西将[7]，胸次先收一华山[8]。

◎ 题解

这两首诗作于淳熙五年（1178）冬，时诗人自山阴赴建宁（今福建建瓯）任提举福建常平茶盐公事，途经灵石山。灵石三峰：即江郎山，在今浙江江山南五十里，拔地如笋，高四千八百尺，上有三峰。这是两首通过记游抒写爱国激情的优秀诗作。顾宪融说："前诗奇倔，后诗沉雄，非大手笔不办。"

◎ 注释

[1]"奇峰"句：这句用反宾为主的写法，写灵石三峰的奇险。衰翁，诗人自称。

[2]"蜀岭"句：蜀岭，四川的山。吴山，这里指南京、镇江、苏州、杭州一带的山。一洗空，一扫而空。这句谓自己以前所经历的四川和江南的山，与灵石三峰相形之下，都不免减色。好像被一扫而空了。

[3]五千仞：古代以周尺七尺或八尺为一仞。《山海经·西山经》："太华之山，前成而四方，其高五千仞。"江郎山三峰削立，所以联想到也有三峰的华山，借五千仞来形容其高。

[4]"劳渠"句：劳，烦劳，费神。渠，它。这句意谓现在要把它写在这首小诗里，只能麻烦这高大的灵石峰像神龙一样蟠屈一下了。

[5]瞳昽（tónglóng）：日出由暗而明的光景。

[6]杰立：特出挺立。

[7]老夫：诗人自称。征西将：汉代有征西将军的名号，这里借用。

[8]"胸次"句：胸次，胸头。收，藏纳。这里另含"收复"之意。华山，在今陕西华阴，上有莲花、玉女、明星三峰。当时沦陷于金。这里承前诗意，将江郎山假设为华山。这句承上句将自己比作"征西将"，意谓今天胸中纳入了像华山那样"三峰杰立"的江郎山，就算是征西将军先收复了一座华山。言外表露了诗人收复失地的希望。

采莲（录一）

陆　游

云散青天挂玉钩[1]，石城艇子近新秋[2]。
风鬟雾鬓归来晚[3]，忘却荷花记得愁[4]。

◎ 题解

这首诗作于淳熙六年(1179),时诗人提举福建常平茶盐公事,在建宁任所。全诗共三首,所录原列第二首。此诗描写月夜观赏女子采莲的情景,末句一转,透露了诗人壮志未酬,希望寄情山水而又不能的苦闷心情。顾宪融说:"神韵特佳,放翁少有此等细腻之句。"

◎ 注释

[1] 玉钩:喻新月。
[2] "石城"句:古乐府:"莫愁在何处?莫愁石城西。艇子打两桨,催送莫愁来。"
[3] 风鬟雾鬓:形容女子美丽的发髻。这里指采莲女子。
[4] "忘却"句:写采莲女子之愁,实则流露了诗人自己苦闷的心情。陆游《避暑漫抄》载无名神降于郑泽家吟诗:"折得莲花浑忘却,空将荷叶盖头归。"这里翻用。

闻 雁

陆 游

过尽梅花把酒稀,熏笼香冷换春衣[1]。
秦关汉苑无消息[2],又在江南送雁归。

◎ 题解

这首诗作于淳熙七年(1180)年初,时诗人在抚州(治所在今江西抚州)提举江南西路常平茶盐公事任上。一年一度南雁北归,可是北方失地的收复杳无消息,诗人目送北雁归去,无限悲愤,全在无言之中。张完臣称这首诗"可谓深至"。

◎ 注释

[1] 熏笼香冷:熏炉上面覆盖笼笼架,供熏衣之用,称熏笼。古代熏衣时炉中置香料,现在大地回春,已经停炉,故云香冷。

[2] 秦关：指雁门关，在今山西。汉苑：汉代宫苑。《汉书·苏武传》载汉使者对匈奴单于说：汉朝皇帝于上林苑打猎射雁，得到雁足所系苏武的书信。诗称"秦关汉苑"，都切雁字，并指沦陷于金的北方。

余年二十时，尝作《菊枕》诗，颇传于人，今秋偶复采菊缝枕囊，凄然有感二首

陆　游

采得黄花作枕囊[1]，曲屏深幌闷幽香[2]。
唤回四十三年梦[3]，灯暗无人说断肠。

少日曾题菊枕诗，蠹编残稿锁蛛丝[4]。
人间万事消磨尽，只有清香似旧时。

◎ 题解

　　这两首诗作于淳熙十四年（1187），时诗人在严州（治所在今浙江建德梅城）任。宋高宗绍兴十四年（1144），诗人二十岁，曾赋《菊枕》诗（集中不载，已佚），内容大约与诗人和唐氏的爱情生活有关（可参看《禹迹寺南有沈氏小园》题解）。这两首诗感怀旧事，伤感凄绝。《唐宋诗醇》说："黯然自伤。与《沈园》二绝所感同，而词亦并工，盖发乎情者深也。"

◎ 注释

[1] 黄花：菊花。
[2] 曲屏深幌：曲折的屏风，幽深的帏幔。闷幽香：暗暗透出阵阵幽香。闷，闭。
[3] 四十三年：作此诗时诗人六十三岁，距作《菊枕》诗四十三年。
[5] 蠹编残稿：被蠹蚀的破残的旧稿。

小舟游近村,舍舟步归(录一)

陆　游

斜阳古柳赵家庄,负鼓盲翁正作场[1]。
死后是非谁管得,满村听说蔡中郎[2]。

◎ 题解

　　这首诗作于宋宁宗庆元元年(1195),时诗人家居山阴。诗作质朴自然,描写了盲翁说书的民间生活场景,是一幅南宋江南农村的风俗画。

◎ 注释

[1]作场:说唱故事、演奏歌曲和表演曲艺,都称作场。
[2]"死后"二句:蔡中郎,东汉蔡邕,字伯喈,董卓当权,以蔡邕为左中郎将,后人都称他为蔡中郎。南宋时有《赵贞女和蔡二郎》的南戏,写蔡邕抛弃父母妻室,终为天雷打死(至明代高则诚又将它敷演成传奇《琵琶记》),与蔡邕生平事迹完全不符,所以诗人说"死后是非谁管得"。

沈园二首

陆　游

城上斜阳画角哀,沈园非复旧池台。
伤心桥下春波绿[1],曾是惊鸿照影来[2]。

梦断香消四十年[3],沈园柳老不吹绵[4]。
此身行作稽山土[5],犹吊遗踪一泫然[6]。

◎ 题解

　　这两首诗作于庆元五年(1199),时诗人家居山阴。关于沈园和此二诗的写作意图,见《禹迹寺南有沈氏小园》题解。张完臣评第一首说:"写得幽艳动人。"评第二首说:"又深一步,其痛愈深。"

◎ 注释

[1]"伤心"句:绍兴有春波桥。

[2]惊鸿:惊飞的鸿雁。以体态轻盈,诗文中常以喻美人。此喻唐氏。曹植《洛神赋》:"翩若惊鸿。"李善注:"翩翩然若鸿雁之惊。"

[3]"梦断"句:诗人自高宗绍兴二十五年(1155)与唐氏相遇于沈园,从此不复相见,至作此诗时已四十四年,言"四十年"是举成数。也可能指唐氏死于约四十年前的绍兴三十年(1160)前后。

[4]绵:指柳絮。

[5]行作:将作。稽山:会稽山,在今绍兴东南。稽山土:指死后埋葬在会稽山下。时诗人已七十五岁,故云。

[6]泫然:泪流貌。

追忆征西幕中旧事(录三)

陆 游

大散关头北望秦[1],自期谈笑扫胡尘[2]。
收身死向农桑社[3],何止明明两世人[4]。

小猎南山雪未消[5],绣旗斜卷玉骢骄[6]。
不如意事常千万[7],空想先锋宿渭桥[8]。

忆昨王师戍陇回[9],遗民日夜望行台[10]。
不论夹道壶浆满[11],洛笋河鲂次第来[12]。

◎ 题解

　　这组诗作于宋宁宗嘉泰元年（1201）冬，时诗人家居山阴。

　　征西幕中旧事，指孝宗乾道八年（1172）诗人在南郑四川宣抚使王炎幕府供职时的旧事。年已七十七岁的诗人，怀着深切的感情，追忆着这一段他从戎南郑的生活经历，感叹目前的处境，在诗中抒写了国仇未报、壮志未酬的感慨。全诗共四首，所录三首，主旨相同，但内容各有侧重，写法也不同。第一、二两首，运用今昔对比的手法，写出自己壮岁的志向和今日的处境，突出表现自己壮志未酬的愤懑。第三首运用反衬的写法，以沦陷区人民不甘沦亡、渴望恢复的心情和积极支持南宋军队的行动，衬托出南宋统治者的腐朽可憎。

◎ 注释

[1] 大散关：见《秋晚登城北门》注。南宋和金国在西方以大散关为界，是当时的军事要塞。秦：指陕西一带沦陷的地方。

[2] 自期：自许。谈笑扫胡尘：用李白《永王东巡歌》"为君谈笑静胡沙"句意，写自己抗敌救国的抱负。

[3] "收身"句：收身，结束人生。社，古代二十五户为一社。农桑社，指田园村落。这句意谓自己已经衰老，将在田园里了此一生。诗人抒写这种感慨的诗很多，如"闭门种菜英雄老"（《月下醉题》）、"少携一剑行天下，晚落空村学灌园"（《灌园》）。

[4] "何止"句：世，古代称父子相继为一世。这句谓自己明明是阅历两世之人，然而对比今昔所发生的变化，又何止是两世而已！

[5] 南山：指在南郑西南的中梁山。小猎南山：谓在中梁山进行小规模的围猎。

[6] 玉骢：毛色青白相间的骏马。骄：高大矫健。

[7] "不如"句：语本《晋书·羊祜传》："祜叹曰：天下不如意，恒十居七八。"

[8] 渭桥：有三：一、西渭桥，在今陕西咸阳西南；二、中渭桥，在长安故城西北，接咸阳界；三、东渭桥，在长安东北，接临潼境。三桥都在长安附近。先锋宿渭桥：指向长安进军，不一定专指某一桥。

[9] 戍：防卫。陇：陇山附近的地方，在今陕西陇县和甘肃清水一带。

[10] 行台：东汉以后，中央政务多归台阁（尚书），习惯上因称中央政府为台，在大行政区代表中央的机构及其长官即称行台。这里指驻在汉中的四川宣抚使司。

[11] 不论：不必说。壶浆：语本《孟子·梁惠王下》："箪食壶浆，以迎王师。"指人民踊跃
犒劳军队。
[12] 洛笋河鲂（fǎng）：诗人自注："在南郑时，关中将吏有献此二物者。"洛笋，洛阳出产
的笋。鲂，又名鳊鱼。河鲂，黄河里的鲂鱼。次第来：先先后后地不断送来。

醉　歌

陆　游

百骑河滩猎盛秋[1]，至今血渍短貂裘[2]。
谁知老卧江湖上，犹枕当年虎髑髅[3]。

◉ 题解

这首诗作于宋宁宗开禧二年（1206）冬。时作者家居山阴。年已
八十二岁的诗人，始终未能忘情南郑从戎的战斗生活，这首冬日醉后的
诗作，满怀豪情地追忆了当年围猎刺虎的生活，接着转写老境已至，但
诗人并不消极，依旧雄心勃勃地渴望能上前线效力。按：诗人《建安遣
兴》诗说："刺虎腾身万目前，白袍溅血尚依然。"《怀昔》诗说："昔年
戍梁益，寝食鞍马间……挺剑刺乳虎，血溅貂裘殷。"回忆的是同一往
事，可与此诗参证。

◉ 注释

[1] 猎盛秋：在盛秋的季节里围猎。
[2] "至今"句：谓至今在短貂裘上依旧留着刺虎时染上的血渍。貂裘，貂皮袍。
[3] "犹枕"句：典出《西京杂记》卷五："李广与兄弟共猎于冥山之北，见卧虎焉，射之，
一矢即毙。断其髑髅以为枕，示服猛也。"虎髑髅，指当年围猎时所获老虎的头颅骨。

示 儿

陆 游

死去元知万事空[1]，但悲不见九州同[2]。
王师北定中原日，家祭无忘告乃翁[3]。

◎ 题解

　　这是诗人著名的绝笔诗，作于宋宁宗嘉定二年（1209）农历十二月二十九日（已是1210年）临终前，时年八十五岁。这首诗雄视千古，气壮山河，表现并凝聚着诗人一生北定中原、九州一统的宏伟抱负与爱国主义精神。南宋亡国时，作者后裔有殉崖山之难的，有坚持民族气节拒绝仕元的（详载《山阴陆氏族谱》），俱见作者家教影响的深远。至于对后代广泛的教育意义，更不待说。林景熙《书陆放翁诗卷后》云："来孙却见九州同，家祭如何告乃翁！"则是从另一角度说的悲愤之词。褚人获说："《示儿》一绝，有三呼渡河之意。"按："三呼渡河"，指南宋抗金名将宗泽临终不忘渡过黄河、收复北方，"连呼过河者三"之事。

◎ 注释

[1] 元：同"原"。
[2] 九州同：指祖国统一。
[3] 乃翁：你的父亲。

州 桥

范成大

州桥南北是天街[1]，父老年年等驾回[2]。

忍泪失声询使者[3]，几时真有六军来[4]！

◉ 题解

　　题下自注："南望朱雀门，北望宣德楼，皆旧御路也。"按：州桥：汴京天汉桥的俗称。朱雀门：汴京的正南门。宣德楼：宫城的正门楼。这首诗和下一首都是宋孝宗乾道六年（1170）诗人使金时作，用意也相同。潘德舆说："沉痛不可多读。此则七绝至高之境，超大苏而配老杜者矣。"

◉ 注释

[1] 天街：泛指京城的街道。
[2] 驾：指皇帝的车驾。州桥正当宫城正面，是车驾北归必经之地。等驾回：表现了沦陷于金的百姓渴望南宋恢复失地的热切心愿。
[3] 使者：诗人自指。
[4] 六军：朝廷的军队。《周礼·夏官·司马》："凡制军，万有二千五百人为军，王六军，大国三军，次国二军，小国一军。"后因常以指朝廷的军队。

龙津桥

范成大

燕石扶栏玉雪堆[1]，柳塘南北抱城回[2]。
西山剩放龙津水[3]，留待官军饮马来。

◉ 题解

　　题下自注："在燕山宣阳门外，以玉石为之，引西山水灌其下。"按：宣阳门：金都内城（今北京西北）南门之一。西山：即今北京西山。这首诗中，诗人怀着深深的隐痛，描写了龙津桥的雄伟壮观，后二句含蓄地表达了诗人渴望宋朝军队收复失地的心情。

◎ 注释

[1] 燕石：燕山所产的玉石。即汉白玉。《山海经·北山经》："北百二十里曰燕山，多婴石。"郭璞注："言石似玉，有符彩婴带，所谓燕石者。"扶栏：桥上的扶手栏杆。玉雪堆：象堆砌的白雪。
[2] 柳塘：两岸栽柳的城河。抱城回：回抱着城墙。
[3] 剩放：犹"尽放"。多多地放。

望乡台
范成大

千山已尽一峰孤，立马行人莫疾驱。
从此蜀川平似掌[1]，更无高处望东吴[2]。

◎ 题解

望乡台：在今四川华阳北。这首诗是宋孝宗淳熙二年（1175），诗人知成都府赴蜀时作。诗取望乡台望乡之意，抒写思念故乡的心情。

◎ 注释

[1] 蜀川：指四川盆地。川，平原。
[2] 东吴：旧指苏州一府之地（相当于今苏州所辖地区），诗人苏州人，因以指诗人的家乡。

春晚二首
范成大

阴阴垂柳闭朱门[1]，一曲栏杆一断魂。
手把青梅春已去，满城风雨怕黄昏。

夕阳槐影上帘钩，一枕清风梦昔游。
梦见钱塘春尽处，碧桃花谢水西流[2]。

◎ 题解

　　这是两首以春晚为题材的七绝,潘德舆说:"声情婉转,微嫌近于词耳。"石湖诗中,此二诗别具一格,似皆有寄托,颇示南宋王朝的没落景象。

◎ 注释

[1] 朱门:朱漆的大门,指富豪人家。
[2] 碧桃花:重瓣桃花,即千叶桃。

四时田园杂兴(录一)

范成大

采菱辛苦废犁锄,血指流丹鬼质枯[1]。
无力买田聊种水[2],近来湖面亦收租[3]。

◎ 题解

　　《四时田园杂兴》是诗人晚年退居石湖时写下的大型七绝组诗,分"春日""晚春""夏日""秋日""冬日"五组,每组十二首。原诗序说:"淳熙丙午(淳熙十三年,公元1186年),沉疴少纾,复至石湖旧隐,野外即事,辄书一绝,终岁得六十篇,号《四时田园杂兴》。"这组诗题材广泛,内容丰富,涉及农村生活的各个方面,有些作品反映了广大农民所受剥削之苦,但也有不少诗篇主要是抒写诗人的闲适心情。这里所录为《夏日杂兴》之一。

◎ 注释

[1] 血指流丹:手指被菱角刺破流血。丹,血色。鬼质枯:形状枯瘦如鬼。范成大诗屡用"鬼质"字,如《蛇倒退》:"山民茆数把,鬼质犊子健。"《采菱户》:"刺手朱殷鬼质青。"
[2] 聊:聊且。种水:指种菱。

[3]"近来"句：谓不种稻而种菱，也免不了官吏的租赋之苦。用以申斥封建剥削的无所不至。清末"同光体"诗人陈三立《寄调伯弢高邮榷舍》诗："税到江头鸥鹭无？"同是翻进一层的写法。

除夜自石湖归苕溪（录一）

姜　夔

细雨穿沙雪半销，吴宫烟冷水迢迢[1]。
梅花竹里无人见[2]，一夜吹香过石桥。

姜　夔
(1155?—1209)

字尧章，号白石道人，饶州鄱阳（今江西鄱阳）人。幼时，从父官居汉阳，宋光宗庆元五年（1199），曾上书乞正太常雅乐，又上所作《圣宋铙歌鼓吹曲》十四首，得免解试进士，不第，后遂隐居箬坑之千山，啸傲山水，往来长沙、汉阳、扬州、杭州之间，与杨万里、范成大诸人吟咏酬唱，以布衣终老。他是南宋杰出的词人，精通音律，常作自度曲。其诗亦以清峭秀远著名，并善于论诗。著有《白石道人诗集》等。

◎ 题解

这首诗作于光宗绍熙二年（1191）除夕。石湖：在今江苏苏州盘门外西南十里，风景绝胜，范成大退居于此。苕溪：水名。有二源：出浙江天目山之南者，称东苕溪；出天目山之北者为西苕溪，二水在今浙江湖州合流，入太湖。诗人的家在湖州，这年冬，到石湖访成大，逗留月余始归。这组诗写归途所见，所录一首写雪夜舟行的情景，风格隽妙，极富诗情画意。

◎ 注释

[1]吴宫：吴王夫差的宫苑，在石湖西北灵岩山上。迢迢：长远貌。
[2]梅花竹里：谓梅花隐藏在竹丛深处。

平甫见招，不欲往
姜　夔

老去无心听管弦，病来杯酒不相便[1]。
人生难得秋前雨，乞我虚堂自在眠[2]。

◎ 题解

　　平甫：张鉴，字平甫，张镃之弟。这首诗抒写了诗人晚年闲适疏懒的心情。

◎ 注释

[1]杯酒不相便（pián）：不适宜饮酒。
[2]乞（qǐ）：给与。虚堂：空荡的厅堂。

盱眙旅舍
路德章

道旁草屋两三家，见客擂麻旋点茶[1]。
渐近中原语音好，不知淮水是天涯[2]！

❖ **路德章**　约宋宁宗嘉定十三年（1220）前后在世。生平事迹已不可考。

◎ 题解

盱眙：见《题盱眙第一山》题解。这首诗以听到接近中原的语音，勾起对失地的怀恋，主旨和《初入淮河》《题盱眙第一山》相近，但此诗从赞扬国界上风土人情的可爱，以强烈的反衬来突出主题，又与前二诗有所不同。

◎ 注释

[1]擂麻：把芝麻碾碎。旋：马上，就。点茶：沏茶。沏茶时放入芝麻是当地人民敬客的习俗。
[2]"不知"句：见《初入淮河》注。

淮　客

朱继芳

长怀万里北风客，独上高楼望秋色。[1]
说与南人未必听[2]，神州只在栏杆北[3]。

朱继芳　字季实，建安（今福建建瓯）人。宋理宗绍定五年（1232）进士。著有《静佳乙稿》。

◎ 题解

淮客：淮河边来的客人。淮河是南宋和金的分界（见《初入淮河》题解）。这首诗抒写淮客思念北方失地的痛楚之情，真切感人。

◎ 注释

[1]"长怀"二句：写淮客怀着对万里之外故土的怀恋，登楼远眺。
[2]南人：金称汉人为南人。此指江南地区的人。
[3]"神州"句：取意与《初入淮河》"中流以北即天涯"相近。神州，中国。见《行琼

儋间……戏作此数句》注。

酬友人
严 羽

湘江南去少人行，瘴雨蛮烟白草生[1]。
谁念梁园旧词客[2]，桄榔树下独闻莺[3]。

◈ **严 羽** 字仪卿，一字丹邱，自号沧浪逋客，邵武（今福建邵武）人。与同族参、仁，皆有诗名，世号"三严"。生平事迹已不可详考。他是南宋著名的诗论家，论诗创"妙悟"说，提倡"诗必盛唐"，反对苏轼、黄庭坚以来的诗体和当时流行的江湖诗派，对后世有很深远的影响，但其诗的成就远在理论之下。著有《沧浪诗话》《沧浪集》。

◉ 题解

这首酬答友人的诗，饱含挚情，对友人远走他乡的遭遇表达了深切的同情。诗作较少摹拟，真切感人。

◉ 注释

[1]瘴雨蛮烟：指南方有瘴气的烟雨。
[2]梁园旧词客：西汉时，名士司马相如、枚乘、邹阳等常相会于梁园，为梁王的座上客。这里借用此典，指友人以前所受到的宠幸。梁园，见《汴京纪事》注。
[3]桄榔：木名。见《十二月二十六日，松风亭下梅花盛开》注。

吴中送客归豫章

严 羽

川程极目渺空波[1]，送尔归舟奈别何[2]。
南国音书须早寄，江湖春雁已无多[3]。

◎ 题解

　　吴中：今江苏苏州一带。豫章：今江西南昌。这首送别诗，寓情于景，情真意切，抒写了和友人的情谊。风格比较自然。

◎ 注释

[1] 川程：水程。极目：远望。
[2] 尔：你。奈别何：面临分别，又能怎么样呢！
[3] "江湖"句：用鸿雁传书的故事，写急切盼望友人早寄平安书信。

伤 春

吴惟信

白发伤春又一年，闲将心事卜金钱[1]。
梨花瘦尽东风软[2]，商略平生到杜鹃[3]。

吴惟信

字仲孚，雪川（今浙江湖州）人。寓吴中。著有《菊潭诗集》。

◎ 题解

　　这首小诗寓时世、身世之慨于写景之中，在看似放荡不羁的生活中，郁积了诗人的愤慨之情。周密《齐东野语·诗用事》说："糜先生，吴之老儒也……时吴仲孚客吴,能诗,善绝句,糜极称之,以为不可及。一日,遇诸途,叩以近作,吴因朗诵《伤春》绝句云……糜老至屈膝拜之曰:子真谪仙人也。"

◎ 注释

[1] 卜金钱:用金钱占卜。
[2] 梨花瘦尽:形容梨花凋零殆尽。软:柔和。
[3] "商略"句:谓一生漂泊他乡,在暮春时节,思量平生的种种,只有杜鹃是自己的同心。杜鹃的啼声为"不如归去",诗人由此联想。杜鹃,古代又用以指君王,故此句又兼伤国事。商略,商量。

武夷山中

谢枋得

十年无梦得还家[1],独立青峰野水涯。
天地寂寥山雨歇,几生修得到梅花[2]。

谢枋得
（1226—1289）

字君直,号叠山,信州弋阳（今江西弋阳）人。宋理宗宝祐中进士,因得罪贾似道,谪居兴国军。度宗咸淳六年（1270）赦归。恭宗德祐元年（1275）授江东提刑,知信州。元兵东下,信州不守,乃变姓名入建宁唐石山。宋亡,居闽中,留梦炎荐他入官,不起,后福建参政强之北行,至元都,绝食而死。他是宋末爱国诗人,诗风端直朴质,凛凛有正气。著有《叠山集》。

◎ 题解

　　武夷山：福建名山，在今崇安城南三十里。从首句看，这首诗当作于元世祖至元二十一年（1284）前后。这首寄情于景的诗作，反映了宋亡以后诗人孤寂凄清的生活，表达了他坚守节操的情怀。

◎ 注释

[1]"十年"句：恭帝德祐元年，诗人抗元兵败，避难福建。次年，其妻及二子，在故乡信州为元兵所掳。以后十年间，诗人流亡各地。"无梦得还家"，谓做梦也没有回到故乡，极言颠沛流离，连想家的时间也没有。

[2]"几生"句：修，修炼。佛、道二家用语。梅花在古代诗人笔下，常作为傲霜斗雪、高洁情操的象征。这里表达了诗人对这种情操的向往。

题陆大参秀夫《广陵牡丹》诗卷后

林景熙

南海英魂唤不醒[1]，旧题重展墨香凝[2]。
当时京洛花无主[3]，犹有春风寄广陵[4]。

◎ 题解

　　陆大参秀夫：陆秀夫，字君实，楚州盐城（今江苏盐城）人。南宋末爱国大臣。端宗景炎三年（1278），宋帝赵昰死，秀夫与张世杰等立赵昺为帝，徙驻崖山（在今广东新会南海中），任左丞相，坚持抗元。次年二月，崖山破，秀夫先驱妻子投海，随后负帝昺投海自尽，表现了崇高的民族气节。大参，指参知政事，官名，为宰相之副。这首诗写在陆秀夫的《广陵牡丹》诗之后，诗人触物感怀，以崇敬之情，通过题咏牡丹，颂扬了陆秀夫的崇高气节。

◎ 注释

[1] 南海英魂：指陆秀夫。
[2] 旧题：指陆秀夫的《广陵牡丹》诗卷。
[3] "当时"句：牡丹是洛阳名花，其时，洛阳已沦陷于元，故云"花无主"。京洛，指洛阳。
[4] "犹有"句：广陵，今江苏扬州。秀夫在扬州任李庭芝幕僚时，作《广陵牡丹》诗，时扬州尚未被元兵攻陷，故云"犹有春风寄广陵"。

山窗新糊有故朝封事稿，阅之有感

林景熙

偶伴孤云宿岭东[1]，四山欲雪地炉红。
何人一纸防秋疏[2]，却与山窗障北风[3]。

◎ 题解

这首诗作于宋亡以后，全诗苍凉沉郁，抒发了诗人的故国之思，诗句语意双关，表达了诗人坚守民族气节的情操。故朝：旧称已经灭亡的前一王朝，这里指南宋王朝。封事：机密奏章。为防泄密，外用封套。故称。

◎ 注释

[1] 偶伴孤云：谓自己行踪不定，孤身一人。
[2] 防秋疏：指主张防御敌军侵袭的奏章。防秋，秋为兵象，又是秋高马肥用兵的季节。古代北方少数族常乘此时南侵，故称边防为防秋。
[3] "却与"句：诗句寄慨当年爱国者抗元的建议不被朝廷采纳，留下的疏稿宋亡后已无用处，却还被山家取来糊窗，发挥它御寒的作用。这里语意双关，"北风"暗指北方的元朝。元初诗人，常用"北风"指元，如郑思肖《画菊》诗："宁可枝头抱香死，不曾吹落北风中"；刘因《白雁行》诗："北风初起易水寒，北风再起吹江干。北风三吹白雁来，寒气直逼朱崖山。乾坤噫气三百年，一风扫地无留残"，都可参证。障北风，与"防秋"呼应，暗喻抗元。

湖州歌（录一）

汪元量

凤管龙笙处处吹[1]，都民欢乐太平时[2]。
宫娥不识兴亡事，犹唱宣和御制词。[3]

◉ 题解

《湖州歌》是诗人被元兵俘虏北去途中抒写亡国之痛的大型七绝组诗，共九十八首。关于诗人被俘北上事，见《彭州》题解。所录一首，是离开临安前所写。

◉ 注释

[1]凤管龙笙：有龙凤图饰的笙管乐器。
[2]都民：都城的百姓。
[3]"宫娥"二句：杜牧《泊秦淮》："商女不知亡国恨，隔江犹唱后庭花。"这两句化用其意，以宫娥之不知愁苦，反衬诗人之悲恨。宣和御制词，指宣和年间宋徽宗所填的词曲。

题王导像

汪元量

秦淮浪白蒋山青[1]，西望神州草木腥[2]。
江左夷吾甘半壁，只缘无泪洒新亭！[3]

◉ 题解

王导：字茂弘，晋临沂（今山东临沂）人。东晋建都建康（今江苏南京），王导为丞相。后历事元帝、明帝、成帝三朝，官至太傅，是东晋时颇有名望的大臣。这首诗借古喻今，感叹亡国的惨局，情词凄绝，苍凉悲感。

◎ 注释

[1] 秦淮：水名，在今南京。蒋山：即钟山，在南京东北。
[2] "西望"句：指长江以北的沦陷地区。
[3] "江左"二句：江左，江东，指江南一带。夷吾，春秋时齐相管仲，字夷吾。东晋南渡后，时人称王导为"江左夷吾"。见《晋书·王导传》。甘半壁，甘愿保守半壁河山。缘，因。新亭，见《夜登千峰榭》注。陆游《追感往事》："不望夷吾出江左，新亭对泣亦无人！"这两句翻用陆游诗意，意谓南宋大臣甘心偷安于半壁东南，原因是他们连洒泪痛悼国土沦丧的感情也没有了！

瘦马图

龚 开

一从云雾降天关[1]，空尽先朝十二闲[2]。
今日有谁怜瘦骨，夕阳沙岸影如山[3]。

◆ 龚 开　字圣予，号翠岩，淮阴（今江苏淮阴）人。曾与陆秀夫同居广陵幕府。宋亡，潜居深隐，生活贫困。

◎ 题解

这是一首题画诗，从宋亡前壮马飒爽英姿和宋亡后老马凄清冷落的对照描写中，寄托了诗人自身的遭遇和沧桑变革的感慨。汪景龙说："圣予善画马，风鬃雾鬣，豪骭兰筋，备尽诸态，人每以数十金易之。诗亦成家，此诗尤有盛唐风致。"

◎ 注释

[1] 一从：自从。云雾降天关：形容骏马披云带雾从天而降。
[2] 空尽：一扫而空。先朝：前朝。十二闲：《周礼·夏官·校人》："天子十有二闲，马六种。"闲，马厩。
[3] 影如山：指马的瘦骨形如山。

附录

经典选本的方法论启示
——钱仲联《宋诗三百首》探析

曾维刚（苏州大学文学院）

选本在古代文学活动中有着十分重要的作用，不仅"蕴涵着选家的文学观念及其对文学史序列的建构"，而且"提供了学习借鉴的典范，对文学创作的影响比理论著作更为直接"，兼具学术价值和普及价值[1]。改革开放以来，中国古代文学研究取得了不菲的成就，但普及工作做得还很不够。尽管各类选本层出不穷，精品却甚少。因此，刘跃进呼吁学者走出学术象牙塔，重视学术研究与普及提高的结合，认为"阐释经典，其本身也成为一种经典"[2]，精辟地指出了好选本的经典属性。

在20世纪的中国古代文学研究大家中，钱仲联堪称将学术研究和普及推广深切结合的典范。目前，学界对他以《鲍参军集补注》《韩昌黎诗系年集释》《剑南诗稿校注》《人境庐诗草笺注》《沈曾植集校注》等

---

[1] 参见陈斐：《南宋唐诗选本与诗学考论·绪论》，大象出版社2013年版。
[2] 刘跃进：《走出学术象牙塔》，王兆鹏选注：《辛弃疾词选》，商务印书馆2017年版。

为代表的学术性较强的笺注之学关注较多[1]，而对其倾注了大量心力的诸如《清诗精华录》《清诗三百首》《清词三百首》《近代诗举要》等选本重视不够。其实，钱仲联作为能够将创作和研究相结合，把古今、四部打通的一代大家，选注亦是其学问的重要表达方式。本文即以《宋诗三百首》为例，尝试分析钱仲联选学成就对今日选本编注可以提供的方法论启示。

一、两面并重：艺术性与思想性

将钱仲联《宋诗三百首》纵向置于中国古代选学及20世纪中国现代文学诞生、古代文学获得独立学科性质以来宋诗研究的学术史脉络中，并横向置于作者的系列选学著作等整体学术框架中来观察，尤可见其学术理路、个性与创造。

文选之学在中国发端较早，南朝梁萧统编《文选》是现存最早的选体文集，选录标准强调"事出于沉思，义归乎翰藻"[2]，成为具有开创意义的选学经典。钱仲联《宋诗三百首》既吸收了《文选》强调文体观念、文学审美的传统，又因应了20世纪80年代前后文学研究思潮的发展，是宋诗选学的一种推进。20世纪初的宋诗研究，主要从两个趋

---

[1] 如夏承焘《天风阁学词日记》1958年7月12日载："阅《文学研究》，钱锺书评钱仲联《韩昌黎诗集释》，二君博览皆可佩。"(《夏承焘集》第7册，浙江古籍出版社、浙江教育出版社1997年版，第689页）王元化认为，"仲联先生的诗学名著如《人境庐诗草笺注》《韩昌黎诗系年集释》《鲍参军集补注》以及《清诗纪事》等，可以说都是乾嘉朴学的新楷模"，并比较中国大陆、中国台湾与日本的学术研究，认为"传统笺注之学，则大陆允为大宗。而仲联先生的成果在其中极为突出"（王元化：《积跬步以成千里》，马亚中编：《学海图南录——文学史家钱仲联》，南京大学出版社2000年版，第132—133页）。章培恒《钱仲联先生在学术上的巨大贡献——以笺注工作为例》指出，钱仲联是"真正的大师"（《学海图南录——文学史家钱仲联》，第134页）。

[2] 萧统编，李善注：《文选·序》，中华书局1977年版，第2页。

向开始：一是从总体上对宋诗发展史进行通论，编选宋诗选集；二是对个体作家进行文献整理、年谱考订及诗歌创作研究。选学乃是现代宋诗研究的一个起点，研究主体始于提倡宋诗的"同光体"主将陈三立、沈曾植、陈衍等人，代表成果是陈衍《宋诗精华录》[1]，此书将宋诗分为四期，包含着特定的诗史认识。20世纪50年代后的一段时期，中国文学研究受特定时代影响，往往采用政治标准衡量文学。就宋诗而言，此时期主要是少数诗歌选本如钱锺书《宋诗选注》[2]、高步瀛《唐宋诗举要》[3]较有影响。特别是《宋诗选注》，"关于宋代诗歌的主要变化和流派，所选各个诗人的简评里讲了一些；关于诗歌反映的历史情况，在所选作品的注释里也讲了一些"[4]，以选见史，评注也比陈衍《宋诗精华录》详尽。不过此书也不例外地较为重视思想、政治标准而偏轻艺术标准，南宋以民本与爱国思想见称的陆游、范成大诗得最多，代表典型宋调的苏轼、黄庭坚均居其后。正因为此，学界对《宋诗选注》既多褒誉，也有批评[5]。近年来，学者更多以一种"同情之了解"态度，讨论在重视反映论、批判形式论的文艺思潮中钱锺书编写《宋诗选注》的困境，揭示其守护学术与艺术的努力[6]。

---

[1] 陈衍：《宋诗精华录》，商务印书馆1937年版。
[2] 钱锺书：《宋诗选注》，人民文学出版社1958年版。
[3] 高步瀛：《唐宋诗举要》，中华书局1959年版。
[4] 钱锺书：《宋诗选注·序》，人民文学出版社1958年版，第1页。
[5] 参见王友胜：《五十年来钱锺书〈宋诗选注〉研究的回顾与展望》(《文学遗产》2008年第6期)。
[6] 参见王水照：《〈宋诗选注〉删落左纬之因及其他——初读〈钱锺书手稿集〉》(《文学遗产》2005年第3期)、《〈正气歌〉所本与〈宋诗选注〉"钱氏手校增注本"》(《文学遗产》2006年第4期)，李松《钱锺书〈宋诗选注〉的诗学困境与"十七年"文学批评》(《文学评论》2016年第6期)，夏中义《反映论与钱锺书〈宋诗选注〉——辞别苏联理论模式的第三种方式》(《文艺研究》2016年第11期)等。

将钱仲联《宋诗三百首》置于如上学术脉络中，便可清晰地看到其显著特色与贡献，那就是艺术性与思想性两面并重。这既是他一贯以文学艺术为本位的学术理念的反映，也是他对新时期以来回归文学本位研究思潮的引领。改革开放以来，学界在宋诗文献整理、宏观考察、群体流派与分期研究、"历史—文化"研究，作家个案研究等方面，取得全方位突破。钱仲联《宋诗三百首》堪称从选学角度推广宋诗、推动宋诗研究的一个代表。早在1935年，钱仲联执教无锡国学专修学校时，即为教学编辑了一部《宋诗选》，序谓学者取径于是而览各家专集，即可窥宋人真面；又谓是编"不拘门户，一以精严粹美为归"（见前言第8页），说明其主要从艺术性着眼进行取舍。时隔五十余年后，钱仲联在《宋诗选》基础上编选《宋诗三百首》，更加强调艺术的角度。可见半个多世纪以来，钱仲联始终坚持以文学的、艺术的、审美的眼光审视宋诗。不止《宋诗三百首》，他的一系列选学著作，像《清诗三百首》《清词三百首》《近代诗三百首》等，都是如此。如《清诗三百首》亦推溯《诗经》"三百"之制，"选录之诗，不论是代表性的名篇或是其它篇什，必求思想性与艺术性的统一"[1]。

那么，钱仲联强调的"艺术"重点指什么？他缘何一贯重视诗歌艺术？钱仲联早年编《宋诗选》"一以精严粹美为归"，注重诗歌形式与风格之美。他晚年又自述，"在编写过多部普及读物之后，我写了《关于古代诗词的艺术鉴赏问题》一文，从'披文以入情'与'字句声色'两方面对这个问题加以阐述发挥"[2]。这段话点明了诗词艺术应鉴赏什么，

---

[1] 钱仲联、钱学增：《清诗三百首·前言》，岳麓书社1994年版，第8—9页。
[2] 钱仲联、涂晓马：《犹有壮心歌伏枥——钱仲联先生访谈录》(《文艺研究》2003年第5期)。

该如何鉴赏。所谓"披文以入情",出自刘勰《文心雕龙·知音》,要点是通过声律辞章、体制风格来探索诗文情理[1]。他还提到,自幼时起,旧体诗文的学习与写作始终伴随着自己生命的旅程,除早年家庭影响和名师教益外,尤要感激两位忘年交的熏陶、鼓舞:一位是陈衍,"同光体"的诗歌写作技巧对他颇有启发;另一位是主张"诗界革命"的金天翮,"不仅使我在诗歌创作方面渐具声名影响,而且在文史研究尤其是毕生从事的诗集笺注方面也得益匪浅"[2]。可见,深厚的家学渊源、诗界前辈的影响、以《文心雕龙》为代表的古典文学艺术观念[3]以及自身的古诗文创作实践[4],成为钱仲联艺术思想与学术个性形成的坚实基础,对其笺注与选学影响甚大。艺术之维,乃是解读《宋诗三百首》的关键所在。

关于宋诗艺术与内容,自宋时起即褒贬不一。南宋严羽《沧浪诗话》云:"诗者,吟咏情性也……近代诸公乃作奇特解会,遂以文字为诗,以才学为诗,以议论为诗。夫岂不工,终非古人之诗也。"[5]钱仲联称,人们以为宋人"以文为诗","以议论为诗",这一贬斥不适用于全部宋诗,宋人"好诗都是以诗为诗,重抒情,重意境"(见前言第9

---

[1] 刘勰著,周振甫注:《文心雕龙注释》,人民文学出版社2002年版,第518页。
[2] 钱仲联:《当代学者自选文库·钱仲联卷·自序》,安徽教育出版社1999年版,第2—3页。
[3] 钱仲联还撰有《〈文心雕龙创作论〉读后隅见》(《文学遗产》1980年第3期)、《〈文心雕龙〉识小录》(《文艺理论研究》1985年第1期)等文,足见其对《文心雕龙》的推崇。
[4] 钱理群和袁本良在《二十世纪诗词注评》中,选注钱仲联诗2首、词1首,对其诗词予以高度评价(钱理群、袁本良:《二十世纪诗词注评》,广西师范大学出版社2005年版,第297—299页)。
[5] 严羽著,郭绍虞校释:《沧浪诗话校释》,人民文学出版社2000年版,第26页,第1页,第58—59页。

页）。他一再强调，"诗歌脱离不了艺术，论宋诗，也要重视它的艺术，看到它与唐诗的同异所在，继承与发展所在。这才是内容、形式的统一论者"（见前言第8页），称《宋诗三百首》"选诗标准，注意内容与艺术的统一"（见前言第10页）。那么，内容与艺术如何统一呢？一方面，是"艺术性不高的不选"（见前言第10页）；另一方面，"特别注意到有关国事民生和具有爱国主义精神的作品"（见前言第10页）。在两宋文学史上，南宋文学形成了鲜明的时代特点，尤其是风起云涌的爱国主义思潮及其突出的文学表现，展示出新的时代意蕴，产生了影响深远的文学经典。钱仲联艺术性与思想性并重的编选旨趣，显然抓住了宋诗的艺术本质与时代特征。

在编选体例上，《宋诗三百首》依据诗体，按五古、七古、五律、七律、五绝、七绝六类编排；一类之中，再按作家生活时间先后排列，实现分体和编年的结合，以选带史，纲举目张，堪称以艺术为本位的"诗体文学史"。具体作家作品的选录，同样依据艺术成就与特色决定去取。如全书开端的五古，以被誉为宋诗艺术开山者的梅尧臣始，录诗9首，仅次于苏轼（10首）。七古方面，北宋编选较多的是苏轼（8首）、黄庭坚（4首），而南宋陆游最多（11首）。如黄庭坚《王充道送水仙花五十枝，欣然会心，为之作咏》，多化用曹植、阮籍、陶渊明、杜甫等人诗文，描写水仙的绝尘之姿，得其神韵。纪昀《书黄山谷集后》论黄庭坚"七言古诗，大抵离奇孤矫，骨瘦而韵逸，格高而力壮"[1]。这首水仙诗不仅风格奇逸清壮，而且是体现黄庭坚"点铁成金"诗学艺术的典范之作。编者选此，足见手眼。至南宋，诗歌以

---

[1] 纪昀：《纪文达公遗集》卷一一，《续修四库全书》第1435册，上海古籍出版社2002年版，第406页。

陆游、杨万里、范成大、尤袤等"四大家"为代表。尤其是陆游，古诗创作数量甚夥，成就亦高，如《山南行》等诗作，慷慨悲壮，意气纵横，备见其生平个性与艺术风格。又如七律，北宋苏轼最多（7首），南宋陆游最多（11首）。方回曰："放翁诗万首，佳句无数。少师曾茶山，或谓青出于蓝，然茶山格高，放翁律熟；茶山专祖山谷，放翁兼入盛唐。"[1]肯定陆诗以宏富的内容、娴熟的格律、豪俊的气象而超越其师的建树。可见，无论古诗还是律诗，都显示出《宋诗三百首》兼重思想与艺术的特色。

就具体作家作品的编选、注释而言，《宋诗三百首》亦有统一体例，即作品、作者介绍、题解、注释。作者介绍见于作家首篇作品，而题解与注释基本每篇作品都有，共同呈现编选者思想与艺术并重的旨趣。值得指出的是，钱仲联作为具有深厚古体诗文创作与鉴赏修养的学者，他强调的艺术性，不同于今天有些研究者从现代文艺美学视角展开的分析，而是深入古典诗歌肌理的艺术境界、个性风格、内在情蕴及造境达情的手法等方面进行透视。将诗歌形式放在首位，深入探寻其艺术特点，是钱仲联这一代学者的优势，也是《宋诗三百首》的重要特色。如长期以来，一般都把宋初西昆体贬为形式主义诗派，但钱仲联指出，"西昆体的艺术精工，也是诗中一美，内容也有反映现实的方面"，"不应斥之为形式主义"（见前言第7页）。他充分肯定西昆体诗人的文学史地位，选注了代表诗人杨亿的七律《汉武》，作者介绍指出，杨亿"文格富丽，才思敏捷，被称一代文豪。他是宋初西昆体诗派的始祖"（见正文第169页）；题解揭示"这首诗意在讽谏宋真宗封禅求仙之事"（见

---

[1] 方回选评，李庆甲集评校点：《瀛奎律髓汇评》，上海古籍出版社2005年版，第1006页，第561页。

正文第170页）；注释详述诗中"蓬莱""弱水""光照""龙种""文成食马肝""待诏"等典源与意蕴。又如晏殊七律《寓意》，作者介绍论晏殊为诗近李商隐西昆派，以典雅华美见长；题解指出此诗"以男女之间的爱情生活为主题"（见正文第172页），并分析其语言风格深具自然富贵之气；注释则进一步阐释其"分别—忆旧—伤今—怀远"的章法结构。对北宋代表诗人苏轼、黄庭坚，还选注了多首"拗体"七律，充分展现苏、黄诗歌的艺术特色。又如所选江西诗派的代表吕本中七律《春晚郊居》《夜坐》，前者写晚春景色，是吕氏推崇的"流动圆美"的佳作，后者写"靖康之难"后诗人的流亡生活，纪昀称其"瘦硬而浑老，'江西'诗之最佳者"[1]。所选二诗不仅体现了南渡前后吕本中生活境况的变化，也体现了其出入江西诗风的艺术特色。再如选注陆游绝笔诗《示儿》，注释比其他选本更进一步的是，将眼光延伸至陆游死后六十多年元师灭宋，通过发掘《山阴陆氏族谱》揭示陆游后裔有人殉崖山之难，有人坚持民族气节拒绝仕元，足见作者家教影响之深远。总之，无论从编选主旨、选诗标准、结构体例还是作家作品注释来看，《宋诗三百首》都一以贯之，真正做到了"内容与艺术的统一"。

二、两种贯通：从"唐宋"到"宋清"

闻一多《诗的唐朝》曾经提出"自古诗只两种：唐、宋"[2]，揭示了中国古代两种最为重要的诗歌范型。对唐、宋诗的比较轩轾成为文学

---

[1] 方回选评，李庆甲集评校点：《瀛奎律髓汇评》，上海古籍出版社2005年版，第1006页，第561页。
[2] 孙党伯、袁謇正主编：《闻一多全集》第6册《唐诗编上》，湖北人民出版社1993年版，第120页。

史上的著名公案。宗唐者往往贬宋,如宋人严羽《沧浪诗话》称:"学诗者以识为主:入门须正,立志须高;以汉魏晋盛唐为师,不作开元、天宝以下人物。"[1]明代诗论家尤甚,如李东阳称:"唐人不言诗法,诗法多出宋,而宋人于诗无所得。"[2]李梦阳等前后"七子"主张"文必秦、汉,诗必盛唐"[3]。清人潘德舆也称:"唐诗大概主情,故多宽裕和动之音;宋诗大概主气,故多猛起奋末之音……宋不逮唐,大彰明较著矣。"[4]明清以后,宗尚宋诗亦形成风潮。如清初钱谦益、黄宗羲大力提倡宋诗,查慎行、厉鹗等人专学宋诗,曾国藩等人掀起"宋诗运动",晚清出现学习宋诗的"同光体"。清末民初陈衍认为,"诗莫盛于三元,上元开元,中元元和,下元元祐也"[5],以北宋元祐诗歌与盛、中唐诗并论,大力推尊宋诗。

纵观自宋以来有关唐、宋诗的讨论,存在一个突出问题,即不少人往往静态地进行比较,甚或褒贬胜负高下,虽不乏揭示唐、宋诗艺术特色的精彩之论,却常常未能沟通唐宋。钱仲联则不同于一般的唐、宋诗"高下"论者或"特色"论者,他不仅持论公允,更以淹贯古今的学识

---

[1]严羽著,郭绍虞校释:《沧浪诗话校释》,人民文学出版社2000年版,第26页,第1页,第58—59页。
[2]李东阳:《麓堂诗话》,丁福保辑:《历代诗话续编》,中华书局1983年版,第1371页。
[3]《明史·李梦阳传》,中华书局1974年版,第7348页。
[4]潘德舆:《养一斋诗话》卷四,郭绍虞编选:《清诗话续编》,上海古籍出版社1983年版,第2055页。
[5]陈衍:《石遗室诗话》卷一,辽宁教育出版社1998年版,第4页。

和卓然为清诗研究大宗的积淀[1]，注重沟通"唐宋"与"宋清"，可谓唐宋迄明清诗歌的"发展"论者。宏阔贯通的学术造诣与诗史观，成为钱仲联学术的另一个重要个性，也集中体现在《宋诗三百首》一书中，具有方法论意义。

钱仲联论："讲诗歌，我绝不按高校常规教学的疏通词句、介绍背景，然后按政治标准、艺术标准贴上标签就完事的路子，而是遵循诗歌艺术嬗变演化的内在规律，尽可能将每一首具体作品都放到特定的诗歌发展史背景中加以考察……考察诗歌艺术蜕化演变、异同优劣的内在规律。"[2]在《宋诗三百首》中，"宋诗全部的发展情况，各种流派，各个代表作家，都在作者介绍中叙述"（见前言第10页），可见其内在贯通的匠心。每位作家及其作品的解析，也都宏观与微观、整体与具体结合，由作者介绍、题解、注释共同勾勒出其诗学渊源、思想与艺术，由此对两宋诗歌流变进行"史"的描述，甚至细化为五古、七古、五律、七律、五绝、七绝的分体诗歌史。

钱仲联的学术贯通，还远不止于此。针对唐、宋诗之争的问题，他分析了自宋至清"贬宋论的说法"，指出章炳麟《国故论衡》所谓"宋

---

[1] 钱仲联尝言："家中所藏古籍，满满一楼。因而我自幼深受旧学影响。十七岁入无锡国学专修学校，校长唐文治以桐城派古文、宋明理学教授学生。除四书五经儒学经典外，学生还需研读《庄子》《史记》《汉书》《说文》《文选》《文心雕龙》《古文辞类纂》《十八家诗钞》等……博通群籍乃是从事文史研究的必要条件。"（钱仲联：《当代学者自选文库·钱仲联卷》"自序"，第1—2页）他指出："作为编写《清诗纪事》的主观条件，首先是我对中国古典文学的全面研究，尤其是对清代诗歌的深入研究。"《清诗纪事》出版后获得学界一致好评，如钱锺书即盛赞其"宏编巨著，如千尺浮图……举世学人，受益无穷"（钱仲联、涂晓马：《犹有壮心歌伏枥——钱仲联先生访谈录》，《文艺研究》2003年第5期）。

[2] 钱仲联、涂晓马：《犹有壮心歌伏枥——钱仲联先生访谈录》（《文艺研究》2003年第5期）。

世诗势已尽,故其吟咏情性,多在燕乐"是近代"更进一步的偏论",而王国维所谓"唐之诗,宋之词,元之曲,皆所谓一代之文学",则是一种不同于前代贬宋论者的新说法。他认为"主要的问题,是要看宋诗在唐以后到底有没有发展,发展了什么。发展是必须在继承的基础上进行的……唐人于前代是这样,宋人于唐人也是这样"(见前言第4页)。他引用陈衍《石遗室诗话》之论:"余言今人强分唐诗宋诗,宋人皆推本唐人诗法,力破余地耳。庐陵(欧阳修)、宛陵(梅尧臣)、东坡(苏轼)、临川(王安石)、山谷(黄庭坚)、后山(陈师道)、放翁(陆游)、诚斋(杨万里),岑(参)、高(适)、李(白)、杜(甫)、韩(愈)、孟(郊)、刘(禹锡)、白(居易)之变化也。简斋(陈与义)、止斋(陈傅良)、沧浪(严羽)、四灵(徐照、徐玑、翁卷、赵师秀),王(维)、孟(浩然)、韦(应物)、柳(宗元)、贾岛、姚合之变化也。"[1]陈衍勾画了一个宋诗在唐诗基础上发展的轮廓,钱仲联对此深表认同,更进一步指出,盛宋时期出现了苏、王、黄、陈诸大家,江西诗派开始形成,打着学杜的旗帜。但这一时期的学杜,主要是学习杜诗的艺术。宋诗的转折点应该是南宋前期的中宋,特点是把江西派学习杜诗艺术的路子,转到爱国主义的方面来,延伸到晚宋,爱国主义的光芒仍然强烈。评论宋诗各时期的特点,要抓住这一条干线。这正是宋诗内容高出于唐,至少是不下于唐的重要方面。钱仲联指出,杜诗反映的主要是唐代"安史之乱"时军阀叛乱的事情。而南渡到宋末的诗,反映的却是民族矛盾的性质……这一时期爱国主义的内容和鼓舞人心的力量,就与杜诗有些殊异,而且是更进一步(见前言第7页)。可见,钱仲联沟通唐、宋的诗

---

[1] 陈衍原文见《石遗室诗话》卷一,第4页。

史观中，既强调继承，更肯定发展，真正盘活了唐、宋诗学。

在这种沟通唐、宋的宏观视域下，《宋诗三百首》的作家作品选注卓见迭出。如选注王安石五古《余寒》，论此诗书写行旅辛苦和思乡之情，"诗笔沉郁苍凉，有杜甫风格"（见正文第21页）。又评五古《自舒州追送朱氏女弟，憩独山馆，宿木瘤僧舍，明日度长安岭至皖口》，"寓情于景，寄托了诗人对妹妹远行于荒山寒林的深切关怀。风格合杜、韩为一手，苍凉悲感"（见正文第22页）。选注张耒五古《离黄州》，论其"诗学白居易、张籍，风格平易舒坦"，"暮年哦老杜《玉华宫》，极力摹写，其《离黄州》诗偶同此韵，音响节奏固似之"（见正文第48页）。选注南渡诗人陈与义五古《风雨》，论其"虽宗法杜甫，但并不墨守江西派的成规……能渗（参）透各家，融会贯通，创造自己的风格"，揭示从陈与义开始"宋人诗学习杜甫的爱国主义精神"（见正文第54页），同时又看到其学杜之际的变化，指出诗中"梦中波撼城"化用孟浩然《临洞庭上张丞相》和黄庭坚《六月十七日昼寝》句意，评析细腻入微。选注欧阳修七古《庐山高，赠同年刘凝之归南康》，论此诗"神似太白，故欧公亦自以为得意"（见正文第72页）。选注刘克庄七古《开壕行》，指出其"诗学唐许浑、王建、张籍、姚合，尤推重陆游"（见正文第130页）。选注陈师道五律《寄外舅郭大夫》，揭示"后山学老杜，此其逼真者，枯淡瘦劲，情味深幽"（见正文第143页）。评吕本中五律《丁未二月上旬》二首，"诗作苍凉悲感，但仍不忘复国，字里行间，渗透着强烈的爱国感情。风格沉郁，酷似杜甫"（见正文第147页）。评黄庭坚七律《登快阁》，"豪而有韵，此移太白歌行于七律内者"（见正文第189页）。选注陆游七律《书愤》，引顾宸融之论："音节意境，宛然杜陵，然此只是养气之功，非关学力也"（见正文第217页）。评李清照

《绝句》,指出"其南渡后所为诗作,风格沉郁苍凉,深得杜甫神理,同她以婉约著称的词作风格迥异"(见正文第243页)。评苏轼七绝《东栏梨花》,认为"此诗之妙,自在气韵……玩其句意,正是从小杜诗脱化而出,又拓开境地,各有妙处"(见正文第263页)。评范成大七绝《州桥》,曰:"沉痛不可多读。此则七绝至高之境,超大苏而配老杜者矣"(见正文第300页)。总之,钱仲联或引经据典,或独抒己见,常常将作家作品置于唐宋文学演进的视域之中考察,不仅点出宋人多方面继承唐人之处,还能具体、深入地分析宋人的变化、开拓,揭示宋诗的艺术发展与个性特征。

如果说《宋诗三百首》贯通"唐宋"主要着眼于宋诗的"继往"与"发展",那么,贯通"宋清"则进一步展现了宋诗的"开来"与"影响",体现出钱仲联对古代诗歌史的宏深洞见,成为《宋诗三百首》的又一显著特色。

钱仲联常将宋诗作家作品置于清代诗学的视域之中考量,发掘其流传与接受、影响与意义。如选注北宋文同五古《谢任泸州师中寄荔枝》,论其"描写接获荔枝后群童争食的欢乐情景","诗笔生动而瘦劲。清人郑珍诗,颇具这种特色"(见正文第18页)。选注王安石五古《杏花》,论其"前期诗元气淋漓,以雄奇胜,后期诗转向意境高远,雅丽精炼"(见正文第19页),清末"同光体"诗人对他特别推崇。选注苏轼五古《庐山二胜》,指出"清代刘光第的峨眉山游诗,部分脱胎于这二首"(见正文第29页);评其五古《白水山佛迹岩》,认为"清初屈大均《登罗浮绝顶奉同蒋王二大夫作》五古,即从苏轼此诗脱胎,益加以奇肆变化"(见正文第33页)。选注黄庭坚五古《大雷口阻风》,认为"清人姚范、姚鼐、方东树等都认为山谷诗可以洗涤俗诗的肠秽。他在当时就已形成了很大的势力，影响所及，直可下推至晚清的同光体"（见正文第39页）；评其五古《劳坑入前城》曰："诗风短峭真朴，源于杜甫，清代诗人莫友芝常学它"（见正文第43页）。论陈师道五古《送外舅郭大夫概西川提刑》，抒情深刻，思力沉挚，"清末同光体诗人林旭即以专学后山著名"（见正文第49页）。评陈与义五古《夏日集葆真池上，以"绿阴生昼静"赋诗，得"静"字》，"描写夏日池畔幽静的景色，风格清丽淡雅，诗句晓畅圆活，是诗人五古的压卷之作，清人厉鹗就专学这种风格"（见正文第55页）。选注杨万里五古《明发陈公径，过摩舍那滩石峰下》，指出清代江湜、陈衍诸人都学习杨万里"诚斋体"。选注陆游五古《十月十四夜月，终夜如昼》，称陆游"对当代和后世影响都较大。《唐宋诗醇》将之列为唐宋六大家之一，赵翼《瓯北诗话》列为自唐至清的十大诗人之一，曾国藩把他的七言律绝选入《十八家诗钞》"（见正文第61页）。选注范成大五古《过平望》，论其"博取众长，逐渐形成他清丽精致、轻巧婉峭的风格……清人汪琬是专学范成大诗的"（见正文第64页）。选注韩驹七律《和李上舍〈冬日书事〉》，提到"黄庭坚称其诗超轶绝尘……晚清同光体著名诗人沈曾植自称少喜读其诗，晚年并为刻其集"（见正文第202页）。评王安石七绝《越人以幕养花，游其下二首》之一，"全首构思新颖，立意深远……短幅中用笔有几层曲折。杨万里七绝，即学此种。所以近代闽派诗人，同时提倡王、杨二家的诗"（见正文第259页）。可见，《宋诗三百首》远远超出就宋论宋之限，常能从唐宋到宋清，上下勾连，旁征博引，在宏阔的诗歌艺术之网中突出作家作品的艺术特色与文学史地位。

三、诗与生活：宋诗特色题材的彰显

文学题材作为作品运用的材料与具体描写内容，乃是文学构成与研究的一个重心。任何一个时代的文学题材，既根于传统，也源于生活。孔子曾说，学习《诗经》可"多识于鸟兽草木之名"[1]，即是称许《诗经》题材的丰富。萧统编《文选》首次按题材类编诗体；宋元之际的方回编唐宋律诗选本《瀛奎律髓》，将全书按题材分为49类，题材内容趋于丰富、复杂，体现出社会生活与文学表现的延续与变化，也说明选本编辑中观照题材内容的重要性。钱仲联说，"从几十年的创作过程中，我深切体会到，诗来源于社会生活"，他向往于陈衍所称"合学人、诗人之诗二而一之"的境界，也自信于冯振《人境庐诗草笺注序》对他"以诗人而注公度诗"的评价[2]。基于对生活与创作的体悟，钱仲联编选《宋诗三百首》时深入关注到社会生活的诸多方面，特别是展现了宋诗的特色题材。

文学题材具有具体性、历史性及时代性。总体来看，宋诗题材的审美特征与时代精神突出表现在如下方面：一是宋诗题材日常生活化的基本走向，二是宋诗题材的流派特征，三是宋诗题材的淑世精神。具体来看，宋诗在日常生活、社会政事、自然风物、文物器具、宗教文化等题材门类中都形成了富有代表性、时代性与开拓性的特色题材。而《宋诗三百首》"题材兼顾到抒情、叙事、写景、咏物、咏古各方面，特别注意到有关国事民生和具有爱国主义精神的作品"（见前言第10页），这不仅抓住了宋诗题材特色，而且贯注着特定的人文关怀。

---

[1] 杨伯峻：《论语译注》，中华书局1980年版，第185页。
[2] 钱仲联：《当代学者自选文库·钱仲联卷·自序》，安徽教育出版社1999年版，第2—3页。

首先看日常生活类题材。闻一多《四杰》曾揭示唐诗题材由宫廷走到市井、从台阁移至江山与塞漠的拓展与特色[1]。宋诗题材则进一步日常化。近年来，从日常生活角度观照宋诗乃至古典文学成为一个重要的研究趋向[2]。而数十年前，钱仲联《宋诗三百首》已从选学角度展现了这一特点。如开篇五古首选梅尧臣诗9首，从艺术上看，这些诗多从"平淡中见深意"，主要"以日常生活为题材"。其中《正月十五夜出回》《怀悲》《秋夜感怀》《梦感》《戊子三月二十一日殇小女称称三首》（录二）等6首都是表现家庭生活的。又如五律选注陈师道诗3首：《怀远》《寄外舅郭大夫》《除夜对酒，赠少章》，主要写诗人与亲友的交往。七律选注韩琦《九日水阁》，系宋英宗治平二年（1065）诗人在京师重阳节宴会时所作，诗言"虽惭老圃秋容淡，且看黄花晚节香"，与同僚以高节相勉，日常吟咏中具见名臣气象[3]。选注王安石七律3首：《次韵酬朱昌叔三首》（录一）、《思王逢原三首》（录一）、《葛溪驿》，主要表现诗人平常生活中的情怀与胸襟。

再看社会政事类题材。中国古代诗歌具有较强的纪事言志功能，表现社会时政成为一个传统。宋代是古代诗歌叙事传统发展的一个关键时期，社会政治题材有重要拓展和强化[4]。这正是《宋诗三百首》的着意之处。如所选黄庭坚五古《劳坑入前城》，作于王安石推行新法后，诗

---

[1] 孙党伯、袁謇正主编：《闻一多全集》第6册《唐诗编上》，湖北人民出版社1993年版，第16页。
[2] 参见张剑：《情境诗学：理解近世诗歌的另一种路径》(《上海大学学报》2015年第1期)、《日常生活史与中国古典文学研究》(《苏州大学学报》2018年第1期)等。
[3] 曾巩《强几圣文集序》载，韩琦"喜为诗，每合属士大夫、宾客与游，多赋诗以自见"(《曾巩集》，中华书局1984年版，第202页)。
[4] 参见周剑之：《宋诗叙事性研究》，中国社会科学出版社2013年版，第149—162页。

人为太和县令,了解不少民间疾苦,诗歌揭示了百姓无力买盐的困境。曹勋五古《入塞》,系宋高宗绍兴十一年(1141)诗人使金之作,通过一位被金人掳掠的宋朝女子,揭示"靖康之难"中大量宋人被掠的历史景象。七古开篇是柳永《煮海歌》,写"煮海之民何所营?妇无蚕织夫无耕……周而复始无休息,官租未了私租逼",洞悉民情,直言讽喻。七律如陈与义《伤春》,作于宋高宗建炎四年(1130)春,时金兵攻破潭州,屠城而去,陈与义正流寓湖南,写下此诗,突破了江西诗风,风格沉雄,忧愤深广。其他七古如吕本中《怀京师》、陆游《山南行》,五律如汪藻《己酉乱后寄常州使君侄》,七律如苏轼《送子由使契丹》、曾几《雪中陆务观数来问讯,用其韵奉赠》、文天祥《过零丁洋》,七绝如刘子翚《汴京纪事》、杨万里《初入淮河》、汪元量《湖州歌》等,可谓一幅幅反映两宋社会变迁的画卷,可以诗、史互证。

再如自然风物类题材。在儒风盛行的宋代,文人强调以"格物致知"[1]的思维方式观照世界,在自然风物的描写中往往寄寓着特定的文化情怀。《宋诗三百首》即注重揭示此点。如所选韩琦五古《苦热》描写六月酷暑,表现其与世人一道飞仙、摆脱苦难的愿望,在自然景象的书写中体现了胸襟、个性。苏轼五古《泛颍》描写"流水有令姿""与我相娱嬉",水被充分拟人化,形成一种灵性交流之境,把颍水写得神韵生动,也表现了苏轼的喜水之性与哲思睿智。陆游五古《十月十四夜月,终夜如昼》描写峨眉山月色,一派空灵,展现了诗人不同流俗的超脱思想;七古咏物诗《西郊寻梅》,乃宋孝宗乾道九年(1173)陆游离南郑赴成都之后所作,描写梅花神态,自怜幽独。林景熙七古《冬青

---

[1] 朱熹:《四书章句集注》,中华书局1983年版,第3页。

花》则在描写冬青花的同时托物兴怀，抒写亡国遗民的隐痛。尤袤五律《雪》描写雪景，真切细腻，表达了对边关将士的关切，语浅情长。

再看文物器具类题材。宋代以文立国，创造了典型的士大夫文官文化与影响深远的物质文明、艺术遗产，而宋诗是宋型文化的典型结晶与独特载体。能够深入反映宋人物质文化与文艺生活的文物器具类题材，成为较具特色的宋诗题材。《宋诗三百首》对此有鲜明呈现。如所选苏轼五古《西斋》描写宋神宗熙宁年间诗人知密州时的书斋，表现闲居生活，透露了仕途失意的感慨，纪昀称其"善写夷旷之意"[1]。又五古《书晁补之所藏与可画竹》为题画论画诗，苏轼没有去描绘画中景物，而是着眼于作画艺术，以"其身与竹化，无穷出清新"称赞文同（字与可）画竹的艺术，揭示了艺术创作的规律。在《王维、吴道子画》中，苏轼称"道子实雄放，浩如海波翻……摩诘得之于象外，又如仙翻谢笼樊"，精辟地品评了王维、吴道子画的特点。黄庭坚五古《题竹石牧牛》作于宋哲宗元祐三年（1088），诗中石、竹都为自喻，"牛砺角尚可，牛斗残我竹"则寓北宋后期政治斗争的隐忧。陈师道七古《古墨行》乃咏墨之作，诗人尝于晁无咎、秦观处见南唐墨工奚庭珪所制珍奇古墨，均为"裕陵（宋神宗）所赐"，诗歌描写古墨之奇，并抒写对"裕陵故物"的怀念。此外，七古如张耒《再和〈马图〉》，七律如范成大《画工李友直为余作〈冰天〉〈桂海〉二图，〈冰天〉画使北虏渡黄河时，〈桂海〉画游佛子岩道中也，戏题》，七绝如王安石《团扇》、汪元量《题王导像》、龚开《瘦马图》等，都从不同角度展现了充满文化意蕴与艺术趣味的宋人生活。

---

[1]张蕴爽：《论宋人的"书斋意趣"和宋诗的书斋意象》(《文学遗产》2011年第5期)对宋代"书斋"诗歌有专门讨论，也揭示了此类题材的时代特色。

当然，作为源于特定时代、体现个人旨趣的一个诗歌选本，《宋诗三百首》在诗学取舍上的一些局限我们也须看到。如在诗歌艺术上，钱仲联认为宋人"好诗都是以诗为诗，重抒情，重意境"（见前言第9页），故他选诗力避"以文为诗""以议论为诗"倾向的作品。实际上，严羽论宋人"以文字为诗，以才学为诗，以议论为诗"，实也道出了宋诗不可忽视的一种面目。思理慧性、学养识见与议论精神正是宋诗的一大特色，若对此方面的诗作多予措意，当能更全面地展现宋诗风貌。又如改革开放前二三十年，中国文学研究尤重政治标准，讲究形象思维，忽略文化学术与诗学的关联，这在宋诗选学中就有体现。如钱锺书《宋诗选注》即突出具有爱国与民本思想的作家作品，而像北宋理学"五子"及南宋理学家朱熹、陆九渊等人的诗作均未入选。在1957年作的序中，可见编者的看法与原因："宋诗还有个缺陷，爱讲道理，发议论；道理往往粗浅，议论往往陈旧，也煞费笔墨去发挥申说。这种风气，韩愈、白居易以来的唐诗里已有，宋代'理学'或'道学'的兴盛使它普遍流播。"[1]《宋诗三百首》也很少关注理学家的诗歌，只选了朱熹诗一首。而今看来，理学作为致广大而尽精微的宋型文化的一种代表，深入影响到社会文化与文学艺术的各个方面。宋人严羽谈"诗体"，已关注到北宋理学家邵雍的"邵康节体"[2]。王水照主编《宋代文学通论》认为理学作为宋学的核心流派，对宋代文学观念与创作都有深刻影响[3]。张毅《宋代文学思想史》也充分肯定"理学的影响"[4]。

---

[1]钱锺书：《宋诗选注·序》，第1页，第9页，第26页。
[2]严羽著，郭绍虞校释：《沧浪诗话校释》，人民文学出版社2000年版，第26页，第1页，第58—59页。
[3]王水照主编：《宋代文学通论》，河南大学出版社1997年版，第225—282页。
[4]张毅：《宋代文学思想史》，中华书局1995年版，第329—337页。

综上所述，艺术性与思想性并重、从"唐宋"到"宋清"的贯通、宋诗特色题材的彰显，构成钱仲联《宋诗三百首》的突出特色。一如钱锺书所感慨，在20世纪的特定条件下，《全唐诗》虽然有错误和缺漏，不失为一代诗歌的总汇，给选唐诗者以极大的便利。选宋诗的人就没有这个便利，得去尽量翻看宋诗的总集、别集以至于类书、笔记、方志等等。而且宋人别集里的情形比唐人别集里的来得混乱，张冠李戴、挂此漏彼的事几乎是家常便饭"，编"一部总集性质的选本"难度可想而知[1]。前辈学者的筚路蓝缕之功令人敬佩，其学术精神也将启迪后人。作为宋诗的经典选本，《宋诗三百首》自成体系的作家作品选注，丰富深厚的学理旨趣，值得读者一再品读、领会。

（原刊《文艺研究》2019年第11期）

---

[1] 钱锺书：《宋诗选注·序》，人民文学出版社1958年版，第26页。